JOSI SCHLICHTING
XY

Josi Schlichting

XY

Das Kind

Roman

© 2017 AAVAA Verlag

Alle Rechte vorbehalten

1. Auflage 2017

Umschlaggestaltung: AAVAA Verlag
Copyright des Covers und der Rückseite: Crístofer Pérez Díaz und Jonathan Díaz Armas
Copyright des Autorenportraits: Sabrina Pflüger

Printed in Germany

Taschenbuch: ISBN 978-3-8459-2132-7
Großdruck: ISBN 978-3-8459-2133-4
eBook epub: ISBN 978-3-8459-2134-1
eBook PDF: ISBN 978-3-8459-2135-8
Sonderdruck   Mini-Buch ohne ISBN

AAVAA Verlag, Hohen Neuendorf, bei Berlin
www.aavaa-verlag.com

Alle Personen und Namen innerhalb dieses Buches sind frei erfunden.
Ähnlichkeiten mit lebenden Personen sind zufällig und nicht beabsichtigt.

XY ist für euch.

Für Niklas und Martha. Diese Geschichte habt ihr mitgestaltet. Charaktere habt ihr gefeilt und Szenen zu Gänsehaut-Erlebnissen gemacht. Ihr habt die Spannungskirsche auf die Dramatiksahnehaube gesetzt. Für Ulrich, Karo, Anna und Bruno. Ihr seid die geduldigsten Freunde und die besten Kritiker, die ich habe! Für Crístofer und Jonathan. Dieses Cover habt ihr voller Stolz und Freude gestaltet.
Ohne euch gäbe es diesen Roman nicht.
Alle 85.513 Wörter des Romans enthalten die Motivation, die ich jeden Tag seiner Entstehung dank dir erleben durfte. Du hast die Arbeit an der Geschichte immer wieder zu etwas Schönem gemacht, obwohl sie mich dir während der letzten zweieinhalb Jahre entzogen hat. Dieses Buch widme ich vor allem dir, Kati.

Prolog

Johann atmete tief ein, so tief, wie man im Schlaf nur atmen kann. Wie unfair friedlich er neben mir lag, während mein Magen danach schrie, ausgepumpt zu werden. Ein Blick zur Schlafzimmertür verriet mir, dass meine Kotze auf dem Teppich landen und mich für immer an diese Nacht erinnern würde. Ich beschloss dennoch, die zehn Schritte auf mich zu nehmen. Auf dem Weg in mein Badezimmer stolperte ich über Kleidung und prompt wurden zehn Schritte zu zwanzig. Die kühlen Fliesen des Bads fingen meine Knie auf und betäubten sie bis feststand, dass mein Magen nichts hergab. Entkräftet lehnte ich mich zurück. Neben dem Klo lag mein Handy. Sofort rief ich Lore an, um das Sortieren meiner verschwommenen Erinnerung zu stoppen. Sie nahm den Anruf an, bevor ein Freizeichen die Leitung verlassen konnte. Als ich hörte, was sie sagte, stellte ich mir vor, wie sie auf ein Lebenszeichen von mir gewartet haben muss. Kein "Hallo, wie geht's?" verließ ihre Lippen. Nur Gebrüll.

Das Getrommel in meinem Kopf bewegte meine Hand instinktiv zum Lautstärkeregler. Ich wollte abwarten, bis sie entschied, in einem normalen Ton mit mir zu sprechen. Vergeblich.

"Was fällt dir ein, du Schlampe? Glaubst du, du kannst mich einfach stehen lassen, weil du gerade den Lappen von Johann brauchst, um schließlich festzustellen, dass du irgendwie zu viel hattest? Fick dich, Karla." Das Telefonat war beendet, bevor ich auch nur einen Ton von mir geben konnte. Perplex sah ich zur Badezimmertür, die sich drehte: "Kaffee?", lächelte es aus Johanns Bart.

"Ich glaube, es ist besser, wenn du jetzt gehst", sagte ich, um es gleich wieder zu bereuen. Ich wollte mir aber auch nicht einreden, dass er nichts dafür konnte, weil er eben nichts dagegen unternommen hatte. Ich auch nicht. Er verließ das Badezimmer ohne Widerworte. Ich hörte, wie er im Nebenraum und im Flur seine Kleidung eilig zusammensuchte. Dann hörte ich die Eingangstür ins Schloss fallen. Eine Sekunde später sprang ich auf. Der Boden schlug Wellen. Ich wollte ihm folgen, stieß aber gegen Bücher und fiel kurz vor meiner Eingangstür auf weiche Kissen. Der fensterlose Flur, der einem Hürdenlauf glich, spielte in meinem Leben die Rolle der Höhle, die sich Kinder bauen. In dem Augenblick war er aber tränenfördernd. Und das nicht nur, weil sich mein kleiner Zeh verstaucht anfühlte.

Über mir hing ein Foto von Lore, das sie selbst dort platzierte, nachdem sie das Bild von Johann und mir entsorgt hatte. Es war ein DIN-A4-Porträt, aus dem sie mit ihrem überschwänglichen Lächeln zu mir herabsah. Ich konnte nachvollziehen, warum viele sie für verrückt erklärt hatten, hoffte aber noch immer, dass es einfach ein ausgeprägtes Liebesbedürfnis war, das sie zu diesem auffällig psychopathischen Verhalten veranlasste. Irgendwann würde Lore sich wieder beruhigen. Scheiße - dachte ich - Scheiß Alkohol. Ich schwor mir zur Abwechslung nicht, nie wieder zu trinken. Ich würde aber kürzer treten müssen. Ohne Alkohol und am besten ohne Johann und ohne Lore. "Lore", sagte ich zu ihrem Foto, "wir sollten darauf anstoßen, dass ich dich los bin. Reicht eben manchmal nicht, tausendmal zu erklären, dass zwischen uns nichts außer Sex ist. Ich wollte keine Beziehung." Ich sah zur Tür, die Johann leise hinter sich geschlossen hatte, "und schon gar nicht mit der manisch depressiven Lore. Eher noch mit dir." Der arme Johann. Ich hatte das Telefon noch in der Hand, sah Lores Nummer, während ich es entsperrte, dachte aber an Johann. Vier, fünf Mal läutete es aus dem Hörer, länger als gewöhnlich.

"Hab ich was vergessen?", hörte ich Johanns sanfte Stimme fragen.

"Nein, du hast nichts vergessen."

"O. k.", sagte er. Dann schwiegen wir, wie wir es oft taten, wenn wir telefonierten. Meistens, weil ich mich einsam fühlte. "Ich lege jetzt auf", flüsterte er viel zu früh.

"Warte, bitte. Bist du schon in der Bahn?"

"Nein. Ich stehe noch vor deiner Tür."

Ich ließ ihn wieder herein, kletterte über Büchertürme in die Küche und stellte die alte Kaffeemaschine an. Die einzige Küchenmaschine, die ich besaß.

Schweigend hingen wir über unseren Kaffeetassen und ein Rauchvorhang fiel zwischen uns. "Ich liebe es, zu Hause Kaffee zu trinken, weil mir hier niemand verbieten kann zu rauchen. So ist es doch gleich viel schöner, oder?" Ich grinste, obwohl es mir egal war, ob man mir verbieten könnte, in den eigenen vier Wänden zu rauchen. Johann spielte mit seinen Barthaaren. "Du versuchst die Stille zu vermeiden", stellte er fest. "Außerdem starrst du ständig auf die Straße". Er lehnte die Zigarette ab, die ich ihm anbot, und redete weiter. "Suchst du wen? Lore vielleicht? Ich glaube, die bist du endgültig los." Sein Pragmatismus machte mich wütend, auch wenn er recht hatte.

"Ich wollte weder dich noch sie verletzen. Wieso ist denn alles so kompliziert?" Worte kann man nicht zurücknehmen. "Scheiße Johann, so war das nicht gemeint. Du weißt, dass ich dich liebe. Auf meine Weise. Freundschaftlich."

Er erwiderte mein Lächeln nicht. "Dass du versuchst, es zu erklären, macht es nicht besser. Du hast dich verändert. Du fluchst. Du rauchst."

"Ja, Mama." Ich sah aus dem Fenster.

"Ich weiß, dass du dem Thema aus dem Weg gehst. Du hattest dich so gut gefangen. Was ist passiert, dass dich das wieder so zurückwirft?" War er eifersüchtig? Besorgt?

"Es geht nicht um dich. Ich weiß nicht, wie das gestern passieren konnte ..."

"Keine Sorge, das wollte keiner von uns und ich werde auch nicht wieder darüber sprechen. Ich meine dich! Du hast die Bahn der ruhigen, bedachten, strebsamen Karla verlassen, nachdem du fast zwei Jahre lang zufrieden damit gefahren bist. Was ist passiert?" Er nahm meine Hand und suchte meinen Blick. Ich wich ihm aus.

"Wusstest du, dass sie den Nobelpreis kriegen soll?"

"Ach, Karla", seufzte er. Es war so ein Seufzer, den Menschen von sich geben, wenn sie keine Lust mehr haben den gleichen Mist immer und immer wieder zu hören.

"Bemitleide mich nicht. Ich will kein Mitleid. Ich finde es selbst verrückt. Glaubst du, ich wollte mich wieder so fühlen? Sie lebt in dieser anderen Welt! Sie ist die Unerreichbare und ich der Groupie, den sie nie richtig wahrgenommen hat." Jetzt fand ich mich selbst bemitleidenswert.

"Sie hat schon immer nur die Arbeit vor Augen gehabt und nichts weiter. Es war doch nur eine Frage der Zeit, bis sie ihren Durchbruch feiern würde." Er hatte recht. Und trotzdem warf mich genau das aus

der Bahn. Sie hatte ihren Durchbruch gehabt und ich wusste, dass sie nie so weit gekommen wäre, wenn sie damals mehr Zeit mit mir verbracht hätte. Stattdessen hatte sie sich für die Forschung entschieden.
"Mich allein trifft die Schuld. Ich hätte bei ihr bleiben können, sie unterstützen können. Stattdessen bin ich gegangen, um ihr für immer die Schuld an meiner Einsamkeit zu geben." Das Blut in meinem Kopf pochte. Ich fühlte, wie die Sonnenstrahlen direkt in meine Augen stachen. Ich versuchte die Erinnerung an früher zu verdrängen. Ein Blick in Johanns Gesicht reichte aus, um mich wieder erbärmlich zu fühlen.
"Keine Sorge, das wollte keiner von uns und ich werde auch nicht wieder darüber sprechen." Wir wussten beide natürlich nicht, dass wir seit wenigen Stunden für ein neues Leben verantwortlich waren.

XY - TEIL 1

Kapitel 1

Die Hotellobby war im Jugendstil gestaltet. Der Innenarchitekt muss eine Vorliebe für antike Möbel gehabt haben, als er das hier plante. Weißer Stuck und Zierprofile an den Wänden, ein gigantischer goldener Kronleuchter, der von der hohen Decke hing und die dunkelbraunen Ledersofas und -sessel waren zwar beeindruckend, aber schrecklich unpassend. Zu einem Genforschungszentrum gehörte eine sterile, grelle Rezeption, die nach Desinfektionsmittel roch. Ja, das Hotel war eine Art Alibi, aber wer wusste heutzutage nicht, dass sich darunter diese Forschungsstätte befand?

In der Ecke neben dem Eingang stand ein gigantisches Bücherregal aus Mahagoniholz. Es hielt so viele Bücher, wie ich sie auf einem Haufen nie zuvor gesehen hatte. Ich schätzte die Zahl auf zweitausend. Das war wahrscheinlich sogar untertrieben. Ich wollte aufstehen, mit der Hand über die Buchrücken fahren, aber meine Finger krallten sich in die Lederlehne und ich starrte sie bloß an. Und wartete. Niemand kam. Meine Suche nach Beschäftigung fand ein Ende, als ich anfing, die Gemälde im Raum zu zählen. Fünfundfünfzig, sechsundfünfzig ... Langeweile. Es war für mich das erste Mal, dass ich so lange warten musste. Etwas Gutes hatte es, dachte ich, weil meine Krankheit nicht so lebensbedrohlich sein konnte, wie ich befürchtete, als mich meine Ärztin sofort herschickte. Ich zwang mich, den Raum weiter zu verinnerlichen. Das Leder und das dunkle Holz hätten die Atmosphäre düster wirken lassen, wenn die Kronleuchter nicht mit ihrem gleißenden Licht einen Hauch Futurismus auf das antike Mobiliar gelegt hätten. Mitten im Raum ragte zudem eine elfenbeinfarbene Statue in die Höhe. Athene stand vor mir. Beschützend. Bereit ihr Leben für diejenigen zu lassen, die sich hinter ihr befanden. Mit dem Kopf im Nacken starrte ich die Göttin und die Muster an der Tapete über ihr an. Blumen und Girlanden versteckten jeden ruhigen Fleck. Mir wurde schlecht.

Als ich am Morgen zu meiner Ärztin ging und direkt im Eingang des Genesungszentrums beim Körperscanner stehenbleiben musste, dachte ich nicht, dass ich in diesem Forschungszentrum landen würde. Ein Scanner stach in meinen Finger und führte auf der Stelle einen Bluttest durch. Das Ergebnis teilte mir meine Ärztin nicht mit. Sie führte mich lediglich zum Hyper-Loop, setzte mich in eine Individualkapsel und gab als Ziel das Forschungszentrum ein. Ich hasste Individualkapseln. Ich konnte auch die Hyper-Loops nicht besonders leiden. Schnellzüge machten mir Angst. Johann ärgerte es immer, wenn ich über den Fortschritt herzog und ich verstand nicht, warum er ihn mochte. Alleine in einer viel zu engen Hochgeschwindigkeitskapsel zu sitzen gehörte nicht zu meinen Lieblingsbeschäftigungen.

Ich war froh darüber, dass ich wenigstens meinen Chronographen trug, auf dem genügend Bücher gespeichert waren. Wenn mich die Warterei nicht völlig verrückt gemacht hätte, wäre ich vielleicht sogar zum Lesen gekommen. Dass mein Outfit aus einem Jogginganzug bestand, fiel mir erst auf, als ich mich mit dem geleckten Raum verglich, in dem scheinbar ein Großteil der Steuern Berlins steckte, wenn nicht ganz Europas.

Mein Unterleib zog sich zusammen, und dass ich auf nüchternen Magen zum Arzt sollte, reizte meine Geduld aus. Außerdem wusste ich, dass ich sie hier wiedersehen würde. Ich wollte zur Ärztin, weil mir seit Tagen übel war. Die Jogginghose hatte dafür mehr als gereicht. Der Ärztin war mein Outfit mit Sicherheit egal. Nicht nur das, auch ich war ihr sicherlich egal, wenn sie mich ohne Schmerzmittel wegschickte. Und noch viel wichtiger: ohne Erklärungen. Die Ankunft im sagenumwobenen Forschungszentrum ersetzte das erhoffte Rezept. Nach zehn Minuten in der Kapsel kam ich, von Würgereizen begleitet, im Forschungszentrum am anderen Ende der Stadt an.

Eine Frau mit einer weißen Bluse und einer grauen Fliege unterbrach meine Gedanken. Als sie vor mir stand, erkannte ich dunkelbraune, fast schwarze, große Augen und eine Narbe über ihrer rechten Augenbraue. Ihre dunkelbraunen Haare waren perfekt zurückgezogen und mit kaum sichtbaren Haarspangen fixiert.

"Anna Bavarro Fernández", sagte sie und reichte mir die Hand. Sie drückte sie fest. Mir taten die Finger weh. Als sie losließ, blieb Kälte zurück. Dann bemerkte ich ihre steife Haltung und dass sie ein paar Zentimeter größer war als ich. Auch ihre Schultern schienen durch den

Stock im Hinterteil breiter. Sie strahlte Dominanz aus. Ich vergaß selbst meinen Namen zu nennen, was ich glücklicherweise gar nicht musste.

"Karla Raingot, hoffentlich haben wir Ihre Geduld nicht überstrapaziert", sagte sie auf meinen Chronographen blickend. "Welch ein scharfes Hologramm, die Technik heutzutage ist angsteinflößend, nicht wahr?" Ohne eine Antwort abzuwarten, führte sie mich über persische Teppiche zum Fahrstuhl. An dieser Stelle endete die warme Jugendstil-Welt. Wir fuhren in das erste Obergeschoss, wo uns ein steriler, greller Gang hinter den Fahrstuhltüren erwartete. Es war eine Genugtuung, endlich den Gestank von Desinfektionsmittel wahrzunehmen. Hier fühlte ich mich richtig und auch meine Furcht durfte es sich hier gemütlich machen. Schlagartig wühlte mich die Übelkeit wieder auf und bewies mir gehässig, dass ich nicht träumte. Vom Fahrstuhl auf dem Weg zum nächsten Ziel verpasste ich die meisten Details, wegen meiner Bemühungen, nicht umzufallen.

Anna Bavarro Fernández erklärte mir, dass wir bald wieder in schönere Räume kommen würden, aber ihre Stimme erstarb nicht zuletzt in meinen Ohren, als ich das riesige Gemälde über der vor uns liegenden Tür erblickte: Dr. Maren Baums eisblaue Augen bohrten sich in meine. Sie lächelte zufrieden und schüttelte Dr. André Sergejevs Hand, der ebenfalls in meine Richtung lächelte. Beide hielten symbolisch Reagenzgläser in den Händen. Ich hatte das Gemälde vor einigen Jahren schon einmal gesehen. Es wurde im Stadtrathaus ausgestellt, als beide Wissenschaftler die Fusion ihrer Forschung öffentlich ankündigten. André Sergejevs rosafarbene Herrenlackschuhe verliehen dem Ganzen eine gewisse Absurdität. Ich schmunzelte und es fiel mir schwer, mit ernsten Erwartungen durch die nächste Tür zu gehen. Frau Bavarros diskretes Räuspern riss mich zum zweiten Mal aus meinen Gedanken. Etwas verwirrt folgte ich ihr in einen lichtgefluteten, von Kittelträgern und Reagenzgläsern gefüllten Raum. Kaum einer der rund zwanzig Forscher schaute auf.

"Frau Bava Pferde", stotterte ich, "wissen Sie, wie lange ich bleiben muss? Was genau muss ich hier machen?" Eine mir sehr bekannte, belustigte Stimme hinter mir korrigierte mich: "Frau Bavarro Fernández ist meine Assistentin und wurde nur damit beauftragt, dich herzubringen, sonst nichts." Ich drehte mich um. Sie stand direkt vor mir.

"Maren ..." war alles, was meine zittrige Stimme von sich gab, bevor sie brach. Ich hustete. Frau Assistentin fragte, ob ich Wasser wolle, doch ich winkte ab. Ich wusste, wie rot ich geworden sein musste, und errötete gleich vor Scham ein bisschen mehr. Ich fühlte Marens Augen auf mir und versuchte ihren Blick nicht zu erwidern. Ich erinnerte mich an meinen Bruder, der es immer schaffte, meinen Blick in seine Richtung zu lenken, wenn er tat, als wäre dort etwas Sehenswertes. Dann sah ich zu ihr.

Wir sahen einander zu lange an. Hilfesuchend wandte ich mich zur Assistentin um, aber da war kein Verständnis zu erwarten. Wie auch? Sie kannte mich nicht. Also sah ich wieder zu Maren und ihrer Pokermiene: "Ich weiß nicht, warum genau ich hier bin. Eigentlich würde ich gerne wieder gehen."

"Ich habe dich nicht aus einer Laune heraus hergeholt." Sie redete, als habe sie meine Skepsis erwartet und eine Antwort einstudiert: "Es stimmt, dass du im Grunde keine Wahl hast, aber ich will versuchen, dir zu erklären, warum du hier bist. Dein Aufenthalt soll so angenehm wie möglich sein." Das Bild zweier Mäuse, die Nacht für Nacht die Weltherrschaft an sich reißen wollen, kam mir in den Sinn. Dann überlegte ich, ob ich Dr. Sergejev mit den pinkfarbenen Schuhen kennenlernen würde.

"Aufenthalt?"

Ich fühlte mich schwach neben ihr, wie schon damals. Wie wohl fast jeder in ihrer Nähe. Sie stand selbstsicher und ruhig vor mir, während ich mich wie eine zitternde Ameise fühlte. Sie sprach freundlich aber bestimmt, ohne den Blick von mir abzuwenden. Johann hätte ihr wahrscheinlich direkt ins Gesicht gespuckt, wäre er hier.

"Also Karla, du bist schwanger."

Stille. Niemand rührte sich. Sie und ihre Assistentin blieben wachsam, als erwarteten sie eine ausrastende Patientin. Ich wartete aber auf mehr. Dass ich schwanger war, war unerwartet und vielleicht eine Erklärung für die andauernde Übelkeit, aber kein Grund mich in einer Hochgeschwindigkeitskapsel in das Forschungszentrum zu schicken.

"Es wird ein Junge."

Jetzt, da ich nicht wegrennen konnte, bekam ich diesen Zusatz zu hören und alles passte plötzlich zusammen. Wunderbar. Grundsätzlich keine schockierende Nachricht. Keine, die mein Leben gefährdete. Zumindest nicht, wenn ich normal gewesen wäre. Oder eher das Kind. Scheinbar war es üblich bei Schwangerschaften, sobald sie festgestellt wurden, zu ermitteln, welches Geschlecht der Fötus ausbilden wird. In manchen Fällen gelang es früh. Wie bei mir. Und dann musste das natürlich sofort gemeldet werden. Die Meldepflicht der Frauenärzte war mir geläufig aber nie wichtig genug gewesen. Das alles kam mir auch korrekt und nachvollziehbar vor. Bis zu dem Zeitpunkt, an dem ich selbst betroffen war. Bis dahin hatte ich keinen Kinderwunsch und ohnehin keinen Partner. Plötzlich hatte ich keinen Kinderwunsch, keinen Partner, jedoch ein Kind in mir.

Ein Junge wuchs in mir heran. Und ich verfluchte ihn bereits in dem Augenblick, in dem ich von seiner Existenz erfuhr. Nachrichten über schwangere Frauen, die verschwunden sind, breiteten sich vor meinem inneren Auge aus. Vermutungen darüber, dass sie Jungen erwarteten und zu Forschungszwecken gebraucht wurden, gab es wie Sand am Meer. Ich wurde misstrauisch. Ein Gefühl, das ich nicht kannte, überkam mich und unter mir schlug der Boden Wellen. Meine Hände zitterten. Ein Blick zur Assistentin reichte und die ungesunde, paranoide Stimme in mir riet mir, hinauszurennen. Doch ich konnte mich nicht rühren. Stattdessen füllten sich meine Augen mit Tränen und ich begann zu schluchzen wie ein Kind. Ich heulte vor ihren Augen und es kam mir so vor, als würde sich niemand um mich herum auf mich zu bewegen. Ich biss auf meine Lippen. Ich wollte mich selbst schlagen.

Ein Junge. Wie war es möglich? Ja, ich hatte mit Johann geschlafen. Verdammter Alkohol. Wie gern ich etwas davon gehabt hätte. Verdammte Gedanken. Wieder kreisten sie um alles, woran ich mich aus jener Nacht erinnerte.

Ich hatte sogar versucht mit dieser Einen zu tanzen, nachdem mich Johann daran erinnerte, wie lange ich bereits niemanden mehr näher an mich herangelassen hatte. Außer der psychopathischen Lore. Aber wie kam ich dazu, mit Johann zu schlafen? Ich verfluche meine Einsamkeit und meinen Leichtsinn! Ich fing an zu würgen.

Als ich mir an die Stirn fasste und wünschte meine Hände hätten die Temperatur der Hände der Assistentin, legte sie zu meiner Überraschung doch verständnisvoll - oder zumindest Verständnis heuchelnd -

ihre Hand auf meine Schulter und reichte mir ein Glas Wasser. "Geht es Ihnen nicht gut?", fragte sie. Ich hob meinen Blick und sah in ihre nachtschwarzen Augen, fand aber keine ernste Sorge. "Doch, es geht schon. Danke."

"Bringen Sie Frau Raingot doch bitte hoch zu den Schlafräumen", bat Maren ihre Assistentin. Mich sah sie nicht mehr an, bis wir das Büro verließen. Ich hatte eine Erklärung erwartet und sie bekommen. Dennoch fühlte ich mich unwissend, als habe sie mir nur die halbe Wahrheit offenbart. Resigniert folgte ich Frau Bavarro Fernández zum Fahrstuhl und blickte zurück in Marens Gesicht, das immer noch zufrieden neben Dr. Sergejevs auf dem Gemälde grinste.

Wie oft hatte ich darüber nachgedacht, wie es sein würde, Maren wieder gegenüberzustehen. Alle Facetten hatte diese Begegnung in meiner Vorstellung angenommen. Auf diese Weise hatte ich mir ein Wiedersehen jedoch nicht vorgestellt. Nie kam mir in den Sinn, dass sie aus beruflichen Gründen vor mir stehen würde, mich wie eine Patientin behandeln, ohne geplant zu haben, mich anzuhören. Ein Gefühl der Leere begleitete mich zu den Schlafräumen. Sie stand vor mir, ohne freiwillig auf mich zugegangen zu sein.

"Bringen Sie mich jetzt zu nebeneinanderstehenden Feldbetten und zeigen mir einen Gemeinschaftsduschraum?"

"Sie sind verärgert, warum?"

Ich schüttelte den Kopf. Was wusste sie schon.

Sie grinste und ich staunte, als ich sah, was mit Schlafräumen wirklich gemeint war. Es waren, passend zur Lobby, vollkommen ausgestattete Hotelräume. Die Tür öffnete sich per Spracherkennung und das Erste, was hinter ihr zu sehen war, war eine riesige Glaswand, die ein Meer von Bäumen zur Schau gab. Ich blinzelte Frau Stock-im-Po an. Sie lächelte unbeeindruckt. Während wir den Eingangsbereich verließen und links an der Glaswand entlang gingen, kamen wir ohne trennende Tür im Wohn- und Schlafraum an. Ein längliches, hellgrau-meliertes Sofa mit Blick auf das Panoramafenster diente gleichzeitig als Grenze zum Schlafbereich. Hinter dem Sofa befand sich im Boden eingesenkt ein Bett oder eine Matratze. Ich konnte es nicht erkennen. Direkt gegenüber, an der Wand hinter dem Sofa und der Glaswand, hing eine Fotografie eines Urwalds mit mehreren kleinen Wasserfällen. Der Wald erstreckte sich über die gesamte Breite der Wand. Es gefiel mir. Das Kopfende des Bettes, oder zumindest das Kopfkissen, war nicht an der Gemäldewand, sondern gegenüber. Man konnte genau auf dieses Bild voller Grün- und Blautöne blicken, wenn man darin läge. Am anderen Ende des Raums, wo auch die Glasfront endete, befand sich ein Kamin aus Backsteinen. Er ragte wie ein Relief zur Hälfte in den Raum. Funktionierte der? Unwahrscheinlich. Ich hätte einen Hologramm-Projektor erwartet, aber keinen Kamin, oder zumindest einen alten Beamer. Ich fand aber keine Lautsprecher. Hinter mir lag die einzige Tür im Raum, die zum Badezimmer führte. Ich ging an den Wasserfällen vorbei und entdeckte dort noch mehr unnötigen Luxus. Eine Pool-ähnliche Badewanne, auch im Boden eingelassen, machte für meinen Geschmack die Mitte des Badezimmers wenig sicher. Weiße Fliesen und schwarze Armaturen ließen das Gesamtbild künstlerischer als den Rest des Apartments wirken. Auch hier hingen Gemälde. Sie waren mit einem Kohlestift auf weißer Leinwand gezeichnet worden. Eine Technik, die kaum noch jemand nutzte. Eines betrachtete ich genauer - es erinnerte mich an etwas. Anna Bavarro Fernández unterbrach meinen inneren Suchbefehl: "Kommen Sie, Sie haben noch lange nicht alles gesehen, was für Sie relevant ist." Ihr linker Arm lag bestimmend im Halbkreis um meine Hüfte, ohne mich zu berühren und ihr rechter Arm zeigte zur Tür, als gäbe es nicht nur den einen Weg. Sie machte den Eindruck, alles unter Kontrolle zu haben, immer freundlich und lächelnd. Diplomatisch - dachte ich, aber furchteinflößend mit den dunklen Augen und dem markanten Gesicht, den hohen Wangenknochen. Ganz anders als Maren. Ich dachte über ihre Worte nach. Ihre Art schüchterte mich noch immer ein, auch wenn sie mühevoll versuchte nett zu sein. Ich fragte mich, wie sie zu dem Job gekommen war und ob sie möglicherweise mit Maren befreundet war. Doch eine Freundschaft zwischen den beiden hielt ich für unmöglich. Wenn es um Berufliches ging, war Maren immer schon äußerst kühl und distanziert gewesen. Freunde hatte sie damals, als ich sie kennengelernt hatte, keine.

Anna Bavarro hustete. Sie stand wartend in der Türzarge des Badezimmers und deutete in Richtung Ausgang.

"Entschuldigen Sie. Ich bin etwas verwirrt", erklärte ich meine abweisende Art. Es war nicht gelogen. "Was soll das alles? Ich möchte keine

Führung, sondern Schmerzmittel und nach Hause!" Ich versuchte wütend und selbstbewusst zugleich zu wirken und befürchtete das Gegenteilige auszustrahlen.

"Nun ja. Seit Ihrer Ankunft ist nicht viel Zeit vergangen. Seien Sie etwas geduldig mit dem Haus. Ich bin mir sicher, dass sich Ihre Fragen im Laufe der Zeit von alleine beantworten werden."

"Im Laufe der Zeit?" Bestimmt wollte sie mich besänftigen. Ich hatte keine Ambitionen meine Gefühle zu unterdrücken. Dass sie das Ganze 'Haus' nannte, war das einzige beruhigende Wort, das ich seit meinem dummen Entschluss zum Arzt zu gehen, hörte. "Wissen Sie, wie lange ich hier bleiben muss? Was die mit mir vorhaben?

Ohne weitere Worte, fuhr sie mit der Arbeit fort: "Wir müssen bald in die Stadt fahren, um Dinge zu holen, die Sie hier gebrauchen könnten. Ich meine Kleidung und Hygieneartikel, zum Beispiel. Wenn Sie telefonieren wollen, damit es Ihnen jemand vorbeibringt, wäre es natürlich leichter. Oder wir sehen nach, was vor Ort bereits hilfreich wäre und verschieben die kleine Reise." Sie führte wahrscheinlich oft Menschen herum.

"Ich würde nichts holen, sondern gleich zu Hause bleiben. Ich komme dann gerne wieder, wenn ich muss."

Sie sah mich an, als hätte ich gescherzt: "Sie werden ab jetzt jeden Tag gebraucht." Beim letzten Wort hob sie ihre Arme und imitierte Gänsefüßchen.

Ich überlegte kurz und wich ihrem amüsierten Blick aus. "O. k., dann schneie ich hier eben jeden Tag rein."

"Und nachts?"

"Und nachts!" Langsam wurde ich wütend.

"Wie schade, dass Sie keine Wahl haben." Ihr Ausdruck war eiskalt. Sie drehte sich zur Tür.

"Ich werde einen Anwalt kontaktieren."

Sie blieb stehen: "Oh bitte", schüttelte sie den Kopf, "tun Sie es. Aber vergessen Sie nicht, dass weder ich noch Dr. Baum Sie festhalten, sondern die Regierung Sie rechtskräftig verpflichten darf, das Zentrum nicht einmal für einen Spaziergang zu verlassen. Und glauben Sie mir, Sie wünschen sich keinen Feind dieser Größenordnung." Ein Augenzwinkern flog in meine Richtung. "Wir werden Ihnen nichts tun, sondern mit der besten medizinischen Versorgung sicherstellen, dass es Ihnen und Ihrem Sohn gut geht. Die Untersuchungen, die Sie erwarten, sind harmlos und wer weiß, vielleicht retten Sie die Menschheit. Wenn Sie juristisch dagegen kämpfen wollen, sind Sie nicht nur dumm, sondern egoistisch."

Sie ging einen Schritt auf mich zu und ich wich zurück. Ihr Ausdruck war ernst, sie ging einen weiteren Schritt auf mich zu, legte ihren Arm auf meine Schulter und drehte mich zur Tür.

Dass ich Angst hatte, konnte bestimmt sogar Maren zwei Stockwerke unter uns riechen.

"Sie wissen von der Meldepflicht, nehme ich an?"

"Ich weiß, dass Ärzten gedroht wird, ihre Lizenz zu verlieren, sollten Sie Schwangerschaften nicht melden."

"Schwangerschaften mit Verdacht auf männliche Föten", unterbrach sie mich. "Sie sollten überdenken, wie offen Sie in diesem Haus über die Regierung urteilen."

"Hätte ich gewusst, dass ich schwanger bin", wieder unterbrach sie mich: "Ich frage mich, wie Sie es hätten verstecken wollen."

Um eine weitere Ermahnung zu vermeiden, unterdrückte ich meine Meinung zur Abtreibung. "Ja, dann fahren wir zu mir." Ich dachte daran, Johann zu bitten, ein paar Dinge für mich zu holen, um Frau Bavarro nicht mit in meine Wohneinheit zu nehmen. Aber ich wusste, dass er nicht ein einziges treffendes Kleidungsstück einpacken würde.

"Sehen Sie Ihre Zeit hier doch als Urlaub", sagte sie, "aber nehmen Sie das Ganze nicht zu sehr auf die leichte Schulter. Sie werden Mutter." Strenggenommen erwarteten Maren Baum und ihr Forschungsteam meinen Sohn. Sehnlicher als ich.

Nervös kratzte ich am Sitz des Schnellzugs, in dem ich mit der Assistentin wenige Minuten später saß. Anna Bavarro Fernández gab mir endlich die Schmerzmittel, wegen der ich zum Genesungszentrum gefahren war. "Die werden auch die Übelkeit in Lebenslust umwandeln", erklärte sie mit einem Augenzwinkern.

"Und wieso darf ich nicht alleine nach Hause fahren? Haben Sie Angst, ich könnte weglaufen oder doch nicht zurückkehren? Wofür haben wir denn diese Ortungsimplantate?"

"Falls Ihnen etwas zustößt." Sie schaute aus dem Fenster, auf die bunten Farbkleckse, die wir mit 800 Stundenkilometern hinter uns ließen. "Entschuldigung, ich möchte mich korrigieren, nicht falls, sondern damit Ihnen nichts zustößt."

"Warum sollte mir etwas zustoßen?"

Aber es wäre doch trotzdem möglich zu fliehen, dachte ich. Ich hatte von Menschen gehört, die sich gegen diese Art von Kontrolle und Überwachung ausgesprochen haben, die seit ein paar Jahren herrschte. Die haben sich die Kontrollchips aus ihren Armen geschnitten. Bei der Vorstellung schmerzte mein Oberarm. Ich fasste an die Stelle, an der mein Chip saß. Bei dem Gedanken lehnte sie sich über meinen Arm, um die Fahrt in meinen Chip zu programmieren. Wieder spürte ich ihre kalte Hand auf meiner. Instinktiv schreckte ich zurück. "Ich tue Ihnen schon nichts", beruhigte sie mich, während sie den Abstand zwischen uns vergrößerte. "Oder haben Sie einen permanenten Freifahrtschein?" Sie schaute fragend zu mir auf.

"Nein."

"Oh, haben Sie etwa ein eigenes Fahrzeug?"

"Nein, auch nicht. Kann sich doch keiner leisten, sowas."

"Wie bewegen Sie sich, zahlen Sie einzelne Fahrten?"

Das Thema interessierte sie brennend. "Meine Beine bringen mich zuverlässig an mein Ziel", entgegnete ich schnippisch.

"Entschuldigen Sie meine Neugierde. Es ist ungewöhnlich, wenn Menschen sich nicht andere Orte herbeisehnen."

"Ich mag meinen Mikrokosmos. Hier ist alles, was ich brauche."

"Sie müssen sich nicht rechtfertigen."

Die Assistentin lehnte sich zurück und blickte während der restlichen Fahrtzeit für nur eine Sekunde von ihrem Chronographen zu mir. Verärgert lehnte ich mich auch zurück.

Spätestens auf dem Weg vom Bahnhof zu meiner Wohneinheit wäre mir klar geworden, dass sie nicht da war, um mich vom Wegrennen abzuhalten. Sie war mein Wachhund. Sie blieb beim Umsteigen in das Taxi dicht neben mir und sah sich immer wieder diskret um. Sie schaute nach hinten, nachdem sie links und rechts feststellte, dass wir das Taxi verlassen und das Wohnhaus betreten konnten. Sie hob mich wie ein Kind aus dem Taxi, hakte sich bei mir ein, damit ich Schritt hielt und bei jedem Geräusch bewegten wir uns langsamer. Für mich fühlte sich unser Verhalten den gesamten Weg über sehr auffällig an.

"Kann ich im Forschungszentrum Kleidung waschen?", fragte ich. Anna Bavarro hob eine Augenbraue. Ja, Wäsche würde ich waschen können.

"Was haben Sie gelesen?", versuchte sie es mit Smalltalk.

"Was meinen Sie?" War die Tür zu meiner Wohneinheit ein Ort, ab dem sie ohne Beschützerstress mit mir reden konnte?

"Sie haben gelesen, als ich Sie im Foyer suchte." Ich hielt meinen Blick gerade auf den Scanner gerichtet und schloss still die Tür auf.

Im Eingang meiner Wohneinheit wurde mir heiß und kalt. Ich traute mich inmitten dieses Chaos nicht, meine Begleiterin anzusehen. Normalerweise sahen die Frauen, die ich herbrachte, nur das Schlafzimmer und den Flur. Anna Bavarro aber sah meine Interessen vor sich ausgebreitet. Am helllichten Tag. Überall fielen mir zu viele Bücher und Pflanzen auf, die mir zuvor kein Gefühl der Unordnung vermittelt hatten. Einige der Pflanzen waren längst vertrocknet. Die waren mir in den letzten Wochen, in denen sich Johann von meinen Launen distanziert hatte, nicht aufgefallen.

Nicht nur im Flur ließen Bücherberge kaum Wege, sondern in jedem Raum.

"Fahrenheit 451, ein Klassiker, den wohl jeder kennt. Lustig, oder?", ich redete mit mir selbst.

"Wow!"

"So besonders ist es nicht, Bradbury zu lesen", sagte ich gelangweilt.

"Hier ist es ja wie im All-You-Can-Read!"

Ihre Begeisterung bezog sich auf meine Wohneinheit und mir gefiel der Vergleich, weil ich selbst gerne ins All-You-Can-Read ging, ein kleines Café voller Bücher, in dem Heißgetränke nur nebensächlich sind. Meine Wohneinheit ähnelte aber ganz und gar nicht dem All-You-Can-Read-Stil. "Wie viele Stunden ich dort schon verbrachte", fügte sie hinzu. Die stocksteife Frau konnte ich mir dort jedoch nicht wirklich vorstellen. "Ihr Sortiment ist wirklich sehenswert! Wo haben Sie diese ganzen Bücher her?"

"Ich greife sie hier und da auf", log ich, um den Schwarzmarkt nicht zu erwähnen.

Für mich sahen die Räume plötzlich eher wie das reinste Bücherschlachtfeld aus. Überall standen benutzte Kaffeetassen und überquellende Aschenbecher herum.

"Es tut mir leid, ich hatte keinen Besuch erwartet", verteidigte ich mich.

"Es ist beeindruckend! Ich wünschte, ich hätte noch alle Bücher, die ich je gelesen habe! Leider konnte auch ich kaum etwas mitnehmen ..." Sie dachte also, das wären alle Bücher, die ich je gelesen hatte. Ich schüttelte den Kopf grinsend.

"Was meinen Sie mit auch? Haben Sie Ihre Besitztümer entsorgt? Haben Sie aufgegeben, was Ihnen gehörte? Was ist, wenn Ihnen gekündigt wird?" Panik breitete sich in mir aus. "Muss ich auch alles aufgeben?" Und wie lange werde ich um Himmels Willen bleiben müssen? - dachte ich.

"Ich verstehe, dass Sie Fragen haben. Anders als Sie entschied ich mich bewusst für das Zentrum. Ich befürworte, was Dr. Baum erschafft und nein, mein früheres Leben ist lediglich pausiert und ich hoffe doch sehr, dass ich den Job noch sehr lange ausüben darf!" Sie lächelte. "Ich weiß aber ehrlich gesagt nicht, wie lange Sie bleiben müssen. Ihre Wohneinheit wird vom Staat weiter finanziert, Sie verlieren selbstverständlich nichts und sollten Sie in der Zwischenzeit weitere Dinge brauchen, können wir jederzeit herkommen."

Wir. Alleine könnte ich ja keinen Schritt mehr gehen, so schwanger.

Wir sahen beide auf meine Telefonanlage. Sie summte mehrmals, ohne dass sich eine von uns auf sie zubewegte. Ein Piepton und kurz darauf ertönte Lores kratzige Stimme. Weniger kratzig als gewöhnlich hörte ich, wie sie besorgt in den Hörer flüsterte: "Karly, nicht, dass ich dich beobachte, aber ich sah dich in das Genesungszentrum gehen." Anna Bavarro hob eine Braue, als ich auflachte. "Naja, also du bist bis jetzt nicht wieder rausgekommen und ich mache mir Sorgen. Ruf mich an, wenn du wieder zu Hause bist."

"Wie konnte ich mich nur mit einer Stalkerin einlassen?", fragte ich mich selbst.

"Wie war das?", entgegnete mir eine fragende Stimme. Ich hatte für eine Sekunde vergessen, dass ich nicht alleine war.

Ich packte, ohne viel darüber nachzudenken, um keinen Entscheidungskonflikt in mir zu verursachen. Die Assistentin stand wie angewurzelt im Eingang. Erst fünfzehn Minuten nachdem wir angekommen waren, fiel mir auf, dass ich ihr nicht angeboten hatte, sich zu setzen oder etwas zu trinken. Sie bat um Wasser und ging in mein Wohnzimmer. Ich huschte mehrere Male an der Tür vorbei und sah sie jedes Mal woanders stehen. Sie war entweder sehr unruhig oder sehr interessiert an meiner Unordnung. Als ich glaubte, das Nötigste gepackt zu haben, ging ich zu ihr. Sie sah sich die Hologramme auf meinen Regalen an und erkannte das Bild eines Strandes. Überrascht sagte sie, dass sie ein ähnliches Bild irgendwo gesehen hatte. "Sie haben Ihren Mikrokosmos also schon mal verlassen." Nach der Feststellung drehte sie sich weg, griff nach meiner Tasche und ging in Richtung Tür.

"Haben Sie alles?"

Mein Blick schweifte noch einmal über meine Besitztümer.

"Ja."

Das Telefon summte erneut. Wieder ließ ich es unbeachtet, bis Lore den Raum einnahm. Anders als wenige Minuten zuvor hörten wir sie sogar, nachdem wir uns die Ohren zuhielten. "Du Miststück, du dreckiges Arschloch! Krank? Wieso bin ich nicht vorher drauf gekommen? Du vögelst deine Ärztin! Putzmunter bist du heute Morgen zu ihr in die Praxis marschiert! Und ich mache mir noch Sorgen! Ha! Du zerstörst mich. Ich werde es dir heimzahlen, deine Wohneinheit in Brand stecken, niemand wird je wieder Spaß mit dir haben!" Ich lachte nicht. Anna Bavarro Fernández sah auch nicht mehr amüsiert aus. "Mich gehen Ihre Beziehungen nichts an, aber Ihre Sicherheit. Wir gehen jetzt."

"Lore ist harmlos", doch während ich es aussprach, zweifelte ich bereits an meinen eigenen Worten.

Die Zugfahrt verging langsam. Erst im Zentrum erklärte Frau Bavarro mir, wo ich rund um die Uhr Mahlzeiten finden konnte. Sie gab mir die Nummer ihres Pagers für Notfälle und sagte noch, dass sie mich am darauffolgenden Morgen für die ersten Untersuchungen und Gespräche mit Dr. Baum und Dr. Sergejev abholen würde. Ich nickte wieder mehrmals und ging dann mit meiner Tasche zum Fahrstuhl, nachdem ich ihr noch ausreden konnte, mir dabei zu helfen.

Alleine auf meinem Zimmer ließ ich den Tag Revue passieren und schrieb ihn auf, für den Knirps in meinem Bauch, der später wissen sollte, wie aufregend sein Leben war, bevor er überhaupt geboren wurde.

Dann setzte das Gefühl der Einsamkeit ein. Ich überlegte, Lore anzurufen. Verwarf den Gedanken aber und ging durch die Gänge, um ein Gefühl für das Gebäude zu bekommen. Ich fand Kantinen und sogar eine Dachterrasse. Ohne Möbel, aber so groß, wie ein Sportplatz. Draußen hatte der Schnee in wenigen Stunden eine weiße Decke auf den Wald gelegt. Ich ging wieder auf mein Zimmer, holte eine Wolldecke und einen Drehstuhl und setzte mich raus, um den Wald zu beobachten.

Hinter mir hörte ich nach einer Weile Anna Bavarros Stimme. Sie stand telefonierend hinter der Dachterrassentür und verstummte, als sie mich erkannte. Daraufhin beendete sie das Gespräch: "Ich muss jetzt auflegen, ich habe zu tun." Sie nahm den linken Zeigefinger vom Kommunikationsplug am Ohr, änderte ihren Gesichtsausdruck und kam lächelnd auf mich zu. Ich fühlte mich wie eine Patientin, die ihre erste Nacht von vielen im Sanatorium vor sich hatte.

Frau Bavarro Fernández war kurz davor sich am Geländer anzulehnen, hielt sich aber weiterhin steif mit dem Namensschild und dem Logo des Zentrums auf ihrer Brust. Dieses Emblem mit den zwei Chromosomen, durchzogen von den Buchstaben S&B und den Worten Genforschungszentrum Sergejev & Baum, machte sie wieder maschinenähnlich. Es wäre alles wohl viel merkwürdiger gewesen, wenn das Zentrum namenlos wäre, dachte ich. Wahrscheinlich hätte ich mir dann Gedanken darüber gemacht, wie legal die ganzen Forschungsarbeiten und die Labore wirklich waren. War das Legale, von der Regierung Kontrollierte, nicht angsteinflößender, stärker und intransparenter?

"Sie rauchen also", stellte ich spöttisch in Anbetracht der frischen Luft fest.

"Es kommt auf die Situation an. Sie aber nicht. Zumindest steht es so im Anamnesebogen, auch wenn Ihre Wohneinheit etwas ganz anderes verrät."

"Der Bogen ist bestimmt sechs Wochen alt!" Anna Bavarro sah mich zweifelnd an. Ich rechtfertigte mich weiter, verunsicherter: "Ich rauche nicht. Ich versuche es zumindest. Routinemäßig habe ich nie geraucht ... Nur immer mal wieder sehr viel und dann wieder gar nicht. Und mit dieser riesigen Verantwortung in mir, sowieso nicht. Aber der Bogen lügt nicht ..."

Daraufhin lachte sie. Zum ersten Mal für mich sogar nicht mehr unehrlich: "Es ist mir egal, was in dem Bogen steht." Ihr Lachen verstummte und sie sah wieder gleichgültig aus.

"Warum haben Sie den Bogen gelesen?" Und wie genau haben Sie sich meine Wohneinheit angesehen, dachte ich.

Ihr Gesicht entspannte sich weiter als sie den teuflischen Rauch ausatmete: "Ich musste", antwortete sie. Wenn ich nicht gewusst hätte, dass sie mit Sicherheit beruflich noch ihr wahres Ich vor mir verbergen musste, hätte ich schwören können, ein Augenzwinkern gesehen zu haben.

Sie rieb sich die Arme: "Was würde ich dafür geben, einen richtig heißen Sommertag erleben zu dürfen, wie es sie vor hundert Jahren im Juni gab."

Die Kälte hielt unsere Unterhaltung viel zu kurz.

"Ich erfriere! Etwas dagegen, wenn ich Sie wieder alleine lasse?", fragte sie höflich.

"Nein", lächelte ich, "ich gehe auch lieber wieder rein."

"Dann begleite ich Sie noch zu Ihrem Apartment."

"Oh nein, das finde ich schon selbst." Ich fragte mich, ob ich einen so unselbstständigen Eindruck machte, oder sie einfach nur unter neurotischem Beschützerdrang litt.

"Ich bestehe darauf."

Wir gingen zu meinem Zimmer und die Assistentin fuhr mit dem Fahrstuhl nach unten, wahrscheinlich um weiter zu arbeiten. Wenn sie für Maren arbeitete, kann es nicht viel Freizeit für sie gegeben haben. Etwas zufriedener und weniger einsam entschied ich, schlafen zu gehen und den obligatorischen Anruf bei Johann auf den nächsten Tag zu verschieben.

Am zweiten Tag sollte es aber kein Telefonat geben.

Kapitel 2

Anna Bavarro Fernández holte mich um acht Uhr am nächsten Morgen ab. Sie sah steif und kontrolliert aus, wie am Tag davor und der kurze Durchbruch dieser unsichtbaren Mauer zwischen uns schien vergessen.

"Ich bringe Sie jetzt in den Behandlungsraum 106 im ersten Stock des Hauses und hole Sie in zwei Stunden wieder dort ab." Für einen Augenblick zögerte sie. Sie blickte auf mein ungemachtes Bett. "Sie werden sich überwiegend im ersten Stock aufhalten, außer bei Besprechungen mit Dr. Baum oder in Ihrer Freizeit natürlich."

"Wie ein Hamster im Laufrad, der seinen ersten Laufradtag hat", sagte ich, doch die Assistentin lächelte nicht. "Ich werde jetzt nur noch lächeln und nicken." Ich schnaubte, sofort bereuend, dass ich meine Gedanken aussprach.

"Das ist nicht lustig."

Ich schwieg.

Im Raum 106 wartete eine Ärztin auf mich, die mir als Dr. Kleina vorgestellt wurde. Sie war nett, aber eben eine Ärztin, und darum für mich alles andere als sympathisch.

Mir wurde Blut abgenommen und ich musste, mit Sensoren an Messgräten angeschlossen, auf einem Laufband laufen. Das Laufband störte mich nicht, ich wäre freiwillig langsam gelaufen, aber es zwang mich zu rennen und schlug Alarm, wenn ich langsamer wurde. Ich verwandelte mich wirklich in einen Hamster.

"Sie sehen nicht glücklich aus", stellte die Ärztin mit ihrem messerscharfen Verstand fest.

"Bis zu diesem Zeitpunkt war ich davon ausgegangen, dass ich passiv hier leben würde. Dass ich Sport machen müsste, wäre mir nicht in meinen fantasievollen Sinn gekommen." Ich holte Luft, bevor ich weiterredete: "Darf ich das hier eigentlich so schwanger?"

"So schwanger? Theoretisch dürften Sie es, bis der kleine Mann Ihren Gebärmutterhals runterklettert." Sie reichte mir eine Flasche mit transparentem Inhalt. Wahrscheinlich Wasser. Ich lehnte dankend ab und sehnte mich nach Zigaretten. "Sie trinken den Tag über genug, ja?" Ob es eine Frage oder eine Aufforderung war, wagte ich nicht herauszufinden, sondern nickte.

Mit einem Trostkaffee ohne Koffein in der Hand suchte ich nach der Sporteinheit eine ruhige Ecke, um mit Johann zu telefonieren. Doch er ging nicht ran. Also fing ich an eine Sprachnachricht zu übermitteln, brach sie aber mehrmals ab. Ich konnte nicht zusammenfassen, was in meinem Leben los war, weil ich es zu dem Zeitpunkt selbst nicht verstand. Ein "komme bitte in das Genforschungszentrum Sergejev & Baum, aber lass dir vorher einen Termin geben, sonst lassen die dich nicht rein", musste reichen.

Anna Bavarro Fernández erschien neben mir, um mich zur Kantine zu begleiten.

"Koffeinfreier Kaffee ist kein Frühstück."

"Zigaretten auch nicht", entgegnete ich neidisch, "oder haben Sie bereits gegessen?"

Sie antwortete nicht, frühstückte aber auch nicht, während ich mir ihre Auswahl reinzwang. Obst, Müsli, Vollkornbrot und Eier stapelten sich auf dem Teller vor mir. Sie saß mir schweigend gegenüber, vertieft in die Kontrolle jedes Bissens, den ich zu mir nahm.

"Ich hasse Eier", sagte ich und schob das gekochte Ei und die Spiegeleier auf den Abfallteller.

"Ich wusste nicht, was Sie mögen. Sie müssen natürlich nicht alles aufessen."

"So viel habe ich nie gefrühstückt."

"Sollten Sie aber", entgegnete sie mit einem Lächeln. "Nahrung zu entsorgen ist nicht sehr bedacht." Sie holte sich eine Gabel und aß die Eier direkt von meinem Abfallteller. "Das bedeutet nicht, dass Sie so tun können, als würde der Rest Ihnen ebenfalls missfallen."

Erst nachdem mein Teller leer war, instruierte sie mich über die Ankunft von Johann. Er saß seit zwei Stunden in der Eingangshalle und wartete. "Warum erwähnen Sie das erst jetzt?", fragte ich wütend. "Sie hätten mich ruhig vom Laufband holen können!"

"Und alle Vorkehrungen und Ihr Frühstück überspringen? Denken Sie daran, dass Sie Pflichten als Mutter eines Jungen haben. In diesem Zentrum werden Sie der Medizin nicht entkommen."

"Haben Sie schlecht geschlafen?" Ich wurde wieder zickig und stand deshalb auf. "Entschuldigung", sagte ich sogleich. "Ich habe Johann vorhin nicht erreicht und verstehe nicht, warum ich nicht mit ihm hätte frühstücken können, zum Beispiel."

Ich stand auf und ging zum Fahrstuhl. Frau Bavarro Fernández folgte mir. "Sie bewegen sich hier bereits, als wären sie nie woanders gewesen", bemerkte sie.

"Weil ich den Fahrstuhl finde?" Ich musste lachen.

"Nein, weil Sie glauben, Sie könnten sich alleine auf den Weg machen."

Mit den Worten drehte ich mich zu ihr. "Was soll das heißen?"

"Sie sind mutig."

Als sie sah, dass ich nichts sagte, fuhr sie fort: "Sie kennen das Zentrum und mich nicht. Sie glauben, Sie haben das Recht, sich gleichgültig zu verhalten, weil wir Sie gegen Ihren Willen festhalten. Dem ist aber nicht so. Sie tragen die Verantwortung für das, was sie vor Kurzem mit Johann angestellt haben. Sie tragen als Bürger im Schutz der Regierung ebenfalls die Verantwortung, die Wissenschaft zu unterstützen. Sie können gerne meckern", wir wunderten uns offensichtlich beide über ihre Wortwahl, "aber es wird Sie dennoch nicht frühzeitig entlassen. Sie müssen hier durch und für uns beide wäre ein freundliches Miteinander auf Dauer deutlich angenehmer." Sie überlegte. Möglicherweise wägte sie ab, ihre Rede fortzuführen, während ich innerlich brodelte: "Halten Sie sich einfach an die Regeln."

Schlagfertigkeit im richtigen Moment war nie meine Stärke. Verblüfft lief ich zu ihr in den Fahrstuhl, den sie für mich geöffnet hielt.

Wir holten Johann in der Eingangshalle ab. Maren beobachtete uns. Für einen Augenblick schwiegen wir, als wir uns vor den Fahrstuhltüren begegneten. Doch ich konnte nicht an mir halten und fiel ihm weinend in die Arme.

"Schön, dich zu sehen", hörte ich ihn sagen.

"Es tut mir leid, dass ich mich nicht sofort bei dir gemeldet habe. Erst dachte ich, ich würde mir nur schnell was im Genesungszentrum verschreiben lassen und dann ging alles so schnell."

"Schon gut. Ich habe mich auch nicht bei dir gemeldet. Wollte dir den Freiraum lassen."

Ich sah in seine müden Augen. Der gute Johann, dachte ich. Er war schon so lange an meiner Seite.

"Ich hätte eine kugelrunde Karla erwartet", sagte mein Freund, "aber du siehst sogar magerer aus."

Mein Bauch verriet nicht, dass ich schwanger war. "Ich muss hier ständig Sport machen", log ich.

"Ist das gut für das Baby?"

"Das sind Ärzte, ich will nicht darüber nachdenken müssen, ob das für das Kind schlecht ist, sonst drehe ich hier noch komplett durch." Ein Schwindelgefühl schlich sich hinter meine Augen. "Außerdem ist es gar nicht so viel. Ich hasse Sport einfach."

"Ist alles o. k.?" Er griff unter meine Arme.

"Geht schon."

Wir lauschten der Stimme der Nachrichtensprecherin, die aus den Lautsprechern des Flurs schnellte:

"Dr. Baum gilt als Favoritin für die diesjährige Verleihung des Nobelpreises. Sie soll für die Forschungsarbeit am Epitop a-Gal, die sie vor vier Jahren abschloss, geehrt werden. Das Team hinter ihrer Arbeit ist selbstverständlich mit inbegriffen", berichtete die berühmteste BTN-Stimme.

Welcher Idiot hatte den BTN-Text geschrieben?, fragte ich mich.

Ich hatte es satt als Trägerin eines, bald als medizinisches Wunder deklarierten Kindes - denn mehr war ich hier nicht -, mit Johann wochenlang durch die Medien zu gehen.

Zu unserem Glück verloren Kameras und Tonbandgeräte schnell wieder das Interesse an uns. Plötzlich war nämlich einer der letzten traditionellen Möbelbauern interessanter, der einen Teil des letzten Waldes des Kontinents abholzen wollte, um ein Holzmöbelhotel auszustatten. Das löste neue Skandale aus und sogar Aktivisten protestierten, indem sie sich an vereinzelte Bäume ketteten. Und das bei diesen Rekord-Tiefsttemperaturen.

Niemand hielt sich lange an Sensationen fest. Egal wie groß sie sein mochten. Einen Jungen zur Welt gebracht zu haben, hätte meiner Meinung nach der Dauerrenner sein sollen. Ich vermutete, dass die Regierung hinter dem Nachrichtenwandel steckte.

Maren riss mich aus meinen Gedanken.

"Johann, welch ein schöner Zufall, dich hier wiederzusehen."

Johanns Lippen näherten sich meinem Ohr und er flüsterte: "Sie ist eindeutig sarkastisch."

Wir wussten aber, dass Maren in ihrer Arbeitswelt selten Sarkasmus oder überhaupt Humor zuließ.

"Spar dir das. Wieso mischst du dich wieder in unser Leben ein?" Für mich war Johann wie eine Eieruhr, bei der ich genau wusste, wann ich welchen Ton erwarten konnte. Ich schüttelte beschämt den Kopf. Wahrscheinlich fragte nicht nur ich mich, wie es zu dieser Zwischenmenschlichkeit mit ihm hatte kommen können.

"Ah, das passt zu dir, du kleiner Egoist. In euer Leben mische ich mich ganz bestimmt nicht ein. Es geht hier um viel mehr als um deine kleinen Fehltritte und Ansprüche." Ich schloss meine Augen. Maren redete weiter. "Ich habe ganz sicher nicht entschieden, eure Fortpflanzung zur wahrscheinlich Wichtigsten der letzten Jahrzehnte werden zu lassen."

"Du nennst mich wirklich einen Egoisten? Willst du deine Wortwahl nicht lieber in Karlas Beisein überdenken?" Da hatte er sie. Schach Matt.

Sie wandte ihren Blick wieder zu mir und machte den Anschein noch etwas sagen zu wollen, kniff stattdessen beide Augen zu. Doch als wir Anstalten machten, zum Fahrstuhl zu gehen, griff Maren nach meinem Arm: "Ich wollte dir nichts wegnehmen, nicht heute und auch damals ..." Johann lachte laut, hinter ihm kamen Wachmänner auf ihn zu, Johann lachte lauter. Die grundlos aggressiven Männer hielten seine Arme verknotet. Die Adern auf seinen schweißerfüllten Schläfen pochten sichtlich. Heiser hustete er Maren noch entgegen: "Vor lauter Lachen breche ich gleich in dein Gesicht, Maren."

Es musste so weit kommen. Ich wünschte, er wäre nicht in das Zentrum gekommen. Doch scheinbar hatte Maren ihn bereits erwartet und auch Untersuchungen bei ihm in die Wege geleitet. "Er wird nicht bleiben müssen, da das Kind in dir heranwächst und nicht in ihm", sagte sie. Wer hätte nicht erraten, woran ich dachte.

Ihm wurden, wie er mir später berichtete, tatsächlich alle möglichen Körperflüssigkeiten entnommen. Am Ende des Tages hatte er ohnehin keine Lust mehr darauf wiederzukehren. Er bat mich darum, ihn zwischendurch anzurufen und versprach, bei der Geburt unseres Jungen dabei zu sein. Er war gekommen, um Zeit mit mir zu verbringen und am Ende hatten wir von seinem Tag im Zentrum höchstens eine halbe Stunde gemeinsam verbracht. Gemeinsam mit Maren vor den Fahrstuhltüren.

In Gedanken lief ich durch die Gänge der oberen Stockwerke, an Menschen vorbei, die mich nicht ansahen, an Schlafraumtüren, Kaffeeautomaten und an Terrassentüren. Auf einer dieser Terrassen stand Frau Bavarro. Sie stand angelehnt am Geländer mit dem Blick zur Terrassentür. Als habe sie auf mich gewartet. Ihr Gesichtsausdruck wurde gelassen, als sie mich rauskommen sah. Wir lehnten uns beide an das Geländer, um in den weißen Wald unter uns zu schauen.

"Piet, also?" Ich wollte nicht mit ihr über Johann reden. Auch wenn sie nach Piet fragte. Das Kind würde mich für immer auf diese Weise mit Johann verbinden. Die Sex-Weise. Ich dachte darüber nach, ob unsere Freundschaft das durchhalten würde und vergaß zu antworten. "Worüber denken Sie nach?"

"Oh, Entschuldigung. Ich war vertieft ..."

"Also Piet, ja?"

"Ja, wir entschieden schnell das Kind Piet zu nennen, weil wir oft über Namen nachdenken, über Figuren, die in unserem Comic erscheinen könnten", erklärte ich mit wenigen Worten.

"Ein Comic? Sie zeichnen?"

"Nein. Ich schreibe. Ich zeichne nicht so gut. Johann eigentlich auch nicht, er tut es trotzdem. Er entschied einen Verlag zu gründen, um mich zu verlegen. Denn anders würde das Projekt nie etwas werden, weil niemand heutzutage gerne Comics verlegt, die von Naturkatastrophen handeln." Ich lächelte, während ich es erzählte. Auf der Terrasse des Zentrums hielt ich das Projekt für unrealistisch. "Der einzige Name, der uns beiden für die Hauptfigur gefiel, war Piet, und auch wenn wir nie damit gerechnet hätten, ein Kind zu bekommen, war es doch vorhin ein gutes Gefühl zu wissen, dass wir beide wortlos daran dachten, den

Helden einer Dystopie großzuziehen." Das Letzte sagte ich mehr zu mir selbst.

"Klingt romantisch. Ein Träumerpaar."

"Ja, Johann macht mich zur Träumerin." Ich lächelte.

Sie fragte mich, ob ich hauptberuflich schrieb und ob ich damit erfolgreich war und was ich daran so toll fand. "Es ist bewundernswert", sagte sie, "ich selbst bin talentfrei, was kreative Arbeit angeht. Auch das Durchhaltevermögen für lange Projekte fehlt mir, denke ich."

"Ja? Das hätte ich nicht gedacht. Ernsthaft nicht. Sie kommen mir so konsequent und organisiert vor!" Ich traute mich sogar, ihr dabei in die Augen zu sehen. Sie lachte den Kopf schüttelnd, sagte aber nichts. Ihre weißen Zähne blitzten zwischen ihren schmalen Lippen hervor. "Außerdem hat jeder die Ausdauer, ein so großes Projekt durchzuziehen, wenn er nicht davon ausgeht, dass es etwas wird. Ich habe die Arbeit am Comic als Hobby angesehen. Erst, wenn so etwas aufhört, Spaß zu machen, wird es unschön."

"Ein Hobby also?"

"Ich schreibe nicht mehr hauptberuflich. Vor einem Jahr habe ich noch bei BTN gearbeitet. Aber mir ging die Art der Berichterstattung und die Themenbeschränkung auf ein paar ausgedachte, konservative Themen gegen den Strich." Dieses Mal war ich diejenige, die lachte.

"Wieso finden Sie das lustig? Es ist ein ernstzunehmendes Problem, das Sie ansprechen und ich glaube, wir sind einer Meinung."

Ich war überrascht: "Ich begegne selten Leuten, die verstehen, warum ich aufgehört habe, dort zu arbeiten, wo es doch angeblich eine so begehrte Stelle ist, bla bla."

"Dann haben Sie eindeutig die falschen Leute um sich, was die Ideenkompatibilität angeht."

Ich konnte nicht sagen, ob sie überlegte weiterzusprechen und fragte auch nicht nach, sondern fuhr mit meiner unterbrochenen Antwort fort. "Und was mich an der Schreiberei begeistert ist, dass ich in meiner Fantasie eine schönere Welt erschaffen kann. Ob sie für den Leser dystopisch ist oder nicht, ist dabei unwichtig. Was ich erreichen kann, ist selbst eine Zeit lang woanders zu sein und vielleicht auch eines Tages die Leser woandershin mitzunehmen, ihnen keine Wahl zu lassen, sondern sie in meine erschaffene Welt mitzureißen. Sie sollen den Sog fühlen, als wären es keine Buchstaben und Gedanken, sondern wirkliche Erlebnisse. Und wenn es eben eine Dystopie ist, die ich zu Papier bringe, rege ich die Menschen vielleicht dazu an, nachzudenken."

"Worüber?"

"Über die Flüchtigkeit der Momente und die Schönheit der kleinen Dinge." Ich merkte, wie mir tausend Gedanken durch den Kopf schossen, wie verankert meine Augen auf ihren bei dem Thema festhingen.

"Wollen Sie erzählen, worum es im Comic genau geht?"

Ich sah sie wieder an: "Wenn ihr Kind in der Schule ausgelacht wird, weil es deutlich übergewichtig ist, und sie als Mutter wissen, dass ein großer Trost der wäre, dem Kind Süßigkeiten zu kaufen, würden Sie es tun?"

"Nein!", schoss es aus ihr heraus. Doch ich wartete, bis sie weitersprach: "Es könnte sein, ja." Sie fing an zu stottern, "ich denke, ich wäre wie viele Eltern machtlos, weil Trost wichtig ist. Ich glaube dennoch, dass ich es mit meinem Kind nicht so weit kommen lassen würde. Wobei es wahrscheinlich sehr schwer ist, immer aufzupassen, was das Kind macht und was genau es glücklich werden lässt. Auch wenn es nur kurzzeitige Glücklichmacher sind", sie unterbrach sich selbst: "Ich weiß nicht, wie ich reagieren würde."

"Um diese und ähnliche Fragen geht es im Comic."

Sie lächelte: "Ich freue mich darauf, es irgendwann lesen zu dürfen."

Ich sagte nicht, wie schwer es mir unsere Heile-Welt-Regierung machen würde, Kritik zu äußern.

"Es ist nett, mit Ihnen über andere Themen als das Zentrum zu sprechen."

"Nett?" Ich hob meine Augenbrauen und stieß sie am Arm vorsichtig an. Sie griff in gefühlter Lichtgeschwindigkeit instinktiv nach meiner Hand. Ich wich zurück. "Entschuldigung", stammelte ich.

"Nein, mir tut es leid. Ich wollte Sie nicht erschrecken." Sie suchte offensichtlich nach Worten.

"Ich habe Sie ja auch erschreckt."

Sie erklärte nach ein paar Minuten, dass sie ein durch und durch schreckhafter Mensch sei. "Außerdem habe ich gelernt, auf jede Bewegung sensibel zu reagieren. Es ist wie ein Fluch und ein Segen. Ich kann mich nicht daran erinnern, jemals ruhig und mehrere Stunden am Stück geschlafen zu haben. Dafür entgeht mir so gut wie nichts, wenn mehrere wichtige Dinge um mich herum passieren."

Ich konnte mich nicht in ihre Lage versetzen. "Nachfragen, was das bedeutet, führt zu nichts, oder?"

"Sie könnten mich im Schlaf beobachten", sprach sie in den Wald, als meine sie nicht mich. Ich lachte. Sie nicht.

In dieser Nacht schlief ich kaum. Meine Gedanken kreisten um Texte und Anna Bavarros Meinung. Der Gedanke an Gespräche oder Menschen löste normalerweise Knoten in meinem Kopf. Jeder Mensch inspirierte mich und jede Geschichte war erzählenswert. Doch ich lag wach, bis die Sonne aufging, ohne meine Ideen sortiert und Fragen beantwortet zu haben.

Völlig unausgeschlafen und schlecht gelaunt ging ich am nächsten Morgen zum Kaffeeautomaten. Entkoffeinierter Kaffee half meiner Stimmung, jedoch nicht langanhaltend angesichts der skurrilen Folgeereignisse. Ich hätte es wissen müssen: Lore kam.

Wieder holte mich Frau Bavarro Fernández von meinem Zimmer ab. Wir gingen nicht in den Raum 106, sondern in die Lobby.

"Warum bringen Sie mich nicht in den Raum mit den spaßigen Sportgeräten und der humorvollen Ärztin?" Anders als erwartet zeigte Sie mir daraufhin wieder ihre strahlenden, tageslichtlampenhellen Zähne.

"Ich bringe Sie in die Lobby, damit Sie mich nicht hassen, wenn ich Ihnen wieder Besucher verheimliche, mit denen Sie hätten frühstücken können."

"Besucher?"

"Naja, so etwas in der Art. Eigentlich bringe ich Sie direkt in die Lobby, damit Sie ihren Besuch bitten können, zu gehen."

"Ich verstehe nicht, warum soll jemand gehen und wer ist es?"

"Sie hat sich nicht angemeldet", sagte Frau Bavarro, während sich die Fahrstuhltüren öffneten und ich Schreie hörte und amüsierte Forschungszombies zum Eingang sehen sah.

"Lore ...", stellte ich bedauernd fest.

"Ja."

"Warum schauen denn alle zu ihr und warum lässt man sie nicht rein?"

"Wie ich schon sagte, sie hat sich nicht angemeldet, hat es dennoch bis zum Tor geschafft, da sie im Eingang durch Ihren Chip als jemand anderes gescannt wurde. Als Sie."

"Als ich?", fragte ich entsetzt. "Wie ist das möglich?"

"Das wird die Polizei herausfinden. Ich wollte Ihnen dennoch die Chance geben, etwas dazu zu sagen."

Ich lief auf den Eingang zu und sah sie, zitternd, mit rot unterlaufenen Augen, nervös und deplatziert in der Umgebung. Wie eine Gabel in der Suppe. Anna Bavarro hatte sie unterschätzt. "Wie um alles in der Welt hast du das mit dem Chip hinbekommen?" Ich fauchte sie an und sie zuckte zusammen. Sie tat mir plötzlich leid.

"Karla, schöne Karla!"

"Lore, ich habe dich etwas gefragt."

"Das ist leicht, erinnerst du dich an Laura?" Ich erinnerte mich an sie. Eine Möchtegern-Hackerin. Sie sollte in diesem Zusammenhang besser nicht erwähnt werden, dachte ich, da sie auch maßlos unterschätzt werden würde. Dass jemand wie Laura ID-Chips fälschen könnte, hätte ich aber auch nicht gedacht. Anna Bavarro schrieb sich offensichtlich auf, worüber wir sprachen und ich seufzte.

"Lore, du darfst nicht hier sein. Du kannst kein geschütztes Gelände mit einem gefälschten Chip betreten. Ich fasse es nicht, dass ich dir das erklären muss!"

"Aber Karla, es ist mir egal, ich wollte zu dir, ich verzeihe dir das mit Johann! Wir kriegen ein Baby! Ich habe es gelesen. Ich bin für dich da! Wir können eine Familie werden, verstehst du? Es ist egal, wie viele Chips ich dafür fälschen lassen muss!"

Ich schüttelte ungläubig den Kopf. "Ist dir bewusst, was du da sagst? Du hast gegen das Gesetz verstoßen! Diese uniformierten Damen dort drüben", ich zeigte auf eine Gruppe Polizistinnen und Lore drehte ihren Kopf zu ihnen, "werden dich gleich mitnehmen. Aus dem Gefängnis heraus kannst du niemandes Familie sein. Und auch sonst nicht meine, Lore!" Ich wurde laut.

Sie wollte nach meinen Händen greifen, doch Anna Bavarro zog mich zurück und stellte sich vor mich. Sie bat Lore höflich, zurückzubleiben. Ich konnte das Klicken in Lores Kopf fast hören. Sie rastete aus: "Du Hure! Fickst diese steife Kampfmaschine!" Die Augenbrauen der Assis-

tentin zogen sich hoch und sie sah mich fragend an. "Ich wusste, dass du eine miese Drecksau bist! Bemühe mich hierher zu kommen! Weißt du, wie viel Laura dafür wollte, du Scheißkuh?!"
"Beruhige dich, Lore!"
"Ich soll mich beruhigen?" Dann fing sie an zu schreien. Die Polizistinnen liefen auf sie zu, Anna Bavarro hielt mich hinter sich, mein Handgelenk in ihrem festen Griff. Ich konnte nichts mehr sagen. Mir blieb nichts anderes übrig, als schockiert zuzuschauen. "Was ist hier nur los?", flüsterte ich vor mich hin.

"Die Frage ist, was für Menschen Sie noch in Ihrem Leben haben, die uns Probleme bereiten könnten", sagte Anna Bavarro, ohne eine Antwort zu erwarten. Sie ließ mich los, gab den Polizistinnen Anweisungen und brachte mich zum Fahrstuhl. Über die Schulter konnte ich sehen, wie die Gruppe die zappelnde, schreiende Lore fortbrachte. "Was passiert mit ihr?", wollte ich wissen.

"Sie wird auf ein Revier gebracht, verhört und je nach Straftatenregister festgenommen oder freigelassen. Es wird ihr nicht erlaubt sein, sich dem Zentrum oder Ihnen noch ein Mal zu nähern."

Frau Bavarro begleitete mich zum Raum 106. "Was machen Sie heute?", ertappte ich mich zu fragen.

"Arbeiten."

"Ja, ich meine was genau? Sind Ihre Aufgaben spannend?" Ich fühlte, wie sie innerlich die Augen rollte.

"Ja, mein Job ist spannend."

"Nehmen Sie mich mit." Meine Frage überraschte mich selbst.

"Was? Ich meine, wie bitte?"

"Ja, also, ich meine ..."

"Ich kann Sie nicht mitnehmen." Sie betonte das letzte Wort, als wäre ihr Job lebensgefährlich und ihr verboten, darüber zu sprechen. Vielleicht war es das auch. "Sie werden von Frau Dr. Kleina erwartet. Und ich habe genug zu tun, als dass ich Sie beschäftigen könnte."

"Ich wäre still. Einfach nur daneben. Um nicht wieder Sport machen zu müssen."

Sie zögerte. Sie wägte tatsächlich meine merkwürdige Bitte ab.

"Ich setze mich einfach dazu und lese", unterstützte ich ihre Gedanken.

"Na gut. A-aber nur heute. Wir sagen Frau Dr. Kleina i-ich würde Ihnen ein paar Dinge zeigen und Fragen stellen", stotterte sie. "Aber nur heute", wiederholte sie.

"Ja!", stimmte ich lächelnd zu. Ich freute mich wie ein Kind. Dabei war mir der Sport noch nicht so sehr auf die Nerven gegangen, wie ich es darstellte. Ich wollte an dem Tag nicht mehr über Lore oder Johann nachdenken, sondern zusehen, wie ein Arbeitstag dieser Frau aussah.

Wir gingen in das große Büro hinter der Rezeption, in dem ich zwei Tage zuvor bereits war. Der große Raum war menschenleer. Dafür voll von Plakaten mit Formeln, Ideen, Bildern, alten, zerfallenden Zeitungsausschnitten, Regalen mit Ordnern, einer riesigen Fensterfront gegenüber der Tür und zwei großen Schreibtischen, ebenfalls voller Dokumente. Ein modernes, papierloses Büro stellte ich mir deutlich anders vor. Die Unordnung war mir am ersten Tag nicht aufgefallen. Anna Bavarro zeigte auf einen Sessel am Ende der Fensterfront.

"Setzen Sie sich. Wollen Sie etwas trinken? Ich hole mir einen Kaffee."

"Ja gerne! Bringen Sie mir bitte einen entkoffeinierten Kaffee mit?" Ich überlegte, als die Assistentin belustigt zustimmte. "Ich kann Ihnen einen Kaffee holen, dann sparen Sie sich den Weg!" Die Idee schien mir ein geeignetes Dankeschön dafür zu sein, dass sie mich mitgenommen hatte.

Sie schüttelte lächelnd den Kopf. "Was mache ich hier nur?", hörte ich sie murmeln, während sie den Raum verließ. Im Stillen begann ich es zu bereuen danach gefragt zu haben, sie zu begleiten. Was, wenn ich Maren begegnete oder Dr. Sergejev, dem ich seit meinem Einzug im Zentrum noch nicht einmal begegnet bin? Je nervöser ich wurde und je öfter ich aufstand, um zur Tür zu gehen, desto langsamer verging die Zeit. Mein Blick fiel auf die Wände und auf den vergilbten Zeitungsausschnitt, der über Marens Durchbruch berichtete. "Weit hast du es geschafft", sagte ich leise.

"Ja, nicht wahr?"

Ich schrie hell auf. Maren stand hinter mir. "Wie bist du, ich meine wann?"

"Die Frage ist, wie du hier reingekommen bist, Karla." In dem Moment kam auch Frau Bavarro wieder.

"Guten Morgen Dr. Baum", sagte sie fröhlich.

"Können Sie mir erklären, was Frau Raingot hier zu suchen hat?"

"Oh, ja, also ich wollte ihr ein paar Fragen stellen", begann sie zu stammeln.

"Maren", unterbrach ich ihre Assistentin, "ich wollte nicht zu Dr. Kleina und habe Frau Bavarro überredet, mich mitzunehmen. Ich will auch nicht stören, nur dort drüben sitzen und lesen."

Maren blickte verständnislos zu ihrer Assistentin, die nun gar nicht mehr so stark und kontrolliert wirkte. "Ich kann auch wieder gehen", fuhr ich fort.

"Nein. Es ist in Ordnung. Ich weiß, wie leicht du Menschen dazu bewegst dir zu geben, was du willst." Mit den monotonen Worten, die ich erst begriff, als sie weg war, drehte sie sich von Frau Bavarro und mir weg und verließ den Raum. Ich blickte noch eine Weile ungläubig zur Tür.

"Wie meint sie das?", hörte ich die noch verbleibende Stimme im Raum fragen.

"Ich bin mir nicht sicher." Sie bekam die ehrlichste Antwort, an die ich denken konnte.

"Ist das so?"

Ich blickte hinter mich. Sie lächelte für mich unverständlich. Sie hielt mir den Kaffee entgegen, als sie sah, was ihre Frage bewirkte.

"Ich habe einen entkoffeinierten Kaffee bekommen. Das sagt alles, oder? Danke."

"Keine Ursache."

"Ich hoffe, ich habe Sie nicht in Schwierigkeiten gebracht."

"Das hoffe ich auch." Sie sah allerdings nicht besorgt aus, während sie das sagte. "Dr. Baum weiß gerne über alles Bescheid. Ich denke sie wird wissen, dass ich sie informiert hätte. Es ist ja noch früh. Außerdem wird sie begrüßen, dass sie nicht gänzlich davon abgeneigt sind, im Haus zu bleiben." Sie überlegte, "was nicht heißen soll, dass wir davon ausgingen, Sie würden uns verlassen. Das können Sie nämlich nicht."

Ich lächelte. "Sie müssen nichts erklären. Ich bin Ihnen dankbar."

Sie hielt meinen Blick und zeigte dann wieder auf den Sessel in der Ecke. "Sagen Sie Bescheid, wenn Sie etwas benötigen."

Die Stunden in diesem Raum vergingen viel zu schnell. Es geschah nichts und unter anderen Umständen hätte ich den Raum langweilig gefunden, aber ich war nicht alleine. Ich konnte Bücher über Marens Arbeit und über Forschung zu Schwangerschaften mit männlichen Föten verschlingen. Ich dachte an Piet, legte meine Hand auf meinen Bauch und versuchte telepathisch herauszufinden, ob er es gemütlich hatte. Mir war, seitdem ich im Zentrum war, nicht mehr schlecht und ich hörte wieder, wie Dr. Kleinas Stimme in meinem Kopf mir versicherte, dass es normal und gut sei.

Außerdem konnte ich die junge Assistentin beobachten. Sie arbeitete dermaßen konzentriert, dass ihre Stirn über Stunden in Falten lag und sie den Abdruck ihrer Faust an der linken Wange trug, als sie zur Mittagszeit zu mir schaute. Als habe sie vergessen, dass ich da war, blickte sie mich erschrocken und gleichzeitig glücklich überrascht an. Zu meinem Bedauern stand sie auf und unsere gemeinsame Zeit nahm für den Tag langsam ein Ende.

"Darf ich wiederkommen?", fragte ich sie, als ich ein Buch zurück an seinen Platz stellte, von dem ich nicht einen Satz gelesen hatte, und wir den Raum verließen.

Sie musterte mich, überlegte, ob sie das Risiko gefeuert zu werden, eingehen konnte. "Ich werde gleich im Labor erwartet. Da darf ich sie wirklich nicht mit hinnehmen. Ob wir das wiederholen, entscheiden wir spontan, o. k.?"

Wie ein Kind, dem man erklären muss, warum es keine Zuckerstangen mehr bekommt, erwartete sie Verständnis. Ich nickte. "Sie können sonst auch gerne im Sportraum arbeiten, während ich zu einem Schweißfluss werde!", verkündete ich meine geniale Idee und wurde rot. "Das ist eine wahnsinnig schlechte Idee." Und ich habe nicht wirklich Schweißfluss gesagt, ärgerte ich mich. Und wieder blitzten ihre Zähne hervor.

Alleine vor Marens Büro überlegte ich, mit welchen spannenden Unternehmungen ich den Nachmittag füllen konnte. Ich sah Maren am Empfangstresen lehnen. Sie sah mich an, überlegte vielleicht zu mir zu kommen, tat es jedoch nicht. Ich ging zum Fahrstuhl und in mein Apartment.

Im Morgengrauen wachte ich auf dem Sofa mit Blättern des Comics an meinen Wangen klebend auf. Ich entschied, mit meinem Drawpad an die frische Luft der Terrasse zu gehen. Durch die Glasscheibe konnte ich die Silhouette einer Frau am Geländer erkennen. Und auch wenn ich den Tag mit Frau Bavarro bereits zu vermissen begann, wollte ich in diesem Moment lieber die inspirierende Morgenruhe für die Arbeit nutzen. Ich drehte mich weg und entfernte mich, bis mich Maren überraschend zu sich rief. Ich näherte mich und erblickte sie und wir sahen uns gleichermaßen irritiert an.

"Karla. Wieso schläfst du nicht?"

"Ich habe zu viel Kaffee getrunken und hier ist es so ruhig ..." Ich überlegte kehrt zu machen.

"Trinkst du nicht entkoffeinierten Kaffee?" Sie lachte, als sie meinem unruhigen Blick begegnete. "Ich wollte ohnehin gleich gehen, dann hast du Ruhe." Ich erinnerte mich, dass sie früher auch kaum schlief. Ihr im Zentrum nachts begegnen zu können, hatte ich dennoch nicht erwartet.

"Nein nein, du musst nicht gehen." Ich fühlte Gleichgültigkeit. Ihre Gegenwart störte mich plötzlich nicht mehr. Sie aber insistierte.

"Sicher? Also, es macht mir nichts aus ..." Ihre Autorität schlief bereits, dachte ich.

Ich lehnte mich neben sie, wie vor wenigen Stunden neben ihre Assistentin. Ich fragte mich so dicht neben ihr, ob ich die Erinnerung an frühere Zeiten verloren hatte. Ob ich ihr verziehen hatte.

"Das, was ich gestern Nachmittag im Flur sagte, war ehrlich ...", fing sie an, doch ich unterbrach sie: "Ich weiß. Es ist o. k., du musst nichts sagen." Ich sah sie dabei nicht an. Ich wollte, dass sie sieht, dass auch ich es ernst meinte. "Schön, dass du noch so glücklich an Andrés Seite bist, nach all den Jahren." Als ich ihren verwirrten Blick sah, musste ich mich von ihr abwenden.

"Ich verstehe nicht, du denkst doch nicht, ich wäre damals mit ihm ... Wir haben geforscht. Ich weiß ja, dass ich meine gesamte Zeit mit ihm verbracht habe, aber ..." Sie redete, als würde ich sie immerzu unterbrechen, aber ich ließ ihr ausreichend Zeit. "Karla, du weißt, wie wichtig mir die Arbeit ist und mit ihm war es möglich, so vieles zu erschaffen, verstehst du?"

Skeptisch sah ich sie an. "Wir haben nie darüber geredet." Nachdem ich den Kontakt zu ihr abgebrochen hatte, las ich in der Zeitung, dass André Sergejevs Tochter gestorben war und dass sich kurz darauf auch seine Frau das Leben genommen hatte. Wie sarkastisch das Leben mit einem umgeht, dachte ich. Verlierer blieben Verlierer. Warum also noch mehr verlieren? Da hat ein Kind einen Vater und es stirbt. An seiner Stelle hätte ich nichts mehr gekonnt, aber er hatte das Forschungszentrum mit Maren aufgebaut.

"Ich habe mir unzählige Fragen in den vergangenen Jahren gestellt, die ich versucht habe hier zu unterdrücken, weil sich mein Leben nicht mehr um dich dreht." Jetzt stand sie jedoch neben mir und ich hätte alles fragen können.

"Neugierig musst du doch immer noch sein. Frag mich."

"Was genau ist damals passiert, Maren?" Ich spürte den schnippischen Unterton: "Ich meine, wie konnte Dr. Sergejev nach dem Verlust seiner Familie weiterarbeiten? Wie hast du ihn dazu bewegt weiterzumachen?"

Verstört blickte sie auch nach dieser Frage in meine Augen, aber sie schaute gedankenverloren durch mich hindurch. Das transparente Blau um ihre Pupillen wich dem endlosen, wachsenden Schwarz. "Du musst nicht antworten. Ich kann mir vorstellen, wie hart es gewesen sein muss."

"Nein. Du hast gute Gründe mich das zu fragen. Verständlicherweise habe ich aufgehört mit dir zu reden, als du gingst. Wie sollst du jetzt auch wissen, was wirklich war. Es ist so viel Zeit vergangen. Ich wüsste nicht, warum ich diese Frage weiter in der Luft hängen lassen sollte ..."

Ein dumpfer Knall holte uns aus dieser Unterhaltung. Die bebende Erde warf uns zu Boden. Eine Staubwolke breitete sich um uns aus. Hustend tastete ich nach Maren, griff nach ihrer Hand und zog sie mit mir auf die Beine. Sie starrte mich perplex an, vergewisserte sich, dass wir laufen konnten, und riss mich hinter sich her. Am ersten Tag fragte ich mich noch, wie es für alle scheinbar möglich war, im Zentrum immer wach und fokussiert zu sein und jetzt, nur 66 Stunden nach meiner Ankunft war auch ich bei Sinnen, nachdem mein Kopf unsanft auf den Terrassenboden aufschlug. Die Flure füllten sich mit panischen Gesichtern, die ich kaum erkannte. Maren zog mich schneller hinter sich her, als ich laufen konnte. Blut lief in mein rechtes Auge. "Maren, mein Herz schlägt mir bis zum Hals!"

"Ich kann dich tragen!"

Ich hatte mich noch nicht daran gewöhnt, schwanger in diesem Forschungszentrum zu sein. Wie hätte Maren mich tragen können, nachdem ich jahrelang wütend auf sie war? Immer noch lag der Staub der Explosion so dicht in der Luft, dass ich keine Anstalten machte, Frau Bavarro in der Menge zu suchen. Wir rannten die Treppen des Fluchtweges herunter. Marens Assistentin war bereits draußen mit ihrem Zeigefinger am Ohrplug. Sie unterbrach das Telefonat, als sie Maren und mich durch die Türe stolpern sah. Sie sah so akkurat geleckt aus wie zu jeder Zeit.

"Ich hatte Sie nicht in Ihrem Zimmer gefunden!", sagte sie zu mir, schien es aber Maren zu erklären.

"Es ist schon o. k., in einer solchen Situation erwarte ich nicht, dass Sie Karla suchen", erwiderte Maren besorgt. Annas kontrollierter Assistentinnenblick fiel auf meine Hand, die Maren noch festhielt. Sie nickte verstört, schaute noch einmal zu mir und ging dann zu einer Gruppe von Sicherheitsbeamten, hob den Daumen wieder an ihr Ohr, um weiter zu telefonieren und konzentrierte sich darauf, die Ordnung im Chaos wiederherzustellen.

"Das ist nicht üblich", stellte Maren fest.

"Explosionen? Sag bloß."

"Ich sage es, damit du nicht wegläufst nach einem Tag bei mir."

Ich überlegte etwas zu entgegnen, das ihr bewusst machte, dass mein Aufenthalt und eine eventuelle Flucht rein gar nichts mit ihr zu tun hätten. Ich ließ Marens Hand los. Sie sah mich an, als habe sie auch erst dann begriffen, dass sie sie noch festhielt. "Entschuldige ... Wir müssen dich gleich untersuchen, wegen des Sturzes ...", sagte sie. Sie hatte recht. Ich hielt meinen Bauch geistesabwesend fest.

"Mir geht es gut. Und ja, ich warte dann auf dein Kommando", stimmte ich ihr zu.

"Ich meine damit, dass wir dich sofort untersuchen müssen." Sie ging zu einer Kittelträgerin und zeigte auf mich. Wenig später saß ich auf der Treppe vor dem Eingang des Forschungszentrums und der Geruch nach Desinfektionsmittel des Tupfers an meiner Stirn breitete sich aus. Maren entfernte sich von uns und ich ging wieder zur Assistentin, um mehr über die Explosion herauszufinden. In der Zwischenzeit füllte sich der Vorplatz des Zentrums mit Sicherheitspersonal.

Ich glaubte, sie überlegte, wie weit sie ausholen sollte, um mir zu erklären, was passiert ist. Schließlich sagte sie: "Auf der Höhe des Labors gab es eine Explosion. Ich meine das Labor, an das auch Dr. Baums Büro grenzt, in dem wir heute Morgen waren, sagte mir Dr. Sergejev vorhin."

"Das war kein Unfall, oder?" Sie sah, wie ich besorgt zu Maren schaute.

"Jemand erachtet Dr. Baums Forschung als unangebracht. Es bleibt zu klären, ob dieser jemand genau wusste, welche Räume er zerstört. Darum auch die Herrschaften in Schwarz." Sie blickte zu den Sicherheitsbeamtinnen mit ihren Rekonstruktionshologrammen.

"Wer soll diese Forschung nicht gut finden?" Gänsehaut breitete sich auf meinem Körper aus. "Es geht darum, die Menschheit zu erhalten!"

Eine Beamtin näherte sich uns. "Frau Bavarro, kann ich Sie kurz sprechen?" Sie entfernten sich nur wenige Schritte. Ich konnte alles mithören. "Die Explosion stammte von einer Senfgasbombe. Die Menschen, die das machen, wissen ganz genau was sie tun, auch wo und wann." Frau Bavarro blickte über ihre Schulter zu mir.

"Wir reden später, Karo", sagte sie zur Polizistin und näherte sich mir daraufhin wieder. "Sie sollten sich besser hinlegen. Ich bringe Sie rauf."

Ich war verwirrt. "Aber ich verstehe nicht genau warum. Wieso ist die Rede davon, dass diese Menschen, die mit der Forschung nicht einverstanden sind, glauben, es fänden hier Verbrechen statt?"

Sie seufzte. "Sie wissen noch so wenig Frau Raingot ...", jetzt hatte sie Mitleid mit mir. Noch eine Person in der Karla-Mitleidsbox. "Es gibt viele Gründe diese Art von Forschung zu missbilligen. Die GBA zum Beispiel glauben, es gäbe Fehlversuche, die bereits lebensfähig seien, aber entsorgt würden." Sie unterbrach sich selbst, vertieft in ihre Gedanken.

"Wer sind die GBA?"

"Sie wissen nicht, wer die GBA sind?", fragte sie erstaunt, wartete aber keine Antwort ab. "Es sind die Aktivsten, die von den Berliner Tagesnachrichten auf Genforschungszentrum-Boykott-Aktivisten getauft wurden. Die meisten Vorfälle, die gegen Politiker und das Forschungszentrum in den letzten Monaten stattfanden, gehören wahrscheinlich in den Aktionsradius derselben Menschen. Sie wurden noch nicht gesehen oder identifiziert, aber die Vorgehensweise ist immer dieselbe. Es werden Schlüsselmenschen oder -räume, wie in diesem Fall, angegriffen, Veranstaltungen unterbrochen, geheime Informationen digital übertragen - ohne jemals jemanden physisch zu verletzen."

"Sie finden aber richtig und gut, was Maren macht, sagten Sie zumindest", entgegnete ich.

"Ich habe auch keine Explosion verursacht", verteidigte sie sich zu Recht. Ich entschuldigte mich und wurde nachdenklich.

"Und meinen Sie die gleichen Aktivisten, die auch letztes Jahr die Stadt mit Flyern bedeckt haben?"

Sie nickte. "Wobei ich es auch leicht jemand anderem zutrauen würde, nachdem was Ihre Freundin Ihnen aufs Band gesprochen und hier diese Show abgezogen hat."

"Was? Lore? Oh Gott nein! Sie kann nicht einmal ein Streichholz ohne Hilfe zünden!" Ich lachte. Anna nicht. "Das war doch ein Scherz, oder? Also sie hat ja nicht einmal das mit dem Chip alleine hinbekommen."

"Ich sage ja auch nicht, dass sie es alleine war. Wir müssen jede Möglichkeit in Betracht ziehen. Ich sage Ihnen noch etwas, die Explosion hat einen Teil des Waldes beschädigt und sie hätte den gesamten Wald in Flammen aufgehen lassen, wenn der Brand nicht glücklicherweise schnell unter Kontrolle gebracht geworden wäre. Der betroffene Teil des Waldes ist auch meine Laufroute. Es ist der Teil, in dem niemand sonst herumspaziert, weil er zu stark bewachsen ist. Sie, oder wer auch immer, kann es auch auf mich abgesehen haben. Vielleicht aus Eifersucht. Darum verdächtige ich Lore. Sie hat es geschafft, hier einzudringen. Ich denke nicht, dass Sie sie unterschätzen sollten."

"Aber wurde sie nicht gerade erst festgenommen?"

"Sie wurde freigelassen. Dafür wurde Laura Weber festgenommen. Ich denke, ein Gerichtsverfahren wird entscheiden, ob sie je wieder an einem PC sitzen wird."

"W-was?" Ich war schockiert. "Aber ..."

"Aber was? Lore ist schuldig? Oder tragen Sie vielleicht die Schuld? Dennoch hat Laura getan, was sie getan hat. Und wenn sie so dumm war, ihrer Freundin Lore ihr Geheimnis für Geld anzuvertrauen, dann tut es mir für sie leid."

"Sie haben ja recht ...", dennoch schüttelte ich ungläubig den Kopf. "Aber wie soll sie denn die Explosion verursacht haben ... Ich weiß nicht mehr, was ich glauben soll."

"Kommen Sie", sie führte mich an den Rand der sich ansammelnden Menschenmassen. "Lore ist vielleicht unzurechnungsfähig, aber auch furchtlos."

"Sie meinen es ernst." Sie meinte es ernst. "Ich glaube nicht. Also Lore ist merkwürdig, ja ...", ich fragte mich dennoch, ob sie zu so etwas imstande gewesen wäre.

Die Beamten, die vielen Kittelträger, die Rettungswagen, das Blaulicht und die drei oder vier Verletzten im Hintergrund zu beobachten, führte mir das Ausmaß des Ganzen vor Augen. Ja, es ging um die Menschheit, aber wie genau hier geforscht wurde, wusste ich wirklich nicht.

"Sie haben genug mit sich selbst zu tun." Ihre Stimme klang wieder viel zu hart in meinen Ohren.

"Aber diese ganzen Menschen arbeiten für die Regierung und manch einer auf der Welt weiß vielleicht, was unter deren Dächern geschieht und will es verhindern. Mit gefährlichen Mitteln."

"Frau Raingot, ich kann Ihnen natürliche Schlafpillen zukommen lassen." Sie meinte es wahrscheinlich nur nett.

Ich verneinte.

Anna beobachtete gedankenverloren die sich langsam legende Schicht von aufgewirbeltem Staub. "Wie ein ewiger Kampf, Sommer gegen Winter", murmelte sie, ehe sie mich ansah, "so ist auch das Leben, ein widersprüchliches Hin und Her: Wenn wir haben, was wir vermeintlich wollen, tendieren wir doch zu anderen Wegen."

Ich folgte ihrem Blick. Sie sah zu einem älteren, schlaksigen Mann mit einer langen Narbe im Gesicht und rosa Schuhen. Ich erkannte ihn sofort. "Frau Bavarro, wie gut kennen Sie Dr. Sergejev und Dr. Baum?" Sie sah überrascht wieder zu mir.

"Meinen Sie als Partner?" Ich nickte, sie überlegte. "Ich weiß nicht viel, ehrlich gesagt. Ich muss zugeben, dass ich mich das auch oft gefragt habe, aber dennoch traute ich mich bisher nicht Fragen zu stellen, die außerhalb meines Arbeitsbereichs liegen. Es gibt Tage, an denen ich das Gefühl habe, sie seien ein Herz und eine Seele. Und an anderen Tagen glaube ich sogar, Hass in ihren Augen zu sehen." Sie zündete sich eine

Zigarette an. Nicht nett von ihr. "Fragen Sie mich nicht, warum. Es ist so ein Gefühl, wissen Sie?" Wir schwiegen. Dann drehte sie sich weg, als wolle sie gehen und sagte: "Ich erzähle Ihnen wieder viel zu viel! Ihnen ist klar, dass Sie genug wissen, um mich hier kündigen zu lassen?" Daraufhin lächelte sie.

"Keine Sorge."

"Außerdem sollten Sie längst auf Dr. Kleinas Pritsche oder in Ihrem Bett liegen." Sie warf erschrocken über diese Feststellung die Zigarette in den Aschenbecher neben der Eingangstür und brachte mich in das Obergeschoss. Dr. Kleina entfernte den Verband, den die Kittelträgerin um meine Stirn gebunden hat. "Oh mein Gott!", erschrak Frau Bavarro, "das sieht gar nicht gut aus!"

"Geht es Ihnen gut?", hörte ich Dr. Kleina noch fragen, bevor ich ohnmächtig wurde.

Wann die Ohnmacht zu einem Traum wurde, konnte ich nicht wissen. Ich wusste aber, dass ich unterbewusst anfing, Johann zu vermissen. Ich träumte, wie er mit seiner sauberen Schulhose in eine Schlammpfütze sprang, während unsere Lehrerin hysterisch vom Klassenfenster seinen Namen rief und ihm untersagte, weiterzumachen. Doch er hatte Spaß und konnte nicht aufhören. Dann wachte ich alleine in meinem Bett im Apartment auf und erinnerte mich an die Explosion und an das besorgte Gesicht der Assistentin.

Die Normalität und Stille, die sich nach der Explosion auf das Zentrum legten, führten mich in den Wahnsinn. Ich fühlte mich einsam, mir war langweilig, ich hasste den Sport am Morgen, unterhielt mich fast ausschließlich mit Piet und überlegte, ohne Antworten von ihm zu erhalten, wie unsere Zukunft wohl aussähe. "Ich bräuchte eher einen Psychologen als eine Konditionstrainerin", erklärte ich Dr. Kleina, die daraufhin unbeeindruckt mit unserem Morgenprogramm fortfuhr.

Langsam kitzelten sie und die anderen Ärztinnen an meiner Geduld. Ich hätte aufgehört Erklärungen zu erwarten, wenn mir jemand täglich vorgelogen hätte, welche positiven Ergebnisse durch mich erzielt wurden. Aber die komplette Ahnungslosigkeit machte mich unausstehlich zickig. Anna Bavarro hatte ich mehrere Tage nach der Explosion nicht gesehen. Wahrscheinlich hatte ich meine Routine gefunden und brauchte sie nicht mehr. Oder wir gingen uns unterbewusst aus dem Weg. Ich mied sogar die Terrasse, nur um Maren nicht zu begegnen.

"Ihr Bauch wächst wirklich kaum merklich!", stellte Dr. Kleina eines Tages fest. Es hörte sich wie eine Diagnose an und schon wurde ich unruhiger. Dabei lechzte ich nach Informationen. Doch solche, die möglicherweise negativ waren, wollte ich nicht hören. "Das ist wunderbar für ihren Rücken, glauben Sie mir!"

"Und ist es auch gut für meinen Sohn?"

"Ja, er hat ein sehr starkes Herz." Ihr Lächeln verriet mir, dass sie mit einer positiven Anmerkung versuchte, drei Negative zu vertuschen.

Bis in die letzten Wochen vor Piets Geburt streckte ich meinen Bauch manchmal aus, damit ich das Gefühl bekam schwanger zu sein. Johann, den ich im Rahmen meiner Untersuchungen nun öfter zu Gesicht bekam, glaubte mir auch endlich, dass ich anfangs nicht absichtlich versuchte, die Schwangerschaft zu verheimlichen.

Dr. Sergejev bekam ich auch öfter zu sehen. Zu oft für meinen Geschmack. Er wunderte sich offenkundig über das langsame Wachstum des Knirpses in mir. "Es besteht kein Grund zur Sorge", wiederholte er so oft, dass ich mich doch sorgte, und bekam Nasenbluten, während seiner Versuche, mich abzutasten. "Ich habe selten ein so kleines Kind in der 24. Schwangerschaftswoche gesehen wie Ihres. Vielleicht ist dies Teil des Rätsels Lösung." Diese Feststellung machte Sergejev an dem Tag, an dem auch Johann bei der Untersuchung dabei war.

"Aber", wiederholte er, "es besteht kein Grund zur Sorge." Johann bewegte sich nervös hin und her. Meine Versuche, ihn zu beruhigen, blieben ergebnislos, weil er meinen Puls ebenfalls weiter hochtrieb. Seine Anwesenheit schaffte mich.

Dr. Sergejev zog kurzerhand sogar Maren zur Beratung hinzu. Sie hatte ich bereits seit Wochen nicht gesehen. Für mich war ihre Anwesenheit anstrengend. Ich fühlte mich unwohl und war unkontrolliert sauer, weil sie sich so lange nicht hatte blicken lassen. Sie bestätigte, dass alles in bester Ordnung sei, verließ mit Dr. Sergejev den Raum und redete vor der Tür mit ihm und Dr. Kleina weiter. Dass mich solch ein Verhalten neugierig machte, ignorierten sie. "Können Sie nicht hier weiter sprechen? Sie sprechen doch über mich oder Piet, das weiß ich!" Ich bat Dr. Kleina um Erklärungen und atmete tief ein, als sie voller Sorge endlich doch zu mir traten. "Was ist, Karla?", fragte Maren, während sie ihre kühle Hand auf meine Stirn legte. "Kriegst du schlecht Luft?"

"Nein Maren, ich kriege Luft. Es geht mir gut. Ich fühle mich gut."

"O. k. und warum wolltest du uns wieder sprechen? Wir waren vor zwei Minuten hier", rief sie mir ins Gedächtnis.

"Könnt ihr, sollte etwas merkwürdig an meinem Zustand sein, nicht so tun als wäre alles in Ordnung, um dann direkt vor der Tür unter vier Augen darüber zu sprechen? Ich weiß nichts! Nichts wird an mich weitergegeben, nur, dass kein Grund zur Sorge besteht. Es wäre wunderbar, wenn ich nicht das Gefühl hätte, ihr würdet mich belügen!" Ich holte erneut einen tiefen Atemzug. "Mir fällt die Decke auf den Kopf. Ich bin seit Wochen in dieser sterilen Umgebung und tue alles, was mir vorgeschrieben wird. Mein ganzes bisheriges Leben musste ich hierfür aufgeben! Ich verdiene mehr Informationen! Ich erwarte einen gesunden Jungen, ja? Könnt ihr das bestätigen?"

Niemand regte sich. Sie warteten auf einen Wutanfall, doch ich hatte gesagt, was mir auf dem Herzen lag. Langsam ließ ich das Polster der Pritsche los, auf der ich saß, und entspannte mich wieder.

"Frau Raingot, Ihr Sohn ist kerngesund. Der Grund für unsere Unruhe ist, dass wir noch nicht wissen, warum es ihn gibt. Wir können zum jetzigen Zeitpunkt noch nicht sagen, wieso Ihr Sohn die Ausnahme bildet, was an ihm anders ist, warum er einer der wenigen ist, die in dem Stadium noch leben." Mein Herz setzte kurz aus.

"Erwarten Sie, dass er es nicht schafft?"

"Das habe ich nicht gesagt."

"Aber Sie denken es."

"Warte doch", sagte Johann, der meinen Wutausbruch bisher erstaunlich still bezeugte.

Ich sah ihn wütend an. Wieso tickte seine Ungeduld so anders als meine? Waren meine seltenen Ausraster in seinen Augen so unangebracht wie seine in meinen?

"Karla", sprach Maren, "ich sage dir ehrlich, dass wir keinen Grund sehen besorgt zu sein, weil wirklich alles in bester Ordnung ist. Wir wüssten nur gerne, warum. Verstehst du? Damit all die anderen Jungen auch leben könnten, wie dein kleiner Piet." Ich fühlte, wie sie versuchte Ihre Gefühle zu unterdrücken. Die kalte Maren, die all die Jungen der

Welt retten wollte. Aber sie wirkte beruhigend, anders als sonst. Ich nickte.

Nachdem alle den Raum verließen und ich mich umziehen durfte, blieb ich eine Weile vor dem Fenster stehen.

Das einzig Schöne an den Wochen war, dass es trotz der eisigen Kälte, die das gesamte Jahr verfinsterte, Herbst im Haus wurde. Währenddessen schneite es immer weiter und die Baumkronen färbten sich weiß. Die Gemälde an den Wänden, Teppiche in jedem Raum und sogar die Tischdecken im Speisesaal bekamen einen braun-orangefarbenen Ton. Der Wasserfall in meinem Zimmer wurde zum Laubwald. Ich begann, diese gekünstelte Jahreszeit zu lieben. Und so fühlte ich mich seit nunmehr drei Monaten zum ersten Mal wohl.

"Ich liebe die Vorstellung von Jahreszeiten", sagte ich an einem gelb-orangefarbenen Morgen zu Frau Bavarro.

"Es ist toll, was aus dem Haus gemacht wird, nicht wahr? Dr. Baum erzählte mir, dass ein Sozialpsychologe viermal im Jahr vor Ort ist, die Mitarbeiter befragt und beobachtet, und dann die Räume mit einem Innenarchitekten umgestaltet."

"Wozu?"

"Ich denke, damit die Kollegen sich wohl fühlen und produktiver arbeiten." Ich sah sie misstrauisch an. "Hier wird so ziemlich alles dafür getan, um die Mitarbeiter bei Laune zu halten, weil die Forschung nicht mit den erwarteten großen Schritten voranschreitet."

"Welche Jahreszeit mögen Sie am liebsten? Im Haus natürlich."

Ich mag ehrlich gesagt den ewigen Winter vor der Tür, weil er die Menschen fernhält und still und rein ist. Wenn Schnee fällt, legt sich eine Decke auf die Straßen, die ihnen eine Art neue Chance gibt." Sie lächelte. "Aber keine Jahreszeit ist schöner als die, in der Menschen ihretwegen lächeln."

"Wie meinen Sie das? In welcher Jahreszeit lächeln die Menschen?"

"In dieser lächeln Sie."

Mit den Worten ließ sie mich stehen.

Wieder wurde mir Besuch von Johann angekündigt. Ich holte ihn wie üblich in der Lobby ab und wir spazierten durch die roten Gänge. Wir schwiegen und ich hatte das Gefühl, in den vergangenen Monaten mehr

Gespräche mit Anna Bavarro geteilt zu haben, als in den vergangenen Jahren mit Johann.

Wieder in der Empfangshalle angekommen, begegnete uns Maren. Ich wollte kehrt machen, doch sie rief uns zu sich.

"Wie geht's dir denn?", wollte sie wissen.

"Gut geht es mir. Es ging mir die letzten Wochen auch gut." Den Wink musste sie verstanden haben. Ich erkannte, dass sie mit ihrer eigentlichen Antwort zögerte. "Kann ich nicht vielleicht bis zur Geburt nach Hause gehen?" Ich blickte zu Johann, dessen Augen groß wurden.

"Es tut mir leid, ich ..." Dr. Maren Baum stotterte! "... ich bin besorgt um deine Sicherheit." Sie versuchte so leise zu sprechen, dass nur ich es hörte, aber Johann hatte Ohren wie ein Luchs.

"Wieso? Was stimmt mit Karlas Sicherheit nicht?" Seine Tonlage erreichte, was Maren vermeiden wollte: dass jeder mithören konnte.

"Nichts, solange ich nicht in ihrer Nähe bin, glauben wir", sagte sie zu ihm, aber mich ansehend. Ich verstand, was sie meinte und mir fiel ein, dass ich Johann nichts von der Explosion erzählt hatte.

"Nein, es muss einen Grund geben, weshalb du um ihre Sicherheit besorgt bist! Wieso sollte Karlas Sicherheit in deiner Nähe schwinden? Ich nehme meine Frau und mein Kind mit, sie können bei mir garantiert sicherer als im unauffälligen Forschungszentrum wohnen!" Johann nahm meinen Arm und strebte den Ausgang an. Ich wehrte mich allerdings, woraufhin er mich wütend ansah. Die Adern auf seiner Stirn zeichneten sich deutlich ab. Ich ging ein paar Schritte zurück und sprach zu Maren: "Das ist nicht mehr mein Kampf", sagte ich zu ihr, Johann meinend, und sie nickte. Ihre Assistentin war nicht da. Eine mit Schuldgefühlen behaftete Nadel bohrte sich in meine Brust, weil ich gehofft hatte, mich hinter ihr verstecken zu können.

"Hör auf!", schrie Maren plötzlich, als Johann den Mund öffnete. "Hör endlich auf mit diesem Krieg! Du wartest nicht einmal ab, um zuzuhören." Das letzte Wort betonte sie kaum, ihre Stimme brach. Sie sah zu mir, ihre Worte richtete sie jedoch weiter an Johann. "Du begreifst es nicht, es kommt nichts bei dir an! Und du wirfst mir vor, nicht zuzuhören? Du scheinst zuzuhören, aber in eine andere Welt vertieft zu sein. Das hier ist die Realität, es gibt kaum noch Jungen und wenn es dir egal ist, ob Piet der letzte Junge ist, fein. Mir nicht und den meisten Menschen auf der Welt auch nicht. Hör bitte endlich auf so egoistisch zu sein!" Sie seufzte.

Leider war das für Johann immer noch nicht genug. Ich überlegte an der Stelle doch einzugreifen, aber Maren musste es alleine schaffen, ihn vollkommenes Schweigen zu lehren.

"Schön, wenn die Welt gerettet werden will, aber wurde ich gefragt?", schrie Johann, dessen Kopf blutrot wurde und der, wie ich ihn kannte, gar nichts mehr wahrnahm. Zu dem Zeitpunkt hatten alle um uns herum aufgehört, sich zu bewegen. Hätte ich bessere Ohren gehabt, hätte ich bestimmt auch behaupten können, sie hätten aufgehört zu atmen. Ich hatte sogar das Gefühl, jemand habe den Sound heruntergedreht, welcher sonst kontinuierlich durch Lautsprecher in die Gänge jedes Stockwerks Neuigkeiten prustete.

Maren starrte in die Leere. Sie sortierte ihre Gedanken und sagte dann: "Hör mir jetzt zu. Du willst nach Hause? Geh. Nimm deine Jacke gleich und geh wohin auch immer. Du bist hier nicht mehr willkommen." Sie wandte sich von ihm ab, um sich ihm kurz danach doch wieder zuzuwenden: "Ach, und sage nicht, ich würde dir deine Frau oder dein Kind wegnehmen! Karla ist und war nie deine Frau." Die letzten Worte flüsterte sie wieder. Nur Johann, Sergejev, der aus dem Nichts aufgetaucht war, und ich konnten sie trotz aller neugierigen Blicke hören, die schamlos auf uns gerichtet wurden: "Nur weil du sie geschwängert hast ...", murmelte sie.

Ich wollte etwas entgegenbringen, aber sie sah zu mir, als wollte sie sagen: "Wir wissen beide, dass ich recht habe. Du schuldest ihm auch die Wahrheit." Johanns Stirn füllte sich mit Schweißperlen und auch seine Augen blieben nicht mehr trocken. Sie stolperte über ihre nächsten kaum hörbaren, aber harten Worte: "Und das Letzte, was ich dir nehme, ist sicherlich nicht dein Kind. Piet ist nicht dein Kind." Ihre Stimme brach abermals. Johann ging auf sie zu, aber schnell eilten ihr etliche Angestellte zur Hilfe, bevor er sie berühren konnte.

"Was hat das zu bedeuten?", flüsterte ich.

Sie aber hörte mich nicht: "Und ja. Du hast recht, niemand hat dich gefragt. Es hat dich auch niemand gefragt, ob es für dich in Ordnung war, dass wir mit der Hilfe eurer Frauenärztin euren Sohn geklont haben, nachdem Karla den leblosen Körper unwissend austragen musste ..."

"Leblos austragen?", unterbrach ich sie. "W-was ist mit Piet?"
Maren sprach weiter, ohne auf meine Frage einzugehen: "Nachdem feststand, dass er eine Fehlgeburt sein würde. Das Ganze ging natürlich nicht so schnell, deswegen bist du hier und deswegen hat man auch lange nicht gesehen, dass du schwanger bist, Karla." Da blickte sie zum ersten Mal hinab. Alle, die zur Hilfe geeilt waren, hielten die Luft an, aber niemand, nicht einmal ich, war so schockiert wie Johann. "Was?", flüsterte auch er. Aber mehr aus mangelnder Energie, als aus Furcht, er würde etwas erfahren.

"Wie ist das möglich? Wieso weiß ich das nicht?"

"Es ist so vieles möglich ..."

Dr. Sergejev trat in den Vordergrund. Er griff nach Marens eingefallenen Schultern und half ihr dabei, gerade zu stehen. Er fing an zu erklären, dass es die einzige Möglichkeit war, die Hoffnung auf einen Jungen durch wissenschaftliches Einwirken lebendig zu halten und dass es in der jüngsten Vergangenheit nicht so fortgeschrittene Jungenföten gab, wie unseres. Da es aber einen Versuch wert war herauszufinden, ob der Erfolg meinen Eierstöcken zu verdanken war, klonten sie Piet, bevor er zur Welt kam. Er wollte mir zu verstehen geben, dass jeder Fötus zu Beginn weiblich war und ab der 15. Schwangerschaftswoche erkennbar wäre, ob es männlich ist.

"Das weiß ich", stammelte ich ihm zu.

"Sie sehen verwirrt aus, darum ..."

"... Darum dachten Sie, Sie könnten mich für blöd halten."

"Nein. Selbstverständlich dachte ich das nicht. Ich hole nur so weit aus, damit Sie wissen, warum der Verdacht auf Sie beide als Lösung fiel."

Ein Gendefekt verhinderte die Ausprägung des männlichen Geschlechts, so vermutete er es und bei Piet griff besagter Gendefekt nicht. Nun wollten sie herausfinden, ob es etwas mit Johann und mir zu tun hatte, aber sie schlossen ihn dabei weitestgehend als Träger des revolutionären Gens aus. Johanns Mitwirken im gesamten Geschehen war also nur Fassade, dachte ich. Es ging darum, uns als Familie im Glauben zu lassen, es wäre alles gut und wir wären sowas wie Helden. Wobei die einzige Heldin scheinbar ich war, die einen geklonten Jungen in sich

trug und liebte, oder Maren, die das Phänomen erkannte und ein Projekt draus machte, meinen Sohn klonte und somit die Welt rettete.
"Was denken Sie?", Dr. Sergejev interessierte sich für meine Meinung.
"Ich weiß nicht, was ich denken soll." Mein Blick schweifte durch den Raum auf der Suche nach einem Stuhl.
"Du bist wütend", hörte ich Maren sagen.
"Ich bin traurig", entgegnete ich.
"Ich kann es nicht glauben", hörte ich Johanns ungewohnten Bariton. Niemand wusste, welches Gefühl er vorrangig rauslassen würde. Natürlich wurden alle, auch Anna Bavarro, zum Schweigen gezwungen, sogar Maren, bildete ich mir ein. Weil die Regierung diese Fassade aufrechterhalten musste, so wie alles um uns herum. Johann war nicht Piets Vater. Niemand Konkretes war sein Vater. Sie hatten zugelassen, dass ich und, schlimmer noch, Johann selbst glaubte, Piet sei sein Sohn. Er war weder sein noch mein Sohn. Er war Dr. Sergejevs und Marens Sohn. Er war der Sohn dieser Forschungsstätte. Johann torkelte hinaus in die Kälte. Maren gab zwei Sicherheitsfrauen ein Zeichen und sie folgten ihm.
Frau Bavarro kam aus dem Lift. Blieb zunächst verwirrt stehen und kam dann direkt auf mich zu. Gedankenverloren redete ich mit ihr, ohne sie anzusehen.
"Maren hat zugelassen, dass er uns besuchte und sich an den Gedanken gewöhnte, Vater zu sein. Egal wie legal oder von irgendwem abgesegnet es war, mir das Kind einzupflanzen. Ich frage dich, wer hatte das Recht, uns glauben zu lassen, wir seien so etwas wie eine Familie?"
Bevor die Assistentin den Mund öffnen konnte, antwortete Maren: "Karla, glaube mir, es war zu eurem Besten. Du weißt ja nicht, wie sehr ich mir wünschte, es wäre jemand anderes."
"Es ist doch egal, um wen es sich handelt! Du kannst niemanden glauben lassen, er habe ein Kind ..."
Ich hörte auf, als ich sah, wie verwirrt alle aussahen. Ich blieb stehen, mit der Hand der Assistentin auf meiner Schulter.
"Das war nicht meine Entscheidung ..." Ihre Stirn legte sich mehr in Falten, als ich von ihr gewohnt war. Natürlich nicht. Sie würde nichts entscheiden, was andere Menschen verletzte, sagte mir meine gehässige innere Stimme. Ich lachte auf: "Wessen dann?!"

Mit Tränen in den Augen sah ich mich um, finster schaute Dr. Sergejev Maren an. Ich glaubte mir diesen Blick einzubilden, erinnerte mich aber an Anna Bavarros Worte nach der Explosion. Ich erkannte keinen Hass, aber auch keine Freundschaft. Zu viele Eindrücke zwangen mich, ohne weitere Worte mein Zimmer aufzusuchen. Mein Herz wollte packen und verschwinden, mein Kopf aber hatte es satt zu fliehen. Nichts, was ich tun konnte, würde etwas rückgängig machen. Vor allem nicht in dem Zustand. Egal wie ich es in meinem Kopf drehte, Johann war nicht Piets biologischer Vater und er würde es nie sein. Und ich? Mein Sohn war tot. Was war in mir? Ein Experiment von der Frau, die im Begriff war mein Leben zum zweiten Mal zu zerstören? Ich wollte das, was in mir war, nicht hassen. Ich wollte Maren hassen. Sie hatte diesem Kind, Johann und mir dieses Leben zugeschrieben und schob es auf ein Projekt der Regierung.

Kapitel 3

Zu allem Überfluss kam Piet nicht zum vorgesehenen Geburtstermin. Die Ärzte sahen sogar überraschter aus als ich. Sie blickten mich zornig an, anstatt sich fürsorglich zu verhalten, während sich mein Gesicht mit Schweißperlen und neuen Falten füllte.

"Eine Frühgeburt hat man, wenn der Säugling vor der 37. Schwangerschaftswoche kommt oder weniger als 2500 Gramm wiegt", sagte Dr. Kleina vorwurfsvoll. Piet kam in der 31. Woche, wog aber bereits und zu unserer aller Überraschung knapp 3000 Gramm. "Piet hat in wenigen Wochen überdurchschnittlich zugelegt."

Als ich zuvor meine Ängste Dr. Kleina gegenüber geäußert hatte, was die Geburt anging, beruhigte sie mich. Sie versicherte mir, dass es kaum möglich war, den angesetzten Geburtstermin zu über- oder unterschreiten. Sie beteuerte, dass sehr gute Ärzte im Haus wären und auch Piet bei jeder Untersuchung gesund zu sein schien. Er kam aber zu früh und natürlich dachten die unverbesserlichen Ärzte, dass ich mich absichtlich auf den Bauch geworfen oder sonstige Schandtaten vollbracht hatte, um dem Grauen ein Ende zu setzen. Mit der Theorie im Sinn, zwischen den Ärzten und vor Schmerzen schreiend, fing ich an jeden um mich herum ebenso wütend anzusehen.

"Dass jetzt wieder das Unmögliche passiert und mein Kind unvorhersehbar früh kommt, ist für mich genauso unverständlich, wie für euch alle!", schrie ich. Ich fühlte mich bloßgestellt, zu Unrecht verurteilt und alleine gelassen. Johann war, anders als versprochen, nicht da. Seine Anreise würde eine knappe Stunde dauern, vorausgesetzt jemand hatte ihn informiert und er würde überhaupt kommen wollen. Ich hatte ihn seit über zwei Monaten nicht gesehen, seitdem er wusste, dass er nicht der Vater war. Er reagierte auch auf meine Anrufe nicht. Er war trotz seines Versprechens, bei der Geburt dabei zu sein, nicht gekommen.

Ich war alleine unter zornigen Wissenschaftlern, die teilweise sicherlich noch keine Geburt miterlebt hatten. Viel mehr Maschinen, die piepsten und flackerten, befanden sich im Raum, in dem ich zur Entbindung geschoben wurde. Dass Dr. Kleina da war, half mir nicht. Sie war zu beschäftigt, um meine Hand zu halten. Meine Hebamme kannte ich nicht und Maren selbst musste auch zu beschäftigt gewesen sein oder Angst gehabt haben. Oder sie schaute aus der Ferne mit Dr. Sergejev zu, was ich für wahrscheinlich erachtete, als ich jemanden dabei ertappte, mich zu filmen. Und das, obwohl die Geburt nicht einmal die Lösung des Weltproblems darstellte. Unter Schmerzen lag ich im Raum 106, fühlte aber die Aufregung und Trauer intensiver als die verdammten Wehen.

Nach einigen Minuten oder, für mich, einer Ewigkeit sah ich Frau Bavarro in den Raum stürzen. Sie wollte auf mich zulaufen, als ein Arzt sie aufhielt. Aufgebracht redete sie mit ihm, woraufhin er sie vorbei ließ.

"Frau Bavarro", als ich sie in unmittelbarer Nähe hatte, sah ich ihr unfertig fixiertes Haar, ein paar kurze Strähnen und die Sorgenfalten auf ihrer Stirn, "Sie sehen wütend aus." Für ein paar Sekunden vergaß ich die Krämpfe.

"Hören Sie auf zu heulen und konzentrieren Sie sich!"

Tränen der Erleichterung, die sie als Schmerztränen verstanden haben muss, fielen auf die Pritsche.

Sie motivierte mich mit ihrer bloßen Anwesenheit. Sie presste, wenn ich es sollte, schrie neben mir, als ich schrie, und atmete schneller, wenn ich es sollte. Indessen fuhr sie immer wieder mit einem Tuch über meine Stirn und schaffte es, mir ab und an ruhig zuzureden.

"Sie machen das gut", "Sie schaffen das!" und "bald ist es vorbei", hörte ich sie sagen. Doch die Kraft entwich mir und ich wurde bewusstlos. Nachdem die Assistentin meine Hände plötzlich viel fester hielt, murmelte ich noch, ob sie Johann rufen könnte, und wachte kurz darauf in einem grellen Raum auf. Mein unklarer Blick ging zunächst an die Decke. Weißes Licht blendete mich, ich blinzelte und erkannte dann ein Kinderbett neben mir. Es war leer. Ich sah keine Ärzte, und Frau Bavarro war auch nicht mehr da. Was war passiert? Verlief die Geburt nicht gut? Ging es Piet nicht gut? Ich wollte mich aufrichten und Antworten suchen, doch als hätte mich Dr. Kleina beobachtet, kam sie wenige Sekunden später in das Zimmer. "Hallo Karla, Sie sind wach. Geht es Ihnen gut?"

"Ich fühle mich ausgesaugt und kraftlos. Aber ich habe keine Schmerzen", was wahrscheinlich an Schmerzmitteln lag. "Kann ich zu meinem Sohn?"

Maren betrat den Raum und sah Dr. Kleinas fragende Augen. "Was gibt's? Geht's dir nicht gut, Karla?"

"Doch, alles ist super. Ich würde Piet gerne halten, kann ich zu ihm?"

"Selbstverständlich." Sie ging zu einem Kinderbett, das am Fußende meines Bettes stand, und hob eine kleine Person hoch. Aus meiner Liegeposition heraus hätte ich ihn nicht sehen können. Den kleinen Jungen, der Klon meines Sohnes, der jetzt in den Armen seiner Schöpferin lag. Einen Moment lang stand Maren regungslos mit dem Rücken zu mir und mit Piet in ihren Armen neben dem Bett. Dr. Kleina sah verwirrt zu mir, unterbrach Maren aber nicht. Ich wurde ungeduldig.

"Maren, was ...", sie drehte sich mit Tränen in den Augen zu mir. Mir fehlten die Worte. Ich wollte nicht wissen, was sie fühlte.

"Hier", dann gab sie mir meinen Sohn.

Ich fühlte mich verängstigt. Ich wusste, dass ich ihn nicht zerquetschen würde und dennoch hielt ich ihn vorsichtig, als wäre er eine Wattefigur. Seine großen Augen hielten meinen Blick, während der Rest seines Körpers immer wieder zuckte. "Ist er gesund? Hat er Schmerzen?"

"Er ist kerngesund", sagte Dr. Kleina. "Er hat Krämpfe, aber das ist normal."

Nach einer Weile vergaß ich, dass ich nicht mit Piet alleine im Raum war.

"Eigentlich bin ich hergekommen, um Piet mitzunehmen", wagte Maren auszusprechen.

"Was?", fragte ich sie.

"Wir müssen ihn untersuchen, Karla, es tut mir leid."

"Nein! Ich will, dass er bei mir bleibt!"

"Karla ...", fing Maren ihre Erklärung an, während sie sich über mich beugte.

"Nein, Maren. Dann nimm uns beide mit. Das muss doch gehen."

Sie seufzte und sagte zu Dr. Kleina, ohne meinem Blick auszuweichen: "Lassen Sie ihn ein paar Tage hier."

"Aber Dr. Baum", entgegnete sie, "wir müssen so bald wie möglich anfangen."

"Ich will keinen Aufstand", beendete Maren das Gespräch, während sie den Raum verließ.

Nach mehreren Tagen im Krankenbett dachte ich, Anna Bavarro sei mit Maren verreist und nach einigen Wochen, in denen ich fast ausschließlich Piet durch die Gänge spazieren fuhr, fing ich an, auch auf sie sauer zu sein. Meine Tage füllte Dr. Kleina mit Besuchen bei Piet und Sport und ich glaubte, in dieser Dauerschleife verrückt zu werden. Auch Johann war nicht gekommen. Piet und ich waren allein unter Zombiewissenschaftlern. Wir wurden zu Verbündeten. Ich sprach mit ihm, als würde er alles verstehen und erwartete tiefgründige Antworten.

Piet wurde zu meiner einzigen Bezugsperson. "Du weißt ja noch nicht einmal, dass du ein Klon bist", sagte ich zu ihm. "Aber du bist mein einziger Freund und du musst zu mir halten, auch wenn ich Angst vor dir habe." Wir waren lange allein in seinem stillen, grellen Zimmer und sahen uns an. Ich beobachtete ihn skeptisch. Er war eine Kopie unseres Sohns, aber er konnte nichts für die Fehlgeburt. Er sah mich ebenso vorsichtig an, wie ich ihn.

"Mir ist nicht egal, wie sehr Maren dich als Versuchsobjekt braucht, Piet." Er war mein Sohn. Johanns und mein Sohn. Und das würde ich Johann spüren lassen, wie ich es in jenem Augenblick spürte. Nach einem Monat fingen die Ärzte an, mich nur noch zum Stillen zu Piet zu lassen und mein Blut kochte auf. Auseinandersetzungen waren mir längst egal. Schließlich ging es um meinen Jungen. Ich war wütend und traurig, weil das Baby und ich Johann egal geworden waren und die Forschung Anspruch auf unser Leben erhob. Es war nicht meine Entscheidung, ein Kind zu bekommen, das keinen Vater hatte. Ich legte mir Wut-Reden zurecht, die ich ihm entgegenschreien würde, vorausgesetzt er traute sich wieder in meine Nähe.

Als eine kleine Erleichterung erschien es mir, mit Maren zu sprechen, die mir am Ohrplug sagte, sie wäre bei Piet. Paranoide Stimmen in meinem Kopf flüsterten mir zu, sie sei garantiert immer bei ihm, wenn ich nicht da war.

Der helle, in warmen Farben gehaltene Raum, schien wärmer als zuvor. Ich hörte Piet lachen und ärgerte mich darüber, dass es Maren war, die ihm die Freude entlockte. Ich sah Piet auf ihrem Arm lachend, weil sie alberne Geräusche von sich gab.

Maren erblickte mich und hielt sofort inne. Nach einigen Sekunden bemerkte sie: "Er sieht so aus wie du." Dabei strich sie ihre einzige graue Strähne, die sich in ihr blasses Gesicht geworfen hatte, hinter ihr Ohr.

Ich entgegnete nichts. Die Anspannung störte mich. Dieser Art von Stille ging ich meistens aus dem Weg, indem ich versuchte Belangloses zu sagen oder einfach zu gehen. Manchmal gelang es mir nicht. Da ich nichts sagte, redete sie weiter: "Karla, ich ..." Sie unterbrach sich und ich fühlte mich zunehmend unwohler.

"Ich will keine Erklärung oder sonstige Annäherungsversuche, weil der Zufall uns herbrachte." Ich wusste, wie sehr sie, die große Wissenschaftlerin, an Schicksal glaubte. "Ich bin nicht freiwillig hier. Ich verstehe, dass es wichtig ist, dass ich oder meine Gene gewissermaßen einzigartig sind. Deswegen versuche ich die Zeit hier still über mich ergehen zu lassen. Aber das ist für mich kein Grund, dich teilhaben zu lassen. Was passiert ist, ist passiert und leider will es der Zufall, dass sich unsere Wege hier kreuzen."

"Ja, aber ..."

"Ich bin noch nicht fertig, versteh mich bitte, Maren. Du hast mich Piet seit Wochen kaum sehen lassen!" Ich fühlte, wie mein Blut anfing zu kochen, aber auch Schuldbewusstsein sich in meine Gedanken schlich. Was genau diese Schuldgefühle hervorholte, war mir nicht klar. Wiederholte Versuche sie zu unterdrücken scheiterten. Maren sah leicht gequält, aber auch nachdenklich aus. "Ich habe Angst, es zu sagen. Ich befürchte, ihr bräuchtet mich nicht und dann verliere ich auch Piet. Aber bitte", flehte ich, "lass mich ihn einfach ein bisschen öfter sehen."

"Ja", war alles, was sie sagte, bevor sie mir Piet reichte, ihm noch ein Augenzwinkern zuwarf und ging. Ich nahm an, dass sie überlegte, was sie hätte sagen können, ohne auf Ablehnung zu stoßen.

Piet sah danach traurig aus. Wie ich selbst wohl auch. Wieder schnürte sich meine Kehle zu. Ich wollte nach Hause. "Ja", war alles, was sie dazu sagen konnte?

"Piet, ich bin wütend! Warum erklärt uns niemand, was geschieht? Warum entschuldigt sich niemand bei uns? Warum hat niemand eine Lösung?" Piet sabberte als Antwort. "Und was ist mit deinem Papa?", daraufhin lachte er.

Ich durfte das Zentrum nicht alleine verlassen, also wollte ich Maren fragen, ob ich in Begleitung zu seiner Wohneinheit fahren dürfte, aber sie hatte nur "ja" gesagt und war gegangen. Ein einfaches "Ja".

Ich hatte Piet gedankenverloren an meine Brust gepresst und auf und ab gewippt. Erst dann sah ich mich genauer im Raum um. Ein hellbrauner Teppich dämpfte meine Schritte und von Kindern gemalte Bilder zierten die gelb-beigefarbenen Wände. Kleine Tische, zwei Judomatten und Gymnastikbälle in verschiedenen Größen und Farben lagen herum. Auf der rechten Seite durchbrach die Wand ein Bogendurchgang, der mit zwei kleinen Stufen in einen weiteren Raum führte. Plötzlich bemerkte ich die Assistentin, die ruhig im Eingang stand. Mein Herz schlug schneller. Ich hatte sie seit der Geburt vor fünf Wochen nicht gesehen. Ich konnte nicht in ihrem Ausdruck erkennen, ob sie sich auch freute, und wenn es nur ein bisschen gewesen wäre. Ich wusste erst nicht, was ich sagen sollte und meine Gefühle spielten verrückt. Maren, Piet und Frau Bavarro, die Aufregung und die ungewisse Zukunft verknoteten sich in meinem Hals. Ich konnte die Emotionsflut nicht mehr auf die Schwangerschaft schieben. Ich konnte sie auf nichts schieben, weil ich selbst nicht wusste, was mit mir los war. Ich hatte sogar Dr. Kleina gefragt, ob es an den vielen Untersuchungen, dem strikten Ernährungsplan oder dem Stress lag, den ich mir teilweise selbst machte.

"Sie haben Piet noch nicht einmal kennengelernt, wo waren Sie?" Sofort blickte ich beschämt zum Boden. Ich klang bevormundend und fühlte mich gleich noch scheußlicher.

"Es tut mir leid, Sie haben recht, ich ...", sie verstummte.

"Nein, mir tut es leid. Ich bin aufgebracht und dann fahre ich Sie auch noch an, wobei ich mich doch freue Sie zu sehen!" Ich wischte meine Tränen weg. Mein gequältes Lächeln verschwand so schnell, wie es gekommen war. Ich fühlte mich wie ein pubertierendes Kind. Piet hatte in der Zwischenzeit angefangen meine Bluse vollzusabbern, weshalb ich den Wickeltisch ansteuerte, um ein Tuch zu holen. Er sabberte weiter. Ich musste lachen.

Ich war mir nicht sicher, ob Frau Bavarro sah, weshalb ich lachte. "Oh", ihre Miene erhellte sich wieder etwas, "ich freue mich auch und, und ich war beschäftigt. Das klingt unvernünftig." Dabei sah sie betreten zu Boden. "Ich war zwangsweise beschäftigt, verstehen Sie?", versuchte sie zu erklären und sah dabei nachdenklich aus. "Nein, vergessen Sie das. Bitte verzeihen Sie mir, dass ich erst jetzt zu Ihnen und zu Ihrem wunderhübschen Piet komme."

Ihr Blick war flehend. Ich setzte mich und überlegte. Etwas leiser sprach ich wieder, ohne die Assistentin anzublicken: "Die Geburt ... Mit Ihnen fühlte ich mich sicher." Und doch siezten wir uns noch - dachte ich.

"Ich habe mir fürchterliche Sorgen gemacht, als Sie bewusstlos wurden. Ich musste gehen, ich wäre geblieben aber ...", suchte sie nach Erklärungen. Sie atmete tief ein, ihr Gesicht wurde fast schon teilnahmslos. Ich hasse es. Ich wollte nicht über Dinge reden, die sie belasteten, aber ich wollte mit ihr reden. Ich setzte mich auf einen der Gymnastikbälle. Frau Bavarro kam näher und kniete sich neben mich um Piet zu tätscheln, der zwischenzeitlich gedöst hatte, nun aber wieder wach geworden war. Ein breites Grinsen gab Piets zahnloses Lächeln zum Vorschein und es wirkte, als habe er ihren Kummer für Sekunden verschwinden lassen.

Ich legte das Baby auf die Decke auf dem Boden und er bemühte sich vergeblich zu krabbeln, zu lachen und Geräusche von sich zu geben, als er bemerkte, dass wir ihn noch beobachteten.

Wir verbrachten mehrere Stunden im Kinderraum. Piet war außerordentlich lange munter, als habe er Angst, ich würde verschwinden, wenn er sich der Müdigkeit ergäbe. Doch seine Augenlieder wurden schwerer und er schlief bald in meinen Armen ein. Mitten im Raum, auf dem Boden sitzend, betrachtete ich ihn. Schmerzhaft kam die Erinnerung daran, dass Johann nicht der Vater war. Wüsste ich diese Tatsache noch nicht, hätte ich ernsthaft gezweifelt. Ich hielt ein kleines Abbild von mir im Arm. Mein Sohn hatte natürlich noch nicht so viele Haare und sie waren noch schneeweiß wohingegen meine von einem dunklen straßenköterblond gezeichnet waren. Aber seine Augen waren grün-grau und groß, wie meine. Die Form seiner Augenbrauen zeichnete sich charakterstark und geradlinig ab, wie meine. Er hatte eine kleine Nase, die leicht spitz endete, wie ich. Auch sein Mund war verhältnismäßig klein und seine hellrosa, fast hautfarbene Oberlippe markanter geformt als die Unterlippe, wie bei mir. Seine Gesichtszüge waren noch sehr kindlich und kaum ausgeprägt. Ich selbst hatte ein kantiges Gesicht - woher er seines hatte, wollte ich nicht wissen. Ich hatte auch von Kindesalter an

Geheimratsecken, weshalb ich mein Haar nach vorne und aus dem Gesicht seitlich gekämmt trug. Meine Sehstärke ließ des Nachts, oder wenn ich zu Büchern griff, zu wünschen übrig. Zwar wurde mir früher von allen Seiten dazu geraten, meine Sehstärke durch Laser-Operationen zu optimieren, aber ich hatte mich immer wieder geweigert. Wenn wir schon unseren Kindern die besten Eigenschaften zuteilen konnten, wollte ich wenigstens ein paar der Schlechteren behalten, um nicht zu den Fachidioten zu gehören. Außerdem hatte ich Angst vor Operationen und sich gegen gutgemeinte Ratschläge zu wehren, macht mir einfach Spaß.

Als ich aber merkte, dass meine Brille etwas tränenverschmiert war, verfluchte ich meinen Stolz. Langsam zog ich meine Arme unter Piet weg und reinigte die Gläser im schwarzen Kunststoffgehäuse. Mit Piet in der Schneidersitzkuhle und freien Händen konnte ich jetzt sein Gesicht berühren. Ich fühlte mich, als habe ich ihn eine Ewigkeit nicht bei mir gehabt.

Piet schlief tief. Ich hätte ihn schon längst in seine Wiege legen können, aber eine Art von Angst überkam mich bei dem Gedanken, ihn abzugeben. So hatte ich mich zuletzt vor Jahren gefühlt, bei meinem letzten Gespräch mit Maren. Ich hatte Angst, ihn aus den Augen zu lassen, weil ich nicht wusste, wann ich ihn wiedersehen würde. Dennoch legte ich den kleinen Mann in sein Bett und sah mich nach einem Spiegel um. Ich fürchtete, verheult auszusehen.

"Gibt es hier irgendwo einen Spiegel?" Irritiert öffnete ich sogar Piets Kleiderschrank.

Frau Bavarro schüttelte den Kopf. "Dr. Sergejev kann keine Spiegel ausstehen." Sie sagte es, als hätte ich mir den Grund denken können.

"Wegen der Narbe?"

"Er wird es Ihnen bestimmt selbst erklären, wenn Sie ihn lieb fragen." Ein ruhiges Lächeln signalisierte mir, dass das Gespräch damit beendet und ich zu neugierig war. Wieder schwiegen wir. Ich beobachtete meinen schlafenden Sohn. "Sie können Piet hier jederzeit besuchen, denke ich", sagte sie wieder, als hätte sie mir meine Befürchtung angesehen. Ich hatte sie vollkommen vergessen. Ich nahm mir vor, meine Mimik besser unter Kontrolle zu halten.

"Ja, schon", auch wenn ich mich fragte, woher sie das wissen wollte, sah sie uns doch hier auch zum ersten Mal. Ich drehte mein Gesicht wieder weg von ihr.

Johann sagte mir auch öfter, ich sollte nicht so offen mit meinen Gesichtszügen sprechen, weil meine Gefühle dauerhaft in Form von zahlreichen Falten abgezeichnet wurden. Bei Kindern heißt es noch, dass Grimassen zu jeder vollen Stunde im Gesicht festfrieren, wenn sie es zu oft verziehen. Ich war einfach ein offenes Buch für jeden. Auch für Frau Bavarro.

"Wird er denn immer hier bleiben? Ohne den Kontakt zu anderen Kindern? In so einem Alter lernt man doch so schnell. Von wem soll er lernen ...?" Ich fand meine Fragerei selbst schon peinlich. Mein Blick ging verlegen zum Fenster. Die Sonne schien. Piet war ein Sonnenkind, auch wenn die Sonne die Eiseskälte nicht besiegen konnte und es vor wenigen Stunden noch geschneit hatte. Ich lächelte dabei.

Die Assistentin drehte sich zu mir und sagte mit einem amüsierten Ausdruck: "Ihr Sohn wird es hier gut haben. Der Mangel an Kontakt zu anderen wird keine bleibenden Schäden verursachen. Beruhigt es Sie, wenn ich Ihnen sage, dass manche Kollegen ihre Kinder in der hauseigenen Kita betreuen lassen? Die Kinder sind zwar nicht alle in einem Alter, aber wir könnten uns einbilden, dass der Junge schneller von Älteren lernen wird." Sie merkte, dass ihre Worte mich eher aufgewühlt, statt beruhigt hatten. "Dr. Baum will, dass es Ihrem Sohn an nichts fehlt. Außerdem ist ein Säugling noch nicht in der Lage, mit anderen zu spielen. Und um zu Ihrer Neugierde zu kommen, was die Spiegel angeht, Piet wird sich wohl kaum selbst betrachten. Zumindest noch nicht so selbstreflektiert, wie Sie es befürchten." Letzteres sagte sie mit einem Augenzwinkern.

Als mein Kind noch in meinen Armen lag, fühlte ich mich sorglos und mehr als das, ahnungslos über das, was mich noch erwartete.

Es störte mich, dass Piet in diesem Zimmer bleiben würde und auch der Gedanke an Johann stimmte mich traurig. Piet und ich würden weiterhin in diesen kalten Mauern verweilen und ich konnte es nicht ändern. Was ich jedoch versuchen konnte, war Anträge zu stellen. Am selben Abend suchte ich ein Blatt, auf dem ich erstmals seit Jahren handschriftlich niederschreiben würde, was wie ein offizielles Dokument gelesen werden sollte. Ich wollte Piet bei mir, in meinem Zimmer und ich wollte, dass Johann dennoch das Recht hatte, uns zu besuchen, wann immer er es wollte. Sofern er es überhaupt noch wünschte. Ich wollte selbst entscheiden, an welchen Tagen ich untersucht würde und wie lange und ich wollte regelmäßig das Zentrum verlassen dürfen. Ich sehnte mich danach, etwas anderes als dieses hotelartige Forschungsleben zu sehen. Entschlossen, meine Anforderungen im Zweifelsfall zu verteidigen, ging ich damit zwei Stockwerke tiefer zu Maren.

Wäre das Dokument schmerzempfindlich, hätte es den Weg über geschrien. Wie ich es innerlich tat. Mein Leben im Zentrum war dermaßen langweilig, dass mir diese kleine Petition wie ein enormes Vorhaben vorkam. Im Augenblick meiner Begegnung mit Maren bereute ich meine Absicht bereits. Sie sah überraschenderweise schlechter aus, als nur zwei Stunden zuvor. Als wäre sie in der kurzen Zeit um mehrere Jahre gealtert. Ihre Augen strotzten vor Röte, wobei ich mir Maren Baum nicht weinend ins Gedächtnis rufen konnte.

"Maren, was ist los?" Ich machte einen Schritt auf sie zu und sie einen zurück. Ich versuchte meine Empathie zu zügeln, weil sie immer noch diejenige war, die uns angelogen und ein Stück weit auch benutzt hat.

"Ich bin etwas überfordert, zugegebenermaßen. Da läuft die Forschung unvergleichlich gut und mein soziales Leben gleitet mir wie Sand durch die Hände. Ich kann die Probleme nicht greifen, um sie zu lösen, verstehst du? Weil ich sie nicht verstehe." Sie wirkte wahnsinnig, mit ihren großen Augen, den dunklen Rändern darunter und den zittrigen Händen. Aber ich wusste, was sie meinte, ich kannte sie noch zu gut. Obwohl ich ihre Sorgen nie teilte.

"Ich weiß, dass dich das, was andere Menschen wollen, schnell verwirrt, aber wem du etwas bedeutest, weiß das! Wichtig ist, dass du dich auf deine Wünsche konzentrierst. Du bist der wichtigste Mensch in deinem Leben. Oder macht dir jemand einen Vorwurf?" Ich meinte die Frage ernst, obschon ich mir wie eine Psychologin vorkam. Erst als sie weiterhin schwieg und ihre großen Augen ins Leere blickten, musste ich wieder an Johann denken. "Johann zum Beispiel hat ein sehr großes Problem damit, nicht informiert zu sein und du musst zugeben, dass das in der Lobby nicht gerade förderlich war ,,,"

"Ja ... Ich sage ja, ich bin sozial inkompetent." Sie blickte auf den Zettel in meiner Hand und wechselte das Thema. "Du bist aber nicht gekommen, um dich nach meinem Befinden zu erkundigen", sie zögerte vor den darauffolgenden Worten, "oder um mich zu bitten, mich bei Johann zu entschuldigen".

Den Satz sprach sie langsam aus, während sie sich weiter von mir entfernte.

Sofort hatte ich wieder ein schlechtes Gewissen. Es ärgerte mich, dass sie nie über sich redete und dann konzentrierten wir uns wieder auf mich. Als dürfte ich keine Wünsche äußern, zweifelte ich sofort an meinem Brief und verlor den zuvor gesammelten Mut. "Nein ..."

Ich lehnte mich an ihren Tisch und kam mir wie ein Teenager vor, der sich nicht traut die Mutter nach Taschengeld zu fragen. Maren selbst sah kleiner aus als vorher, als wäre sie weit entfernt, trotz der Wände hinter ihr. Mein schlechtes Gewissen ließ meinen Zettel weiterhin gefaltet in meiner Hand verweilen. Es störte mich, dass sie niemanden an sich heranließ. "Du wirst dich jemandem öffnen müssen, wenn du keinen Wutausbruch im unpassendsten Moment willst." Ich sah sie ernst an, weil ich mich sorgte, obwohl mich ihr Leben nichts mehr anging.

Sie schwieg, also gab ich ihr das Blatt und wollte gehen, aber sie bat mich zu bleiben, solange sie es geduldig las. Ich sah mich in ihrem Büro um. Ein kleiner Schreibtisch stand zwischen zwei größeren Stehtischen mitten im Raum. Zwischen den Sitz- und Stehpositionen konnte schnell gewechselt werden. Es passte zu Maren, zeitsparend zu arbeiten. Die Schreibtische und die Regale dahinter waren akkurat aufgeräumt, die Bücher alphabetisch sortiert, die Bilder an den Wänden auf einer Höhe.

Auffällig fand ich wieder die Wand auf der anderen Seite des Raums, wo die Eingangstür war. Sie war mit Zeitungsausschnitten übersät. Ich ging zur Wand, sah zu Maren, falls sie nicht wollte, dass ich schnüffelte. Hin und wieder grinste sie in den Zettel vor ihrer Nase. Auf der Wand waren Zeitungsartikel zur Gründung des Zentrums, zur Partnerschaft zwischen ihr und Dr. Sergejev und einige ältere Blätter zur Entwicklung der Fortpflanzung.

"17. April 2050. Das Statistische Bundesamt meldet, dass die Geburtenrate im letzten Jahr drastisch zurückgegangen ist. Auffällig dabei ist, dass die verzeichneten Geburten zu 80 % Mädchen sind. Präsidenten vieler Nationen rufen ihre Völker dazu auf, Kinder in die Welt zu setzen und fördern Eltern mit höheren Steuernachlässen."

"26. November 2107. Menschen in aller Welt demonstrieren gegen die Präsidentin der USA. Ihr wird vorgeworfen, ihren Männerhass mit Massenmorden auszudrücken. Zwar gibt es keine Beweise, dennoch kündigte Frau Käfer heute Morgen ihren Rücktritt an. Langsam aber sicher bricht Panik aus. Die Menschheit fühlt sich bedroht. Viele Kriegsstudien halten sogar eine Feinausrottung seitens des Ostens für möglich. Ist das der Dritte Weltkrieg?"

"20. Januar 2151. Weitere Steuergelder fließen in die Forschungszentren aller Welt. Gentechnik und Mikrobiologie stehen im Fokus der Regierung und des Volkes. Studienplätze in besagten Fachrichtungen werden geschaffen. Wir fragen uns derweilen, wie ausbalanciert die Forschung in zwanzig Jahren sein wird. Woher soll die Welt Architekten, Buchhalter und Kellner nehmen, wenn jeder forscht? Andererseits wird es keine Welt mehr geben, in der Architekten gebraucht werden, wenn wir uns in 100 Jahren nicht mehr fortpflanzen können."

Ich war so vertieft, dass ich nicht mitbekommen hatte, dass Maren hinter mir stand, mit dem unterschriebenen Dokument in der Hand und einem Lächeln auf den Lippen, als wäre es ein längst überfälliger Antrag, den ich auch viel eher hätte stellen können.

"Rede einfach mit mir, wenn du etwas brauchst. Ich merke nichts von alleine, wie ich immer wieder wunderbar beweise."

Am selben Abend wurde Piets Kinderbett in mein Apartment gebracht und auch die Maschine, die seinen Schlaf seit zwei Wochen überwachte, wurde aufgebaut und mir erklärt. Danach war es viel angenehmer im Zentrum. Ich schlief deutlich besser und auch Piet wachte nicht so häufig auf, wie ich aus Berichten der Vorzeit wusste. Dem Alltag im Zentrum begegnete ich, als wären die Untersuchungen mein Job und Dr. Kleina meine Kollegin, der ich morgens mittlerweile einen Milchkaffee ohne Zucker mitbrachte. Nach weiteren Wochen hatte ich das Gefühl, so ziemlich alles mitzumachen, was es an Untersuchungen gab. Sogar Sehtests und Logikprüfungen auf Papier gehörten zu den Aufgaben, die ich Tag für Tag erfüllte. Den Grund dafür erklärte mir noch immer keiner. Ob etwas Außergewöhnliches gefunden wurde, sagte auch niemand.

Kapitel 4

Frau Bavarro Fernández sah ich zu der Zeit wieder öfter. Vielleicht hatte sie bemerkt, dass ich viel alleine war. Sie hatte den Streit in der Lobby vor Monaten nur zum Ende hin mitbekommen und wusste wahrscheinlich nicht, dass Johann gekränkt gegangen war. Wahrscheinlich wollte sie wieder nur nett sein und mir Gesellschaft leisten, weil es sonst niemand tat. Aber mir war nicht mehr nach Gesellschaft, ich wollte nach Hause zu Johann. Ich wollte in unser altes Leben. Die Assistentin konnte vielleicht nichts dafür, auch wenn ich noch immer davon ausging, dass sie schon länger wusste, dass Johann nicht der Vater war. Sie war bei der Geburt bei mir gewesen.

Nach dem Abendessen wollte ich nicht wieder auf mein Zimmer. Es fühlte sich noch nicht so an, als wäre es mein Zimmer. Außerdem hatte ich wieder mal zu viel gegessen. Seitdem Dr. Kleina mir nahegelegt hatte, aufzuessen, was mir jeden Tag vor die Nase gestellt wird, weil auch das dokumentiert wurde, fühlte sich der Speisesaal wie ein Kampfring für mich an.

Mit Piet im Tragetuch ging ich, anders als es neuerdings wieder zur Gewohnheit geworden war, nicht rauchen. Ich bereute es ohnehin, wieder angefangen zu haben. Bei dem Gedanken wünschte ich mir, doch die Möglichkeit gehabt zu haben, mein Baby zu stillen. Außerdem rauchte ich nicht, wenn Piet bei mir war und das war er seit dem Antrag fast immer, endlich. Um also nicht zu rauchen und der Assistentin nicht zu begegnen, ging ich direkt zum Fahrstuhl. Gedankenverloren wählte ich das erste Untergeschoss als Zielstockwerk, anstatt in die Lobby zu fahren. Als ich merkte, welchen Knopf ich gedrückt hatte, war ich verwundert darüber, dass der Fahrstuhl auch tatsächlich hinunterfuhr und auch darüber, dass ich es nicht vorher schon bewusst versucht hatte. Ich hatte das Gefühl etwas Verbotenes zu tun. Andererseits hatte mir niemand explizit verboten, mich umzusehen. Mir hatte nur niemand erklärt, was es in diesem Gebäude noch gab. Entschlossen, genau das zu sagen, sollte mir jemand begegnen, wenn sich die Türen öffneten, fuhr ich also mit zittrigen Beinen runter. Doch Piet und mich erwartete niemand. Die Türen öffneten sich und alles was ich sah, war ein kleiner Gang, wie eine beleuchtete Schleuse. Ein paar Meter von der Fahrstuhltür entfernt war lediglich eine weitere verschlossene Tür. Links neben der Tür war wieder einer der Steriliumspender, die im gesamten Gebäude zu finden waren, und eine Ziffernfläche. Ich würde nicht in den darauffolgenden Raum gelangen, ohne Zugangscode. Nervös und unverrichteter Dinge ging ich also zurück zum Fahrstuhl und fuhr in den vierten Stock - mit weiteren Fragen im Kopf und neugieriger als zuvor. Wieso zeigte man uns nicht alles. Befürchtete Maren, wir würden etwas kaputt machen? Wenn schon unsere Proben für Experimente verwendet wurden, hatte ich - so dachte ich - das Recht zu erfahren, was damit passierte.

Bevor ich mich traute mit Frau Bavarro über das erste Untergeschoss zu reden, verging viel Zeit. Bald verwarf ich den Gedanken auch wieder. Ich ließ weiterhin alles über mich ergehen, was scheinbar noch immer nötig war. Die Ärzte begrüßten mich immer so eifrig, als sei ich ein neues Projekt oder als seien die neuen Schweißproben anders, als die Letzten. Sie notierten sich weiterhin die Zeiten meiner Schweißausbrüche, gaben mir bestimmte Mengen Wasser zu trinken und beobachteten, wann ich es von mir ließ. Ich hätte es verstanden, würde ich stillen, aber die Natur hatte andere Pläne mit mir und ließ meine Brustdrüsen unterentwickelt. Trotzdem überwachten sie meine Ernährung, meine zunehmende Rauchgewohnheit. Meinen Blutdruck kontrollierten sie mehrmals täglich und wer weiß, vielleicht beobachteten sie, ob ich unruhig schlief. Ich trieb weiterhin Sport, während mein Körper von Elektroden bedeckt war - was mittlerweile sogar leichter war - und ein Computer anzeigte, wie viel ich unter welchen Bedingungen schaffte. Von mehreren Ärzten durch die Glasscheiben im Untersuchungsraum 106 beobachtet zu werden, war nicht mehr so unangenehm wie anfangs befürchtet. Vor jeder Nadel, jedem Abstrich und jeder Aufforderung wurde ich gefragt, wie es mir ging und ich wurde auch immer wieder daran erinnert, dass ich alles so auffassen sollte, als wäre ich zu Hause und das Zentrum meine natürliche Umgebung. Ich fühlte mich mit der Zeit tatsächlich wohler und die Leute waren mir auch ein bisschen ans Herz gewachsen. Ich musste dennoch immer wieder an die beiden Labormäuse denken, die Nacht für Nacht die Weltherrschaft an sich reißen wollen. Meistens ging es mir dadurch etwas besser, aber es funktionierte irgendwann nicht mehr. Wie zu Hause würde ich mich hier nie fühlen, soviel war mir schon damals klar. Zumindest war alles mit Humor etwas leichter zu ertragen. Da ich aber nicht mehr mit Johanns Humor rechnen durfte, fühlte ich mich zunehmend niedergeschlagen und alleine. Die Aufgabe, für Piet zu sorgen, ließ mich selbstbewusster werden. Die Hoffnung, in Kürze gehen zu dürfen, blieb bis zuletzt noch lange lebendig. Denn mehr Blut, mehr Schweiß, mehr Eizellen würden keine anderen Ergebnisse erzielen, als die, die sie schon hatten. Dachte ich.

Kurz nachdem ich mit Piet den ersten Monat seines Lebens am 10. Dezember feierte, machten sich Maren, Frau Bavarro und ein paar andere der Kittelträger, die ich aufgrund ihrer Smokings erst nicht erkannte, frühmorgens auf den Weg zum Flughafen. Ich hatte zwischendurch aufgeschnappt, dass sich die Vorhersage des Radiosprechers im Februar bestätigte, Maren würde auch in diesem Jahr den Nobelpreis für ihre Forschung erhalten. Als erste Frau, die zwei bekam. Anna Bavarro hatte mir erzählt, dass Maren keine Lust auf die Reise hatte und die Verleihung als Zeitverschwendung ansah. Sie wäre lieber hier, bei Piet und mir geblieben, weil jeder Versuch für sie spannend war. Der Gedanke, dass sie gerne bei Piet war, störte mich wieder einmal, aber ich zog sie trotzdem in der Empfangshalle beiseite, bevor sie das Zentrum verließ.

Ich nahm meinen Groll zurück: "Meinen Glückwunsch Maren, du hast es verdient." Ich versuchte dabei freundlich zu lächeln, was mir schwerfiel, nachdem ich sie bei unserem letzten Gespräch indirekt gebeten hatte, sich von Piet fernzuhalten.

"Danke Karla. Das musst du aber nicht sagen. Ich weiß, wie du hierzu stehst." Ihre kalte Art störte mich, aber mein Kopf versuchte sich nicht darauf einzulassen. Schließlich hatte sie recht. So einfach würde sie Anerkennung nicht annehmen und ich wollte nicht noch heuchlerischer klingen. Sie redete weiter als sie sah, wie ich in die Leere starrte: "Vielleicht können wir uns etwas länger unterhalten, wenn ich wiederkomme ..." Dabei zeigte sie sogar ein kleines Lächeln. Ich lächelte auch. Ich versuchte mich zu erinnern und fragte mich, ob ich nie zuvor ihre Lachfältchen an den Außenseiten ihrer Augen gesehen hatte, ob sie früher nicht lachte oder wir schlichtweg älter wurden. Als sich die Fältchen auflösten und ihr Gesichtsausdruck wieder ernst wurde, musste ich auf unsere Füße schauen. Ich dachte an Johanns eingefallenes Gesicht und auch an Anna Bavarros seltenes Lächeln. Sie stand hinter Maren und versuchte nicht in unsere Richtung zu gucken, aber ihr Kopf zuckte, als sich unsere Blicke trafen. Sie sah weg, als hätte ich sie bei etwas erwischt. Nichts hätte ich lieber getan, als sie aufzufordern mir zu sagen, was in ihrem Kopf vorging. Ich hatte das Gefühl, etwas stimmte nicht mit ihr, als wäre sie eines dieser hochbegabten, sozial inkompetenten Kinder gewesen, die sich durch Erziehung und Beobachtungen angeeignet haben aufmerksam und nett zu sein.

Dann holte Maren Luft und redete weiter: "... es wäre schön, wenn wir einfach nur reden könnten, über die letzten Jahre." Sie blickte mich nicht komplett emotionslos an. Im Gegenteil. Sie wirkte, als wäre es anstrengend, zu unterdrücken, was sie fühlte. Die Erinnerung daran, wie sie vor Jahren übte, anteilslos auszusehen, wurde lebendig. Es gelang ihr schlussendlich. Wer sich über sie informierte, fand Psychoanalysen, die versuchten, ihre Kindheit zu zerpflücken. Einige behaupteten, sie seit jeher gut zu kennen und waren der Meinung, Maren wäre bereits passiv auf die Welt gekommen. Ich aber wusste, dass sie sich ihren Charakter selbst beigebracht hatte. Sie wollte nie der Mensch sein, der anderen eine Schulter bietet, nie der, der seine Zeit damit verbringt, anderen zu helfen. Die Forschung hatte für sie nicht das primäre Ziel, die Menschheit zu retten. Für sie war der Weg das Ziel. Sie wollte forschen.

Im Foyer bat sie mich aber darum, über die letzten Jahre zu reden. Darüber reden. Gerne hätte ich gefragt, was sie damit meinte oder sich erhoffte. Im ersten Moment hätte ich fast gefragt, aber schon im Nächsten wurde mir bewusst, dass es hilfreich sein könnte. Für beide. Also äußerte ich ihr meine Zustimmung durch ein zurückhaltendes Nicken. Sie ging zur Rückseite des Fahrzeugs. Ich konnte mir zu gut vorstellen, dass sie es selbst hasste, dermaßen erfolgreich zu sein, dass sie sich ständig der Öffentlichkeit stellen musste. Hätte sie das geahnt, hätte sie sich versteckt, einen Doppelgänger angeheuert, die Projekte abgebrochen und sie irgendwo im Untergrund weitergeführt

Ich beobachtete sie, wie sie fortging. Sie beschäftigte mich wieder, wobei ich mir vor Jahren vorgenommen hatte, nicht mehr einen Gedanken an sie zu verschwenden. Da bat sie, als wäre es völlig selbstverständlich, um ein Gespräch mit mir. Ich konnte förmlich spüren, wie ihre steinerne Fassade bröckelte. Und jetzt wollte ich wissen, warum.

Frau Bavarro nickte mir zum Abschied zu, als wäre ich ihr Polizeipartner. Dann entfernte sich das Fahrzeug und verlor sich im Schnee.

Ich war froh einen Tag pausieren zu dürfen, auch wenn ich das Zentrum nicht verlassen sollte. Dadurch, dass die zwei Menschen, mit denen ich neben Johann und natürlich Piet am meisten Kontakt hatte, weg waren, fühlte ich mich mit Piet so ziemlich allein. Ich überlegte sogar, mir die langweilige Übertragung der Preisverleihung anzusehen oder sie zumindest im Hintergrund laufen zu lassen, während ich meine Comic-Dystopie weiter erfand. Mit Johann in meinen Gedanken setzte ich mich nach Monaten wieder an die Arbeit.

Doch irgendetwas störte mich. Ich fühlte mich unwohl. Zuerst hoffte ich, meine Neugierde, das Zentrum besser kennenzulernen, wäre der Grund für meine Unruhe. Dann wäre es ein Leichtes, furchtlos wieder auf Entdeckungsreise zu gehen. Doch es war nicht die reine Erkundungsneugierde, die mich antrieb. Nicht ausschließlich. Mich beschäftigte das zahlencodeversperrte Untergeschoss, weil ich nicht mehr an die Unschuld der Wissenschaftler glaubte. Ich hätte mir mit Johann angesehen, was hinter der mysteriösen Tür war, vorausgesetzt wir wären reingekommen. Alleine wollte ich es jedoch nicht wagen. Andererseits musste ich aber wissen, was darunter versteckt war. Schließlich war meine Neugierde größer, als die Angst vor dem, was mich erwartete. So verbrachte ich die ersten Stunden meiner Einsamkeit mit diskutierenden inneren Stimmen. Piet schlief in seiner grauen Wiege neben dem grauen Sofa, auf dem ich in meinem Apartment saß.

Etwas später holte mich das Orchester auf der Bühne der Nobelpreisverleihung aus meinen Gedanken. Ich verfolgte die Verleihung von Beginn an, bis zu dem Ereignis, nach dem die Übertragung unterbrochen wurde: Gerade als Maren auf dem übergroßen Alfred Nobel "N" stehen blieb, erschien eine Projektion ihrer selbst neben ihr. Maren und das Hologramm unterhielten sich, was ich zunächst als eine gute Widerspiegelung des Fortschritts wahrnahm. Bis ihr elektronisches Abbild das Wort "Massenmörderin" in die Menge warf. Und da endete die Übertragung abrupt. Einen Augenblick lang ließ ich die Stille der dunklen Leinwand weiter beben. Selbst Piet, der inzwischen aufgewacht und munter auf dem Sofa rumrutschte, war regungslos. Was war passiert? Sofort rief ich Maren an, obwohl mir bewusst war, dass es eine Live-Übertragung war und sie daher nicht rangehen konnte. Ich wollte sichergehen, dass nichts weiter passiert war, dass es kein Anschlag war, dass ich eine Massenpanik oder Schlimmeres ausschließen konnte. Ich wählte auch Frau Bavarros Pager-Nummer, aber auch sie antwortete nicht. Natürlich nicht.

Um herauszufinden, ob mehr geschehen war, fiel mir der Chronograph an meinem Arm als nächste Möglichkeit ein. Ich suchte nach Informationen zur Nobelpreisverleihung und fand einen sich füllenden Live-Ticker mit mehr und mehr Nachrichten. "Dr. Baum wurde öffentlich beleidigt, die Arme." Oder: "Dr. Baum wurde öffentlich beleidigt, zu Recht!" Mein Augenmerk legte ich aber auf Meldungen wie: "Die Übertragung wurde aus Sicherheitsgründen unterbrochen, das Gebäude wird in diesem Augenblick evakuiert."

Mir kam das Untergeschoss in den Sinn. Wenn Maren eine "Massenmörderin" war, musste irgendwo in diesem Gebäude ein Hinweis dazu versteckt sein. Ich fürchtete, diese Nacht wäre eine einmalige Chance mehr vom Zentrum zu sehen. Die Neugierde wuchs, vor allem nach dem soeben Gesehenen und Gelesenen. Woher kam das Hologramm? Immer mehr Fragen schossen mir durch den Kopf. Waren Maren und Frau Bavarro in Sicherheit? Waren Piet und ich hier überhaupt noch sicher? Ich suchte mit Piet auf dem Arm das Sicherheitspersonal des Hauses und wurde sofort beruhigt. Alles sei in Ordnung, ließen sie mich wissen. Sie versicherten mir, wir seien in Sicherheit und dass es Dr. Baum und Anna Bavarro Fernández ebenfalls gut ging. Dass der Abbruch der Verleihung nichts bedeutete und dass das Hologramm zur Show gehörte. Ich glaubte ihnen nicht.

Ohne über Konsequenzen nachzudenken, sollte ich beim Herumschleichen erwischt werden, wollte ich nach Antworten suchen. Ich blickte mich erschrocken um, wo es doch so still war, dass ich hätte hören müssen, wenn jemand im Raum gewesen wäre. Panik stieg in mir auf, ich fühlte mich plötzlich verfolgt und wie unter Zeitdruck. Doch es war niemand außer Piet da und ich hatte Zeit. Die ganze Nacht. Und wenn weitere Sicherheitsvorkehrungen getroffen würden, hätte ich eine noch geringere Chance auf Antworten.

Die Gänsehaut ebbte ab und ich nahm Piet auf meinen Arm, um zielstrebig auf den Lift zuzulaufen. Bis wir im ersten Untergeschoss waren, blieb ich seelenruhig und entschlossen. Doch das änderte sich schlagartig, als sich die Türen öffneten.

"Hier gibt es sicherlich Überwachungskameras ...", sprach ich dieses Mal skeptisch mit meinem Sohn, der mir nicht antwortete, mich nicht verstand. "Uns hat niemand ausdrücklich verboten herzukommen. Wenn etwas passiert, gehen wir einfach wieder. Wir könnten sagen, wir hätten uns verlaufen." Ich schüttelte den Kopf. Ein nervöses Lachen huschte über meine Lippen und als wüsste Piet, dass wir im Begriff waren etwas Verbotenes zu tun, hielt er sich fester an meiner Schulter fest.

Vor dem digitalen Zahlenschloss, das die Tür zum nächsten Raum verschlossen hielt, seufzte ich. Vor wenigen Stunden dachte ich noch, ich könne einfach irgendeine Kombination ausprobieren, aber falsche Eingaben würden mein Alibi, mich verlaufen zu haben, zur schlechten Ausrede machen. Bevor ich mich wieder zum Fahrstuhl drehen konnte, öffnete sich die Tür wie von Zauberhand. Meine Neugierde wurde schlagartig von einem heftigen Adrenalinschub überlagert. Ich fühlte mich wie ein Teenager, der aus einem Bauchgefühl heraus küsst oder tanzt, obwohl er es nicht darf.

Irgendjemand musste die Tür geöffnet haben, weil er mich beobachtete. Vielleicht wollte Maren, dass ich durch diese Tür ging. Wieder kündigte sich Furcht in meinem Innersten an und die verschiedensten Möglichkeiten, die Flucht zu ergreifen, kreisten in meinem Kopf umher, bis meine butterweichgewordenen Beine mich weiterzogen. Ich hätte kehrt machen müssen. Ich sagte es mir mit jedem Schritt. Doch ich konnte nicht. Jemand wollte, dass ich diesen Raum betrat. Aber wer? Und wieso? Die Erkenntnis hätte mich fliehen lassen, wäre ich nicht vom Adrenalin betäubt gewesen.

Mein Blick wanderte nur langsam in das überwältigende und zugleich respekteinflößende Bild, was sich mir ohne weitere Türen, Fahrstühle und Ziffernschlösser bot. Vor mir erstreckten sich hunderte, tausende Reagenzgläser in einer Halle, so groß wie ein Fußballfeld. Im Vergleich zu dieser Halle war das Erdgeschoss ein Witz. Nur sehr wenig Licht kam aus kleinen Lampen unter jedem Glas. Es war eiskalt. Ich konnte meinen Atem sehen. Piet kam mir wie eine winzige Dampflok bei jedem seiner kurzen Atemzüge vor. Ich umschloss ihn mit meiner Strickjacke auf meinem Arm, damit er nicht fror.

Ich stand mit Piet wie angewurzelt vor dieser Landschaft. Das gläserne Meer und die blauen Lichter wirkten auf mich, wie ein schlechter, gruseliger Scherz. Ich konnte das Ende der Lichter nur erahnen, wie sie sich perfekt geordnet präsentierten. Wie von einer inneren Kraft getrieben, ging ich näher an eines der Gläser heran und sah, wofür die Lichter dienten: Sie erleuchteten ein kleines Schild unter jedem Glas. Das Schild, welches wir uns ansahen, trug die Beschriftung V401-KR-JW. Darunter ein Datum. Verblüfft schaute ich mich um. Rechts und links von mir erstreckten sich Reihen mit hunderten von Gläsern mit der gleichen Beschriftung. In ihnen konnte ich nichts außer eines kleinen schwarzen Punkts erkennen, der von Reihe zu Reihe größer wurde. Ich hatte sofort eine Vermutung, die sich nach weiteren Reihen bestätigte. Ich erkannte einen Fötus, der so groß war, wie eine Fingerspitze. Die Gläser unterschieden sich außer durch größer werdende Föten in ihnen, durch eine ansteigende Zahl. Zitternd ging ich weiter die Gänge entlang und suchte das letzte Glas. V5669-KR-JW, 10.12.2184. Ich fühlte, wie die Kraft in meinen Beinen weiter schwand. Horror breitete sich in meinem Körper aus und die Kälte hatte mittlerweile jeden Muskel erreicht. "Ich wollte nie Kinder, jetzt habe ich 5670 davon", hauchte ich in die Leere.

Mein Blick schweifte durch die Halle, ich traute mich keinen Schritt weiter. Piet fing leise an in der Dunkelheit zu wimmern, vielleicht vor Kälte, oder weil ich zitterte.

Kurze Zeit später hörte ich, wie sich die Türen des Fahrstuhls öffneten und wie sich auch die Türen auf der anderen Seite der Halle öffneten. "Na toll", sagte ich zu mir selbst. Ich sah mich noch einmal um. Hinter uns war zwar eine weitere codegeschützte Tür, durch die wir zu flüchten hätten versuchen können, aber es war zu spät, um unauffällig mein Glück mit deren Öffnung auszureizen. Eine Stimme erklang im Echo der Halle. Es war Dr. Sergejevs. Er blieb in der Tür stehen, während er abgeklärt sprach: "Bravo. Frau Raingot und das Wunderkind. Es ist immer wieder bemerkenswert, wie weit menschliche Neugierde unseren Mut gehen lässt, nicht wahr? Aber sobald sie gestillt wurde, steigt die Angst in uns auf." Er lachte. Er war weit von uns entfernt, aber Piet zitterte heftiger beim Klang von Sergejevs Stimme. "Aber zu tun, wovor man Angst hat, macht glücklich. Glauben Sie mir, ich weiß, wovon ich spreche." Ich reagierte nicht. "Ja, es ist auch direkt nennenswert, weshalb Sie so leicht hier reingekommen sind. Ich habe Sie beobachtet und selbst die Tür geöffnet. Ich wollte, dass Sie sehen, wofür Ihr Erbgut verwendet wird. So einfach ist das. Aber das haben Sie sich sicher bereits gedacht." Ich rührte mich nicht, sondern errötete vor Scham. Wie peinlich naiv ich wieder war.

Seine hallenden Schritte klangen wie Lackschuhe auf Parkett, während er langsam auf uns zukam. "Sie sind klüger, als ich dachte. Dass Sie sich umgesehen haben, erspart mir Erklärungen zu den Beschriftungen oder haben Sie dazu noch Fragen?" Er wartete, aber ich war wie gelähmt. "Ich will Ihnen noch mehr zeigen, was Ihnen Dr. Baum mit Sicherheit noch nicht erklärt hat. Hinter Ihnen ist eine weitere Tür. Öffnen Sie sie."

"Wie?", fragte ich, obwohl ich ihn viel lieber gefragt hätte, warum er nicht in Schweden bei der Preisverleihung war.

"Es ist im Grunde genommen egal, was Sie eingeben. Das System dieser Tür speichert nur, wer unbefugt eintritt und wann. Damit die Überwachungskameras auf genau diese Menschen gelenkt werden und sie auch durchgehend verfolgen. Wenn hier Hochbetrieb herrscht, ist es fast unmöglich, jeden Einzelnen im Blick zu behalten."

"Wollen wir denn, dass die Kameras auf uns aufmerksam werden?", wollte ich wissen. Dr. Sergejev lächelte, blickte dann zur Tür als überlegte er, ob es wirklich so klug war einen willkürlich gewählten Code einzugeben und sagte: "Warum nicht? Finden Sie, Sie haben kein Recht darauf Ihrer natürlichen Neugierde nachzugehen, weil es sich nicht gehört, zu schnüffeln? Jetzt öffnen Sie die verdammte Tür, da sich in diesen Räumen doch eindeutig alles um Sie dreht." Er wurde langsam ungeduldig und kam näher. Piet schluchzte lauter, beherrschte sich aber merkwürdigerweise, als wüsste er, dass ich ihn nicht wegbringen konnte.

"Wieso sind Sie nicht in Stockholm?" Meine Frage passte ihm sicher nicht, aber ich hoffte, dass eine Antwort den kalten Nachhall seiner Schritte mindern würde. André Sergejev blickte für die Antwort auf meine Frage direkt in meine zuckenden Augen. Er wirkte gelassen, dennoch überlegte er eine Ewigkeit: "Nun, Frau Raingot, glauben Sie, ich verpasse etwas, weil ich hier bei Ihnen bin?" Ich schüttelte erneut den Kopf, während er mich ansah. "Gehen Sie in den nächsten Raum, bitte." Seine jetzt aufgesetzte Freundlichkeit war schwer für mich einzuordnen. Zu diesem Zeitpunkt wünschte ich mir, wir wären nicht hier hergekommen. Meine Neugierde hätte nicht über meine Angst gesiegt.

Nachdem wir uns allmählich an den Frost der Halle gewöhnt hatten, kam uns im nächsten Raum eine deutlich brennendere Kälte entgegen. Nur etwa halb so groß wie die erste Halle, war aber auch diese von ähnlichen Reagenzgläsern überflutet. Ich sah zu Sergejev, der kerzengerade mitten im Eingang hinter mir stand. Er nickte mir zu: "Schauen Sie sich die Beschriftungen an." Auf der ersten Plakette, die ich mir ansah, waren die Buchstaben leicht verändert: V47-KR-HH, 09.12.2184. Ich zweifelte an meiner Interpretation der Buchstaben. "Was bedeutet das?", fragte ich.

"Versuch siebenundvierzig zwischen Karla Raingot und Hayden Hall, vom neunten Dezember", antwortete Sergejev.

"Wer ist Hayden Hall?", fragte ich irritiert, obwohl ich auf der Stelle verstand, was passierte. "In der ersten Halle sind Föten mit unserem Erbgut, also mit Johanns und meinem. Und hier, um auch mich als Schlüssel auszuschließen oder eben zu finden, das Erbgut von mir mit fremden Vatergenen." Mir wurde übel. "Professor, Sie wollen rausfinden, ob Sie allein mit dem fremden Genmaterial, welches Sie mir nach der Fehlgeburt einpflanzten ...", meine Stimme zitterte heiser, "Jungen erschaffen können?"

"Bravo, Frau Raingot. Und dort drüben befinden sich Versuche mit Piets Genmaterial." Mir fiel bei diesen Worten alles aus dem Gesicht. Mein Sohn hatte also selbst schon hunderte von unnatürlich erzeugten Nachkommen, obwohl er selbst noch ein Säugling war? Ich hatte Kinder von mehreren Männern und war in den letzten Tagen auch mehrfache Großmutter geworden, mit 26. Ich konnte keinen klaren Gedanken mehr fassen. Das war mir zu viel. Das ganze Genforschungszentrum widerte mich zutiefst an. "Ich weiß nicht, was ich sagen soll. Ich würde am liebsten mit einem Baseballschläger durch die Glassäulen laufen und ..." Meine Wut nahm überhand, aber mit Piet auf dem Arm war es kein guter Zeitpunkt, um zum Monster zu mutieren. "Wie können Sie Kinder aus Kindern machen?"

"Das ist genau das, worum es hier eigentlich geht. Als Säugling hat der Junge noch keine haploiden Zellen, also er produziert noch keine Spermien, anders als Mädchen. Das macht die gesamte Forschung etwas schwieriger, da wir sozusagen mit frischen Versuchen nichts herausfinden konnten, das uns dem Ziel näher bringt. Also bauten wir ein Zwischenziel ein: Wir perfektionieren die Klontechnik. Wenn wir also das Genmaterial eines Klons mit dem eines Menschen mischen, der sich entwickelt und anpasst, kommen bestenfalls neuwertige Jungen, mit einem komplett neuen Immunsystem zur Welt."

"Piet ist ein Klon und wurde weiter geklont?"

"Sozusagen, ja."

"Warum wurden Johann und ich um alles in der Welt nicht gefragt oder informiert? Warum erfahre ich das auf diese Weise?" Ich versuchte nicht verzweifelt zu klingen, dann legte mir Sergejev seine Hand auf den Arm. "Frau Raingot", sagte er, "hätten Sie zugestimmt, wenn Sie gefragt worden wären? Sie sind im Namen der Regierung hier und haben keine andere Wahl, als sich unfreiwillig auf diese Weise zu vervielfältigen. Wären Sie informiert worden, wären Sie sicherlich nicht so bereitwillig dabei gewesen. Ich aber, bin Ihrer Meinung und auch sehr froh darüber, dass Ihr Wissensdurst Sie ausgerechnet heute Abend hergeführt hat. Ich bin hier, weil von mir nur noch mein Name in diesem Forschungszentrum etwas bedeutet. Dass ich nicht an solchen Veranstaltungen wie der Heutigen teilnehmen muss, kommt mir ganz gelegen. Ich bin davon überzeugt, dass Dr. Baum die Preise verdient. Wichtig ist mir hier weiter forschen zu dürfen. Aber nicht mehr unter menschenrechtsverletzenden Bedingungen."

"Sie bestätigen also die Vermutungen der Aktivisten?"

"Ah. Die Aktivisten. Oder meinen Sie konkret die GBA? Ja. Ich bestätige nicht deren Vermutungen, weil diese Gruppe übertreibt. Sie stellen sich nicht die Frage, welche Konsequenzen das Ende dieser Forschung mit sich trägt. Aber Sie hörten richtig. Ich will nicht mehr unter menschenrechtsverletzenden Bedingungen arbeiten und zum Schweigen gezwungen sein."

"Ich verstehe nicht. Wie wollen Sie denn etwas ändern, ohne radikal zu werden?" Er brachte mich um meine Geduld.

"Ich werde friedlich weiter versuchen zumindest Dr. Baum davon zu überzeugen, dass sie Menschen wie Ihnen die Wahrheit schenken sollte."

Seine offene Art überraschte mich. Zuvor hatte ich ihn als verschlossenen Einzelgänger wahrgenommen. Vielleicht lag es daran, dass er wusste, dass ich Maren von früher kannte. Dennoch standen wir jetzt hier zwischen meinen Erben. Mir fehlten die Worte. Langsam bezweifelte ich, dass er sich an unsere damals einzige Begegnung erinnerte. Sonst wüsste er, dass ich wusste, wie wichtig er Maren war und würde sie nicht vor mir für alles verantwortlich machen. Ich sah mich erneut um. Hayden Hall. Irgendein Mann, mit dem ich jetzt Nachwuchs erwartete. "Nochmal, wer ist Hayden Hall?"

"Ist das relevant?" Seine Augenbrauen fuhren zusammen, in mir wuchs erneut Respekt und Furcht: "Sie werden ihm nie begegnen, vergessen Sie seinen Namen und konzentrieren Sie sich auf das Wesentliche!" Doch so einfach es in seinen Worten klang, so kompliziert war es in meinen Gedanken. Als wäre dieser Name ein Pseudonym für künstlich hergestelltes Erbgut. Umso weniger überraschte mich Sergejevs Kommentar, als ich in die Leere starrte: "Darüber reden Sie besser mit Dr. Baum. Aber ich möchte Sie bitten, dies erst zu einem fortgeschrittenen Zeitpunkt zu tun."

"Wann weiß ich, dass der Zeitpunkt, Antworten zu bekommen, fortgeschritten genug ist?" Sergejev wusste offensichtlich viel mehr. Derweilen wurde ich unruhig. Das Ganze machte mich aggressiv.

"Das werden Sie früh genug wissen." Mit den Worten drehte er sich um und machte sich auf den Weg. Bevor er die erste Halle verließ, rief ich ihm zu, was wir denn jetzt machen würden, nachdem die Kameras uns aufgenommen hatten. Sergejev ging unbeirrt weiter und sagte, ohne sich umzudrehen: "Wir sagen, ich habe Sie entdeckt und zurechtgewiesen. Wenn Sie aber noch länger dort stehenbleiben, bröckelt unsere Ausrede." Seine Schritte hallten laut bis in die letzte Ecke der zweiten Halle, in der ich noch stand. Sie vibrierten in meinen Knochen.

Ich folgte ihm rasch zum Fahrstuhl und in das vierte Obergeschoss zu den Schlafräumen. Die Fahrt dauerte eine Ewigkeit und die Stille zwischen uns verlieh dem Chaos in meinem Kopf eine Lautstärke, die ich erst seit meinem Einzug ins Zentrum kannte. Piet starrte den Mann neben uns an, ohne sich zu rühren. Als würde er darauf aufpassen, dass er in seinem Fahrstuhlbereich blieb. Ich blickte auf die rosa Schuhe und das Gemälde des Laboreingangs erschien vor meinem geistigen Auge. Wieso hatte er mir das erzählt, wenn die Forschung mit Maren das war, was er wollte? Ich fragte mich, ob ich mit ihr reden sollte.

Ohne sich zu verabschieden, verschwand Dr. Sergejev hinter seiner Zimmertür und ließ mich mit neuen Erkenntnissen und Fragen zurück. Meine Muskeln entspannten sich langsam und ich konnte klarer denken, als ich mit Piet alleine im Flur stand. Ich atmete tief ein, wählte Johanns Nummer und ging ebenfalls in mein Apartment. In meinem Ohr klingelte es vier, fünf, sechs Mal, doch er hob nicht ab. Ich fütterte und wickelte Piet und legte ihn in sein Kinderbett. Ich fing an sein Schlaflied zu singen und zog das gesamte Ritual in die Länge. Ich sah ihn an, wie er schnell einschlief und dabei zuckte und wie unschuldig er dabei aussah. Lange nachdem er eingeschlafen war, sang ich noch geistesabwesend weiter. Beruhigt von meinem eigenen Lied.

Mit Johann in meinem Kopf legte ich mich auf das Sofa. Ich nahm an, er sei verreist, ohne mich in seine Pläne einzuweihen oder schlimmer noch, dass er meinen Kontakt angekündigt bekam und absichtlich ein Gespräch ablehnte, weil er verärgert war. Ich nahm mir vor, am nächsten Tag Anna Bavarro zu bitten, mich zu ihm zu begleiten.

In der ganzen Aufregung hatte ich vergessen, dass der Abend auch für Maren und die Assistentin ereignisreich gewesen war und dass sie, wieder hier angekommen, andere Sorgen haben würden.

Mit Gleichgewichtsstörungen ging ich am nächsten Abend bis vor die Tür, um noch lange unentschlossen draußen stehenzubleiben. Ich überlegte, mich wie Frau Bavarro im Wald zu verkriechen, nur ohne sportliche Ambitionen. Die Bäume kamen mir plötzlich wie eine einladende Schutzmauer vor. Kein Wind und kein Geräusch, nur der stehende Nebel, der fast das gesamte Jahr um das Zentrum diese Gruselatmosphäre schaffte, lud mich ein. Ich gehorchte und ging hinein, mit Gänsehaut, die meine blühende Fantasie gerechtfertigt fand. Nach einer Weile kam

Anna Bavarro mit Stöpseln in den Ohren an mir vorbei gestürmt. Ich hatte nicht mitbekommen, dass sie bereits in Berlin angekommen waren, sonst hätte ich den Wald gemieden. Diese Zufälle. Ich redete mir ein, dass Anna Bavarro mehrere Stunden am Tag im Wald verbrachte. Dass es nicht so war, wusste ich nicht mal.

"Hallo Frau Raingot!" Ihre Hände suchten die Pausetaste am Ohrstöpsel. Sie blieb höflich stehen, als würde sie einem Gespräch nicht aus dem Weg gehen, aber ich glaubte zu fühlen, wie ungern sie wünschte, über die letzten Ereignisse zu reden. Mein Wissensdurst verlangte kindisch in mir nach Informationen. Unentschlossen standen wir uns gegenüber. Sie sah selbst in ihrem Sportanzug perfekt aus, ihr Gesicht schweißabweisend konstruiert, als habe eine Maskenbildnerin sie vor wenigen Sekunden bearbeitet.

"Hallo." Ich versuchte, freundlich zu lächeln. Etwas anderes, als Fragen zum Nobelpreis oder zu den Ereignissen im Keller, fiel mir nicht ein. Und Letzteres wollte ich vor Frau Bavarro keineswegs ansprechen. Ich sah nach oben. "Die Bäume stehen so nah beieinander", bemerkte ich. "Ich glaube, ich habe noch nie etwas so Schönes gesehen." Wenige helle Sonnenstrahlen kämpften sich durch die dichtbewachsenen Baumkronen und landeten in unseren Gesichtern.

"Ja." Sie hatte mich beobachtet. Die Sonne schien sie jedoch nicht zu interessieren, sondern zu bedrücken.

"Geht's Ihnen gut?"

Sie nickte, "Ja." Mehr sagte sie nicht. Dass sie nicht reden wollte, war sicher. "Ich werde dann mal ...", sagte sie, während sie ihr blasses Gesicht abwandte und bereits die ersten Schritte hinter sich hatte. Ich sah ihr noch hinterher, bis sie ein Teil der weißen Landschaft wurde.

Schnell stieg wieder Angst in mir auf. Wenn sie wusste, was im Keller passiert war, ging sie mir möglicherweise aus dem Weg, um nicht verdächtigt zu werden, mich gewarnt zu haben. Wenn es nicht daran lag, dass sie etwas wusste, suchte sie die Einsamkeit, weil sie die Preisverleihung verarbeiten musste. In dem Fall hätte ich ihr nachlaufen, ihr Mut machen müssen. Doch zunächst passierte nichts. Niemand sprach mich auf die Vorkommnisse im Labor an.

Kapitel 5

Maren hätte, wie so oft, genauso gut nicht im Zentrum sein können, denn ich sah sie nicht ein einziges Mal in den Tagen nach der Verleihung. Meinen neuesten Plan, Johann zu suchen, schob ich weiter und weiter auf. Ich hätte den Weg in die Stadt alleine aufnehmen können, um ihn zu sehen. Warum eigentlich nicht?, dachte ich kurzentschlossen. Wenn ich so selbstverständlich wie sonst aus der Tür gehen würde, würde es niemanden interessieren. Es stellte sich mir nur die Frage, ob ich Piet mitnehmen sollte oder ob es zu gefährlich wäre. Johann würde ihn sicher sehen wollen. Andererseits könnte ich ihn beruhigen und dazu bewegen, mitzukommen, überlegte ich mir. Aber erst nachdem ich meine Wut an ihm ausgelassen hätte.

Ich sah mich im Foyer um. Die Mitarbeiter sahen beunruhigt aus und ich fühlte mich beobachtet. Als würde mich ein Phantom begleiten. Es gab keinen offensichtlichen Grund zur Sorge oder Beunruhigung. Ich schob die besorgten Gesichter auf die wachsende Zahl an Sicherheitsbeamtinnen. Die Türen waren verschlossen und jeder Gang streng bewacht. Mein Plan, Johann im Alleingang zu suchen, scheiterte also nicht nur daran, dass ich es vor mir herschob. Frau Bavarro und Maren fand ich nicht und auf meine "Wir müssen reden" Nachricht reagierten beide mit der Nachfrage, wie dringend es sei. Also beschloss ich zu warten, bis sich jeder beruhigte.

Wer auch immer bei der Nobelpreisverleihung Aufmerksamkeit erregen wollte, ließ die Ereignisse sich überschlagen. Irgendjemand ging der Verfall der Dr. Baum nicht schnell genug.

Im sonst eher langweiligen Morgengrauen musste ich mich am 17. Dezember nicht lustlos in die Routine der Untersuchungen zwingen, weil mich die Aktivisten beschäftigten, über die alle redeten. Ich wollte versuchen, im Internet etwas mehr über sie herauszufinden, bevor Anna Bavarro mich abholen wollte. Ich stand freiwillig früher als gewohnt auf und nahm mir vor, zu packen. Ich wollte bereit für eine Flucht sein, wollte dem Zentrum nur noch wenige Tage geben, um mich aufzuklären.

Ich fand in den wenigen Minuten vor Frau Bavarros geplanter Ankunft nur Pressemeldungen mit Vermutungen über die Gruppe, aber keine Gesichter oder Namen dazu. Die Assistentin erschien nicht pünktlich und ich war dafür viel zu spät dran. Vermutlich war sie ausnahmsweise krank, also zog ich mich an und hastete mit Piet auf dem Arm zum Fahrstuhl, in den die Assistentin rasch sprang, bevor sich die Türen schlossen. Ich schrie vor Schreck auf.

"Guten Morgen!", sagte sie munter. "Ich hoffe, Sie wollten sich nicht vor der Untersuchung drücken."

Ich suchte nach Worten.

"War nur ein Scherz!" Ihre Zähne leuchteten so strahlend wie ihre Augen. "Sie sehen dermaßen entgeistert aus, dass ich fast fühlen kann, wie sehr Sie dich auf das Ausdauerband freuen. Da würde ich auch die Flucht ergreifen!"

Wunderbar. Sie wollte mich also doch nur zu Dr. Kleina bringen. Die Freude auf etwas Abwechslung verschwand. Auf dem Flur in Richtung Raum 106 gab sie mir einen Müsliriegel und Piet einen Plüschhasen. Als wir den Untersuchungsraum betraten, strahlte mich das nächste Gesicht an, dessen Hände mir ein Paar Turnschuhe entgegenstreckten. Frau Kleina nahm mir Piet ab, fing an mir mein Shirt auszuziehen aber ich stoppte sie auf der Stelle. Nervös blickte ich zu Frau Bavarro, die mich fragend ansah und dessen Mundwinkel sich hochzogen. Ich erinnerte mich an meine ersten Tage im Zentrum, in denen ich schon einmal von dieser übermotivierten Ärztin entkleidet wurde und Frau Bavarro nicht lächelte, sondern den Raum verließ.

Ich drehte ihr den Rücken zu und zog mich selbst aus, bis ich im Sport-BH vor Dr. Kleina stand, die routiniert Schläuche und Elektroden an meiner Haut anbrachte. Ich überlegte, wie unangenehm das Lauftraining noch werden könnte.

"Manche wären froh den Tag mit Sport beginnen zu dürfen, Frau Raingot", grinste sie. Ich sagte nichts, sondern ließ sie ihre Arbeit machen. Nie zuvor hatte ich sie näher betrachtet. Ich sah, wie sie den kleinen Finger spreizte, während sie die Elektrodenkabel ordentlich nebeneinanderlegte. "Haben Sie Kinder?", fragte ich sie.

Zu meiner Überraschung blickte sie erschrocken auf. "Natürlich nicht!" Nein, natürlich nicht, dachte ich, bevor ich das Laufband ansteuerte. "Aber ich hätte gerne welche gehabt", fügte sie leiser hinzu, als wäre es verboten, das auszusprechen. Ich hätte schwören können, dass sie mich sanfter ansah als zuvor.

Frau Bavarro kam näher und half mir auf das leuchtende und piepsende Gerät. Sie war seit fast einem Jahr der einzige regelmäßige Menschenkontakt, der sich nicht wie ein Zwang anfühlte. Dennoch war jeder dieser Momente, in denen sie mich ansah, mir half oder wie selbstverständlich bei mir stand, neu für mich. Während sie sich vergewisserte, dass ich richtig verkabelt war und sicher auf dem Band stand, fiel mir ein schwarzer Streifen in ihrem Nacken auf weckte mein Interesse. "Sie sind tätowiert", stellte ich fest. Lächelnd nickte sie: "Wie leicht treffen Sie Entscheidungen für die Ewigkeit?"

Sie beobachtete mich mit gesenktem Kopf und kaum merklich zugekniffenen Augen, als würde sie auf die interessanteste Antwort seit Langem warten. "Entweder ich weiß, was ich will oder nicht. Solche Entscheidungen wäge ich nie lange ab."

Sie atmete ein, hielt die Luft zwei Sekunden an und fragte, ob ich Musik hören wollte, als fiele ihr nichts weiter ein.

"Ja, ja das würde es vielleicht erträglicher machen." Hätte sie erwartet, dass ich eine Grundsatzdiskussion über Entscheidungen führe? Oder störte es sie, dass Dr. Kleina uns beobachtete?

"Geht es Ihnen denn gut?"

"Ich habe wahrscheinlich nicht so gut geschlafen ...", log ich. Ich wusste, dass sie gemerkt hatte, dass ich log.

"Ich hole Sie später ab, ja?" Diese Aussicht beruhigte mich abermals und ich nickte und freute mich ein wenig auf später.

"Versuchen Sie nicht wegzulaufen." Mit hochgezogenen Brauen verließ sie das Zimmer und ließ mich mit ihrer Musik in den Ohren zurück. Das Gefühl der Lüge im Nacken verflog innerhalb weniger Takte. Dass sie mich nachdenklich Sport machen ließ, mit ihrer Musik in den Ohren, war wieder neu. Ich fühlte mich nicht alleine, sondern glücklich.

Nach den ersten Minuten des - für meine Verhältnisse - Leistungssports, stürmte eine Sicherheitsbeamtin in den Raum.

"Raus hier! Verlassen Sie umgehend den Raum", schrie sie uns entgegen.
Leicht panisch verließen wir den Untersuchungsraum. Wie ein Monster zog ich Schläuche hinter mir her. Als wäre der Morgen nicht bereits ereignisreich genug gewesen, musste mich zu allem Überfluss eine verrücktgewordene Sicherheitsbeamtin aufscheuchen. Im Flur blickten weitere Ärzte und Anzugträger verwirrt um sich. Auch Dr. Sergejev mit seinen rosa Schuhen beobachtete das hysterische Sicherheitspersonal, der immer wieder in den umliegenden Räumen die Menschen anbrüllte. Komischerweise sahen die meisten wesentlich ruhiger aus, als die Sicherheitsbeamtin, von der man erwarten würde, dass sie die Menschen beruhigt. Der Flur füllte sich stetig. Das Gebrüll der filmreifen Polizistin schmerzte in meinen Ohren, ihr Gesicht verfärbte sich vor Anstrengung langsam rot und unweigerlich musste ich bei ihrem Anblick an diese Brüllaffen denken, die man vor wenigen Jahren noch in Zoos sehen konnte. Bis sie endlich leiser wurde, vergingen mehrere Minuten. Wir standen schweigsam wartend herum und der Schreihals konnte uns endlich in einem angenehmeren Ton erklären, dass jeder einzelne der Reihe nach aufgerufen werden würde, um ein paar Fragen zu beantworten. Dr. Kleina fing an, mich im Flur von den Elektroden zu befreien und auch Dr. Sergejev gesellte sich zu uns und gab mir seinen Kittel, um mich nicht im Sport-BH stehenzulassen. Sein Kittel war mir viel zu groß. In seiner Jeans und dem T-Shirt, das er trug, sah er nicht mehr furchteinflößend aus. Seine pinken Schuhe verliehen seinem Aussehen wieder Lächerlichkeit.
"Professor, Verzeihung, aber warum tragen Sie rosa Schuhe?" Ich errötete nicht einmal. Er blickte nur kurz hoch, um mich danach amüsiert zu ignorieren. Wahrscheinlich fragte er sich, so wie ich, was das genau in diesem Moment sollte. Alle anderen zogen es scheinbar vor, zu schweigen. Also fuhr ich fort, Anna Bavarros Klänge zu verinnerlichen, denn die Musik in meinen Ohren pausierte während des gesamten Szenarios nicht. Ich beobachtete Dr. Kleina Piet auf dem Arm wippen und fragte mich, ob es ihm gegenüber fair wäre, ihn ihr abzunehmen, so friedlich, wie er aussah. Nach ungefähr dreißig Minuten wurde ich aufgerufen. Dr. Kleina blickte zu mir, ertappte mich dabei, sie zu beobach-

ten und lächelte. Sie nickte in Richtung der Tür, durch die ich gehen sollte.

Ich betrat ein helles Büro, wurde an andere Schläuche geschlossen, so kurz nachdem mich Dr. Kleina von befreit hatte. Ich dachte darüber nach, wie ich irgendwann feiern würde, nicht mehr täglich an Elektroden zu hängen.

Ein Stuhl, auf dem wir wahrscheinlich alle gesetzt wurden, erzwang den Abstand zwischen der grimmigen Beamtin und mir. Sie stellte Fragen wie "Wie lange kennen Sie Dr. Baum schon?" und "Wie regelmäßig war der Kontakt zwischen Ihnen seitdem?" und machte mich damit umso nervöser. Wen ging meine Verbindung zu Maren etwas an? Ich fragte mich, was geschehen war.

"Ist Maren, ich meine, Dr. Baum etwas zugestoßen?", wollte ich wissen.

"Ich bin diejenige, die Fragen stellt, verstanden?" Die riesigen Glubschaugen einer weiteren Sicherheitsbeamtin passten zu ihrer Aggressivität. Eine pulsierende Zornader auf ihrer Stirn vermisste ich allerdings. Ich überlegte, sie in den Comic einzubauen, den ich mit Johann vor zwei Jahren angefangen hatte. Ich hätte gelacht, wenn Johann bei mir gewesen wäre. Aber ich blieb selbstverständlich ernst und verneinte ihre Frage. Eine Schweißperle wuchs auf ihrer roten Stirn. Am liebsten hätte ich ihr Betablocker angeboten. Ich konnte nicht wegsehen und meine Unfreundlichkeit musste sie weiter geärgert haben, weil sie zügig ihren schweren Körper hochzog und mit einem Schlüssel auf dem Schreibtisch, der neben den Stühlen, auf denen wir saßen, das einzige Möbelstück des Raums gewesen war.

Nachdem sie feststellen durfte, dass ich keine hilfreichen Antworten geben konnte, sollte ich einen diktierten Text handschriftlich niederschreiben, während mich die Glupschaugen dabei beobachteten. Erst dann kroch Angst unter meine Haut. Ich zitterte und Schweiß lief auch mir indessen über die Stirn. Wenn sie jemanden suchten, der sich bei diesen Überprüfungen und Diktaten verdächtig verhielt, wäre ich mit Sicherheit ganz oben auf ihrer Liste gelandet. Dass meine Angst tief in Kindheitserinnerungen verwurzelt saß, interessierte sicherlich niemanden. "Drei Tage sind vergangen. Ich bin müde. Immer wollen alle mehr." Satz um Satz kam ich mir absurder vor. Nach dreißig langen Minuten war es mir endlich erlaubt, verwirrt zu gehen. Ich schlich verwirrt wieder in den Raum 106, um Dr. Sergejevs Kittel durch meine Kleidung zu ersetzen. Dann lief ich, mich nach Tabak sehnend, an die frische Luft, wo ich Anna Bavarro fast umrannte.

"Hey! Was ist da los?", lächelte sie. Ich musste lachen. Es war ein verzweifeltes Lachen. Lustig fand ich gerade nichts.

"Wieso wurden wir überrumpelt, befragt, und wie Verbrecher behandelt?"

Daraufhin schwand ihr Lächeln und sie flüsterte: "Heute Morgen fand Dr. Sergejev einen waschechten, ungalublicherweise handgeschriebenen Drohbrief an Dr. Baums abgeschlossener Bürotür. Von innen."

"Darum die Schriftanalyse", sagte ich mehr zu mir selbst.

Frau Bavarro nickte. "Ich weiß noch nicht, was drin steht, denn vorerst wird absolut jeder verdächtigt." Sie musterte mich. Verdächtigte sie mich etwa? "Sie sind bewundernswert."

"Was?" Ich lächelte nervös.

"Ich sagte, Sie sind bewundernswert", sagte sie mit dem gleichen ernsten Gesichtsausdruck.

"Ja, ja das habe ich gehört. Aber das bin ich nicht. Ich bin alles andere als das. Schauen Sie nur, wo ich meinen Sohn gefangen halte."

"Sie haben keine Wahl. Sie sind bewundernswert, weil Sie das fast problemlos mitmachen. Nicht nur dieses sterile Leben seit dem Frühjahr, sondern auch die Explosion und dass Sie ihn so selten sehen. Und Sie lächeln, nachdem die Kriminalpolizei Sie durchgecheckt hat."

Wir schwiegen. Ich dachte über ihre Worte nach. Ich hatte wirklich keine Wahl. Ich hätte es allen anderen und mir selbst nur schwerer gemacht, wenn ich nach außen tragen würde, wie ich Piet vermisste und wie ich mich um seine Sicherheit sorgte.

"Kann man das alles mit dem Hologramm bei der Nobelpreisverleihung in Verbindung bringen?", wollte ich wissen, obwohl ich mir vorgenommen hatte, nicht über den zehnten Dezember zu reden.

"Wollen wir uns ein wenig vom Eingang entfernen? Durch den Wald spazieren?", fragte die Assistentin fröhlich, als würde sie sich schon länger auf einen Spaziergang freuen, der ihr aber soeben erst in den Sinn gekommen war. "Dann können wir über die Nobelpreisverleihung reden." Und ich könnte ihr von meinem Ausflug ins erste Untergeschoss erzählen.

Ich wollte zustimmen, um endlich etwas anderes, als die sterilen Gänge zu sehen, auch wenn die weiße Decke alle Bäume und ihre Farben mal wieder versteckte. Als plötzlich Marens Name auf meinem Display auftauchte. Mit einem Schlag war mein Herz so schwer, als hätte jemand einen Amboss darauf fallen lassen. Nicht aus Angst vor Maren, sondern aus Kummer. An einen fröhlichen - und möglicherweise aufschlussreichen - Schneespaziergang war nicht mehr zu denken. "Mareeen", hörte ich Sergejev noch im Hintergrund sagen, als ich das Gespräch annahm, der selbst wohl mittelefonierte, "bitte lass uns wie geplant vorgehen."

"Sei still André!" Eine von Marens düstersten Stimmlagen fiel auf Dr. Sergejev und ließ ihn augenblicklich verstummen. Ich dachte daran, wie die Stimme meiner Mutter mich zum Schweigen zwang, als ich durch einen zweiten Hörer mittelefonieren wollte. Dann sprach Maren mich an, nicht mehr düster, sondern flehend: "Würdest du dich ein Stück von anderen Menschen entfernen, sofern du nicht alleine bist?"

Sie erwartete keine Antwort. Ich ging in Richtung Wald und blickte bedrückt zu Frau Bavarro, die natürlich ruhevoll und freundlich zurückblickte, um mich dann mit einem Lächeln alleine zu lassen. Nachdem ich mich einige Schritte entfernt hatte und langsam in die Stille des Waldes eintauchte, begann Maren wieder zu sprechen.

"Karla, ich suche nach Worten, die es nicht so vorwurfsvoll klingen lassen, aber ich finde keine, die meiner Frage keine Bedeutung nehmen und nicht so klingen. Bitte, bitte sage mir, dass du nichts damit zu tun hast."

Ich war im ersten Augenblick perplex, doch musste dann sogar ein bisschen grinsen, weil sie mir zutraute, ein Verbrechen begangen zu haben. Vor allem eines, das Maßnahmen, wie die heutigen erforderte. Bevor ich sie beruhigen konnte, sprach sie weiter: "Mir ist vollkommen bewusst, dass es keine schöne Zeit für euch hier ist. Aber wir können versuchen eure Zeit hier angenehmer zu gestalten." Sie hörte sich niedergeschlagen an: "Ich kann nur wiederholen, was du bestimmt schon nicht mehr hören kannst: Ich will dir nichts Böses!"

"Ich weiß." Ohne darüber nachzudenken, seufzte ich in den Ohrplug. Ich wusste nicht, was ich sagen konnte. Ich hatte längst begriffen, dass sie sich vieles sicherlich auch anders vorgestellt hatte und dass sie kein böser Mensch war. Sie musste überarbeitet und ausgelaugt gewesen sein, zudem hatte sie jetzt möglicherweise noch mit Angstzuständen zu kämpfen. "Ich habe nichts damit zu tun. Ich folge deinen Anweisungen." Ich lachte aus unerklärlichen Gründen, noch immer daran denkend, dass sie mir ein Verbrechen zutraute. "Aber wenn ich etwas tun kann ..."

"Nein, nein. Es ist Wahnsinn, was gerade mit mir und dem Zentrum passiert. Ich bin übersensibel und leide unter Verfolgungswahn. Entschuldige, dass ich dich gefragt habe." Ihre Stimme festigte sich wieder, sie wurde kontrollierter, durch und durch angespannter. Das passte zu ihr. So kannte ich sie. "Versprich mir noch, dass du sofort zu mir kommst, wenn dir etwas merkwürdig oder verdächtig vorkommt, ja?"

Ich stimmte zu. Dann ging ich wieder zurück zum Eingang, noch telefonierend, aber nichts sagend. Smalltalk passte nicht zu Maren und was hätten wir schon sagen können?

"Maren hast du es gerade eilig?"

Sie überlegte mehrere Sekunden, ehe sie antwortete, räusperte sich und fragte schließlich: "Warum?" Ich fühlte mich plötzlich anmaßend, sie um ein paar Minuten ihrer Zeit zu bitten.

"Kannst du mir erklären, warum ich hier bin? Und wie lange ich bleiben muss?"

Maren holte mehrmals tief Luft, blieb aber schließlich in der Leitung und antwortete ohne weiter zu zögern: "Ich muss kurz überlegen, wie weit ich ausholen sollte." Sie dachte nach und ich wartete geduldig. "Lass uns bitte alleine, André." Neugierig und hoffnungsvoll in Kürze mehr zu wissen, wartete ich still. Dr. Sergejev verabschiedete sich und ich entfernte mich wieder vom Zentrum.

"Du wurdest schwanger." Ich nickte, ohne zu registrieren, dass sie mein Nicken gar nicht sehen konnte. "Mit einem Jungen." Sie überlegte wieder und machte mich rasend. Ich atmete tief ein und versuchte mich zu beruhigen. "Also, es war eine Fehlgeburt, wie du mittlerweile weißt." Bei den Worten zog sich mein Herz zusammen, doch Maren fuhr fort. "Deine Frauenärztin kontaktierte uns, wie es ihre Pflicht ist, und wir veranlassten eine Stammbaumanalyse. Dadurch wollten wir gewisse Erbkrankheiten oder eine Anomalie ausschließen. Also, ich versuche etwas weiter auszuholen." Sie sprach noch in Rätseln. Ich wusste aber, dass sie nie gut darin war, Reden zu halten. "Wir Menschen besitzen 46 Chromosomen, die durch die Befruchtung von Mutter und Vater aus zwei haploiden Chromosomensätzen zum diploiden Chromosomensatz werden."

Ich unterbrach sie: "haplo-wer?" Ich verstand nur Bahnhof.

"Hast du im Bio-Unterricht geschlafen?" Sie seufzte. "Ein haploider Chromosomensatz besteht aus 23 Chromosomen und ein diploider aus 46. Sobald also Ei- und Samenzellen zusammenkommen, entsteht der besagte diploide Chromosomensatz, in dem jedes Chromosom in doppelter Ausführung vorkommt. Außer den Keimzellen, natürlich."

"Natürlich." Ich grinste.

"Bleibe bitte ernst. Ich versuche es dir ja so verständlich wie möglich zu erklären." Ihre Worte ließen mich sofort verstummen, als habe sie mein Grinsen gespürt. "Also, die Geschlechtschromosomen, das 23. Paar, die sogenannten Gonosomen, bestimmen, ob wir genetisch Mann, XY, oder Frau, XX, sind. Ob sich Erbkrankheiten ausprägen oder nicht, liegt an den gespeicherten Informationen auf den einzelnen Chromosomen. Konntest du mir bisher folgen? Es ist immer noch Schulgenetik."

"Ich denke schon." Ich wünschte, ich hätte das Gespräch aufgenommen, um es später noch einmal in Zeitlupe zu hören und tatsächlich zu verstehen.

"Bei der Stammbaumanalyse stellt sich heraus, ob eine Erbkrankheit über die Geschlechtschromosomen vererbt wird oder nicht. Außerdem bildet sich heraus, ob die Krankheit X-chromosomal dominant oder rezessiv, beziehungsweise Y-chromosomal dominant vererbt wird. Wichtig ist für dich an dieser Stelle zu verstehen, dass wir explizit in deinem Fall nach einer Art Erbkrankheit gesucht haben, die Y-chromosomal ist. Das klingt verrückt, weil du kein XY-Chromosomenpaar besitzt. Piet aber. So weit, so gut."

"Moment", unterbrach ich sie. "Müsste das Y-Chromosom nicht eher bei Johanns Stammbaum untersucht werden?"

Ich konnte Marens Begeisterung und das Blitzen in ihren Augen spüren: "Genau!" Ich schreckte zusammen. "Normalerweise schon." Sie

sprach es langsam und langgezogen aus. "Einfach erklärt ist es so, dass du der Fortschritt in dieser Forschung bist, weil Johann keine Unterschiede zu bisher untersuchten Männern aufweist. Du musst das bildlich betrachten. Du vererbst zwei Mal X und Johann ein X und ein Y, ja?", sie schaltete die Eye-Display-Funktion ein. Ich konnte auf einem projizierten Display sehen, was sie wollte. Vor meinem Auge entstand ein Bild, das sie scheinbar in der Sekunde zu zeichnen begann: ein XX und ein XY und die Erbmöglichkeiten. "Frauen entwickelten in den letzten 150 Jahren X-haftende Genanomalien, die Männer quasi ausrotten. Das sind Krankheiten, beziehungsweise Anomalien, die nur Männer haben, wie beispielsweise Haare in den Ohren. Wenn die Möglichkeiten so aussehen", sie zeichnete vier Genpaare: XX, XY, XX und XY, "und an allen von der Mutter weitergegebenen X eine tödliche Krankheit hängt, kann die Anomalie auf dem X der Mutter mit dem gesunden X, sprich dem Vater-X umgangen werden, verstehst du? Weil Frauen ein weiteres X als Ausweichchromosom haben. Während Männer kein zweites X haben, auf das sie ausweichen könnten. Sie sterben in den ersten Schwangerschaftswochen." Sie schwieg erwartungsvoll. Ich erwiderte aber nichts, sondern starrte ihre Zeichnung an. "Verstehst du die Neuerung? Wir glaubten bisher, es wäre eine Y-haftende Anomalie!"
"Und was ist mit Piet?"
"Genau DAS ist eine gute Frage. Wir vermuten, dass es in deiner Familie etwas geben muss, was keine der Frauen genommen oder gegessen hat. Leider können wir deine Mutter, Großmutter, Urgroßmutter nicht fragen. Es kann zum Beispiel sein, dass keine von euch die Pille genommen, keinen Reis gegessen hat oder nie von einer Zecke gebissen wurde, um es sehr sehr vereinfacht auszudrücken. Was immer also die Geburt von Jungen verhindert, du hast es nicht. Und das ist eine Revolution, weil wir jetzt wissen, dass es wahrscheinlich am X-Chromosom liegt und wir sozusagen nur gesunde X vermehren müssen."
"Um sie dann Müttern mit abnormalen Geschlechtschromosom einzupflanzen?"
Sie lachte herzlich, als hätte ich einen guten Witz erzählt: "Ja."
"Aber das sind ja nicht deren Gene."
"Es sind nur nicht deren Geschlechtsgene."

Ich war verwirrt. "Aber wenn eine Frau mit einem gesunden X-Chromosom ihre Xe anderen Frauen einpflanzen lässt", als ich das sagte, schnaubte Maren, als wäre es unangebracht ihre Erklärung anzufechten, die sie selbst wohl abermals durchgegangen war, "wäre es in der nächsten Generation kein Inzest?"

"Eine Frau pflanzt keine Xe anderen Frauen ein ...", sie unterbrach sich selbst und redete ruhiger, leiser weiter: "Lass uns die Tage weiter darüber reden. Jetzt weißt du, warum ich dich hier festhalte."

Ich starrte auf das Display. Die Skizze, die ohne konzentrierten Blick wie Buchstabensalat aus X und Y aussah, verblasste langsam. Maren verabschiedete sich kurzerhand und katapultierte mich schlagartig zurück in den Wald.

Mir graute es davor, wieder auf das Laufband zu müssen. Wieder ging ich durch die Gänge, ohne zu wissen, wie lange ich bleiben würde und mit der Frage im Sinn, wie alles seinen Lauf nehmen würde, wenn eine Nobelpreisträgerin bedroht wurde. Die Kittelträgerinnen, die mir auf meinem Weg in den Raum 106 begegneten, kamen mir wie Maschinen vor. Aber tatsächlich glaubte ich ein bisschen mehr Angst in ihren Gesichtern zu lesen. Ich konnte mir gut vorstellen, dass im Hintergrund nach Maßnahmen gesucht wurde, das Zentrum noch sicherer zu machen. Wäre es nicht klüger, vorerst die Räumlichkeiten zu wechseln? Der Raum war abgeschlossen und ich gab mir keine Mühe, Dr. Kleina zu finden. Die Aufregung verdarb mir den Appetit und ich verbrachte den Nachmittag mit Piet in den vier Wänden, die ich mittlerweile als meine anerkannte, wo ich mich unbeobachtet fühlte. Den Tag über war er in Dr. Kleinas Obhut und ich würde vielleicht nie wieder die Angst vor sterilen Räumen und Ärzten aus ihm herausbekommen. Wir sahen uns die Nobelpreisverleihung erneut an oder zumindest das, was davon online zu finden war. Wieder brach die Übertragung an der Stelle ab, an der das Hologramm Maren eine Massenmörderin nannte. Ich hatte versucht Auffälligkeiten auf der Bühne und überall zu finden, wo der Bildschirm mich hinsehen ließ, konnte aber nichts finden. Ich war ratlos. Natürlich wollte auch ich nicht, dass ihr unterstellt wird, Menschen zu töten. Die Frage, was mit den Fehlversuchen geschieht, hatte es aber in sich. Ich dachte darüber nach, wie viele Menschen sich diese Frage erst seit der Verleihung stellten. Und ich dachte unweigerlich an die Reagenzgläser im Untergeschoss. Zwar schockierte mich die Vorstellung, dermaßen viele Nachkommen zu haben, aber jetzt, da die Option sogenannte Fehlversuche zu entsorgen im Raum stand, fühlte es sich noch grauenhafter an, was tatsächlich mit den Föten - mit "meinen Kindern" - geschehen würde.

Ich fing an, inspiriert von der Übertragung, Maren als grausame Professorin in einem Forschungslabor zu zeichnen. Mit dem schlafenden Piet neben mir und ein paar Skizzen zum Comic auf dem Schoß holte mich die Türklingel in die Gegenwart. Es war Frau Bavarro. Sie hatte ein Tablett mit dem Abendessen aus der Kantine mitgebracht. Nicht einmal über ihren Besuch konnte ich mich, mit den Gedanken an Maren als Mörderin im Kopf, freuen. Jeder Versuch ihr zu erklären, dass ich keinen Hunger hatte, scheiterte. Sie ließ sich nicht einmal auf einen Kompromiss ein. Ich schaffte es dennoch nicht alles zu essen, versprach ihr aber, es später am Abend erneut zu versuchen. Sie war gekommen, weil es ihr komisch vorkam, mich nicht in der Kantine gesehen zu haben.

"Habt ihr mittlerweile herausgefunden, wer den Drohbrief verfasst und in das Büro gebracht hat?"

"Es wird vermutet, dass er von den gleichen Aktivisten kommt, die auch die Nobelpreisverleihung sabotiert haben. Es stehen Dinge in dem Brief wie Morddrohungen, Androhungen weitere Explosionen zu verursachen und so weiter", erklärte Frau Bavarro, ohne dass ich fragte. Ich fürchtete zwar, sie würde mir etwas verschweigen, aber nachzuhaken würde eh nichts bringen, dachte ich. Bevor sie kam, war ich in meine Comic-Welt vertieft, also musste ich bald dringend das Badezimmer aufsuchen. Ich entschuldigte mich und bat Frau Bavarro derweil auf den kleinen Piet in seinem Laufstall Acht zu geben. Als ich wiederkam war die Assistentin mit Piet verschwunden. Zu gehen, ohne zwei Minuten warten zu können, war nicht normal. Mein Herz schlug schneller. Ich konnte mich nur kurz über das plötzliche Verschwinden wundern, denn bereits im nächsten Augenblick empfing ich eine Nachricht von Maren auf meinem Eye-Display. Sie war unterwegs in das Zentrum. Wo sie nach der Preisverleihung gewesen ist, wusste ich nicht. Ich hatte zwar mit ihr telefoniert, aber nicht mit einer baldigen Rückkehr gerechnet, da sie mir sonst die Erklärung von heute Vormittag persönlich hätte geben können. In der Nachricht ließ sie mich wissen, es gäbe eine Pressekonferenz, weswegen sie unvorhergesehen schnell in das Zentrum zurückkehrte, für den einen Abend. Ich rief verwirrt Frau Bavarro an.

"Hallo! Entschuldigen Sie, dass ich wortlos herausgestürmt bin", entschuldigte sie sich sofort: "Dr. Baum erwartete mich schnellstmöglich vor dem Eingang und ich wusste nicht, wie lange Sie im Badezimmer ..."

"O. k., das hat selbstverständlich Vorrang." Ich heuchelte mein Verständnis. Mein Sohn hatte Vorrang. Sie hätte die zwei Minuten noch warten oder durch die Badezimmertür brüllen können, dass sie sofort los muss und mir später erklären können, warum. "Sie haben Piet mitgenommen." Ich machte mich auf den Weg zum Eingang. "Deswegen rufe ich an."

"Ja, er weinte und ich wollte ihn nicht alleine im Laufstall lassen, weil ich ja nicht wusste, wie lange Sie ..." Wann hatte er angefangen zu weinen? Ich hatte im Badezimmer nichts bemerkt. Mir kam die Situation merkwürdig und die Assistentin überfordert vor.

Maren war bei ihr, als hätte sie mich von dort aus angerufen. Bevor wir aber Anstalten machten, über den Grund für die Pressekonferenz zu sprechen, kam eine Sicherheitsbeamtin auf uns zu. Sie hatte Maren erwartet und uns versammelt vorgefunden. Sie bat Maren darum, mit ihr unter vier Augen zu sprechen. Indessen nahm ich Frau Bavarro Piet ab und schaukelte ihn vor der Beamtin auf und ab, die mich missmutig ansah.

"Sie können ruhig hier mit mir reden", sagte Maren mit einem Ton, den ich als beleidigt wahrnahm, als ob es außer Frage stünde, vermeintlich geheime Informationen mit mir zu teilen. Die Frau sah mich erneut skeptisch an, fing dennoch an zu erklären, was sie Maren mitteilen wollte: "Die Personen, die die Explosion vor fünf Monaten verursacht haben, wollten - so vermuten wir - niemanden Konkretes verletzen. Darum kam zusätzlich der Brief, aber das ist nur eine Vermutung. Dass Sie sich einer Pressekonferenz stellen wollen, ist eine sehr kluge Entscheidung Dr. Baum, Sie sollten schnellstmöglich bekanntgeben, dass sie spontan stattfinden wird." Die Beamtin dachte nach, bevor sie wieder von der Bombe sprach. "Es handelte sich übrigens um eine Art Senfgasbombe, die eigentlich seit vielen Jahrzehnten nicht mehr verwendet wird. Es sind Mittel, gegen die wir rein gar nichts tun können. Ich meine, die wir nicht mit dem Aufspürprogramm rechtzeitig finden können. Sie bestehen aus Einzelteilen, die man überall bekommt und die geschulte Hände zusammengebaut haben. Natürlich ist jeder Bombenleger halbwegs geschult, aber Senfgasbombenleger wissen, wie sie dem Programm entgehen können."

Maren nickte verständnisvoll. Anders als ich. "Wie wird es jetzt weitergehen?"

"Die Stellungnahme zu veröffentlichen, ist die einzige Lösung." Etwas leiser fügte er hinzu: "Danach müssen Sie wieder mit uns mitkommen." Ich war überrascht. Sie war nach der Nobelpreisverleihung nicht unter einem Berg von Arbeit und Konferenzen im Ausland verschwunden, sondern für die paar Tage untergetaucht. Unsere Blicke trafen sich. Es war, als habe sie mir zu verstehen geben wollen, wo sie war, ohne es auszusprechen.

"Eine schriftliche Antwort, die über einen Verlag wie Hen oder mit Hilfe von BTN veröffentlicht werden kann, wäre auch eine Idee", sagte der Mann noch, als ob er bereits vorher gewusst hatte, dass sie fragen würde welche Lösung seiner Meinung nach angebracht sei.

"Eine schriftliche Stellungnahme?" Nun schien Maren verblüfft. "Das kann ich nicht machen. Was soll ich überhaupt während der Pressekonferenz sagen? Was kann ich sagen, nach der Nobelpreissache und ohnehin ist die Arbeit hier geheim!" Aufgewühlt fuchtelte sie mit den Händen in der Luft, während sie sprach.

"Professor, das wissen wir. Ich arbeite im Auftrag der Regierung. Diese Lösung habe ich mir nicht alleine ausgedacht. Und gerade nach der Nobelpreisverleihung würde eine Erklärung mit Sicherheit nichts schlimmer machen." Sehr taktvoll, dachte ich. "Es stimmt, dass ein Problem, das angesprochen wird, schlimmer werden kann, wenn die Öffentlichkeit davon Wind kriegt, aber diese Attentäter zu ignorieren, wäre unverantwortlich. Wenn die Justiz beispielsweise die Mühe, die sich ein psychisch kranker Verbrecher gibt, unbeantwortet lässt, wird er nicht ruhen. Verstehen Sie den Ernst der Lage?"

"Selbstverständlich! Ich sehe ja, was passiert! Aber was kann ich sagen? Die Erklärung, dass wir wirklich Menschentests durchführen und dass die Versuche entsorgt werden, obwohl Leben in ihnen steckt, wird die Massen nur aufregen! Sie verstehen nicht, dass es um ihr eigenes Wohl geht, um das Fortbestehen ihrer Nachfolger. Mehr noch, unserer Spezies." Ihre Worte erschraken mich. Sie wusste genau, aus welchen Gründen die Welt gegen ihre Arbeit war, verstand aber nicht, wieso sie das Gewicht ihrer Forschung nicht verstanden. Maren ging ein paar Schritte in Richtung Wald und wieder zurück zu uns, als würde sie sich beruhigen wollen.

Vielleicht hätten sie doch lieber unter vier Augen reden sollen. Der Beamte sah mich immer wieder misstrauisch an. Ich selber wurde zunehmend skeptisch und ich fühlte mich hintergangen. Wieso hatte sie mir nicht schon viel früher erklärt, was im Zentrum genau vor sich ging? Sie hätte mir von den Fehlversuchen und den Menschentests erzählen sollen, nein, sogar müssen! Schließlich war ich es, an der sie diese Tests ebenfalls durchführte! Auch wenn es mich zuerst schockiert hätte. Mit diesen immer neuen Erkenntnissen fragte ich mich, was noch hätte kommen können. Dann sah ich die Assistentin, wie sie eine Grimasse in Richtung Piet zog. Unsere Blicke trafen sich, dann kam sie einen Schritt lachend auf mich zu und ich konnte meine Tränen nicht mehr zurückhalten. Ich war überfordert und verließ die Runde. Maren sah mir hinterher und seufzte. Ich wusste, dass Emotionen, die nicht von Arbeitserfolgen herrührten, für sie schwer nachvollziehbar waren. Frau Bavarro holte ein Taschentuch hervor und wischte mir über die Wangen. Das war zwar nett gemeint, aber nicht gerade förderlich. Ich weinte gleich noch mehr.

In meinem Kopf drehten sich all die Erklärungen und die Angst gesellte sich zum gesamten Chaos hinzu. Piet war hier nicht sicher. Dessen war ich mir plötzlich bewusst. Ich wollte wegrennen, aber wohin?

"Maren, ich werde Johann suchen", sagte ich entschlossen, aber mit zittriger Stimme.

"Aber ja", antwortete sie entgegen meiner Erwartung. "Frau Bavarro Fernández wird dich begleiten." Da war der Haken.

"Ich möchte mit Piet fahren und sonst mit niemandem."

"Du siehst so blass aus, geht es dir nicht gut? Es ist so viel, was hier jeden Tag passiert, dass du wahrscheinlich kaum isst. Und mit dem kleinen Abenteurer hier", sie tippte auf Piets Nase, "schläfst du wahrscheinlich kaum." Sie legte ihren Arm um meine Schultern und fuhr fort, während sie mich zum Eingang führte: "Komm, ich bring dich hoch. Du legst dich hin und ich passe auf Piet auf, und wenn du aufwachst, holen wir dir etwas zu essen und du gehst Johann suchen, o. k.?" Ich nickte schluchzend, wie ein Kind. Zweifel, ob ich es überhaupt bis in die Stadt in diesem Zustand geschafft hätte, überkamen mich.

Wenige Stunden später bekam ich mit, dass jeder Eingang plötzlich überwacht wurde, dass in allen Zimmern Kameras installiert wurden und neue Sicherheitsbeamte gekommen waren. Maren war nicht bei mir, dafür ein Tablett mit einer noch warmen Suppe unter einer Glocke, an der ein Notizzettel klebte, den Maren geschrieben hatte: „Piet ist bei Dr. Kleina im Kinderzimmer im Erdgeschoss."

Ich fühlte mich wie eine Rabenmutter und war wütend auf mich selbst, weil ich zugelassen hatte, dass Maren sich um das Baby kümmerte. Vielleicht hatte Johann recht. Ich konnte niemandem trauen. Nicht einmal Frau Bavarro sprach mit mir, dabei glaubte ich bisher, sie würde mir alles erzählen, was mich betraf. Ich glaubte nicht, dass sie mich schützen wollte, außer die Angriffe galten mir und die Explosion im Zimmer unter mir war eine minimale Fehlkalkulation. Ich fing an, ihre Ehrlichkeit anzuzweifeln, während ich in das Erdgeschoss ging. Erst als ich sie auf dem Boden sitzend an die Wand gelehnt lesen sah, verfluchte ich meine voreiligen Schlüsse. Piet schlief, also setzte ich mich neben sie.

Sie saß schweigend da, in ihre Gedanken vertieft. Ich hätte sie am liebsten gefragt, woran sie dachte, hatte aber Angst, sie würde ihre Ruhe wollen und sich von mir entfernen. Ich überlegte, ob es möglich war, dass auch sie nicht viel erzählt bekam. Dieser neue Sicherheitsleiter war mir höchst unsympathisch. Ich traute ihm durchaus zu, auch Maren und die Assistentin Informationen vorzuenthalten, um alle Verdächtigen, also jeden Einzelnen von uns, komplett im Unklaren zu lassen und gegebenenfalls gegeneinander auszuspielen.

Nachdenklich blickte ich in Frau Bavarros konzentriertes Gesicht und sah, was sie las. Es war Bradburys Fahrenheit 451. Ich war perplex. Ich wollte sie fragen, ob sie zufällig das Buch las, welches ich in der Lobby geöffnet hatte, als sie mich am Tag unserer ersten Begegnung abholte.

Doch sie unterbrach meine Gedanken, die ich dazu äußern wollte, sofort.

"Ich glaube", flüsterte sie rücksichtsvoll, "wir sollten ausgehen."

Ich nickte. Etwas frische Luft würde gut tun und es stand noch ein Spaziergang aus. Ich empfand Anna Bavarro dennoch geheimnisvoll und immer noch furchteinflößend. Wieso ließ sie mir nicht die Chance, ein normales Gespräch über eine gemeinsame Lektüre zu führen? Ich ging zur Tür. "Ich sage Dr. Kleina Bescheid und hole meine Jacke."

Sie musterte mich mit großen Augen: "So willst du mit mir um die Häuser ziehen?"

"Um welche Häuser?" Ich lachte unsicher. Warum duzte sie mich plötzlich? Sie spürte meine Nervosität.

"Ich meine so richtig raus, um für ein paar Stunden das alles hier zu vergessen. Ich will tanzen. Weißt du, wie lange ich schon nicht mehr tanzen war?"

Sie meinte es ernst. "Also Sie wollen, ich meine, du willst wirklich in die Stadt fahren? Mit mir?" Freude breitete sich in meinem Blut wie Elektrizität im Wasser aus. "Das letzte Mal, dass ich tanzen war, war Piets ..." Sofort bemerkte ich, wie ich dabei war, die Stimmung zu zerstören. "... war der Anfang meines größten Glücks." Ich blickte zu meinem Sohn und sagte schnell hinterher, dass ich mich freue, auszugehen. "Ich will ihn nicht alleine lassen", sagte ich, immer noch lächelnd.

"Er wird heute Nacht sowieso beobachtet. Sonst hätte ich dich nicht gefragt. Ist es dir unangenehm, dass ich dich duze?"

Ich nickte: "Ja."

Sie schaute mich nachdenklich an. "Es wird nichts passieren, und selbst wenn du hier wärst, wärst du nicht die Erste, die zu ihm rennt, wenn er wach wird. Aber ich werde dich nicht zwingen, mir wäre es auch lieber, wir würden ihn mitnehmen. Dann dürften wir wahrscheinlich nicht mal eine Stunde unangemeldet ausgehen. Aber wir sollten deinen Mikrokosmos verlassen." Ein Augenzwinkern fiel in meine Richtung.

"Ja", mir war unwohl dabei, aber sie hatte recht. Es würde nichts passieren: "O. k., wo gehen wir hin?"

"Zuerst gehst du dich umziehen", antwortete sie euphorisch. Ich blieb im Flur der Schlafräume stehen.

"Bis in 10 Minuten, ja?", kicherte Anna in ihrer Türzarge. "Ist das dein skeptischer Blick?" Sie lachte wieder und kam zu mir. "Was ist?"

"Ich habe kein Kleid dabei. Ich könnte mit einem meiner Rollkragenpullis ausgehen."

Annas Blick glitt von meinen Haaren bis zu meinen Schuhen, wie eine eiskalte Lawine an mir herunter: "Du hast meine Kleidergröße. Wir finden etwas für dich. Und diese Rollkragenpullis sind wunderbar, sie betonen alles an dir." Sie zog mich ohne weitere Worte in ihr Apartment, gab mir eine zerrissene schwarze Jeans und empfahl mir einen weißen Rollkragenpullover. Dann verschwand sie selbst im Badezimmer, um wenige Minuten später wieder gestriegelt und kaum anders als zuvor im Raum zu erscheinen. Erst in der Stadt öffnete sie ihre Jacke, unter der sie einen weißen Rollkragenpullover versteckt hatte. Wir lachten drauf los.

"Im Partnerlook tanzen zu gehen erfordert eine Choreographie, finde ich", erklärte sie.

"Ich kann nicht tanzen", gab ich zu.

"Noch ein Grund mehr, uns eine Choreographie auszudenken!"

Wir waren mit einem der Firmenwagen, wenn man die Panzerglasschiffe so nennen konnte, losgefahren, ohne uns abzumelden. Ich fühlte mich an diesem Abend wie ein Kind, das verbotenerweise Schokolade isst. Ich dachte nur anfangs an die Explosion und den Drohbrief am Morgen und empfand beides als wäre es ein entfernter Traum gewesen. Für mich war es nach fast einem Jahr noch schwer greifbar, wie viel an einem Tag passierte, seitdem ich das Zentrum bezogen hatte. Als mir das Gesicht des tief schlafenden Piet in den Sinn kam, lehnte ich mich neben Anna im Auto zurück. Anderthalb Jahre waren vergangen, seitdem ich die Partyviertel Berlins zum letzten Mal betreten hatte. Je näher wir der Innenstadt kamen, desto heimischer fühlte ich mich. Berlin hatte sich kaum verändert, was mich zugegebenermaßen etwas überraschte. Die Stadt war im ständigen Wandel. Hier änderten sich sogar Supermärkte und Bäckereien monatlich im Rausch der Innovation. Normalerweise. Hatte sie mich vermisst, meine Metropole? Wahrscheinlich gab es neue Klänge, aber äußerlich bemerkte ich zunächst nichts Neues an den Kneipen und Diskotheken. Ich grinste. Ich wollte sie exakt so, wie ich sie zurückgelassen hatte.

Überwältigt von dem ironischen Gefühl frei zu sein, nahm ich Annas Hand und ging die Straßen entlang, unentschlossen, wo ich reingehen wollte. Aus jeder Wand und dem Boden der Clubs, an denen wir vorbeigingen, kam Musik. Anna und ich hielten immer wieder an und prüften, ob die andere der Musik folgen wollte. Ab und zu sah ich zu ihr. Sie lächelte und zuckte mit den Schultern, als wäre ihr egal, wo wir hingingen. Das gesamte Viertel war eine einzige Disko, so schien mir. Wir befanden uns in einer Spaßwelt, abgetrennt vom Rest der Stadt durch eine riesige Mauer, mit nur einem Eingang. Einmal Eintritt zahlen und überall rein dürfen. Wie in einem riesigen Vergnügungspark für Tanzwütige. Im Grunde genommen ein guter Gedanke. Doch es förderte auch den rasanten Wechsel zwischen den Gebäuden. Wir traten durch mehrere Türen, und wenn uns der Klang, die Leute oder das Licht nicht gefielen, rannten wir sofort wieder kichernd hinaus.

Einen kurzen Augenblick lang dachte ich an Lore. Ob sie auch an dem Abend da war? Ich ging davon aus. Ich wollte sie sogar anrufen, sie fragen, ob sie dazukommen will, ihr Anna vorstellen. Dann dachte ich an Johann. Von Lore zu Johann. Wenn er das wüsste, wäre er beleidigt. Ich versuchte mich an eine Zeit zu erinnern, in der ich ohne ihn hier gewesen bin. Es gab sie in meiner Erinnerung nicht. Um mich herum waren tanzende Frauen. Nur Frauen. Johann liebte es, einer der wenigen Männer auf der Welt zu sein, außer wenn es darum ging, eine Frau anzusprechen. Er dachte, sie würden ihn nur wollen, weil es eh nur ihn weit und breit gab und ich verstand nicht, wo sein Problem war.

Dann sah ich wieder zu Anna. Und während ich sie wie in Trance auf der Bühne tanzen sah, meldete sich ein Lachanfall an, der nicht durch Lores oder Johanns Anwesenheit gestört werden wollte. Anna drehte sich immer wieder um sich selbst, ignorierte Frauen, die mittanzen wollten, als wäre sie alleine und als würde die Musik nur für sie spielen.

Ihr zuzusehen war mein Glück in dieser Nacht. Mehr wollte ich nicht. Und obwohl sie immer wieder versuchte mich mitzureißen, blieb ich hartnäckig. Tanzend hätte mich ihre Freude nicht annähernd so berührt. Sie drehte sich weiter und weiter und stolperte und stützte sich immer wieder an Wänden und dem Boden und anderen Tänzerinnen ab. Sie sah aber immer wieder zu mir, streckte ihre Hände zu mir aus, zeigte auf mich und drehte sich weiter. Irgendwann überredete sie mich. Ich ging zu ihr und wir drehten uns gemeinsam.

Einige Stunden später lagen wir in Liegestühlen eines Clubs mit ruhigeren Klängen. Entkräftet und betrunken starrten wir den künstlichen Sternenhimmel an der Decke an. Sogar eine kühle Brise entwich der Tür und streifte unsere müden Körper.

"Auch wenn du mich dafür auslachen wirst und es vermutlich nicht hierhin gehört, muss ich sagen, dass ich immer wieder fasziniert davon bin, wie die Natur künstlich dargestellt wird. Davon, wie wir bespaßt werden, umrundet von Dingen, die es nicht gibt." Ich schaute fragend zu ihr rüber. "Ich meine die Hologramme." Sie sah nicht zu mir und ich erwiderte auch nichts. Ich wollte ihr sagen, dass ich mich oft wie ein Hamster im Laufrad fühlte. Aber wir alle fühlten uns wohl ähnlich. In der Nacht, der Ersten zwanglosen seit Langem, fühlte ich mich wieder vom Fortschritt erdrückt. Zwar gab es bereits den ein oder anderen melancholischen Augenblick, wie den, als ich den Wald des Zentrums sah, aber neben Anna vom Tanzen erschöpft und schweigsam zu liegen, übertraf jeglichen Pessimismus. Ich fand ihre Gedanken überhaupt nicht lachhaft.

"Fahren wir morgen ans Meer?" Ich lächelte den künstlichen Sternenhimmel dabei an. Im Augenwinkel sah ich, wie sie ihre Mundwinkel hochzog.

"Wenn es nur ginge."

"Wie verrückt, dass es Menschen gibt, die freiwillig von der Küste wegziehen."

"Es heißt doch, dass man will, was man nicht hat." Sprichwörter. Es war meiner Meinung nach sogar feige, sie in so einem Kontext zu nutzen.

"Menschen, die keinen vergammelten Apfel in der Hand halten, wünschen sich auch keinen herbei. Menschen, die aber einen makellosen Apfel in der Hand halten, wollen zwei. Ja, Menschen wollen immer mehr. Ob sie es haben oder nicht. Ich glaube sogar, dass Menschen, die an der Küste wohnen, lieber zwei Küsten hätten, als nur eine. Da es nicht geht, ziehen sie lieber weg und besorgen sich zwei, drei Städte."

Wir lachten darüber, als wäre es absurd. Ich wusste, dass viele Menschen Habsucht hassten und sie nicht verstanden, aber dennoch habsüchtig waren.

"Wieso nochmal sind wir mit dem Zentrumschiff gefahren?", kicherte sie. Ich legte meinen Kopf nochmals zur Seite. Ihre strenge Frisur hielt, als hätte sie nicht getanzt, aber ihre Gesichtszüge waren sanft. Ich erkannte kleine Lachfältchen neben ihren Augen und Mundwinkeln. "Wie soll ich nur das Fahrzeug zurück zum Zentrum bekommen?" Sie drehte sich zu mir mit hochgezogenen Augenbrauen. Es schien ein belastendes Problem für sie zu sein. In der nächsten Sekunde lachte sie wieder los, länger, ohne zwischendurch genug Luft zu holen.

"Wir könnten bei mir schlafen, ich habe die Schlüssel in meiner Jackentasche. Es ist nicht weit von hier. Dann holen wir das Auto in ein paar Stunden, bevor Maren ihren Arbeitstag beginnt."

Sie ließ sich meinen Vorschlag durch den Kopf gehen. "Klingt nach einem Plan. Obwohl ich nicht glaube, dass Dr. Baum jemals schläft." Sie lächelte bei der Aussage. Wenn ich nicht schlafen konnte, versuchte ich mich mit Musik oder Fiktion abzulenken, Maren jedoch arbeitete. Sie arbeitete jeden Tag und oft auch nachts. Wenn sie den Drang ihres Körpers nach Schlaf hätte abschalten können, hätte sie es getan. Als ich sie kennenlernte, wunderte mich bereits, warum sie sich auf Genetik spezialisierte und nicht direkt im Schlaflabor nach einem biologischen Mittel suchte, welches Menschen über Jahre hinweg wach hält. Irgendwann würde ich sie das noch fragen.

Wir holten unsere Jacken und torkelten zu meiner Wohneinheit. Üblicherweise brauchte ich maximal zehn Minuten für diesen Weg. Wir brauchten fast dreißig. Wir lachten über Schaufensterdekorationen, die zunehmend abstrakter wurden. Teilweise konnte man nicht erkennen, was es in dem Laden überhaupt zu kaufen oder sehen gab, und wir lachten über falsch geparkte Fahrzeuge. Letzteres war fast schon eine Kunst, weil heutzutage kein Fahrer mehr selbst einparken musste. Wir reimten uns unrealistische Geschichten dazu zusammen. Wir kamen zu dem Schluss, dass die Menschen keine Zeit mehr hatten, um darauf zu warten, dass das Fahrzeug einparkt, und schalteten es noch halbgeparkt aus, um so schnell wie möglich an ihre Arbeitsplätze zu kommen. Mein Bauch und meine Wangen schmerzten, so viel hatten wir gelacht. Bis uns Lore begegnete. Sie war offensichtlich die Nacht unterwegs gewesen und ich konnte mir sehr gut vorstellen, dass die Verrückte uns gefolgt war.

"Lore! Wie geht's dir?", war das Erste und Netteste, das mir einfiel, als sie direkt vor mir stehenblieb.

"Du schämst dich vor niemandem, nicht wahr?"

Ich seufzte. Ich hatte keine Lust auf ihr Gemecker und außerdem auch keine Zeit dafür. Ich wollte an ihr vorbei gehen, doch sie griff mich am Arm und so schnell konnte ich nicht gucken, da stand Anna hinter ihr, Lores Handgelenke hinter ihrem Rücken festhaltend. Ich machte große Augen und konnte nicht anders als loszuprusten. Die Schnelligkeit dieser unerwarteten Rettungsaktion hätte mir Angst einjagen müssen. Aber ich war betrunken und von Lore genervt.

"Ist das dein Ernst? Hast dir 'ne Leibwächterin geangelt oder wie? Den Joe in die Wüste geschickt?" Während sie sprach, drehte sie sich so weit sie konnte zu Anna und versuchte sie zu beißen.

"Versucht sie mich etwa zu beißen?" Den Griff noch weiter festigend schaute Anna mich verdutzt an.

Ich lachte lauter. Das gesamte Bild war dermaßen absurd, dass ich nicht einmal verstand, warum Anna der Meinung war, sie müsse sie festhalten. Meine Leibwächterin drückte irgendwo noch ein wenig fester zu und schubste Lore dann von uns fort.

"Bis dann!", rief ich ihr zu, als Anna und ich lachend Arm in Arm davonliefen und Lore stehen ließen.

"Sie hat scheinbar noch nie etwas von Nachrichten gehört", sagte Anna heiser von der Nacht und ihren Überraschungen.

"Was war das?", fragte ich noch unter Tränen vor meiner Haustür.

"Sie hat dich bedroht und ich habe sie außer Gefecht gesetzt." Das sagte sie seelenruhig, als wäre es eine unberechtigte Frage gewesen.

Im Apartment legte sie sich auf die Couch und schlief auf der Stelle ein. Ich hingegen lag noch lange vollständig bekleidet auf meinem Bett wach. Nach so vielen Monaten wieder in meinem eigenen Bett zu liegen, fühlte sich anders an. Ich hatte es voller Vorfreude angesehen, als ich meine Schlafzimmertür hinter mir verschloss. Es kam mir fremd vor und mich störte der Kippengeruch. Das anhaltende Donnern der Transportkapseln und Fabriken auf der anderen Seite des Fensters raubten mir zudem den Schlaf. Die Ruhe im Zentrum hatte sich in mein Langzeitgedächtnis gebohrt und kleinste Geräusche ließen mich nicht einmal berauscht schlafen. Mitten in der Nacht, bevor das Schwarz zu Dunkelblau wurde, erledigten die Maschinen verlässlich ihre Arbeit. Nur zwei Blocks weiter auf der anderen Seite der Spree, hörte ich die regelmäßige Bewegung der Energiepumpen.

Anna hatte die Geräusche auf dem Weg zum Wohnblock mit einem schlagenden Herzen verglichen. Sie sagte, für sie seien die Maschinen das Herz der Großstadt. Ich dachte daran, wie wir darüber philosophierten, was passieren würde, wenn das Herz aufhört zu schlagen, wie ernst sie bei den Worten aussah und wie ihre Worte mich packten. Inmitten der Musik, den Zügen und den Menschen schlug Berlins Herz lauter, auch lauter als meins.

Ich dachte an Anna und daran, ob sie meinetwegen Ärger bekommen würde, ob es ihr etwas ausmachte und ob sie überhaupt irgendetwas störte oder sie mehr einer Kampfmaschine als einem Menschen ähnelte. Vielleicht war sie sogar schon öfter "ausgebrochen".

Nur wenige Stunden später, die sich wie Minuten anfühlten, weckte mich Anna. Es war bereits sechs Uhr und sie hatte um sieben die Besprechung mit Maren und weiteren Kollegen, in der es um die Organisation der Pressekonferenz ging. In meinem Kopf donnerte es heftig und auch Anna sah ganz und gar nicht gesund aus. Zwar saß ihr Outfit wieder, als habe sie ein nicht vorhandenes Bügeleisen in meinem Durcheinander gefunden und sich selbst samt ihrer Klamotten geglättet, aber ich sah ihr den Kater an und fühlte mich schuldig. Trotzdem lachten wir, während wir hastig unsere Sachen zusammensuchten, um anschließend zum Wagen zu rennen. Auf der Fahrt schwiegen wir. Ein Lächeln auf unseren Gesichtern bestätigte als einzige Spur, wie wohltuend ihre Spontanität des Vortags für uns beide gewesen war.

Kapitel 6

Im Zentrum angekommen hastete ich zu Piet. Er schlief unter der laufenden Kamera im Kinderzimmer des Erdgeschosses, wie angeordnet, genau dort, wo ich ihn am Vorabend in seine Wiege gelegt hatte. Während ich ihn zufrieden ansah, wachte er auf. Er grinste mich wissend an. Als wolle er sagen "siehst du, Mama, ich habe mich benommen, als du weg warst".

Dr. Kleina kam zu uns rein. "Hat er bereits gefrühstückt?", fragte sie.

"Nein, ich wollte gerade ..."

Sie unterbrach mich: „Dr. Sergejev erwartet Sie. Ich übernehme die Fütterung."

"Mein Sohn ist kein Tier." Auch wenn er für alle in diesem Haus mehr ein gelungenes Experiment als ein Kind war.

Dr. Sergejev wartete auf mich, um in das Stadtzentrum zu fahren. Meine Sehnsucht nach Schlaf würde mich weiter quälen. Wir würden zum Bundesnachrichtendienst fahren, während Maren und Anna die Pressekonferenz bevorstand, um der Welt zu zeigen, wie harmlos das Zentrum war. Ich wäre lieber dabei gewesen, als mit Dr. Sergejev unterwegs zu sein. Er war jedoch der Meinung, ein Tapetenwechsel würde mir guttun. Scheinbar hatte niemand meinen Ausflug des Vorabends mitbekommen.

Wenigstens würde ich das Laufband an dem Tag nicht zu Gesicht bekommen. Das Trommeln in meinem Kopf führte mir jedoch den Leichtsinn des Vorabends durch und durch vor Augen. Bevor wir losfuhren, hatte ich noch ein bisschen Zeit, zu duschen.

In meinem Zimmer fand ich einen Umschlag von Anna im Eingangsbereich. Er lag direkt hinter der Tür. Sie musste ihn vor Beginn der Pressekonferenz darunter hergeschoben haben, während ich duschte. Alles andere wäre wieder einen Hauch zu gruselig gewesen. Auf dem Umschlag stand: "Sie wird dir helfen" und in ihm eine zwei Quadratmillimeter große Pille.

Während ich neben Sergejev im Zug saß, nahm ich die Pille, als er in ein Buch seines Chronographen vertieft schien. Ich spürte aber, dass er es mitbekommen hatte. Es fühlte sich an, als würde er ausnahmslos alles mitbekommen. In den Sekunden war es mir aber egal. Das Pulsieren in meinem Kopf ließ kaum merklich nach und ich konnte nur erahnen, wie lange der Tag werden würde.

Im Herzen Berlins suchten wir nach Mika Jonasson, einer Bekannten Sergejevs aus einem früheren Leben, wie er mir unterwegs erklärte. Und nebenbei war sie noch eine renommierte Spionin in den Kreisen des gehobenen Dienstes - eine der ältesten Überwachungseinrichtungen des Staates. Wir fanden sie in den Büros für internationale Kriminalfälle im hinteren Trakt des Auswärtigen Amtes hinter einem PC, Pizzakartons, Kaffeebechern und Akten in Arbeit vertieft. Sie hörte auf, die Finger angeregt durch die Luft zu wirbeln und ihren Bildschirm damit zu belasten, als Sergejev ihr von dem Job erzählte. Eine schwarze Pottschnitt-Frisur wurde sichtbar, sowie eine Brille mit abgedunkelten Gläsern, die von den dünnen Fingern der Frau auf ihrer Nase zurechtgerückt wurde. Sie hörte Dr. Sergejev geduldig zu und vertiefte sich wieder in etwas anderes, was die Stille unangenehm werden ließ. Im Hintergrund erklang die Stimme des BTN Nachrichtensprechers aus den Wänden:

"Erneut ein Nobelpreis für Dr. Baum? Für wen denn sonst! Sie ist fantastisch! Magisch! Nicht von dieser Welt!" Was hatte man dem Mann gegeben? Und warum redete er so viel? Bestimmt hatte BTN ihn nur zum Hauptsprecher gemacht, damit die Welt rund um die Uhr eine Männerstimme im Ohr hatte. Diese neuen Studien darüber, ob Männerstimmen besondere Wirkung auf moderne Frauen hatten, machte mich krank. BTN war über Nacht esoterisch und abergläubisch geworden, nachdem die ersten öffentlichen Bewegungen der berüchtigten Aktivisten stattfanden. Über die Täter wurde dennoch nur spekuliert. Mir kam dieser Umschwung noch absurder vor, als er es ohnehin schon war. Dann kamen diese Studien und die Radiosprecherinnen, die Karten lasen und Seelsorge betrieben, wenn keine Nachrichten liefen. Sie wurden durch Männer wie diesen ersetzt.

Die Stimme des Nachrichtensprechers war dabei leicht schrill und meiner Meinung nach übermotiviert. Auf jeden Fall ungeeignet für einen seriösen Sender. Mich machte sie wütend. "Meine verehrten Damen und abgezählten Herren, Dr. Baum schenkt der Welt ihre Söhne und ihre Allergiepillen, wenn ich könnte, würde ich sie heiraten!" Sergejev bat Frau Jonasson daraufhin lächelnd und freundlich darum, mit uns ein Stück spazieren zu gehen.

Sie gähnte gelangweilt im Treppenhaus. Sergejev ließ jedoch nicht nach. "Ich schlafe regelmäßig über meinen Versuchen ein, wenn ich wieder einmal kein Ende finde. Daher auch die Narben in meinem Gesicht!" Daraufhin musterte Mika ihn verblüfft. Ich schämte mich sogleich für sie.

Dr. Sergejev lachte: "Die wahre Geschichte hinter meiner Schönheit stand in jeder Zeitung geschrieben, Frau Jonasson."

"Ich lese nur, was mich interessiert", entgegnete sie, zog ihren Mantel an und folgte uns durch den Nebel. Sie ging mit hochgezogenem Kragen und gesenktem Blick neben mir her.

"Ich weiß rein gar nichts über Sie", dachte ich etwas zu laut.

Als habe sie auf diese Feststellung gewartet, fing sie an, etwas von sich zu erzählen:

"Meine Mutter sagte einmal zu mir, 'Mika, wenn du keine Spionin wirst, vergesse ich mich!'"

Ihre Stimme zitterte. Vielleicht vor Kälte. Vielleicht aufgrund von Erinnerungen. "Ich weiß noch, wie sie es bereute, mich ermutigt zu haben, als ich verschwand und meinen Namen änderte."

Es war ein nebliger Abend, der mir ein zufriedenes Lächeln entlockte. Ich liebte das Wetter, wenn es mich abschottete, vor allem, wenn es dunkler wurde, denn es ließ die Straßen leerer und dadurch anonymer werden. Überhaupt liebte ich die Kälte, obwohl die meisten Menschen sie hassten. Sie legte fast das ganze Jahr über einen diesigen Mantel über die Stadt. Und die brennende Luft einzuatmen gab mir das Gefühl zu leben. Vor allem in dieser Stadt. Berlin war so vielseitig, trist und doch magisch unter dieser halb-transparenten Decke. Die Menschen liebten oder hassten die leeren Straßen. In einer dermaßen überbevölkerten Stadt empfand ich sie mehr und mehr als angenehm. Selten sah ich hier oben jemanden. Als die Subterrains vor Jahren gebaut wurden, sollten sie die überfüllten Straßen entlasten. Nun sind sie selbst maßlos überfüllt und ich glücklich und alleine an der kalten Oberfläche. Ich fand die aneinandergereihten Betonberge beruhigend, die akkurat von einem renommierten Straßenplaner auf einem Blatt Papier geplant und von Maschinen errichtet wurden, die ihrerseits von immens gut verdienenden Ingenieurinnen auf Papier gezeichnet und von kleineren Maschinen errichtet wurden. Dass ein graues Meer den Rest der Bevölkerung abschreckte, verstand ich erst, seitdem ich den Wald vor dem Forschungszentrum erleben durfte. Die Bauten hier erinnerten mich an das Bild im Bild. Ganz Berlin samt seiner Population erinnerte mich an das Bild im Bild. Wohin ich auch blickte, sah ich graue Hochhäuser, in dessen Fenstern sich weitere Hochhäuser spiegelten. Von Weitem ertönte alle paar Sekunden die Abfahrt einer Schnellkapsel oder eines Helikopters und leise aber weiter pochend hörte ich die Maschinen, das Herz, unermüdlich schlagen.

Als die Kälte durch meine Knochen zog und ich kurz davor war mein Leid bemerkbar zu machen, gingen wir in ein Café. Dort setzten wir uns in die hinterste Ecke, fern von anderer Gäste Ohren.

"Wollen Sie mir jetzt endlich erklären, was Sie von mir wollen?" Ihre Frage wirkte womöglich entnervt, aber in Wahrheit war sie, so dachte ich, schlichtweg neugierig. So neugierig, dass sie vergaß, ihren Mantel abzulegen. Ich glaubte, Dr. Sergejev spürte das und es gefiel ihm.

Im Hintergrund des Cafés wurden Teile der Pressekonferenz an die Wand gestrahlt. Es fiel mir schwer, mich auf das Gespräch zwischen Dr. Sergejev und Frau Jonasson zu konzentrieren. Auf der Leinwand sah Maren wütend aus, und auch wenn ich kaum etwas hörte wusste ich, dass sie immer wieder unterbrochen wurde. Ich schluckte meinen Wunsch, zu ihr zu eilen, herunter und verbrühte mich an meinem wässrigen Kaffee. Meine Zungenspitze kribbelte daraufhin und ich war kurz dabei meine Zunge gedankenverloren im Mund zu drehen, bis mich Dr. Sergejevs sonst so tiefe Stimme aus meiner Abwesenheit riss. Er flüsterte.

Er wartete nicht darauf, dass auch Mikas oder sein eigener Kaffee trinkbar wurden, sondern fiel gleich mit der Tür ins Haus. Ich hätte mich zunächst nach ihrem Leben und ihrer Arbeit erkundigt, um warm zu werden, aber ich wusste auch nicht, ob es diplomatisch genug war, Smalltalk zu führen.

"Mika, ich habe in den letzten Jahren kaum jemanden kennengelernt, der so gründlich und verlässlich arbeitet wie du. Bitte begleite uns in das Zentrum." Erstaunlicherweise zogen sich daraufhin ihre Mundwinkel hoch. Eine Mischung aus kindlicher Vorfreude und Respekt durchfuhr mich selbst - Sergejevs Augen strahlten ebenfalls. "Ich möchte, dass du Frau Raingot und mich ins Genforschungszentrum begleitest, um verdeckt für mich und Dr. Baum zu arbeiten."

"Was genau soll ich denn dort tun? Wie du weißt, bin ich mit Presse- und Öffentlichkeitsarbeit vertraut, sonst nichts ..." Sergejev unterbrach sie an der Stelle: "... und nebenbei noch verdeckte Ermittlerin des deutschen Staates, vorbildlich gründliche Pathologin und sehr neugierig, ich weiß." Ich war verunsichert, wie gut sie sich kannten und ob Mika das nicht bestätigen durfte oder in meinem Beisein überhaupt wollte. "Du brauchst nichts zu sagen. Um ehrlich zu sein, habe ich bereits auf eigene Faust recherchiert - das kannst du mir nicht übel nehmen. Bitte begleite uns. Alles, was du tun musst, ist dich mit den Leuten im Zentrum zu unterhalten, um herauszufinden, wer unsere Arbeit nicht gänzlich gutheißt."

"Und was mache ich offiziell dort?"

"Du verfasst einen wissenschaftlichen Bericht über unsere Arbeit in der Pathologie." In welcher Pathologie, dachte ich und verschluckte mich wieder am brühend heißen Kaffee.

"Und was ist mit meiner Arbeit hier?" Ich fühlte, wie die Skepsis in uns allen stieg.

"Nun ja, wäre die Entscheidung einfach, dann wäre sie nicht wichtig." Er lächelte geduldig, aber wir wussten alle schon, dass sie mitgehen würde, bevor wir überhaupt in das Café gekommen sind. So holte sie noch in derselben Stunde ein paar Dinge, die ihre Hygiene und ihr Erscheinungsbild in den nächsten Monaten aufrecht halten würden und wir machten uns auf den Weg ins Hotel. Wie schnell alles ging, wenn es um das Forschungszentrum ging, überraschte mich wieder. Ich dachte an Piet und freute mich, den Rückweg anzutreten.

Im Zentrum angekommen, verabschiedete sich Dr. Sergejev, nachdem er Mika Jonasson mit "Frau Bavarro Fernández" bekannt machte, die sie natürlich herumführen und ihr relevante Menschen für ihren Bericht vorstellen sollte. Dadurch, dass Dr. Sergejev sie direkt in Annas Obhut ließ, wurde mir bewusst, dass sie keine Zeit haben würde, mir etwas von der Pressekonferenz zu erzählen. Ich sah sie gedankenverloren an. Sie unterbrach mich und fragte, ob ich mit dem Abendessen auf sie warten würde. Wahrscheinlich waren wir somit sofort die verdächtigsten Menschen für Frau Jonasson. Ich willigte unnötig nervös ein.

Am Abend sah ich Anna wie erwartet später als gewöhnlich in den Speisesaal gehen. Im Eingang hielt sie Ausschau nach mir und kam kurz darauf guten Mutes an meinen Tisch. Ich fragte sie, ob die Führung mit Frau Jonasson besonders schön gewesen sei oder ein anderer besonderer Anlass der Grund für ihre Freude war. Sie freute sich darauf, mit mir ihr halbjähriges Jubiläum zu feiern.

"Oh! Hätte ich DAS gewusst!" Dann hätte ich Champagner besorgt, dachte ich, während die Erinnerung an das Leid des Morgens zurückkam. Dann begriff ich den Feiergrund. Sie war erst seit einem halben Jahr hier? Und das war für sie ein Grund zum Feiern? Sie ist nur zwei Wochen vor mir ins Zentrum gekommen.

"Schön, dass du wieder da bist", sagte sie.

Ich fragte sie nach der Pressekonferenz und sie sagte, es sei alles ruhig verlaufen und dass Maren den Ansturm wunderbar gemeistert habe. Doch ich konnte ihr nicht so recht glauben, der Tag musste Maren sehr mitgenommen haben. Am liebsten hätte ich jedes Detail gehört, weil ich nicht selber dabei sein konnte. Außerdem hätte ich vielleicht ein paar Antworten bekommen, ohne selbst Fragen stellen zu müssen. Zwischendurch glaubte ich sogar, Dr. Sergejev habe mich nur mitgenommen, damit gerade ich nicht bei der Konferenz dabei war.

"Ich habe in der Stadt Teile der Übertragung gesehen, Anna." Ich versuchte meinen Mich-kannst-du-nicht-anlügen-Blick aufzusetzen, erfolglos. Sie winkte ab.

"Eine ruhige Pressekonferenz ist keine gute Pressekonferenz. Oder hättest du den Medien abgekauft, dass nichts aufgesetzt war, wenn alles friedlich gewesen wäre?" Sie hatte recht. Für mich war es eine ausreichend logische Erklärung. Aber war es dann geplant, aufgewühlt und aggressiv zu sein, um glaubhaft zu wirken? Ich wollte so gerne mehr erfahren, aber Anna wollte nichts erzählen. Das Thema Pressekonferenz war für sie abgehakt. Ich entschied, bei Gelegenheit, Maren selbst danach zu fragen, wenn sie nicht wieder abgetaucht ist.

Wir schwiegen. Anna füllte unsere Gläser auf. Schlussendlich fragte ich sie dann doch nach der Stockholmreise, woraufhin es aus ihr raussprudelte. Sie erzählte dermaßen energisch, was geschehen war, dass mir bewusst wurde, dass sie auf meine Frage dazu gewartet hatte.

"Die Reise nach Stockholm war äußerst langweilig", sagte sie, "niemand unterhielt sich, Dr. Baum verbrachte den Flug und die Fahrten in irgendwelche Dokumente vertieft. Der eigentliche Abend wurde sabotiert. Angeblich von Aktivisten."

"Sabotiert?", fragte ich neugierig.

"Ja, bis zum Hologramm hast du es bestimmt gesehen, oder?"

"Schon, wenn du diese Abbildung von Maren meinst. Aber wieso sabotiert? Ging es dann nicht einfach alles weiter?" Ich kannte die Antwort bereits, wollte aber wissen, wie es für sie war vor Ort zu sein.

"Liest du keine Zeitung?" Sie sah mich ungläubig an. "Ich meine, ist die Welle an Artikeln an dir vorbeigezogen?"

"Ich wollte es von dir hören." Oder glaubte sie etwa, dass die Medien alles wahrheitsgemäß weitergaben?

Ihre Mine wurde wieder sanfter. "Dieses Hologramm, die Nachbildung Dr. Baums, fragte sie, was mit den Fehlversuchen geschähe und nannte sie eine Massenmörderin. Daraufhin war klar, dass es nicht Teil der Show war. Also brach eine leichte Panik im Publikum aus und alles löste sich relativ schnell auf. Woher das Hologramm kam, ist noch unklar." Dann schwiegen wir erneut.

Ich schenkte uns Champagner nach. "Wollen wir raus, etwas an die frische Luft? Ich weiß nicht, wie du den Tag überstanden hast, nach dem Alkoholkonsum gestern. Also ich brauche Nikotin."

"Oh gute Idee, eine Zigarette ist genau das Richtige jetzt." Sie lachte dabei. "Und wie es mir nach gestern geht, weißt du wahrscheinlich selbst." Sie grinste gequält.

Draußen war es so kalt, dass der Windstoß beim Öffnen der Tür meinen ersten Atemzug unterbrach. Ich mochte das Gefühl: Zu wissen, dass die Kälte durch meinen gesamten Körper zieht und in wenigen Minuten durch die Wärme im Haus wieder vertrieben würde. Zufrieden lehnte ich mich an die Brüstung. Erst als wir eine weitere Weile lang draußen schweigend rauchten, fragte ich sie, wie es ihr ginge mit der Erfahrung aus Stockholm. Sie kniff die Augen zu, während sie den nachgewiesen viel zu giftigen Rauch einzog, und ließ sich mit der Antwort Zeit.

"Nun ...", sagte sie und blies den Zigarettenrauch langsam aus, "der Blickwinkel ist, so unglaublich es auch klingt, neu. Ich habe zwar anfangs sehr an der Arbeit im Zentrum gezweifelt, weil man ja alles Mögliche in den Medien hörte, aber nach und nach fing ich an, die Forschung von Dr. Baum wahnsinnig gut und sinnvoll zu finden. Der Abend in Stockholm allerdings hat meine eigene Wahrnehmung der Arbeit, die hier Tag für Tag stattfindet, drastisch geändert. Was passiert mit den Fehlversuchen?" Als Anna redete, musste ich an Mika denken. Mir war schlagartig egal, wer wo infiltriert war: Ich spürte, wie mein eigenes Interesse gegen Sergejev und Maren arbeitete.

"Wieso hast du dich beworben, wenn die Arbeit dich anfangs nicht überzeugte?"

"Ich passte gut in die Stellenbeschreibung!" Sie zwinkerte mir zu, bevor sie doch noch hinzufügte, dass es immer besser ist, sich vor Ort und hautnah ein eigenes Bild zu machen, bevor man sich vorschnell eine Meinung bildet und sie nicht mehr loslässt.

Sie hatte recht. Natürlich, dachte ich. Und wie bewundernswert diese Einstellung wieder war. Ich starrte sie an, während sie auf das weiß schimmernde Schneemeer schaute. Ich wusste mittlerweile so viel und doch schien sie mir so geheimnisvoll, wie am ersten Tag. Aber ich hatte genug Zeit, dachte ich, um mehr Fragen zu stellen. An dem Abend wurde mir klar, dass ich herausfinden wollte, was in jedem Raum des Zentrums geschah und auch, dass ich Maren zur Rede stellen wollte. Die letzten sechs Monate, die ich bis heute im Zentrum verbracht hatte, lebte ich wie in Trance. Erst jetzt begann etwas in mir aufzuflammen, das mich klar denken und hinterfragen ließ. Wie konnte das alles, was sich in diesem Zentrum abspielte, was mit mir angestellt wurde, für mich bisher so unbedeutend sein?

"Die Rückfahrt nach Berlin war genauso still wie die Hinfahrt nach Stockholm", fuhr Anna fort: "Nur wesentlich unangenehmer. Ich war ja alleine mit meinen Gedanken und den Erinnerungen an den Vorfall."

"Was meinst du mit alleine?", wollte ich wissen.

"Nicht wirklich alleine, aber hätte ich mit Dr. Baum darüber reden sollen? Wir schwiegen die ganze Zeit. Selbst hier haben wir kein Wort gewechselt. Ich bezweifle auch, dass eine Arbeitsbesprechung so bald stattfinden wird."

Ich nickte.

"Leider", sagte sie dann, "muss ich gehen. Ich warte auf ein Telefonat und brauche dazu ein paar Dokumente, die auf meinem Schreibtisch liegen. Wir sehen uns aber später, ja?" Im Türrahmen machte sie hastig kehrt. "Bevor ich gehe, will ich dir noch etwas geben." Sie holte einen Chip hervor: "Bitte schließe ihn an deiner Anlage an und mach das Licht aus."

Als sie fast außer Sichtweise war, bedankte ich mich für was auch immer der Chip war. "Danke für die Pille", rief ich ihr auch noch hinterher, woraufhin sie sich umdrehte, verbeugte und weiterging. Ich blieb mit dem Chip in der Hand alleine zurück. Der Abend war schön und ich war nicht müde, also holte ich mir eine Decke, um noch eine Weile draußen zu bleiben. Vielleicht entfloh ich auch nur dem Chip. Ich fragte mich selbst, ob ich Angst vor seinem Inhalt hatte. Es konnte nichts Merkwürdiges sein und meine Neugierde knabberte auch fleißig an meiner Motivation. Irgendwann kamen Dr. Sergejev und Frau Jonasson auch auf die Terrasse und ich vergaß vorerst den Chip, den ich in meiner Hosentasche verstaute.

Frau Jonasson stellte Frage um Frage und sie schien großes Interesse daran zu haben, dass Maren und ich uns von früher kannten. Allerdings merkte sie schnell, dass alles, was ich sagen konnte, keine Spur von brauchbaren Informationen zu Feinden der Forschung enthielt. Anscheinend wollte sie sich auf Maren konzentrieren. Diese hatte aber nie so richtig Zeit. Was sie womöglich noch verdächtiger werden ließ. Die ganze Unterhaltung ging spurlos an Piet vorbei, der im Wickeltuch an meiner Brust lag und einen beneidenswert tiefen Schlaf hatte. Vielleicht würde jeder erwachsene Mensch ebenso gut schlafen, wenn man ihn an seiner Brust schlafen ließ.

Ich bekam an jenem Abend mit, wie Dr. Sergejev Mika von den Unfällen und Explosionen erzählte, die seiner Meinung nach zumeist gezielt Maren gelten sollten: Ihr Büro fing vor einem Jahr schon einmal Feuer, ihr Fahrzeug explodierte kurz darauf, in ihrem Postkasten waren immer wieder Drohungen und nie gab es brauchbare Spuren. An ihrer Stelle würde ich nur noch umrundet von Leibwächtern schlafen. Mir war neu, wie stark sie bedroht wurde. Zwar erklärte Dr. Sergejev, dass eigentlich kein ernster Grund zur Sorge bestand, da sie selbst nie verletzt wurde, aber ich bekam bei den Erzählungen Gänsehaut. Dieser Teil des Abends war insofern interessant, als dass ich viel über Sergejev selbst herausfand. Wir unterhielten uns darüber, woher seine Narben stammten, nachdem ich ihn fragte, warum er glaubte, dass Maren der Angriffspunkt der Aktivisten sei. Ich hörte vertieft zu, während Mika alles unpersönlich und kalt mit einem altmodischen Aufnahmegerät aufzeichnen wollte. Als Sergejev protestierte, legte sie das Gerät weg und zückte ein elektronisches Notizbuch heraus. Genau das hatte sie viel sympathischer gemacht, dass ich mit den Schultern zuckte, als Sergejev hilflos zu mir sah. Dann fing er an zu erzählen.

"Tierforschung war damals schon ein sehr sensibles Thema", erklärte er, "aber als ich mich damals Dr. Baum anschloss und wir das Forschungsfeld auf Menschenversuche ausweiteten, wühlten wir die Welt ein Stück weit auf." Er sah in die Luft, während er zurückdachte: "Die Menschen empfanden unsere Fusion nicht als fortschrittlich, sondern sie sahen darin nur die Menschenrechtsverletzung."

"Aber dann sind Sie ja beide gleichwertig verbrecherisch. Zumindest in den Augen der Aktivisten", sagte ich und dachte schon im nächsten Moment wieder daran, wie unmöglich es war, Worte zurückzunehmen.

"Nun ja, in den Augen der Aktivisten bin ich wohl ein Verbrecher, das stimmt." Mit den Worten sah er erneut in die Luft und zwirbelte seinen Vollbart, dessen Wachstum hier und da von Narben unterbrochen wurde. "Wie dem auch sei, nachdem wir zusammen an der Universität forschten, als sie noch studierte, hatte ich mich eine Weile zurückgezogen und fing auf Dr. Baums Bitten hin wieder an zu arbeiten. Somit trägt sie, im Auge der Öffentlichkeit, die größere Schuld: die Ihre und die Meine."

"Das erscheint mir verständlich, dennoch forschen Sie hier doch an denselben unschuldigen Babys!" War das meine Meinung oder hatte ich zu viel Zeitung gelesen? Ich schaute ihn ängstlich an und erwartete seinen Rückzug. Ich erinnerte mich an den Abend im ersten Untergeschoss vor wenigen Tagen, an dem er mich in dieses große Geheimnis einwies. Doch er reagierte souverän.

"Frau Raingot, Sie wissen, dass es bald keine Jungen mehr geben wird?" Da ich schnell nickte und sich die Bilder unserer Begegnung im Keller in meinem Kopf multiplizierten, fuhr er fort: "Wie weit würden Sie gehen, um die Menschheit zu retten?" Er hatte auf den Punkt gebracht, wie weit dieser moralische Krieg gehen würde. Ich spürte einen eisigen Schauer auf meiner Haut und sagte nichts. "Da haben Sie Ihre Antwort", lächelte er wieder charmant, "es gibt keine andere Lösung. Und auch keine Wahl. Wir forschen weiter oder unsere Welt wird es so nicht mehr geben." Dann sprach er weiter, leiser, fast schon zu sich selbst: "Wir haben doch keine Wahl."

Sergejev starrte in den Schnee. Er kam mir traurig vor. Im Mondlicht wirkte sein Gesicht durch die hellen Narben melancholisch. Er bemerkte, dass ich ihn musterte und fragte, ohne mich anzublicken, ob ich tatsächlich nicht wusste, woher die Narben, die ich so fasziniert anstarrte, kamen. Ich schwieg, woraufhin er mit geschlossenen Augen grinste und begann, seine Geschichte zu erzählen.

"Wissen Sie, ich hatte einmal eine Familie. Meine Tochter Eve wurde im Alter von zwölf Jahren schwer krank." Seine Stimme brach. "Ich forschte schon eine ganze Weile an der Universität, um ein Krebsheilmittel zu finden. Als Eve krank wurde, gründete ich ein eigenes Forschungszentrum, um diese unerforschte neue Krankheit zu untersuchen, sie zu verstehen und um ein Heilmittel zu finden. Maren Baum kam als Praktikantin zu mir - soweit müssten Sie eingeweiht gewesen sein." Er machte eine Pause, als wartete er auf eine Reaktion, aber ich wollte nichts sagen. "Damals machten wir viele wichtige Entdeckungen und brachten die medizinische Krankheitsforschung weit voran, doch all das sah ich nicht, es interessierte mich nicht. Ich wollte Eve heilen. Es wollte mir nicht gelingen, Eves Zustand verschlechterte sich zunehmend und ich arbeitete länger und immer länger, übermüdet und frustriert." Sein Zeigefinger und sein Mittelfinger wanderten an seine Schläfe. Mir wurde kalt. Piet zuckte im Schlaf und Frau Jonasson hörte ebenfalls gebannt zu. "Maren versuchte mir viel abzunehmen und sie war auch privat eine große Hilfe. Sie kümmerte sich so um Eve, dass ich glaubte, sie wäre persönlich schon unaufhaltbar involviert. Leider bemerkte ich zu spät, wie nahe ihr die Geschichte meiner Familie ging." Seine Stimme senkte sich.

Ich fühlte mich schrecklich, dass ich damals von Maren verlangt habe, mehr Zeit mit mir zu verbringen. Ich glaubte zu verstehen, dass sie nichts mehr sah, außer dem Leid der Sergejevs. Plötzlich fragte ich mich auch, wie viel er wusste, denn Maren musste auch von ihrem Privatleben erzählt haben, wenn sie ein so großer Teil der Familie Sergejev geworden war. Womöglich hatte sie sogar gesagt, dass es in ihrem Leben jemanden gab, der ihre Leidenschaft für die Forschung zügelte und ihrer Meinung nach viel Aufmerksamkeit brauchte.

"Eines Nachts, im Endstadium von Eves Krankheit, missglückte einer unserer Versuche. Es gab eine chemische - nicht vorhersehbare - Reaktion zweier Stoffe und die folgende, verdammt unnötige", dabei schüttelte er den Kopf, "Explosion brachte mich für mehrere Wochen ins Krankenhaus. Diese Wochen waren wertvolle Zeit, die mir im Nachhinein fehlte, um Eve zu retten. Ich war so kurz davor ein Heilmittel zu finden ..."

Er hörte erneut auf zu reden und hielt einen Augenblick lang inne. Ich überlegte eine Hand auf seine Schulter zu legen, entschied mich aber dagegen und er fuhr zu meiner Erleichterung schnell fort: "... wenige Tage, nachdem ich die Forschungsarbeit wieder aufnahm, starb Eve." Er zündete eine Pfeife an und starrte in den Wald vor uns. "Hätte ich nur etwas mehr Zeit gehabt! Wäre dieser Unfall nicht gewesen ..."

"Denken Sie nicht so darüber. Sie haben verzweifelt nach einer Heilung geforscht, wenn Sie langsamer gearbeitet hätten, Ruhepausen eingehalten hätten und somit keine Explosion verursacht hätten, wären Sie wahrscheinlich auch nicht rechtzeitig zu einer Lösung gekommen." Mir war bewusst, dass meine Worte keinen Trost spendeten und dass viele Menschen es wahrscheinlich bereits so formuliert haben müssen. Doch was hätte ich sagen können? Niemand würde seinen Schmerz exakt so verstehen, wie er ihn gelebt hat.

"Doch, es ist meiner Unachtsamkeit zu verschulden. Die Narben, sie beweisen, dass ich Zeit und Energie falsch kombinierte ..." Sergejev stotterte. Es störte ihn scheinbar selbst, dass er die Fassung verlor.

"Ist das der Grund für den Mangel an Spiegeln hier?" Ich hätte mich vor Dummheit selbst schlagen können. Meine Zunge war immer schneller als mein Kopf. Sergejev sah mich traurig an und als habe ihn meine Frage wachgerüttelt, drehte er sich weg. Ich wollte ein anderes Thema anschlagen und mehr über ihn und Maren herausfinden. Stattdessen schwieg ich nur.

"Was geschah mit dem Forschungszentrum?", fragte Mika, um das Thema abzuhaken. Für mich kein Neuland, ich blieb aber, um die Geschichte mit seinen Worten zu hören.

"Da geht die Geschichte weiter. Ich verlor meinen Lebensmut, die Lust an der Arbeit und an der Welt überhaupt. Meine Frau nahm sich das Leben, kurz nach Eves Tod, und ließ mich alleine. Nur ein Brief. Sie hatte Eves Tod nicht verkraftet ..."

Er atmete tief ein. Mika und ich hörten gespannt zu. "Ich tauchte mehrere Jahre ab und bald vergaßen auch die Medien meinen Fehler. Maren Baum erinnerte sich jedoch an mich. Dass der Welt die Männer ausgehen, fing mit witzigen Spekulationen an. Es wurde aber ernster. Bald würde es keine Jungen mehr geben und Frauen würden durch künstliche Befruchtung die Welt am Laufen halten. Solange es geht, soll das aber verhindert werden, um auf natürlichem Weg die Fortpflanzung zu erhalten. Mal ganz davon abgesehen, dass die künstliche Befruchtung in diesen Mengen eher dem Prozess der Parthenogenese ähnelt und die Nachkommen klonähnliche Geschöpfe sind und es keine Evolution mehr geben wird, was die Vielfalt und Weiterentwicklung unserer Spezies angeht ..."

Er murmelte den letzten Satz wieder mehr in sich hinein, als in unsere Richtung. Ich verstand ihn nicht, würde mich aber noch lange an seine Worte erinnern.

"Wieso Vielfalt? Und was ist Partheno ...? Ich verstehe nicht so viel hiervon." Auch wenn ich mich für meine Unwissenheit schämte, war meine Neugier einfach zu groß, um nicht nachzufragen.

"Das ist eine andere Geschichte, die ich Ihnen heute nicht erzählen werde." Er fuhr also mit der eigentlichen Erzählung fort: "Das Problem wurde so akut, dass in der Zwischenzeit kaum noch Chancen bestanden, die nächste Jungengeneration familiär so weit auseinanderzuhalten, dass kein Inzest die Folge sein würde. Maren Baum vergaß unsere Forschung an Tieren nie und gab mir Zeit, darüber nachzudenken. Sie holte mich vor zwei Jahren aus meinem Tief, drei Jahre nach dem Verlust meiner Tochter und Frau. Sie kam eines Abends in eine Bar, in der ich meine Erinnerungen allabendlich betäubte - worauf ich nicht stolz bin - und sagte, dass sie mir zwar nicht zurückholen könne, was mir genommen wurde, aber dass wir gemeinsam etwas Neues schaffen könnten." Schmerzhaft lächelnd sah er von Frau Jonasson zu mir: "Aber ich wollte nichts Neues schaffen. Was ich wollte, war meine Familie. Doch Maren ließ nicht locker. Sie sagte, ich könne mein eigenes Schicksal so vielen anderen Familien ersparen, so viele Leben retten." Seine Mundwinkel zuckten: "Ein bisschen hart, aber wirkungsvoll. So stieg ich mit in mein eigenes, längst vergessenes Forschungszentrum ein." Er verschränkte die Arme und schwieg wieder, als würde er gerade alleine in seinen Erinnerungen schwelgen. "Wissen Sie, als die Medien von der Eröffnung berichteten, gründete der Staat unserer Arbeit zu Ehren den Tag des neuen Menschen. Es gab bereits so viele erfundene Tage, wie den Tag der Jogginghose ...", er lachte "... aber der Tag des neuen Menschen, das ist doch was, oder? Seither spricht jeder Mensch der Welt - bestenfalls - einen wildfremden Menschen auf der Straße an und fragt ihn, wer er ist und wie es ihm geht. Ist das nicht wunderbar? Allein dafür haben sich der Entzug und die Begegnung mit der Realität am Anfang unserer Zusammenarbeit schon gelohnt."

Da hatte Mika Jonasson ihre schöne Geschichte, die alles andere als verdächtig, dunkel oder schrecklich war. Maren hatte die Heldentat vollbracht, Sergejev aus der Misere zu holen, um die Welt zu retten. Dass Maren damals wie heute an Dr. Sergejev und der Forschung hing, fühlte sich für mich an, als würde ich vor einer Sackgassenmauer stehen. Ich war das Monster in ihrem Leben. Ich hatte sie alleine gelassen, weil ich mich alleingelassen gefühlt habe. Es ergab Sinn, dass sie sich gegen ein Leben mit mir entschieden hatte, wenn sie durch mich nicht weiter forschen konnte. Sergejevs Stimme flutete meine Erkenntnis.

"So, ich habe nun ungeplant viel preisgegeben! Erzählen Sie doch mal von sich!"

Ich fragte Mika, wie sie an ihren Job gekommen sei, bevor die Rede von mir sein würde. Überrascht blickten mich beide an. Vielleicht war mein Versuch, die Aufmerksamkeit auf jemand anderen als mich zu lenken, zu offensichtlich und ruckartig gewesen. Piet war aufgewacht und unterbrach uns. Er fing an laut zu schreien, also entschuldigte ich mich, um ihn im Apartment zu wickeln oder zu füttern oder beides.

"Du hast doch nur keine Lust mehr, dir die Erwachsenengeschichten anzuhören, oder?"

Aus Neugierde ging ich mit einem frisch gewickelten und satten Baby wieder raus. Dr. Sergejev und Frau Jonasson waren inzwischen bei der Nobelpreisverleihung angekommen.

"Dr. Baum war letzte Woche in Schweden, wie du vielleicht weißt", sagte er zu ihr.

"Ich lese nur, was mich interessiert ...", sagte sie, dieses Mal eindeutig ironisch. "Tut mir leid, fahr fort, André."

"Dr. Baum wurde geehrt, dabei gab es einen Zwischenfall. Ich wollte dich bitten, dir die Überwachungsaufnahmen anzusehen und eventuell verdächtigen Dingen auf den Grund zu gehen. Außerdem erhielten wir kurz darauf erneut einen Drohbrief." Hier zögerte er, und ich spürte, dass es an meiner Anwesenheit liegen könnte, also verabschiedete ich mich erneut und ging mit einem beschämten Blick. Da hätte ich gleich auf dem Zimmer bleiben können.

Ich wusste ja, dass es plötzlich höhere Sicherheitsmaßnahmen gab, bemerkte aber kaum eine Änderung im Haus, außer Mika Jonassons Einzug. Es wurde tatsächlich aber auch ein elektrisches Tor samt Wachkabine vor dem Gebäude erbaut, weitere Kameras installiert und mindestens ein Dutzend weiteres Sicherheitspersonal eingestellt - aber ich hielt Frau Jonasson im Nachhinein für die interessanteste Veränderung. Maren selbst kam mir langsam wie ein Geist vor und ich fragte mich, wo sie sich versteckt hielt.

Ich war immer noch nicht müde. Ganz anders als Piet, der erneut zufrieden im Wickeltuch eingeschlafen war. Ich legte ihn ich in sein Bett und verband das Überwachungssystem mit meinem Ohrplug. Da Anna erzählt hatte, dass sie ein wichtiges Telefonat erwartete, beschloss ich Johann anzurufen und ihn zu mir einzuladen, um mit ihm am Comic zu arbeiten. Vor meiner Zimmertüre, fest entschlossen Johann in Ruhe anzurufen, hielt ich inne. Ein dumpfer Basston legte sich auf meine Ohren. Was ich für Musik hielt, musste nur wenige Räume von meinem entfernt sein und lenkte meine Schritte dann doch neugierig und langsam in Richtung des Zimmers, welches sich als Annas herausstellte.

Wieder zögerte ich. Zwar hatte ich es satt immer nur aufzustehen, Versuche über mich ergehen zu lassen und lediglich Freude an der

Stunde beim Abendessen mit Anna zu haben und schlafen zu gehen, aber ich wollte sie auch nicht mit meiner ständigen Anwesenheit überreizen. Sie hatte ja gesagt, dass sie telefonieren wollte. Vielleicht verbrachte sie immer noch nur deshalb Zeit mit mir, weil es ihr Job war. Wieder machte ich kehrt und wieder sagte eine Stimme in meinem Kopf, dass Anna wohl erwachsen war und gut nein sagen konnte, wenn sie ihre Zeit nicht aus freien Stücken mit mir teilen wollte. Schnell wurde meine Furcht, aufdringlich zu sein, durch die in mir aufsteigende Lust auf Musik und Annas Gesellschaft übertönt. Dass die - mittlerweile deutlich sehr laute - Musik ihren Wunsch nach Privatsphäre eindeutig machte, ignorierte ich kurzerhand. Ich kehrte zum dritten Mal um. Als ich vor ihrer Tür stand und kurz davor war zu klopfen, wurde diese von innen aufgerissen. Da stand sie plötzlich vor mir, sah anders aus, als sonst, nicht so geleckt, nicht wie eine Puppe. Mehr von ihrer Haut als sonst war sichtbar und mehr noch: Sie war voller Farbe. Ihre dunklen Haare fielen über ihre Schultern, ihre Stirn lag in Falten und ihre Narbe erkannte ich deutlicher als sonst, wenn sie geschminkt war. Erst langsam wurde mir bewusst, dass auch sie überrascht aussah. Anna sah so aus, als wolle sie flüchten. Ihr Blick traf meinen und wir zuckten beide vor Schreck zusammen. Für wenige Sekunden blieb mein Herz stehen, doch dann lächelte sie und ihre Gesichtszüge wurden sanfter. Wir wussten wohl beide nicht, was wir sagen sollten. Schließlich ging sie zur Seite und ich trat immer noch perplex einfach ein.

Kapitel 7

Der Bass hämmerte in meiner Brust. Ich konnte nicht mehr sagen, was mein eigener Herzschlag und was der Ton aus den Lautsprechern war. Beides überschlug sich in meinem Bauch. Der Raum war verdunkelt, auf dem Teppich vor der Balkontür lagen Kissen, neben einer Flasche Wein stand ein voller Aschenbecher. Ihre Art, den freien Abend zu nutzen gefiel mir, obwohl ich vermutete, dass etwas nicht stimmte - dass sie etwas belastete.

Anna stolperte über die Kissen zur Musikanlage und regelte die Lautstärke, doch das Klopfen in mir blieb unberührt laut. Zum ersten Mal beobachtete ich sie genauer - und weniger erschrocken als noch vor wenigen Sekunden in der Türzarge. Mein Blick hing auf der Farbe an ihren Armen, ihrem Rücken und ihrer Brust fest. Anders als bis zum Hals zugeknöpft, stand sie nun mit einem locker sitzenden anthrazitfarbenen Shirt vor der Anlage. Ihr Haar faszinierte mich, es war länger als ich vor ein paar Stunden vermutet hätte, als es noch akkurat hochgesteckt war, versteckte es ihren schlanken Hals. Fortan fragte ich mich immer wieder, wieso sie ihr Haar ständig fesselte. Ich bemerkte, dass sie keine Brille trug. Sie sah wie ein anderer Mensch aus, als wäre ihr gesamtes Auftreten tagsüber eine Verkleidung. So bunt und weniger angespannt fand ich sie erschreckend attraktiv. Sie drehte sich um und bemerkte, dass ich sie regelrecht anstarrte. Ich drehte mich zum Fenster, als hätte sie mich bei etwas Verbotenem erwischt. Ich fragte mich, warum ich nicht doch zum Telefonat mit Johann tendiert hatte.

Mit der niedrigeren Lautstärke hätten wir uns problemlos unterhalten können, wenn eine von uns etwas gesagt hätte. Ich fühlte mich kindisch, so nervös in ihrem Zimmer stehend, wollte aber nicht irgendetwas Belangloses sagen, nur um die Stille zu brechen. Wie es ihr ging, wäre bestimmt auch nicht die Frage gewesen, die sie in diesem Moment gerne beantwortet hätte.

"Ich mag es, mit dir zu schweigen. Es ist nicht unangenehm." Ich nickte und stellte fest, dass es anfing, weniger unangenehm zu sein. Ich fühlte mich zwar nervös und unruhig, aber trotzdem wohl. Ich fragte mich, ob sie sich auch so viele Gedanken machte. Wieder schwiegen wir.

"Ein Glas Wein?", fragte sie schließlich, ihre Hand deutete auf den Boden. Wie immer nutzte sie höflich diese mir so bekannte Kontrolle, die sie über mich und andere hatte. Diese Eigenschaft gehörte also nicht nur zur professionellen Anna. Ich nickte und setzte mich auf den Teppich. Mir war, als hätten wir uns gerade erst kennengelernt und als wäre ich fehl am Platz. Doch Anna setzte sich lächelnd, und souverän wie immer, mit einem Glas Wein für mich zu mir. "Du musst mich für verrückt halten! Mich so vorzufinden, mit der Musik und ..." Sie sah sich im Zimmer um und ich fühlte mich daraufhin eingeladen mich auch umzusehen. Im abgedunkelten Zimmer konnte ich die Bilder an den Wänden nicht erkennen, aber es sah so weit ordentlich und sauber aus. Das Einzige, was auf dem Boden lag, war die Kissenlandschaft um uns herum.

"Nein, wirklich nicht. Ich denke einfach ...", den Satz hätte ich nicht so anfangen dürfen, "... jeder braucht Musik. Vor allem in der Lautstärke, manchmal." Ich fühlte mich wieder naiv und langsam etwas aufdringlich. Sie wollte ihre Ruhe, das hatte sie am Nachmittag gesagt. Wieso bin ich nicht gegangen, als sie die Tür geöffnet hatte? Wieder wurde es still und Zweifel überkamen mich. Mein Kopf verdrängte das wohlige Gefühl. Auf der Suche nach irgendeinem Gesprächsthema kam mir Dr. Sergejev in den Sinn, ich erzählte ihr seine Geschichte. "Es ist bewundernswert, wie ein Mensch nach einem solchen Verlust noch die Kraft hat, zu versuchen, etwas für den Rest der Welt zu tun."

Anna setzte sich zu mir und fragte, ob ich mir den Chip bereits angesehen habe. Ich schüttelte den Kopf. Sie musste denken, ich hätte kein Interesse daran gehabt. Nach einer kurzen Pause sagte sie: "Dr. Sergejev sagte einmal zu mir, dass unser Leben nicht nur aus unseren Erfahrungen zu dem wird, was es ist. Er sagte, es kommt darauf an, was wir aus den ganzen Erfahrungen für uns gewinnen. Bildlich gesehen verglich er diese Moral mit Kerzen. Er ist der Meinung, dass wir am Anfang wie eine große Kerze sind, die eine kleine Flamme trägt und am Ende nur noch aus einem Stumpen bestehen, der eine riesige, lodernde Flamme über sich strahlen lässt. Je größer die Flamme, desto mehr können wir damit sehen, beziehungsweise helfen. Und desto erfüllter können wir altern."

Ich dachte darüber nach: "Am Ende wird sie dennoch ausgehen."

"Aber sie wird vielleicht andere Kerzen angezündet haben."

Dann waren wir wieder still. Dieses Mal länger. Ich verinnerlichte den Vergleich und ärgerte mich darüber, so pessimistisch reagiert zu haben. Ich atmete tief ein und aus und versuchte endlich die Stille zu genießen. Gefühlte zehn Minuten des Schweigens später rückte Anna näher zu mir, legte ihre Hand auf meine Schulter, ließ sie an meinem Schulterblatt heruntergleiten, bis zur Wirbelsäule und sah mich mit ruhigem Blick an. Meine Haut brannte an der Stelle, an der ihre Hand ruhte. Mutig hielt ich ihren Blick. Meine Handinnenflächen wurden feucht.

Sie lehnte sich vor und sah aus, als überlegte sie, etwas zu sagen. Als ich glaubte, sie habe die richtigen Worte gefunden, klingelte ihr Kommunikationsplug. Sie war mir so nahe gekommen, dass ich es deutlich aus ihrem Ohr heraus hören konnte und zusammenfuhr. Meine für mich schwer einzuordnende Gänsehaut wich einer Welle der Enttäuschung, aber auch der Ungeduld. Ich wollte wissen, was sie sagen wollte. Sofort.

Ihre Augen blickten nervös zum Fenster. Ihr Zögern ließ mein Herz rasen. Das Klingeln ließ nach. Ihre Gesichtszüge entspannten sich kurz vor Erleichterung, um mich dann wieder mit einem Ausdruck anzusehen, den ich nicht zu deuten wusste. Annas Gesicht kam meinem noch näher. Meine Augen verankerten sich auf der Narbe über ihrem Auge und mein Atem stockte. Wieder klingelte es aus ihrem Ohr. Sie drehte resigniert ihren Kopf, seufzte und stand auf. Ich atmete tief ein, blickte nun auch aus dem Fenster und konzentrierte mich darauf, meinen Herzrhythmus zu normalisieren. Was geschah hier gerade? Ich konnte kaum einen klaren Gedanken fassen.

"Ich muss den Anruf beantworten", erklärte sie unnötigerweise, "es ist Dr. Baum und ich arbeite für sie ..."

"Ich weiß, dass du für sie arbeitest", sagte ich leise. Meine raue Stimme überraschte mich.

Sie lächelte unbeholfen. Es war, als wüsste Maren, dass wir im Inbegriff waren, etwas zu tun. Waren wir das? Was war es denn? Gab es überhaupt etwas, was wir hätten tun können, worin man uns unangenehm hätte unterbrechen können? Ich riss mich selbst aus meinen Gedanken, um unerlaubterweise zu lauschen, worum es bei dem Telefonat ging. Anna sollte auf der Stelle zu Maren kommen. Ich versuchte mich zusammenzureißen, etwas Vernünftiges zu sagen - dass es o. k. war oder dass ich hoffte, es wäre alles in Ordnung mit ihr, aber meine Kehle wollte nicht.

"Warte hier, bitte", sagte sie, bevor sie ging. Mein Kopf hatte aber nicht vor zu warten und setzte mich in Bewegung, nachdem sie ihr Zimmer verließ. In wenigen Augenblicken fand ich mich in meinem eigenen Zimmer, alleine und verstört wieder. Mein Herz schrie meine kopfgesteuerten Beine an und ich sackte an der Tür angelehnt zusammen.

Ich musste mit Johann reden, zögerte aber, bevor ich seine Nummer wählte. Ich musste selbst erstmal verarbeiten, was gerade passiert war. Meine Hände waren noch feucht. Als ich sie an meiner Hose abrieb, spürte ich Annas Chip, den ich wenige Stunden zuvor in meiner linken Hosentasche verstaut hatte. Ich schaltete das Licht aus und schloss ihn an die Anlage. Aus meinen Lautsprechern ertönte Meeresrauschen und um mich herum erhellte sich der Raum mit einem wellenartigen, blauen Licht.

Sie hatte das Meer zu mir gebracht.

Kapitel 8

Hypnotisiert stand ich mehrere Minuten mitten im Raum. Bevor die Strömung mich weiter in die Tiefe ziehen konnte, wählte ich mit zittrigen Fingern Johanns Nummer.

"Hey", sagte Johanns tiefe, vertraute Stimme am anderen Ende der Stadt, "ich bin nicht wach oder ich habe keine Lust zu reden. Bitte hinterlasse eine Nachricht, wenn du musst." Das Klingeln hatte ihn nicht geweckt oder er hatte seinen Plug deaktiviert. Ein Blick auf meine Uhr bestätigte die Befürchtung: Es war kurz vor drei Uhr in der Früh. Zwar gab es keine bestimmten Nachtruhezeiten, weil sowieso alles zu jeder Zeit zu erledigen und zu verdunkeln war, aber Johann wurde meistens um diese Zeit müde.

"Oh Johann, es tut mir schrecklich leid. Ich, ich vergaß, wie spät es ist", entschuldigte ich mich nach dem Piepton. "Ich muss mit dir reden. Ich kann es nicht erklären, es ist etwas, aber was? Ich wollte einfach mit dir reden, ich ..." Aufgewühlt suchte ich nach Worten. Ich wusste selbst nicht, was genau los war. "Beruhige dich, atme Karla. Fang doch von vorne an, hat Maren Mist gebaut? Ich komme zu dir ...", sprach ich an seiner Stelle, als wäre er am anderen Ende der Leitung. Als wäre ich verrückt geworden. Ich musste mich beruhigen. "Es tut mir leid, mach dir keine Sorgen. Es ist nicht Maren - sie sehe ich kaum. Es ist, also es ist Anna", seufzte ich in den Hörer. "Ich hätte nicht anrufen dürfen." Wieder wartete ich. "Es ist schon komisch. Ich habe keine Freunde. Ich habe nur dich. Und ich kann dir so vieles nicht sagen. Du warst schon lange nicht mehr hier und du hast Piet noch nicht einmal gesehen. Ich weiß, dass es dich belastet ..." Ich musste mich selbst unterbrechen. Ich hatte Angst davor aufzulegen und wieder alleine im Meer unterzugehen. "Weißt du? Anna ist ein Rätsel für mich. Das ist nicht gut, Johann. Sie arbeitet für Maren und beobachtet, redet kaum. Sie ist wie eine Maschine, wachsam und ebenso kalt. Ich weiß, dass du von Anfang an misstrauisch warst, aber sie ist nett, wenn wir alleine sind. Als wäre sie ein ganz anderer Mensch, wenn sie nicht arbeitet. Ich fühle mich so merkwürdig." Ich dachte wieder darüber nach, was er entgegnen würde.

Ich erzählte, wie es Piet ging, und dass er mir fehlte und dass er zurückrufen solle, weil ich mir Sorgen machte. Dann legte ich auf, bevor sich meine Stimme auflösen konnte. Ich fühlte mich leer, ließ den Kommunikationsplug und mich aufs Bett fallen und kämpfte gegen alberne Tränen. Ich wusste, dass Gefühle, die ich nicht fassen oder erklären konnte, mögliche Probleme ausblendeten, aber ich glaubte auch daran, dass Gefühle ein Leben aufregend und lebenswert machten. Dass ich mich überhaupt so fühlte, dass es mir schwerfiel zu atmen, etwas zu sagen oder nicht zu zittern, wenn mich jemand ansah, war sehr lange nicht passiert. Ich hielt es für einen Teil der Jugend und rechnete unter aktuellen Umständen nicht damit. Ohnehin wurde uns in der Schule schon eingeredet, dass Liebe keinen Platz in erfolgreichen Karrieren hatte. Doch da war sie, in meinen Gedanken mit ihrem geneigten Kopf, Sicherheit und Stärke ausstrahlend. Ich schob meine Fragen und Gefühle auf die Einsamkeit im Zentrum, auf Johanns Abwesenheit und der Anwesenheit eines kleinen Jungen, der mich brauchte.

Mit seinem Bild vor Augen schlief ich schließlich ein.

Am nächsten Morgen, genau genommen nur wenige Stunden nach Marens Anruf, stand Anna vor meiner Tür. Müde öffnete ich und sah weitaus schwerwiegendere Müdigkeit in ihren Augen. Mit einem Mal fing mein Herz an zu rasen.

"Es tut mir leid dich zu stören, du bist sicher müde", murmelte sie, aber ich winkte sie herein. Wir gingen in das Wohn-Schlafzimmer, welches nur durch eine Tischleuchte erhellt war. Alles, was ich ihr bieten konnte, war ein Glas Wasser.

"Ist alles o. k.?", fragte ich. Sie lächelte und ich daraufhin auch. Ich hoffte nicht, dass schlechte Neuigkeiten der Grund waren, weshalb sie kam. Aber das Gespräch mit Maren muss es gewesen sein.

"Um ehrlich zu sein, kann ich Unterbrechungen nicht ausstehen." Sie zögerte, ging zum Fenster, um hinauszuschauen. "Ich wollte da weitermachen, wo wir stehengeblieben sind." Mit den Worten schnellte mein Puls augenblicklich wieder in die Höhe.

Ich schaffte es, in ihre dunklen Augen zu sehen und mit einem Flüstern zu fragen: "Wo waren wir denn stehen geblieben?"

Anna setzte sich zu mir auf das Sofa. "Ich wollte dir etwas erzählen."
Ein Strom zog durch meine Adern. Ich war um jede Erklärung froh. Anna griff nach meinen Händen. Ihre waren warm und weich, anders als meine. Sie fing mit gesenktem Blick an zu reden: "Ich habe gestern Abend, kurz bevor du kamst, mit einer Freundin - mit meiner Freundin telefoniert." Meine Hände zuckten leicht von ihren fort, aber sie hielt sie fest. "Sie war jedenfalls am Anfang des Telefonats noch meine Freundin, beziehungsweise nicht. Ich weiß nicht genau, wann sie aufgehört hat, meine Freundin zu sein. Wir haben uns vor sehr vielen Jahren kennengelernt. Ich habe mich damals sofort in sie verliebt. Im Laufe der Jahre fiel mir jedoch auf, dass ihr Interesse an mir lediglich mit meinen Fähigkeiten zusammenhing." Ihre Stimme wurde wellenartig leiser und lauter in meinem Kopf. "Natürlich nicht ausschließlich, aber überwiegend und zunehmend. Ich passte wunderbar in ihren Plan und sie entfernte sich immer weiter von mir. Es ging so weit, dass sie nach mehreren Wochen, in denen ich viel gearbeitet und wir wenig bis gar nicht telefoniert hatten, nicht fragte, wie es mir ging, sondern wie bestimmte Aufgaben liefen, die ich für sie zu erledigen hatte." Sie redete durcheinander und holte so weit aus, dass ich mich fragte, ob die Erklärung irgendeinen Sinn machte. "Also das klingt alles andere als erwachsen. Natürlich blieb ich bei ihr, weil meine Gefühle noch lange stark waren, auch nachdem sie meilenweit entfernt war. Ich glaubte im Übrigen wirklich, meine Gefühle wären noch stark für sie gewesen ..." Sie schwieg kurz und fuhr nach einem Blick auf meine zitternden Finger fort: "Ich will mich nicht rechtfertigen, sondern ehrlich sein."
"Welche Aufgaben?" Zu diesen Neuigkeiten gesellte sich Skepsis. Das bisschen Vertrauen, welches ich im Selbstgespräch mit Johanns Anrufbeantworter versuchte zu verteidigen, löste sich in Luft auf.
"Das spielt gerade keine Rolle, das erkläre ich dir ein anderes Mal, jetzt aber ist es wichtig, dass du weißt, dass da nichts mehr ist." Sie verstummte. Zu dem Zeitpunkt blickte sie nicht mehr herab, sondern direkt in meine Augen und ihre Hände zitterten auch.
"Warum erzählst du mir das?"
"In erster Linie, weil ich sie in Stockholm gesehen habe und ich sie gestern angerufen habe, um sie zu verlassen. Dass sie mich in Stockholm angesehen hatte, hat mir nichts ausgemacht. Es traf mich nicht

mehr wie früher. Seitdem ich dich kenne ..." Ich unterbrach sie. Ich konnte ihrem Durcheinander nicht mehr folgen. Ihre Worte klangen sehr wohl wie eine Rechtfertigung.

"Warum war sie in Stockholm?"

"Wir hielten es für eine Möglichkeit uns wiederzusehen, aber im Endeffekt war es eine Art Kontrollbesuch."

Ich konnte mir keinen Kontrollbesuch plausibel erklären. Ein Versuch sich wiederzusehen war doch nett. Ich wollte aber auch nichts weiter hören. Ich wollte nicht wissen, was war, seitdem sie mich kannte und ich wollte nicht wissen, dass Anna Aufgaben für ihre Freundin erledigte. Ich war mir sogar unsicher, ob ich wollte, dass sich Annas Gefühle verändert haben, seitdem sie mich kannte. Wir schwiegen lange. Ich hatte genug Baustellen und Gefühle passten bereits vorher nicht in mein Leben. Realistisch gesehen war es einfach der falsche Zeitpunkt. Ich ging zum Schrank neben dem Treamer, exte den Rest einer Weinflasche und vernahm ein stumpfes "He?!" im Hintergrund, bevor ich zu meinem Bett ging. "Willst du mir nichts anbieten?", fragte sie.

"Das war der letzte Schluck. Du kannst Leitungswasser trinken". Mir war egal, wie unfreundlich das klang. Ich legte mich auf die Couch und ertrug die Stille nicht.

"Woher kommt die Narbe über deinem Auge?", fragte ich. Ich war wütend, wollte aber nicht, dass sie geht.

Ich hörte sie leise lachen. Sie kam zu mir und sagte: "Ich habe einmal etwas Unüberlegtes angestellt ..."

Noch bevor ich Annas Antwort zu Ende hören konnte, schlief ich ungewollt ein und ließ sie mit ihren Gedanken alleine neben mir sitzen.

Zwei Stunden später wachte ich zugedeckt auf, Anna schlief sitzend neben mir. Ich beobachtete sie und dachte über ihre unsortierte Beichte nach. Sie hatte genau genommen bisher keinen Grund, mir von ihrer Freundin zu erzählen. Und auch jetzt hätte sie mir nichts erzählen müssen. Sie hatte es aber getan. Je länger ich darüber nachdachte, mit ihr neben mir schlafend, desto größer wurde das Chaos in mir. Aber was war, wenn Johann damals zu Recht allen gegenüber skeptisch war?

Wie gerufen, klopfte es an der Tür. Anna schreckte auf und sah, dass ich sie ansah. Aber sie konnte nicht ahnen, wie lange ich sie schon beobachtete.

Verstört blickte sie in Richtung Tür, als habe das Klopfen sie aus dem tiefsten Traum geholt. "Wer kann das nur sein? Soll ich mich verstecken?" Ihre Frage irritierte mich.

"Nein! Es ist vielleicht Johann. Warum verstecken?" Wieso war sie ständig unter Strom? Sie blieb sitzen, als ich voller Vorfreude zur Tür ging. Er muss den Anrufbeantworter abgehört haben und besorgt eilends losgefahren sein.

Doch als ich die Tür mit großen Augen öffnete, stand dort zu meiner Überraschung Maren. Sie muss mir meine Verwirrung angesehen haben, denn sie fragte sogleich, ob sie ungelegen käme, und bot mir an, später vorbei zu kommen.

Bevor ich ihr Angebot annehmen konnte, stand Anna hinter mir. "Ich gehe", sagte sie entschlossen und ging kurzerhand an Maren und mir vorbei, ohne uns anzusehen. Jetzt war es Maren, die verwirrt aussah. Bevor Anna außer Sichtweite war, fragte sie noch: "Sie haben doch nicht?" Wobei sie auch entschuldigend zu mir schaute.

"Selbstverständlich nicht, Professor", antwortete Anna und ging weiter.

"Was sollen wir getan haben?", wollte ich wissen.

"Nichts. Also doch, aber Frau Bavarro durfte dir etwas Bestimmtes nicht erzählen, bevor ich es tue", antwortete Maren und verwirrte mich damit zusätzlich. Sie sah mich von da an beunruhigt an. Ich hatte das Gefühl, mich rechtfertigen zu müssen. Wiedermal.

"Sie kam, weil ich sie gerufen habe. Es ging mir nicht gut", log ich, ohne darüber nachzudenken.

"Oh, ich verstehe. Wieso geht es dir nicht gut? Kann ich etwas tun?" Sie hörte sich aufrichtig besorgt an, weshalb ich mich noch schlechter damit fühlte, gelogen zu haben.

"Es geht wieder, ich hatte nur etwas Panik."

"Wie damals", sagte sie unpassenderweise und sehr leise. Daraufhin sagte ich nichts, sondern ging ins Badezimmer, um die fehlende Nachtruhe weniger offensichtlich zu machen. Maren folgte mir.

"Ich dachte, wir könnten vielleicht reden. Über die Vergangenheit und vielleicht auch über die Gegenwart."

Der erste Impuls meines Kopfes war, sie zum Teufel jagen zu wollen, aber ich war unfair genug gewesen, seitdem ich sie wieder regelmäßig um mich hatte. Ich wollte aber nichts aufarbeiten. "Ich möchte lieber nicht über die Vergangenheit reden. Lassen wir sie hinter uns."

Ihr schien die Antwort gut zu passen: "Schön, das ist sogar die bessere Option", lächelte sie.

"Und was die Gegenwart angeht, es gibt nichts, worüber wir reden könnten, was uns betrifft. Solltest du mir erzählen wollen, was genau hier abgeht und ich spiele auf den Teil der Nobelpreisverleihung an, den alle gesehen haben", ich wartete auf eine Reaktion, doch es kam keine, "sowie auf die Explosionen, und den Drohbrief, dann bin ich ganz Ohr." Diese Direktheit schien sie zu überraschen. Die Jahre hatten nicht nur sie verändert, lächelte ich stolz in mich hinein. Ihre Miene verfinsterte sich. Ich fuhr fort: "Und bitte erzähle du mir doch, was Anna mir nicht erzählen durfte."

"Du lässt mir keine Wahl."

"Es ist so viel passiert und dann ist so viel Zeit vergangen, Maren." Ich musste an Sergejevs Geschichte denken und schämte mich, so abweisend ihr gegenüber zu sein.

"Ich weiß. Ich dachte, gerade die Zeit würde es möglich machen, miteinander zu reden. Und als wir über die Sache mit dem Erbgut telefonierten, fühlte es sich nicht so problematisch an ..." Sie räusperte sich.

"Aber ich habe Angst. Für mich ist unsere Vergangenheit sehr greifbar an diesem Ort. Wir können reden, wenn du willst. Ich werde schon keinen größeren Schaden davon tragen. Aber was ist dann? Wirst du dich wieder in deine Arbeit verkriechen und dich in ein paar Jahren wieder bei mir melden, weil du mich zufällig für deine Forschung brauchst?" Ein Knoten zog sich tief in meinem Hals zusammen. Ich hatte die Worte ausgesprochen, die ich lange zurückhielt und die ich eigentlich noch lange vermeiden wollte.

"Das ist es, ja? Du denkst, ich würde den schlimmsten Fehler meines Lebens ein zweites Mal begehen?" Sie verschluckte sich an den letzten Worten. Nein, dachte ich, nein, so weit wird es nie wieder kommen!

Ich hatte sie schon jetzt wieder zu weit in mein Leben gelassen! Sie hatte es hier praktisch in ihren Händen. Es war aber anders als früher: Ich fühlte mich stärker.

"Nein Maren. Den Fehler wirst du nicht nochmal begehen, weil du nicht die Chance haben wirst, mir so wichtig zu werden, dass es möglich wäre, mich zu verletzen." Ich klang selbstbewusster, als ich war. "Und wie kannst du es einen Fehler nennen? Du hast diese Forschung revolutioniert! Es ist genau, was du wolltest. Du hast mit Sergejev so viel erreicht ..." Sie nickte und lächelte gequält. Ich wollte sie aber nicht loben oder bestärken. Ich wollte, dass sie geht.

"Du weißt ja nicht ... Wahrscheinlich hast du recht." Dann drehte sie sich um. "Ich werde gleich wieder fahren, ruf mich an, wenn du etwas brauchst." Was sollte ich brauchen? Sie wollte wahrscheinlich mein Interesse wecken, aber was machte es schon für einen Unterschied, wenn sie jetzt wieder für eine längere Zeit verschwand? Ich sagte nichts und sie ging, ohne weitere Worte.

Wieder alleine dachte ich an das, was sich geändert hatte und auch an das, was Anna mir erzählte, bevor Maren kam. Dieses Forschungszentrum hatte mein Leben in weniger als einem Jahr vollkommen verändert und es wäre möglicherweise alles wieder gut, wenn ich gehen könnte. Ich lachte innerlich. Wie naiv meine Gedanken waren. Es würde natürlich nichts mehr wie vorher werden. Ich hatte Piet. Mein Leben hatte einen gänzlich neuen Sinn bekommen. Ich wollte mit ihm nach Hause gehen und mit Johann versuchen, meinem Sohn ein ruhiges Familienleben zu bieten. Aber Johann hatte sich meilenweit von mir entfernt. Und da war Anna, die ich in meinem Kopf nicht einordnen konnte, die aber da war. Ich fragte mich, ob ich sie in mein Leben gelassen hatte, weil ich einsam war und Johann vermisste. Aber ich fühlte mich nicht derart verzweifelt. Das konnte es nicht sein. Bisher lebte ich auch überwiegend alleine, auch wenn ich hier und da flüchtige Bekanntschaften schloss. Ich hatte natürlich nicht damit gerechnet, weiter im Zentrum bleiben zu müssen, somit hätte jede im Zentrum initiierte Freundschaft auch nichts gebracht. Alleine ging es mir vorher besser und ich würde auch zukünftig gut mit mir selbst zurechtkommen.

Dennoch musste ich dringend klarstellen, was das mit Anna war. Ich wollte auch herausfinden, was Maren mit ihrer Frage gemeint hatte, als Anna ging. Hatte sie etwa geglaubt, ich wäre verführt worden? Hatte sie selbst einmal etwas für Anna empfunden? Warum fragte sie dann nicht mich? Oder wollte sie wissen, ob ihre Assistentin mich in irgendwelche Geheimnisse der Forschung eingeweiht hatte? Ich beschloss,

Anna anzurufen. Mein Herz schlug mir wieder bis zur Kehle. Es war besetzt.

Nachdenklich irrte ich durch die Gänge der Schlafräume. Ich wollte eine halbe Stunde später nicht erneut anrufen, weil sie den Anruf hätte sehen müssen. Wahrscheinlich wollte sie ihre Ruhe haben. Ich rief dennoch an. Es war noch immer besetzt, und wenn es besetzt war, würde sie auch die Tür nicht öffnen können, behauptete mein Verstand. Trotzdessen ging ich den Flur hinunter, blieb aber skeptisch vor ihrer Tür stehen, weil ich hörte, wie sie Piets Namen in das Gespräch einbrachte.

"Das können wir nicht tun, Raquel ..."

Ich erinnerte mich an ihre Beichte im Morgengrauen und fühlte mich wieder leichtgläubig. "Wen, Piet? Das ist nicht dein Ernst! Wir sind friedlich, bitte erinnere dich an das, was wir uns selbst geschworen haben! Die Nobelpreisverleihung, das sind wir, aber die Explosionen? Entführung? Wir kommen alle in den Knast, verdammt nochmal!" Annas Worte waren eine Mischung aus Energie und dem Versuch zu flüstern. Lauter werdende Schritte endeten in der Türzarge. Anna wollte wütend ihr Apartment verlassen und fand mich, wo sie Menschenleere erwartete. Ein Déjà-vu der unangenehmen Art. Sie muss geglaubt haben, ich würde sie regelrecht aushorchen. Erschrocken und zittrig sah ich sie an, ebenso wie sie mich. Wir suchten beide nach Worten und fingen gleichzeitig mehrere stotternde Versuche an, uns zu erklären, was keinen Sinn ergab. Erst als sie mich beiseiteschob, um den Fahrstuhl anzupeilen, hielt ich sie fest.

"Lass mich!", flüsterte sie. Sie muss Angst davor gehabt haben, neugierige Ohren anzuziehen.

"Anna! Was ist mit Piet? Was meintest du, als du sagtest, ihr wäret die Nobelpreisverleihung?" Mir war egal, ob sie sich angegriffen fühlte, weil ich sie belauscht hatte und mir war egal, wer uns hörte.

"Lass mich los!", flüsterte sie erneut. Schärfer, mit drohendem Blick. Ich bekam Angst. Ich zitterte am ganzen Leib. Ich erkannte sie nicht wieder. Kannte ich sie überhaupt? Ich dachte nur noch an Piet und folgte ihr, egal wie oft sie mich anzischte und fortstieß. Ich blieb hartnäckig. "Du wirst mir erklären müssen, was du mit meinem Sohn vorhast oder ich schwöre dir, ich halte dich auf."

"Wie denn?" Da hatte Anna die denkbar falschesten Worte gewählt. Jetzt atmete ich ruhig. Gefühlskalt sah ich sie an und sagte furchtlos, mit fester Stimme: "Ich bringe dich um, wenn du ihm etwas antust."

XY - TEIL 2

Kapitel 9

Ich rauchte unruhig, während Raquel neben mir in der Zeitung herumblätterte. Das Geräusch des Papiers in ihren Händen wühlte mich auf. Ich begann auf und ab zu gehen, um dann ebenfalls nach einer Zeitung zu greifen. Gelangweilt ließ ich mich wieder in das Sofa neben sie fallen. Dort überflog ich unruhig die Inserate, die aufgeschlagen waren. Fett markiert und eingerahmt war eine Anzeige, die ich zwei-, dreimal las:
"Sie suchen nach einer Tätigkeit, die Ihnen viel Abwechslung, Verantwortung, Reisemöglichkeiten, Raum zur persönlichen Entfaltung und langfristige Sicherheit bietet?"
Bis dahin fand ich die Beschreibung einladend. Wie fast jede Stellenausschreibung. Ich dachte darüber nach, was Arbeitgeber alles versprachen, um einigermaßen qualifizierte Bewerber anzulocken. Sie hielten ihnen einen Knebelvertrag vor die Nase, der sie über den Tod hinaus bindet. Zwischen den Zeilen steht dann, dass Reisen der Weg zur Kaffeemaschine, Abwechslung durch Abheften und langfristige Sicherheit ebendiese Bindung bedeutete.
"Im Dienst des Genforschungszentrums erwartet Sie nicht nur ein aufgeschlossenes Team mit Mitarbeitern aus verschiedensten Bereichen und Kulturen, sondern auch die modernste Forschungstechnik sowie eigene Wohnräume."
Meine Augen weiteten sich. Das Genforschungszentrum hatte diese Stelle in die Tageszeitung gestellt und mir fiel es erst dann beiläufig auf. Hatten sie keine Rückmeldungen auf ihre Inserate in Fachzeitschriften bekommen oder wollten sie Mitarbeiter rekrutieren, die vom Job der Professoren nichts verstanden? Ich sah zu Raquel, die ihre Augenbrauen fragend hob und sich danach neugierig herüberbeugte.
"Als Sacharbeiter im grünen Herzen der Peripherie Berlins verstehen Sie sich im Dienste der Regierung im Betreuungs-, Assistenten- und Wissenschaftstätigkeitsbereich, weswegen abgeschlossene Aufbaustudiengänge der Sprach-, Geistes- und Wirtschaftswissenschaften Voraussetzung für eine Bewerbung sind. Die Kenntnisse weiterer Sprachen sind

wünschenswert, neben den Korrespondenzsprachen Deutsch, Englisch, Spanisch, Chinesisch und Französisch. Hilfreich sind zudem interdisziplinäre (nachweisbare) Kenntnisse der Kultur- und Sozialwissenschaften. Weitere Kompetenzen und Fortbildungen, wie Teamverhalten, Kostenbewusstsein und Grundkenntnisse der Genetik sind von Vorteil."

Ich gackerte aus vollem Halse heraus. Ich wollte nicht weiterlesen, nicht wissen, bis wann ich mich bewerben sollte oder wie hoch die Stelle vergütet war. Ich wusste, dass Raquel anders dachte und ich bereute es, mich offensichtlich fragend angesehen zu haben.

"Das ist es! So machen wir es!", strahlte sie mich euphorisch mit ihrem breitesten Grinsen an, während sie auf die Stellenbeschreibung zeigte.

"So machen wir was?", entgegnete ich entgeistert, als wüsste ich nicht, was sie meinte.

"Du bewirbst dich!"

"Warum? Ich kann nichts davon vorweisen!", wieder platzte Gelächter aus mir heraus. "Außerdem brauche ich keinen Job ..." Ich kam mir augenblicklich wie ein fauler Teenager vor. Es ging ihr nicht um den Job als Tätigkeit. Sie meinte es ernst, also wurde ich ebenfalls ernst: "Nein Raquel, auf gar keinen Fall." Mein Tonfall musste genauso verärgert herübergekommen sein, wie ich mich fühlte. Kaum hatten wir eine Minute für uns und für Raquel drehte sich alles um die Gruppe. Ich setzte mich auf, doch sie hielt mich am Arm fest.

"Ich weiß, dass dir das nicht so wichtig ist ..." Ihre Worte machten mich wütend, doch sie fuhr zögerlich fort, bevor ich mich wehren konnte: "... Anna, bitte, ich dachte, du siehst das alles ähnlich. Du bist die Einzige, die qualifiziert genug ist, um sich überhaupt zu bewerben. Das hat nichts mit uns zu tun, ich will etwas dagegen tun, du weißt doch ..."

Bei den Worten lachte ich vorwurfsvoll, zu Unrecht. Es war diese Art zu lachen, die Unsicherheit kaschierte. Die Art zu lachen, die ich hasste. Menschen nutzten sie, wenn ihnen nichts Besseres einfiel oder sie Unrecht hatten. Ich kam mir feige vor. Ich hätte geradeaus sagen müssen, dass ich nicht dorthin wollte. Ich wusste aber wie wichtig ihr das Ganze war und wie groß dieser Zufall war, ein Stellenangebot des Forschungszentrums zu finden, auf das ich mich bewerben konnte. Ich seufzte: "Ich denke darüber nach." Dann wollte ich aufstehen, doch sie hielt mich noch immer zurück.

"Was hat sich geändert?" Erwartungsvoll blickte sie mir direkt in die Augen. Eine Mauer riesiger Bäume in einem dicht bewachsenen Dschungel wächst und wächst zwischen uns! - wollte ich sagen, setzte mich stattdessen auf die Sofakante und nahm ihre Hand: "Du", flüsterte ich.

"Blödsinn, du hast mich mitten in diesem Kampf kennengelernt und dich verliebt, wie auch ich! Ich fürchte aber, weiter an meiner Seite für das Gute einzustehen, reicht dir nicht mehr ..."

Ich fragte mich, ob sie recht hatte. Ich fragte mich, warum sie mir fehlte, wenn sich nichts geändert hatte und was genau ich eigentlich von ihr wollte. "Du hast recht, alles ist wie immer."

Zufrieden zog sie mich zu sich. "Und du denkst ernsthaft über die Stelle nach?" Ich nickte, stand trotzdem auf und ging zu den anderen. Peter war in seine digitale Welt vertieft und Amrae lag gelangweilt auf dem Boden, den Blick starr zur Decke gerichtet. Sie hatte nicht erwartet, mich und Raquel so bald wiederzusehen. Ihre Augen sprachen Verständnis aus. "Wollen wir ein wenig raus gehen und spazieren, Anna?" Hier wollte ich auf keinen Fall bleiben. Sie stand auf und holte sich Peters Aufmerksamkeit, ohne ihn einzuweihen.

"Oh gut! Eine Pause klingt super! Gehen wir ein Eis essen?" Er grinste. Amrae grinste ebenfalls und sie steckten mich an. Dass der erste und wahrscheinlich einzige Tag gekommen war, an dem die Wohneinheit ohne Wollmütze verlassen werden konnte, wollte ich niemandem vermiesen. Raquel hatte uns gehört und schloss sich ebenfalls an. Da verblasste meine Aussicht auf Amraes beruhigenden Worte.

"Manchmal finde ich es richtig cool, dass es so wenig Kerle gibt und dich jedes Mädel angeiert, weil ich weiß, dass du mit mir nach Hause gehst ...", sagte Amrae zu Peter, "aber oft bin ich schrecklich eifersüchtig."

"Warum?", fragte Peter verwundert.

"Das fragst du noch? Du könntest jede haben! Egal wie du aussiehst, sie würden dich alle sofort nehmen!"

"Reizend!", entgegnete er beleidigt.

"Nein, du verstehst mich falsch. Ich finde dich attraktiv! Das weißt du hoffentlich. Aber die meisten Frauen wären froh einfach einen Kerl zu haben ...", verteidigte sie sich. Sie suchte Hilfe bei Raquel, "nicht wahr, Raquel?"

"Das stimmt so nicht. Dass in den letzten zwei Generationen nach und nach die Männer verschwanden, war insoweit fortschrittlich, als dass Menschen zugeben konnten, dass sie zwar durchaus sexualgetrieben sind, aber dennoch wunderbar alleine zurechtkommen. Durch diesen Evolutionsprozess kamen immer mehr Triebgesteuerte ans Tageslicht. Die meisten Frauen geiern also nicht Peter an, sondern dich, Amrae", sagte sie heiter und wir lachten. Dass Menschen wunderbar alleine zurechtkamen, war leider nicht wirklich lustig. Ich selbst brauchte niemanden, um zurechtzukommen, aber ich fand es erträglicher ohne Einsamkeit. Amrae legte ihre Hand auf meine Schulter. Ich schämte mich. Erst seitdem ich Raquel kannte, schien mich meine Unabhängigkeit zu verlassen und ich einem Schoßhündchen zu ähneln.

"Das hättest du wohl gerne!", verteidigte sich Peter gekränkt.

"Es ist so!"

Wenige Blocks von unserer Wohneinheit entfernt, war eine Eisbar, die an solch seltenen warmen Tagen kaum zu verfehlen war, da eine endlose Warteschlange den Gehweg blockierte. Sonnenstrahlen lockten die Menschen wie Maulwürfe aus ihren Häusern, und das, trotz rauer Kälte. Wie sehr ich mich nach den Zeiten sehnte, in denen wir an mehr als nur einem Tag im Jahr die Winterjacke haben hängen lassen dürfen.

Hinter der Eisdiele blickte mich die Spitze des alten Fernsehturms an. Er sah aus, als würde die überbevölkerte Stadt durch ihn wie durch einen Schnorchel über dem Häusermeer nach Luft ringend. Raquel sah schlechtgelaunt in die Schlange vor der Eisdiele. Nachdem wir uns endlich ein Eis erkämpfen konnten und vor dem Lokal auf einer Bank saßen, holte Raquel mich aus meinen Gedanken. "Gehen wir die Schlange durch, damit du nicht sagen kannst, ich hätte mir genau diejenigen ausgesucht, die meiner Meinung nach lesbisch sind. Nehmen wir die Erste. Warte, bis sie hersieht." Wir warteten nur wenige Sekunden, bis die Frau mich ansah. Ich zwinkerte ihr zu und sie zwinkerte zurück. Ich wartete kurz und lächelte Peter an. Raquel lachte herzlich und ich freute mich darüber.

"Das war Zufall!", sagte er, obwohl er überrascht seine Freundin ansah. Ich versuchte mich in seine Lage zu versetzen. Wie war es ein Mann zu sein, in dieser Zeit? Ich glaubte immer, es gäbe keine Unterschiede, weil wir schließlich alle Menschen waren. Der Gedanke, aus irgendeinem

Grund in der Unterzahl zu sein, war dennoch erdrückend. Ich dachte wieder an das Genforschungszentrum und an das Bisschen, was ich noch aus Schulzeiten über Biogenetik wusste und wie Johann Mendel bereits versuchte, rezessive Gene zu verstehen. Ich würde den Job nicht bekommen, selbst wenn ich mich für eine Bewerbung entschied.

"Gut, die Zweite, direkt hinter ..." Er unterbrach uns weniger amüsiert. Er wollte die Nächste selbst aussuchen. Die Letzte in der Schlange wählte er. Ich war mir selber nicht so sicher, er hatte sich natürlich eine Frau ausgesucht, die wahrscheinlich ausnahmsweise nicht zurückzwinkern würde. Etwas nachdenklich sah ich zu ihr. Sie stand so weit hinten in der Schlange, dass sie nur zwei Armlängen von Raquel entfernt stand und uns wahrscheinlich hätte zuhören können. Zu meiner Verwunderung begegnete ihr Raquels Blick und sie lächelte sie an. Das hätte alles bedeuten können. Mich hat es zweifeln lassen, aber Peter reichte es: "Ach, das war auch nur Zufall!"

"Ich würde es Evolution nennen. Wir passen uns den Ressourcen an." Raquel redete so selbstbewusst, wie immer. Selbstgefällig hätte ich es genannt, wenn ich sie nicht kennen würde. Sie lebte für sich selbst, sie wusste, was sie konnte. Sie war gerne allein, aber wäre sie es auch, wenn wir weg wären? Ich glaubte ihr nicht, vollkommen unabhängig und glücklich dabei leben zu können. Sie sagte, sie habe sich nicht verändert seit fünf Jahren, aber ich glaubte ihr nicht. Ich wusste, dass ich sie nie ganz kennen würde. Aber so fremd sie mir auch war, überraschten mich solche Tage wie dieser immer wieder.

Amrae küsste Peter und sagte: "Eigentlich kann es dir doch alles egal sein, oder?" Daraufhin nickte er und wir aßen still unser Eis.

Raquel blickte, soweit ich es mitbekam, drei weitere Male zu der Frau in der Schlange. Ein kleiner Stich in meiner Brust entwickelte sich langsam zu einem lodernden Feuer. Als sie sah, dass ich sie beobachtete, lächelte sie und senkte den Kopf. Dabei wäre es schöner und auch sehr leicht gewesen, zu mir zu kommen, und ... Vielleicht gab es für sie kein "und", vielleicht musste ich mein Selbstbewusstsein suchen und weniger an ihrem hängen.

Wie es mir ging, musste es den anderen nicht gehen. Wenn ich die Gruppe für zerrüttet hielt, war es vielleicht wirklich nur mein Problem mit Raquel. Ich fürchtete, dass unsere Probleme die Gruppe mehr belasteten, als sie zugab. Überhaupt zweifelte ich an, dass eine so kleine Gruppe etwas bewegen könnte. Wenn ich also wie durch ein Wunder im Genforschungszentrum arbeiten würde, wäre es kein Fortschritt für die Aktivisten. Es wäre eher eine Gefahr für mich, einem Mitglied, das Raquel leicht entbehren konnte. Vielleicht war es aber auch ein Weg für mich zu beweisen, wie wichtig ich für die Gruppe war, wie sehr Raquel mich brauchte. Ich kam mir eingebildet vor. Wir brauchten jeden Einzelnen. Im Grunde genommen waren viele Weitere auf der Welt unserer Meinung, aber wirklich etwas zu ändern trauten sich nur wenige zu. Und diese Handvoll Menschen war dermaßen verstreut, dass wir kaum mit vereinten Kräften etwas planen konnten. Wir hatten einen alten Grundriss des Genforschungszentrums und unzählige Vermutungen, wo was stattfinden könnte, aber nichts Handfestes. Sie hielten alles geheim und reden konnten wir auch mit kaum jemandem darüber, da die meisten die Forschungsarbeiten sinnvoll fanden und uns verraten würden. Warum so wenigen Menschen wirklich bewusst war, was dort passierte, machte mich zornig aber auch um einiges vorsichtiger. BTN und andere Sender beschönigten jedes Gerücht, und gemeinnützige Sender litten unter strengsten Kontrollen der Regierung. Ich fragte mich oft, ob wir 2184 hatten oder gar 2013, als der NSA-Skandal ans Licht kam. Die Freiheitskämpfer verschwanden von der Bildfläche und Idole änderten über Nacht ihre Ansichten. Als würden den Säuglingen zur Geburt Scheuklappen geschenkt, damit den Einzelnen nur noch sein Wohlbefinden im Hier und Jetzt interessierte. Nächstenliebe, Selbstlosigkeit und Empathie wurden zu Wörtern, die über kurz oder lang aus den Wörterbüchern verschwinden oder nur noch im Antiquariat und in Philologiebüchern bestehen bleiben würden. Alles, was ich wollte, war Gerechtigkeit, so kindisch es auch klang. Ich wollte, dass Menschenrechte nicht mit Füßen getreten werden. Ich wollte, dass keine Menschenversuche vorgenommen werden, weil irgendein Forscher nach Ruhm schmachtet. Wahrscheinlich war es doch die erste und einzige gute Chance an Informationen zu kommen und etwas zu bewegen, wenn ich direkt vor Ort wäre. Aber ich fürchtete mich vor den Konsequenzen, wenn wir als Antigentechnik-Gruppe aufflogen. Was alles stattdessen passieren konnte, hätte ich damals nicht geahnt.

"Wenn wir nur herausfinden könnten, was mit den ganzen Fehlversuchen geschieht", dachte ich laut.

"Was meinst du?", fragte Amrae.

Meine Gedanken vervielfältigten sich: "Ich meine die ganzen Föten, die keine Jungen werden. Also Dr. Baum und Dr. Sergejev müssen ja durchgehend Versuche starten, um zu Ergebnissen zu kommen. Und bis sie herausfinden, wie sie Jungen wieder regelmäßig und problemlos zur Welt kommen lassen können, wird es Massen von weiblichen Föten oder Fehlversuchen geben, oder?"

"Stimmt."

"Mich interessiert, was damit passiert. Werden diese entsorgt, sobald ab der siebten Schwangerschaftswoche feststeht, dass es Mädchen werden? Oder gibt es einen Ort, an dem sie gelagert werden? Werden sie geboren und kommen in eine Art Mädcheninternat?"

Sie sah mich entgeistert an: "Das ist ja eine schreckliche Vorstellung, wie in einem Gruselfilm!"

"Es müssen Abertausende sein. Und es werden täglich mehr. Wo sind sie alle?", fuhr ich fort. "Wenn sie irgendwo lebend untergebracht werden, würde das Ungleichgewicht nicht wachsen?"

"Ja, doch." Ich hatte auch Raquels Aufmerksamkeit zurück. "Aber man kann bereits am Zellhaufen oder am Sperma das Geschlecht durch Gentests bestimmen oder gesextes Sperma verwenden." Dabei zeichnete sie Gänsefüßchen in die Luft. "Da wäre es irgendwie zu aufwändig, sieben Wochen zu warten und so viel Geld zu investieren. Es muss einen Grund geben, weshalb sie warten oder vielleicht warten sie nicht. Vielleicht gibt es ja tatsächlich keine Föten, die entsorgt werden ..." Raquel blickte nachdenklich in die Runde. "Aber dennoch, was wäre wenn ..."

Und was ist mit der Möglichkeit des Lebens? Wären diese ganzen Versuche nicht lebensfähig, wenn sie nicht direkt in den ersten Tagen entsorgt würden? Müssen wir nicht alleine dafür kämpfen, auch wenn wir mit unserer Ansicht so gut wie alleine sind? Ich konnte ihre Gedanken hören. Da saß der weiche Kern ihrer eisigen Fassade.

"Es würde mehr und mehr Mädchen geben. Die Gesellschaft würde sich mehr und mehr zu einer Frauengesellschaft entwickeln und Männer müssten vielleicht in Zuchthäusern zur Befriedigung oder Fortpflanzung arbeiten, wenn die Fortpflanzung auf natürlichem Weg überhaupt noch nötig wäre!" Sie lachte dabei. Ich wollte ein ernstes Gespräch und sie merkte es, als nur Peter mitlachte: "O. k.", fuhr sie fort, "wenn wir aufhören würden, zwischen Männern und Frauen zu unterscheiden, müsste das Forschungszentrum keine Versuche entsorgen. Es gäbe nur noch Menschen mit Vaginas, die sich im Reagenzglas vervielfältigen, mit angepassten Trieben."

"Wie bei den Amazonen!", sagte Amrae enthusiastisch.

"Zusammenfassend sind wir Menschen doch nur triebgesteuert und alles andere geht automatisch, wie wir eben erproben durften." Raquel ergriff wieder das Wort: "Ich gebe dir zwar Recht in deinem unermüdlichen Glauben: Wir sind nicht darauf vorbereitet, alleine zu sein. Aber in einer Frauengemeinschaft wären wir nicht alleine, es würde wohl funktionieren. So wie eine Gesellschaft von Männern ohne Frauen früher oder später wunderbar funktionieren würde. Wir passen uns an. Ich würde es vorsichtig trotzdem als Evolution betiteln. Die Sexualität wäre das Problem. Viele werden bestimmt auch in 100 Jahren noch Sex mit Männern geiler finden. Je mehr Frauen es gibt, desto mehr Frauen kommen auch auf den einzelnen Mann. Aber in 200 Jahren vielleicht nicht mehr."

"Ist der Beruf des Callboys dann jedem Mann vorgeschrieben?" Peters Gedanken unterbrachen meine. Das war möglich. Callboys wären der Inhalt der modernen Spaßfabriken für erwachsene Frauen. Prostitution auf hohem Niveau, von der Regierung gewünscht und gefordert. Das Bild einer gesponnenen Zukunft legte sich vor meine Augen und ich musste auch lachen.

"Aus dem Grund sollten wir die Welt auf das Treiben des Genforschungszentrums aufmerksam machen!" Raquel sprang auf und verteilte ihr Eis auf dem Asphalt.

Amrae sah mich nachdenklich an und sagte, ohne die Augen von mir zu nehmen: "Nein. Es wird keine Frau trotzdem Sex mit Männern wollen. Wenn es, wie du sagst, Evolution oder Anpassung ist, wird sich nämlich auch das Problem von alleine erledigen. Alles wird weitergehen, wie es ist, nur ohne Männer, wie selbstverständlich."

Peter sah entgeistert aus, aber er entgegnete nichts. Er stimmte ihr still zu. Ich war ihrer Meinung. Egal wie, wir passten uns an. Auch Tiere und Pflanzen passen sich über Generationen ihrer Umgebung an. "Stimmt es denn nicht, was Dr. Baum sagt, dass es dann keine Evolution mehr gäbe?

Neugeburten wären nur noch Klone, mit den besten Genen, ohne Möglichkeiten natürlicher Selektion ..." Niemand antwortete mir.

Später überlegten wir, wie wir etwas Aufmerksamkeit auf uns lenken konnten. Das letzte Mal, das wir in den Medien waren - als sich auch unser schrecklicher, aber einprägsamer Name GBA etablierte, war, als wir versuchten die Stadt mit Flugblättern zu bedecken. Diese sollten über die Tierversuche im damaligen Forschungszentrum Dr. Sergejevs aufklären. Seitdem arbeiteten wir anonym im Hintergrund und wechselten auch regelmäßig unseren Standort. In Berlin war dies unsere fünfte Wohneinheit. Der Einfallsreichtum mancher Journalisten gab uns den Namen GBA, was so viel wie Genforschungszentrum-Boykott-Aktivisten heißen sollte. Es hatte mehrere Monate gedauert, bis wir einsahen, dass es keinen Sinn machte, uns darüber zu ärgern. Unterzutauchen war die einzig richtige Entscheidung.

Ich stand auf dem Balkon und rauchte. Es war eine warme Sommernacht und Massen von Menschen füllten die Straßen, bevor alles wie gewohnt um 0 Uhr außerhalb des Partyviertels leergeräumt war. Auf der gegenüberliegenden Straßenseite erkannte ich die Frau, die Raquel am Vormittag in der Eisdiele angelächelt hatte. Sie stand da und sah mich an. Amrae kam zu mir. Sie folgte meinem Blick und lachte leise.

"Mehr Bestätigung für Raquel. Du Adlerauge!" Als sie das sagte, drehte ich der Straße den Rücken zu, lehnte mich rücklings an das Geländer und schaute herein. Amraes Brille hing auf ihrer Nasenspitze, sie rückte sie zurecht: "Du vermisst sie, was?"

Ich schwieg.

"Lässt sich deine Laune heben?"

"Ja, sie fehlt mir. Ich dachte, es würde leichter, weil es unser Projekt ist, weil wir das wussten. Weil ich das alles wusste, bevor ich einstieg. Doch ich fühle, wie sie sich von mir entfernt. Mit jedem Tag bin ich in ihren Augen ein bisschen nebensächlicher. Du hast sie gehört: Heutzutage kommen die Menschen besser ohne Zwischenmenschlichkeit zurecht. Ihre Überzeugung ist, dass wir triebgesteuert handeln, Freudenhäuser brauchen und das Geschlecht ignorieren. Aber ich widerlege ihre Argumente vor ihren Augen, weil ich mich nach Liebe sehne." Ich versuchte, den Stein in meiner Kehle herunterzuschlucken. "Sie sieht es aber nicht."

Amrae legte ihre Hand auf meine.

"Ich finde das ehrlich gesagt normal. Wir sind trotzdem Menschen mit Gefühlen, und wenn sie dir nicht fehlen würde, müssten wir dich aufschneiden, um sicherzugehen, dass dein Herz schlägt." Sie seufzte. "Sie fehlt uns allen."

Nicht so, wie mir - dachte ich. "Aber sie ist direkt im Nebenzimmer. Wie kann sie das kalt lassen? Sie hat doch auch Gefühle oder sie hatte zumindest welche, als wir uns kennenlernten ..." Ich schaute zu den anderen in der Wohneinheit. Es war still. Vielleicht warteten sie auf neue Ideen, Anweisungen oder vielleicht auf eine Nachricht. "Kann es sein, dass ich selbstverständlich geworden bin?" Ich erwartete keine Antwort. Wieder sah ich zum Fernsehturm, der jetzt blau leuchtete, wie ein Stern, der den Menschen der Stadt Hoffnung schenken wollte. Er gab mir das Gefühl am richtigen Ort zu sein und dazuzugehören. Ein erneuter Blick in die Wohneinheit nahm mir dieses Gefühl wieder.

"Ja, ich denke, sie ist ein Gewohnheitstier. Außerdem ist sie ein Mensch. Was ich damit sagen will, ist, dass die aktuellen Probleme immer die Größten sind. Sie erkennt nicht, dass es dir wirklich schlecht geht, egal wie deutlich du es ihr zu verstehen gibst. Und das ist so, weil sie sich sicher ist, dass du bleibst. Der Erfolg der Gruppe ist das, was für sie an erster Stelle steht. Sie will die Forschung stürzen. Sie ist aber kraftlos und mit ihr auch die Gruppe, weil Raquel ihr Antrieb ist. Die Gruppe ist angespannt. Ich will nicht sagen, wir bräuchten eine Auszeit, weil das undenkbar ist und wo sollten alle alleine hin? Denn auch wenn sie der Meinung ist, wir kämen alle alleine zurecht, weiß sie, dass es nicht so leicht ist. Aber etwas weniger Druck wäre gut. Oder ein kleiner Erfolg."

Ich verstand, dass die Gruppe ausgebrannt war. Wir brauchten keine Auszeit, sondern schlichtweg ein Erfolgserlebnis. Dafür wollte ich aber nicht im Genforschungszentrum leben und arbeiten. Ich wollte zusammen mit der Gruppe etwas erreichen und ich bezweifelte, dass eine Bewerbung die einzige Möglichkeit war, die ich dafür hatte.

"Und nein, wenn ich weiter darüber nachdenke, glaube ich nicht, dass sie dich für selbstverständlich hält, aber wohl für maßlos verständnisvoll. Lass sie wissen, dass dein Verständnis an seine Grenzen gestoßen ist, wenn es wirklich so ist."

Wir starrten beide schweigend auf die Straße unter uns, auf der sich nichts mehr bewegte. Kaum noch ein Licht brannte. Ich musste wieder an die Frau denken. Wohin sie wohl ging? Ob sie in der Nähe wohnte? Nach einigen Minuten ohne weiteren Wortwechsel ging ich entschlossen an Peters Platz vor den Bildschirmen und fing an, eine Bewerbung zu schreiben.

Bis die Nacht der Morgenröte wich, formulierte ich ein ernstes, seriöses und zwischen den Zeilen schleimiges Anschreiben und verpasste, dass die anderen bereits ihr Leben in Traumwelten fortführten. Gegen fünf Uhr stand Raquel hinter mir und seufzte. Umdrehen wollte ich mich nicht, denn sie hatte, was sie wollte. Ich aber hatte das Gefühl, wieder für ihr Glück ein Stück von mir aufgegeben zu haben. Sie legte ihre Arme um mich und küsste mich auf die Wange.

"Danke", drückte sie zwischen ihren Lippen hindurch in mein Gesicht. Ich neigte mich zur Seite und zog ihren Kopf über meine Schultern zu mir bis ihre Wange meine berührte.

"Du weißt, dass ich das nicht für dich tue", log ich.

"Leider weiß ich, dass es nicht stimmt. Ich wünschte, du würdest es in erster Linie für dich tun. Aber die Gruppe und ich und somit alles, woran wir glauben, sind dir wichtig. Dir liegt immer noch etwas an uns und an dem, was uns bewegt."

"Natürlich liegt mir was an uns." Ungläubig sah ich sie an. "Was denkst du? Ich bin deinetwegen hergekommen Raquel ..." Meine Stimme brach. Es würde nichts ändern mit ihr zu diskutieren. Sie hatte jeden Sinn für uns verloren, jede Erinnerung an Liebe war aus ihrem Kopf verschwunden. Außerdem meinte sie mit uns die Gruppe, flüsterte mir der kleine Teufel in meinem Ohr zu. Und erneut versuchte die Heulsuse in mir aus ihrer Zelle auszubrechen. "Ich hoffe meine Bewerbung überzeugt, dann ..."

Sie unterbrach mich: "Und wie sie überzeugen wird! Sie werden dich, wenn sie schlau sind, ohne Bewerbungsgespräch sofort einstellen!" Ihre Augen funkelten vor Überzeugung. Sie küsste mich und umarmte mich. Ich hatte das Gefühl, es hätte dort jeder Mensch an meiner Stelle sitzen können: Sie hätte jeden geküsst, der etwas für die Gruppe tut. "Deswegen habe ich dich so gern, du bist die Beste!" Sie entzog mir ein schwaches Lächeln, welches ihr reichte, um sich zum Schlafzimmer zu bewegen. Ich blieb sitzen, bis die Sonne Berlin wieder vollkommen sicher und harmlos machte.

Am Morgen, nachdem ich die Bewerbung mit einer sauberen E-Mail-Adresse über einen von Peter geschaffenen, unverfolgbaren Kanal an Dr. Maren Baum geschickt hatte, knallte die Einladung zum Bewerbungsgespräch durch das Postfach direkt in mein Gesicht. Es sei wohl eine dringend zu besetzende Stelle gewesen. Bisher hatten sie noch nicht die richtige Person gefunden und freuten sich auf weitere Gespräche. Die Tatsache ermutigte mich, auch wenn ich wusste, dass es alles andere als eine Freikarte war. Niemanden Passendes gefunden zu haben zeigte, wie anspruchsvoll sie waren. Die Hoffnung auf eine Absage ließ Scham in mein Gesicht steigen. Ich durfte nicht auf eine Absage hoffen.

Die Geschwindigkeit des neuen Plans setzte auch die Gruppe unter Druck. Alle fühlten sich plötzlich voller Ideen und redeten ununterbrochen von Vorbereitungen und Kontaktherstellung. Auch waren sie ein bisschen traurig darüber, dass ich auf unbestimmte Zeit gehen würde. Alle, bis auf Raquel.

Wir wollten besprechen, was die Gruppe während meiner potenziellen Abwesenheit machen würde und was genau ich im Zentrum erledigen müsste, vorausgesetzt ich würde eingestellt. Aber es blieb keine Zeit. Die einzige Aufgabe, die mir Raquel gab, war so viele Informationen wie nur möglich zu sammeln und zwischendurch mit ihr als eine Bekannte oder verschlüsselt zu telefonieren. Wir befürchteten die Überwachung aller Gespräche, aber wir hatten keine bessere Idee, als es zu versuchen. Die Stunde, die mir bis zum Vorstellungsgespräch blieb, verbrachten wir damit, mir eine neue Kommunikationsplug-Nummer zu besorgen, damit ich erreichbar blieb. Ich würde wahrscheinlich einen Ohr-Kommunikationsplug vom Forschungszentrum bekommen, sollte ich eingestellt werden. Aber den der Gruppe könnte ich zwischendurch tragen, um auf einen Anruf zu warten.

Während sie darüber sprachen, was wir machen könnten, wenn ich genommen würde, überlegte ich zunehmend aufgeregt, was ich anziehen sollte.

Dr. Baum schickte mir als Anlage den Arbeitsvertrag, um keine Zeit zu verlieren, sollte das Gespräch zufriedenstellend verlaufen. Darin stand, dass ich keine Informationen nach außen tragen dürfte und dass dessen Missachtung nicht nur die Kündigung bedeutete, sondern auch strafbar wäre. Erst dann fiel scheinbar nur mir auf, dass wir nicht ausreichend darüber nachgedacht hatten. Die einzige Hoffnung auf ein Wiedersehen war also die bevorstehende Nobelpreisverleihung und ein Kommunikationsplug war auch keine Lösung. Sicherlich würde dem Sicherheitspersonal nichts entgehen. Wir spekulierten darauf, dass Dr. Baum ihre Assistentin mitnehmen würde. Was passieren würde wenn nicht, wussten wir nicht. Wie genau der Auftritt der Gruppe bei der Verleihung sein würde, die ohnehin erst Ende des Jahres stattfinden würde, wussten wir abermals nicht. Wir wussten nichts. Ich selbst wusste zu dem Zeitpunkt nur, dass ich die Stelle erstmal kriegen musste. Ich zitterte beim Abschied und noch lange danach, während ich mit dem Schnellzug in eine ungewisse Zukunft fuhr. "Zu sofort" wäre der Job zu besetzen - rief ich mir das Inserat ins Gedächtnis. Ich würde also im besten Fall oder im Schlimmsten, direkt anfangen. Darauf musste ich mich konzentrieren. Auf das Gespräch. Dann würde ich genug Zeit haben, mir weitere Gedanken zu machen. Auch wenn Raquel das anders sah. Ihr ging dieser Schritt nicht schnell genug.

Raquel wollte eine Botschaft auf Dr. Baums Kosten in die Welt senden. Es wäre ein viel einprägsameres Ereignis als ein Feuer oder sonstige Gewalt, wenn wir es schaffen könnten, die Nobelpreisverleihung zu nutzen. "Die Medien müssten aufhören uns als gefährliche Psychopaten darzustellen, wenn es funktioniert", lächelte Raquel, während sie diese Worte zum Abschied wählte. Sie kam mir vor, wie ein sabbernder Hund. Sie träumte, dachte ich. Aber die Welt brauchte Träumer. Damit gab sie mir etwas, worauf ich hinarbeiten könnte. Wenn ich also bleiben würde, mussten wir uns überraschen lassen und vorsichtiger sein, als zuvor. Der Hochsicherheitstrakt des Genforschungszentrums Dr. Baums war kein Spiel. Und auch wir waren längst alles andere als Kinder, die von Launen getrieben Aufgaben abbrachen, die sie sich vor Tagen in den Kopf gesetzt hatten. Was ich für die Gruppe entschied, war ernstzunehmend gefährlich.

Kapitel 10

Der Anblick des Forschungszentrums ließ mich erschaudern. Plötzlich fühlte ich mich klein und der Aufgabe nicht gewachsen. Solch ein majestätisches Gebäude, zweckentfremdet, als Fassade einer grauenvollen Arbeit. Vom namenhaftesten Architekten des vergangenen Jahrhunderts für die Menschen seiner Geburtsnation Großbritannien gestaltet, fungierten die Wände nicht eine Sekunde als britisches Konsulat. Die deutsche Regierung hatte es für sinnvoller gehalten, ein Hotel aus dem Meisterwerk zu machen, welches die Arbeit des modernen Dr. Frankensteins deckt. Seither steht es lustlos herum, umrundet vom letzten noch existierenden Tannenwald Brandenburgs. Wie ironisch diese Kombination mir schien. Die seltenen, dunkelgrünen, gigantischen Bäume schafften es nicht, den Anblick des Zentrums auch nur ein bisschen freundlicher wirken zu lassen. So traurig es auch vor mir schwankte, seine Türen öffnete und meine Stimmung innerhalb seiner dunklen Wände drückte, gab es mir ein Gefühl der Geborgenheit. Ich fühlte mich nicht alleine mit meinem Wissen und Plänen, weil das Gebäude ebenso unzufrieden mit seinem Schicksal schien.

Die ersten Stunden im Zentrum vergingen so schnell, wie die letzten Stunden bei Raquel und den anderen. Meine erste Begegnung mit Dr. Baum war anders als erwartet. Ich war nervös, obwohl mir nichts am Job an sich lag. Ich wusste, dass ich nichts zu verlieren hatte, vorausgesetzt sie würden mich nicht wollen. Der Gedanke daran, die Gruppe zu enttäuschen, machte mich aber nervöser. Darum verhielt ich mich unbeholfen und fürchtete wiederum, dieses Verhalten würde Unsicherheit ausstrahlen. Somit war es ein gänzlich normales Bewerbungsgespräch. Die beiden Forscher stellten sich mir mit sympathischem Lächeln vor. Es standen keine blutrünstigen Hydes und Frankensteins vor mir. Meiner Meinung nach sprach Dr. Baum im Beisein von Dr. Sergejev in einem für den Anlass viel zu großen Raum mit mir, dessen Mitte ein überdimensionaler Marmortisch füllte. Hinter dem Tisch setzten sich beide Professoren und signalisierten mir auf dem

Stuhl davor Platz zu nehmen. Das machte meine Interviewer schlussendlich wieder weniger sympathisch. Eher größenwahnsinnig.

"Wir haben uns über Ihre Bewerbung sehr gefreut. Sie haben viel aus Ihrer Zeit gemacht, wie auch viele andere Bewerber. Darum würden wir Ihnen gerne noch ein paar Fragen stellen, auf die Sie sich sicherlich bereits eingestellt haben."

Ich nickte rasch wie ein Kind, das verspricht, sich zu benehmen, aber keinen Schimmer hat warum.

Dr. Baum lächelte. "Warum sollten wir gerade Sie einstellen?"

Natürlich wusste ich, dass diese Frage kommen würde. Viel Zeit, mich auf eine Antwort vorzubereiten, hatte ich seit dem Vortag nicht gehabt, aber ich entspannte mich. "Ich bin ehrlich", war leider alles, was mir einfiel. Nicht besonders herausstechend dachte ich. Ich glaubte, etwas Enttäuschung in Dr. Baums Augen zu sehen. Dann ergriff Dr. Sergejev zum ersten Mal das Wort und blickte mich an und seine Augen durchbohrten mich, als wären sie Schwerter. Vor ihm hatte ich sofort Angst, anders als vor Dr. Baum, die ich bisher für den größeren Bösewicht gehalten hatte. Ich erinnerte mich an Peters Worte, als er mir sagte, dass bei den meisten Einstellungsgesprächen zwei Machthaber sitzen, die ihre Rollen vorher absprechen. Einer ist der böse und einer der gute Cop. Ich dachte, dass es bei einem Vorstellungsgespräch eher angebracht sei, durch und durch nett zu sein, weil schließlich alle etwas voneinander wollten. Mit Dr. Sergejevs messerscharfem Blick aber gab ich Peter recht: "Wenn Sie so ehrlich sind, haben Sie mit Sicherheit auch nichts dagegen, Ihre ehrliche Meinung zur Zukunft der Menschheit auszusprechen. Was sehen Sie, wenn Sie an die Zukunft der Menschheit denken? Gibt es eine?" Wenigstens kommt er direkt zur Sache - sprach die Prüfungsangst in mir.

Die Frage traf mich unerwartet. Also musste ich spontan und eben ehrlich antworten. Es wollte mir nicht gelingen. Ich schwieg eine Sekunde zu lang.

"Frau Bavarro Fernández", er wollte offenbar nicht, dass ich lange über eine Antwort nachdachte, "gibt es eine Zukunft für uns Menschen?"

"Nein."

Plötzlich sahen mich beide mit großen Augen an. Ihre Reaktion hätte mich überraschen sollen, dachte ich, als wäre es unnormal, hier nein zu sagen. "Nein, weil die Natur scheinbar keine Fortpflanzung mehr vorsieht. Es wird bald keine Menschen mehr geben. Mal abgesehen von unserer Lebensweise, unserem Konsumverhalten und unserer mangelnden Nächstenliebe: Die Welt weiß, dass es bald keine Jungen mehr geben wird. Natürlich gibt es unzählige Wege, durch künstliche Befruchtung auch weiterhin Nachkommen zu sichern. Und Forschung, wie die Ihre, wird weiterhin versuchen diese Mädchen zu erschaffen und herausfinden wollen, warum keine Jungen mehr zur Welt kommen. Aber zu welchem Preis? Wie weit darf Forschung gehen, ohne Moral und Rücksicht auf Verluste? Ungeachtet des Lebensrechts und mit unzähligen Gegnern?" Wie ist es mit der Evolution, Dr. Baum? Werden wir alle krank, wenn es keine Fortpflanzung im klassischen Stil mehr gibt? Nein! Woher zum Teufel nehmen Sie sich das Recht, potenziellen Lebewesen das Leben zu verweigern? - Ich riss mich zusammen, auch das Feuer in meinen Augen verbarg ich, indem ich aus dem Fenster schaute, hinter dessen Scheiben nur Tannen im Dickicht zu sehen waren.

Erdrückendes Schweigen deckte uns zu. Ich saß zwar ruhig vor denen, die ich beeindrucken sollte, bebte aber innerlich. Ich war zu weit gegangen. Sie wollten alles hören, nur nicht, dass ihre Arbeit zweifelhaft und moralisch verwerflich war. Dass sie Feinde hatten, wussten sie auch ohne dass ich sie daran erinnerte, auch wenn sie diese unterschätzten. Dr. Sergejev räusperte sich. Er bewegte sich, als wäre sein Stuhl gerade ungemütlich geworden. Ich schluckte und wartete auf eine Reaktion. Doch es kam keine.

"Ich glaube aber nicht daran, dass es keine Lösung gibt ..."

Dr. Baum unterbrach mich: "Wir suchen jemanden, der sich als mehr sieht. Glauben Sie, Sie könnten weitere Aufgaben übernehmen, als die einer Assistentin?"

Ich war verwirrt. Antwortete aber fortan aus meinem Bauch heraus: "Ja. Ich kann reden. Ich war unter anderem Pressesprecherin des Bürgermeisters, wie Sie meinen Unterlagen entnehmen können."

"Ja, das ist gut. Das ist sogar sehr gut." Sie sah auch in den Nebel. "Das meine ich aber nicht."

Mein Blick sprang von ihr zu Dr. Sergejev und wieder zu ihr, die vom Fenster zu mir sah und geduldig wartete.

Hinter den beiden Forschern hing eine geräuschlos tickende Uhr und mir kam es so vor, als könnte ich das Ticken spüren. "Es gibt nichts, das ich nicht tue, solange mich der Sinn dahinter überzeugt." Na toll, Anna. Sag Bescheid, wenn du vorhast, damit aufzuhören, die Rebellin raushängen zu lassen und überlege dir schon mal, was du den anderen bei deiner Rückkehr sagen kannst. Der tickenden Uhr Glauben schenkend, dauerte mein innerer Monolog nicht so lange, wie es sich anfühlte. Sie lächelten mich beide an, zufrieden mit meiner Antwort. "Ich wüsste dennoch gerne, welche Art von Aufgaben Sie meinen." Eine Backpfeife hätte ich mir geben können. Anstatt einfach zu warten und zu hoffen, dass ich in die engere Auswahl komme, schenkte ich mir selbst ein Ticket vor die Tür.

Dr. Baum erklärte nichts, sondern speiste mich mit Leichtigkeit ab: "Das werden Sie früh genug sehen, um dann zu entscheiden, ob Sie der Sinn dahinter überzeugt." Sie wollte wissen, ab wann ich verfügbar sei, ob mein "sofort" des Anschreibens zutreffe. Ich bejahte und sie beauftragte zu meiner Überraschung ohne zu zögern tatsächlich einen Fahrer, der mit mir das Nötigste holen sollte. Auch wenn ein sofortiger Anfang in der Ausschreibung erkennbar war und wir provisorisch bereits gepackt hatten, hätte ich nicht wirklich damit gerechnet. Ich hatte nach einem solchen Gespräch auch nicht damit gerechnet, eingestellt zu werden. Doch so war es. Wir verließen den Saal und Dr. Maren Baum zeigte mir zufrieden das Gebäude. Sie erklärte mir nicht, ob ich die einzige Bewerberin, die sofort einziehen konnte oder die letzte Bewerberin war, die zufällig am besten in das Profil passte. Inmitten der neuen Eindrücke fielen mir viele Details nicht auf. Ich war gekommen, um das Gebäude zu scannen, aber meine mangelnde Konzentration ließ es gar nicht zu. Das Ganze ging mir zu schnell. Vielleicht war es ihre Taktik, damit kein Bewerber einen Rückzieher machen konnte, wenn sie direkt bis zum Hals im Job steckten. Die Ruhe nach dem Gespräch mit den zwei Monstern führte bestimmt dazu, dass sich viele nicht zurückmeldeten, nachdem sie eine Zusage erhielten, dachte ich. Ich selbst wollte bereits wieder gehen.

Während des Rundgangs nannte sie das Gebäude "Haus", was mich seltsamerweise ruhiger stimmte. Das Haus hatte fünf Stockwerke. Im Erdgeschoss befanden sich die Labore und Büros, im ersten Obergeschoss die Untersuchungsräume und darüber Gemeinschafts- und Speisesäle. Im zweiten und obersten Stockwerk zeigte sich das, was sie Wohnräume nannten, für mich aber nach übertriebenem Luxus stank. Das Stockwerk unter dem Erdgeschoss wollte sie mir zeigen, sobald es nötig wäre. Schlussendlich brachte sie mich zu einer bestellten Chauffeurin vor die Tür, die sie bat, mich zu meiner Wohneinheit zu fahren. Dort sollte ich die restlichen Habseligkeiten holen, die ich dummerweise nicht gepackt hatte. Ich log, ich hatte alles, was ich brauchte bereits dabei, wollte den anderen aber noch sagen, dass sie meine gesamte Elektronik in Verwahrung genommen haben. Sie haben mir gleich vor dem Gespräch alles abgenommen, was ich dabei hatte. Ich wusste, dass sie nichts im Plug und in meinem PC finden würden, ahnte aber nicht, dass sie es behalten würden, um mir komplett neue Kommunikationsgeräte der Einrichtung zur Verfügung zu stellen. Es war also auch zu spät, um darüber nachzudenken einen Kommunikationsplug zu verstecken, oder das Risiko erwischt zu werden abzuwägen. Ich wusste nicht, wie ich mit den anderen in Verbindung treten könnte. Darum hoffte ich auf eine unbegleitete Begehung meiner Pseudowohneinheit, um eine Nachricht hinterlassen zu können.

"Wenn Sie wieder hier sind, können Sie sich in aller Ruhe einleben. Gegen 20 Uhr sehen wir uns im Speisesaal wieder und morgen früh fange ich an, Ihnen Ihre Aufgaben zu erklären." Also nicht in aller Ruhe, dachte ich. Lächelnd fügte Dr. Baum noch hinzu, dass sie sich sehr über diese Wendung freute. "Und es ist für Sie wirklich in Ordnung, einzuziehen?"

Es war nicht in Ordnung. "Ja, vielen Dank für diese Möglichkeit." Es war aber perfekt, um das Gebäude ungestört auszuspionieren, sobald sich eine Gelegenheit bot.

Mit der Chauffeurin fuhr ich zu dieser Pseudowohneinheit, die auf meinem Namen lief. Ich hatte dort nichts, was ich brauchte, packte trotzdem ein paar Dinge in eine Tasche, während die Fahrerin mich im Auge behielt. Ich würde also mit Kleidung, die mir nicht passte und Büchern, die ich bereits gelesen hatte, zurückfahren. Zwar hatte Dr. Baum gesagt, dass ich jederzeit wieder hingefahren werden könnte, aber ich musste erst Kontakt zu Amrae herstellen, damit sie nützliche Dinge hinbringen könnte, bevor ich erneut hinfahren würde. In "meiner

Wohneinheit" hinterließ ich eine Nachricht, in Form eines Anagramms, auf der Toilette, in der ich mit wenigen Worten beschrieb, dass ich nicht erreichbar war, aber bei Gelegenheit verschlüsselte Botschaften außerhalb des Gebäudes - vielleicht in der Stadt - verschicken würde, sobald ich mehr wüsste. Wünscht mir Glück - wollte ich schreiben, ließ es aber. Sie sollten glauben, ich wüsste, was ich tat und dass ich es gerne und ohne Zweifel und Angst tat. Es gab sowieso kein Zurück mehr.

Es stellte sich heraus, dass ich hauptsächlich für Dr. Baum im Zentrum sein würde. Ich würde sie begleiten, mit ihr reisen, für sie sprechen, ihre Post verwalten, dokumentieren, übersetzen, auf sie und ihre Dokumente aufpassen und sogar Wasser oder Kaffee holen, wenn sie mit den Fingern schnipste. Sie nannte es einen "Extra-Klasse-Schatten", um mich nicht Sekretärin zu nennen. Wenn ich nicht studiert hätte, um während Konferenzen zu dolmetschen, wäre es für mich bestimmt ein toller Job gewesen. Jetzt aber müsste ich einfach immer wieder an die Gruppe zu denken.

Nach nur wenigen Wochen wurde meine Arbeit überraschenderweise doch abwechslungsreicher.

Zur Einarbeitung bedurfte es aber nicht viel. Unterfordert zu arbeiten ist leicht. Um alles zu verstehen und richtig zu machen, damit ich nicht direkt gekündigt würde, bedeutete schon am ersten Tag mit Überstunden zurechtzukommen, die nicht als unnormal auffielen. Ich saß bis in die Nacht mit Dr. Baum in ihrem Büro, ließ meine nonverbale, elitäre Körperhaltung loben und plante mit ihr eine Reise in die USA. Dort wollte sie sich ein Bild eines Forschungszentrums machen, welches auf Genforschung bei Pflanzen spezialisiert war und langsam in die Sparte der künstlichen Erschaffung männlicher Föten durch genetisch manipulierte Medikamente rutschte. US-Forscher hatten vor über einem Jahrhundert an dem Institut herausgefunden, dass unter anderem bestimmte Amphibien und Fische nicht mehr durch natürliche Anpassung männlich oder weiblich wurden. Der Grund dafür sei unser Abwasser, das von Hormonen, wie der Verhütungspille, regelrecht verseucht wurde. Fern von natürlicher Selektion gab es also langsam in der Tierwelt auch keine Männchen mehr. In der Forschung, was das Klonen von Embryonen anging, waren US-amerikanische Forscher jedoch viel weiter als die Deutschen. Letztere verboten nämlich nicht nur die Erzeugung von Embryonen für Forschungszwecke, sondern auch das Spenden von Eizellen bis 2020. Am Anfang dieser Art von Forschung waren Spendereizellen aber unabdingbar. Das auf Pflanzen konzentrierte Forschungszentrum hatte einen ähnlichen Werdegang wie das Zentrum "Dr. Sergejev & Dr. Baum". Sie waren beide auf einem ähnlichen Stand und wollten über eine mögliche Zusammenarbeit reden.

Leider konnten wir letzten Endes nicht fliegen, weil uns wenige Wochen nach meinem Einzug in das Zentrum die Nachricht erreichte, es sei eine Schwangerschaft mit männlichem Fötus gemeldet worden. Die werdende Mutter des "Wunderjungen" kam einen Tag nach unserer geplanten Abreise Richtung Amerika ins Forschungszentrum nach Berlin. Ich erhielt die Aufgabe, sie zu betreuen. Dr. Baum fand dieses Ereignis weitaus wichtiger, als im US-amerikanischen Forschungszentrum Partnerschaften zu schließen. Was das für mich und die Gruppe bedeutete, wurde mir lange danach erst bewusst. Noch bevor ich die Mutter des Wunderjungen kennenlernte, verfluchte ich sie für meine verschenkte Chance, nach Amerika zu reisen. Außerdem stellte sie sich als Nervenprüfung für mich heraus. Sie zwang mich, geduldig zu werden. Sie war ganz und gar nicht wie Raquel.

Sie war selbst dermaßen aufgelöst, ohne Informationen in das Forschungszentrum geschickt worden zu sein, dass es mir schwerfiel, überhaupt etwas über das Haus zu erklären. Sie stellte verständlicherweise viele Fragen, auf die ich leider keine Antworten hatte. Sie tat mir sofort leid, aber sie war nicht meine primäre Aufgabe, wenn ich an die Gruppe dachte. Nach unserer ersten Begegnung war es für mich jedoch schwer, mich ohne sie durch das Zentrum zu bewegen und auch die Versuche, ihr bewusst aus dem Weg zu gehen, waren vergeblich. Sie war an diesem Ort mein Job. Neben der Sekretärinnenarbeit, das "Schatten-Spezial", wie Dr. Baum es nannte, sollte ich für die Mutter und später auch für das Kind - Karla und Piet Raingot - jederzeit abrufbar sein. Also kamen unzählige Gespräche, gemeinsame Spaziergänge und Mahlzeiten zu meiner täglichen Arbeit hinzu. Die junge Frau sehnte sich nach Gesellschaft. Nach Freundschaft. Und ich musste mir eingestehen, dass auch ich mich mit ihr weniger einsam fühlte.

Ihre Anwesenheit machte es mir dennoch deutlich schwerer, mehr über das Zentrum herauszufinden. Die Überstunden raubten mir Kraft und ich nutzte jede freie Minute, um Schlaf oder Ruhe zu finden. Während der ersten Wochen im Zentrum schaffte ich es lediglich einmal, mir die Gänge und Räume genauer anzusehen. Ich konnte jedoch nichts Außergewöhnliches finden. Die Labore waren für mich eher rätselhaft und harmlos. Aktenschränke waren unverschlossen und es gab keine Türen, die ich nicht öffnen durfte. Ich nahm zudem kurz nach meiner Ankunft die Chance in Anspruch, zu meiner Pseudowohneinheit zu fahren, in der Hoffnung etwas von der Gruppe vorzufinden.

Tatsächlich lag eine Tasche auf meinem Bett, die eine Brille beinhaltete, mit der ich Dinge aufnehmen könnte, die exakt so aussah, wie meine Bisherige. Zudem fand ich eines dieser alten, großen Mobiltelefone, mit denen noch Nachrichten auf das graue Display geschrieben wurden, indem man mehrmals auf eine Taste drückte, um den gewünschten Buchstaben zu erreichen - und ein Buch. Ich wusste, dass das fünfte Kapitel von Amrae selbst geschrieben wurde. Wir hatten vor langer Zeit darüber geredet, dass ein Buch selbst zu verlegen eine Möglichkeit wäre, miteinander zu kommunizieren, ohne aufzufallen. Ich überflog die Seiten und wusste, dass es um die Dinge ging, die in der Tasche waren und um die Nobelpreisverleihung. Auch eine kurze Anleitung zur Verwendung der Kamera in der Lesebrille war dabei. Außerdem befanden sich Materialien in der Tasche, mit denen ich eine Senfgasbombe bauen und platzieren sollte. Und all das nur wenige Tage nach der Ankunft der Frau, die den "Wunderjungen" in sich trug. Von unserer Gruppe war es sicherlich ein cleverer Schachzug, dachte ich. Es setzte mich jedoch sehr unter Druck. Ich kannte das Gebäude kaum, ich wusste nicht genau, wann ich Menschen direkt gefährden würde und ich hatte noch nie eine Bombe komplett alleine gebaut.

Dennoch glücklich darüber, eine Aufgabe zu haben, die ich für sinnvoller hielt, als eine schwangere Frau zu betreuen, fertigte ich, zurück im Zentrum, die Bombe in den paar Minuten Freizeit an, die mir an manchen Tagen blieben. Niemand ahnte mein Vorhaben anhand der Einzelteile, die im Eingang des Zentrums kontrolliert wurden. Es durchsuchte auch niemand mein Apartment stichprobenartig, obwohl ich jede Spur der Bombe immer sorgfältig versteckte, wenn ich meine Arbeit aufnahm.

Ich beobachtete, dass sich weniger Menschen im Eingangsbereich in den Morgenstunden aufhielten. Also nahm ich mir vor, die Bombe dort frühmorgens zu platzieren. Ich musste die Kameras und das Wachpersonal im Auge behalten, die mich schlussendlich dazu zwangen, meinen Plan zu ändern. Ich installierte die Senfgasbombe spontan unter Karla Raingots Badezimmer in einem der Untersuchungsräume. Ich wusste, welche Ecke von keiner Kamera erreicht wurde und ließ die Bombe dort. An ihrer Stelle füllte mein Beutel ein leerer Schuhkarton, als ich den Raum verließ. Ich entschied zu warten, bis Hochbetrieb herrschte. Die Gänge und Untersuchungsräume sollten sich vor Fluktuation nicht halten können. Damit niemand sich fragen könnte, warum ich mich auch dort aufhielt, wählte ich die Schicht von Dr. Kleina, der hauseigenen Gynäkologin, mit der ich seit Karla Raingots Ankunft ohnehin viel zu tun hatte. Erst zur Mittagszeit, als alle wie gewohnt die Untersuchungsräume verließen, ließ ich die Bombe hochgehen.

Niemand wurde verletzt aber Dr. Baum wurde wie geplant bis in die Knochen eingeschüchtert und die Schwangere, Frau Raingot, stand kurz vor einem Nervenzusammenbruch. Mehr Wachpersonal und geschlossene Türen waren das Ergebnis der Explosion. Ich fand sogar kurz darauf die ein oder andere Kündigung einiger Forscher in meinem Postfach. Ich war zufrieden. Niemand verdächtigte mich. Die Nobelpreisverleihung würde trotz erhöhter Sicherheitsvorkehrungen ein Kinderspiel werden. Wie konnte es nur so leicht sein, derart viele Sicherheitslücken im Zentrum zu finden? Vielleicht waren wir doch nicht so unprofessionell, wie es mir vorkam. Oder ich hatte einen arschvoll Glück.

Die von der Explosion betroffenen Untersuchungsräume wurden für eine Kernsanierung geschlossen. Einige verdächtige Mitarbeiter, die meiner Meinung nach völlig willkürlich ausgewählt wurden, wurden öffentlich verurteilt, um den Medien ihr Futter zu reichen. Ein schlechtes Gewissen schlich sich jedoch nicht in meine Knochen. Früher oder später würden sie es der Gruppe und mir danken, nicht mehr für diese scheußlichen Professoren zu arbeiten. Mein persönliches Problem an der Sache war, dass ich nicht wollte, dass die Gruppe mit Gewalt in Verbindung gebracht werden sollte. Wenn wir Pech hatten, würde niemand sehen, dass die Explosion beabsichtigt keine Verletzten hinterließ.

Die Kür war, meiner Meinung nach, dass ein neues Verriegelungssystem mit Zifferncodes für die unbedeutendsten Türen eingerichtet wurde und dass ich die Erste war, die von Maren Baum die Codes bekam.

In den darauffolgenden Tagen konzentrierte ich mich darauf, Skizzen anzufertigen. Außerdem drehte ich Videoaufnahmen mit der von Peter entwickelten Brille, die ich gegen meine ausgetauscht hatte, nachdem das harmlose Modell von der Security für "sauber" befunden wurde. Doch es war frustrierend, nichts aufnehmen zu können, das unnormal schien. Ich wollte nicht glauben, dass das, was ich sah, bereits alles war. Es musste noch weitere Räume geben, die mir verborgen waren, wie in jedem guten Kriminalroman. Dr. Sergejev und Dr. Baum würden mir längst nicht alles gezeigt haben. Schon gar nichts, das meine Arbeit ohnehin nicht betraf. Ich war keine Forscherin. Ich musste abwarten.

Doch das Leben im Zentrum ödete mich schnell an und ich hatte Heimweh. Ich fühlte mich wie ein kleines Mädchen, das zum ersten Mal woanders als zu Hause übernachtete. Aber ich durfte nicht nachgeben, musste meine Arbeit verlässlich erledigen und weiterhin das Vertrauensfeuer stärken. Die Zeit mit Karla Raingot war minimal ablenkend, aber auch weiterhin ein großer Zeitfresser. Ein Zeitfresser, den ich gerne zuließ, wie jeder Mensch diese zulässt.

Das Buch, welches ebenfalls in der Tasche war, die ich in meiner Wohneinheit gefunden hatte, schnürte mir nach der ersten Seite die Kehle zu. Ich hatte es während der Aufregung des Bombenbaus vergessen und erst wenige Tage nach der Explosion in meiner Tasche gefunden, als ich vor Langeweile begann aufzuräumen. Amrae hatte eine Widmung für mich hineingeschrieben. Mit ihrer Art, mich bei Laune zu halten, traf sie den Nagel auf den Kopf: "Jede Gesellschaft bekommt die Revolution, die sie verdient", glaubte schon Michail Bakunin. Im fünften Kapitel las ich die Gebrauchsanleitung der Brille und ironisch formuliert auch die des Mobiltelefons. Zur Nobelpreisverleihung konnte sie zwar noch nichts Sicheres sagen, es stand aber fest, dass es gewaltlos eine kleine Revolution geben sollte, die im besten Fall selbst die Übertragung des Ganzen nicht direkt unterbrechen würde. Sie bat mich, so lange wie möglich weitere Sicherheitsvorkehrungen zu unterdrücken und Dr. Baum insoweit zu beruhigen, dass sie sich sicher fühlte, bis zum Schluss. Außerdem hoffte sie, mich kurz sehen zu können, einfach um das Familiengefühl wieder aufleben zu lassen. In den weiteren Zeilen beschrieb Amrae, wie die Zeit ohne mich bisher war, als wäre sie Teil des Romans. Raquel tat nichts anderes, als zu arbeiten und Leute für die Aktivistengruppe zu rekrutieren. Peter sei sehr still geworden und ein Umzug stünde wieder bevor. Sie hatten einen Brief bekommen, in dem verschlüsselte Dinge standen, die sie noch nicht enträtseln konnten. Am liebsten hätte sie mir den Brief auch zukommen lassen, was aber doch zu gefährlich wäre. Außerdem wollte sie, dass ich das Buch verbrannte, auch wenn es mich schmerzen würde, ein Buch zu verbrennen.

Während ich die Nachricht las, erschien eine Postanfrage mit einer weiteren Nachricht direkt vor meinen Augen. Ich stimmte der Anfrage zu und sah das, was bestätigte, was ich längst wusste. Ich sah eine Blaupause des Genforschungszentrums vor mir, auf der ein zweites Untergeschoss eingezeichnet war, von dem ich bisher nichts wusste. Noch benommen von der Bestätigung, dass es etwas Geheimes gab, versuchte ich mir innerhalb der wenigen Sekunden, die mir vermutlich blieben, bis sich die Nachricht selbst zerstörte, die Aufteilung der Räume, sowie Ein- und Ausgänge zu merken. Lautlos verschwand die Blaupause wieder, wie ich es von Peter, unserem High-Tech-Freak, erwartet hatte. Ich griff rasch nach Zettel und Stift und zeichnete alles so haarklein wie möglich nach. Während ich zeichnete, erschien bereits eine weitere Postanfrage, die ich ebenfalls zuließ. Ich erhielt das, was ich für einen Zahlencode hielt und eine Art Warnung.

"In 30 von 31 Fällen passieren Unfälle, was immer du also tust, tue es nicht vor Feierabend und begrenze deine Recherche auf 30 Minuten."

Auch diese Worte verschwanden schnell, so schnell, wie sie kamen. Da die Nachrichten mit dem Erhalt der Tasche in mein Postfach geflattert sind, ging ich davon aus, dass Peter es geschafft hatte, das Kommunikationssystem des Zentrums zu hacken, um mir die Informationen zukommen zu lassen. Verblüfft und stolz auf die Gruppe, fiel es mir dennoch schwer, alles zu verstehen. Sie würden mir nur verschlüsselte Nachrichten schicken, die ich verstehen musste. Vielleicht lag eine Art Morsezeichen in den Worten. Ich sagte mir den Code und den anschließenden Satz innerlich immer wieder selbst auf. Doch ich fand keine für mich verständliche Botschaft. Ich versuchte direkt mit dem alten Mobiltelefon die Gruppe zu erreichen, doch ich scheiterte. "Ihr aktuelles Gesprächsguthaben reicht nicht aus." Zum ersten Mal in meinem Leben hörte ich eine Bandaufnahme, die schlagartig Zorn in mir bündelte. Wie sollte ich auch mit einem Telefon telefonieren, für das es nicht einmal mehr abschließbare Verträge gab? Mich wunderte, warum es überhaupt noch diese Ansage gab, wenn es heutzutage kein Netz mehr geben dürfte. Peter hatte beiläufig erzählt, dass er eines der alten Mobilfunknetze für wenig Geld aufgekauft hatte, als sich die Kommunikationstechnologie um 2150 über Nacht revolutionierte. Ich wartete also auf einen Anruf, ohne zu wissen, wie lange und ob es überhaupt funktionierte. Nach zwanzig Minuten des Auf- und Abgehens in meinem viel zu großen Apartment beschloss ich, nicht zu länger warten. Ich ging zu David, dem einzigen Mann im Sicherheitsteam des Zentrums. Der Mann, dem ich nach Einstudieren seiner Akte zutraute, ein Herz zu besitzen. Der Einzige, der zuvor nur von Gelegenheitsjobs lebte und sich für Überstunden zu schade war. Ich war fest entschlossen, ihm eine Unterhaltung aufzudrängen, ihm meine Freundschaft aufzubinden und die ein oder andere Frage zu stellen, um ihn für mich zu gewinnen. Um einen Plan zu haben, ein Ziel zu verfolgen, nicht zu verzweifeln.

Wie erwartet, saß er hinter den Monitoren an der Rezeption des Erdgeschosses. Sein Gesicht leuchtete bläulich, von den Bildschirmen erhellt, im abgedunkelten Saal. Er zuckte zusammen, als er mich sah. "Müssen Sie sich immer so anschleichen?" Er redete, als habe ich ihn dabei ertappt, nicht zu arbeiten. Bei dem Job munter zu bleiben, würde wohl jedem schwerfallen.

"Ich wollte Sie nicht erschrecken", lächelte ich, während ich mich auf den Tresen zwischen uns lehnte. "Wieso siezen wir uns eigentlich noch?"

"Ich bin David." Seine geraden, weißen Zähne guckten aus dem blonden Dreitagebart, der nicht zu seinen pechschwarzen, kurzen und dennoch strubbeligen Haaren passte.

"Anna", lächelte ich pausenlos. Still sahen wir uns an, ich wusste, dass er sich sofort meiner gesamten Aufmerksamkeit sicher war und dass er sie genoss: "Wie ist es, stundenlang auf Bildschirme zu schauen?"

Er seufzte: "Es ist mein Job, mehr fällt mir dazu nicht ein." Sehr genügsam, der Mann. "Wieso bist du wach?"

"Ich kann nicht schlafen ...", log ich: "Ich dachte, ich finde bei dir etwas Gesellschaft. Außer du darfst während der Arbeit nicht reden."

"Wir leben hier. Wir arbeiten und leben gleichzeitig. Wenn ich nicht reden darf, werde ich wahnsinnig. So ein Verbot würde meine Kündigung bedeuten." Seine Augen lächelten mich wieder an, wie Kinder einen anlächeln, wenn sie nach dem Abendessen spielen gehen dürfen.

"Was genau machst du eigentlich hier?" Auf die Frage wartete ich bereits.

"Ich bin Dr. Baums Mädchen für alles." Er sah mich skeptisch an, aber ich lachte: "Ich spreche für sie, reise mit ihr, verwalte ihre Forschungsergebnisse, plane ihre Termine, koche ihren Kaffee."

"Ein Vierundzwanzigstunden-Job, sage ich doch."

"Ja."

Wir wurden wieder still. Es war schwirig für mich so zu tun, als wären wir auf einer Wellenlänge. Ich überlegte, wie ich meine Fragen formulieren könnte, ohne dass er misstrauisch würde. Wahrscheinlich war ihm ohnehin egal, was ich wusste, weil er dachte, ich wüsste sicherlich alles. Darum löste sich wahrscheinlich mein Problem von alleine.

"Dr. Sergejev schläft auch sehr wenig", sagte David.

"Geistert er hier etwa nachts herum, der Workaholic?" Ich machte mich über meinen Chef vor seinem Sicherheitsmenschen lustig. Und David lachte.

"Ja, er ist meistens im Archiv, wie auch vorhin." Mit seinen Worten wurde ich neugieriger. Ich dachte darüber nach, wie ich ins Archiv kommen könnte, ohne dass David sich fragte, was ich nach dem Gespräch dort suchte.

"Da wollte ich auch noch hin." Ich hatte keine Ahnung, wo das Archiv war oder was es da gab, was ich mir hätte ansehen können, aber ich hatte die Blaupause in meinem Apartment versteckt.

"Scheint ein echt wichtiger Raum zu sein, so viel Zeit, wie die Profs da verbringen." Beide? Ich bräuchte wohl mehr Zeit alleine im Archiv, unbeobachtet. Wenn es dort einen Tisch gab, könnte ich so tun, als würde ich recherchieren. Aber was, wenn er es Sergejev oder Maren erzählte? Ich hoffte auf die Gleichgültigkeit, die er ausstrahlte.

"Willst du einen Kaffee? Ich hole mir einen, bevor ich mich auf den Weg ins Archiv mache."

"Nein danke, ich kriege immer Magenkrämpfe davon. Aber du solltest auch keine Getränke mit ins Archiv nehmen. Ich könnte dennoch ein Auge zudrücken." Wieder blitzten seine Zähne. Er würde ein Auge zudrücken, dann würde er niemanden erzählen, dass ich dort war. Wie selbstverständlich verschwanden die Hürden vor meinen Augen.

Es war bereits drei Uhr, ich hatte also nicht mehr viel Zeit. Schnell verinnerlichte ich die Blaupause im zweiten Stock erneut und ging dann zum Fahrstuhl, um in das erste Untergeschoss zu fahren, wo das Archiv hinter dem Konferenzsaal sein müsste. Mir fiel auf dem Weg ein, dass ich keinen Kaffee bei mir hatte, verließ mich aber darauf, dass David denken würde, dass ich seine Warnung ernstgenommen hatte.

Am Ende des Flurs, hinter dem Konferenzsaal, befand sich tatsächlich eine weitere Tür, die ich bei meinem ersten und bisher einzigen Aufenthalt in dem Raum als Abstellkammer wahrgenommen hatte. Ich vermutete Elektronik und weitere Design-Konferenzstühle darin, aber kein Archiv. Die Tür öffnete sich natürlich nicht mühelos, aber sie summte, als ich davor stand, also drückte ich sie auf. Ich vermutete, dass David glaubte, ich hatte den Schlüssel vergessen. Ich hätte mir selbst auf die Schulter klopfen können, weil ich mit ihm geredet hatte.

Links und rechts stapelten sich Aktenordner in den Regalen entlang des schmalen, länglichen Raums. Die Regale waren nicht beschriftet, nur auf den Ordnern standen Buchstaben und Nummern. Entmutigt bezweifelte ich, in den nächsten zwei Stunden vorwärtszukommen. Dennoch zog ich den ersten Aktenordner aus dem Regal. Tagebucheinträge über den Forschungsfortschritt waren sorgfältig datiert und auch Forschungsergebnisse über Gentechnik im 20. Jahrhundert Waren im Ordner abgeheftet. Ich fragte mich, warum sich jemand die Mühe gemacht hatte, das alles handschriftlich zu dokumentieren. Sogar handgezeichnete Skizzen fand ich. Ich vermutete, dass Dr. Baum und Dr. Sergejev ihre Forschung geheim halten wollten. Entweder wollten sie sich den Ruhm ihrer Fortschritte nicht nehmen lassen, waren sich ihrer Ergebnisse unsicher oder sie wussten, dass sie etwas durch und durch moralisch Verwerfliches oder gar Verbotenes taten. Zufrieden mit meiner Spur, zog ich einen Ordner nach dem anderen aus den Regalen und durchsuchte sie nach Indizien eines Verbrechens. Nach einer Weile war es mir auch egal, was David denken würde und ich hörte auf, ab und an in die einzige Kamera des Raumes zu lächeln. Er muss gedacht haben, ich wäre vertieft oder müde. Das war ich auch.

Ich fand nur Aufzeichnungen und Bücher über Gentechnik, die ich nicht als verdächtig empfand. Langsam fing ich an zu glauben, dass Dr. Sergejev nur so viel Zeit im Archiv verbrachte, weil er den Fortschritt seiner eigenen Forschung für sich selbst festhalten oder bestimmte Schritte nachvollziehen wollte. Doch dann fand ich etwas, das mich zwar nicht weiter brachte, aber durchaus interessant zu lesen war. Ein Tagebucheintrag vom 1. Oktober 2177, von Maren Baum geschrieben, lange bevor sie ihren Doktortitel erhalten hatte.

"André hat nachgelassen. Eves Zustand verschlechtert sich täglich und ich habe ihn seit Tagen nicht mehr im Labor gesehen. Ich selbst verbringe nicht mehr so viel Zeit mit seiner Familie, weil unsere Versuche zu fruchten beginnen. Ich teste unser Serum ohne sein Einverständnis am Versuchsobjekt 34. Das Ergebnis wird zu 96% ebenso fruchten, was a-Gal als Epitop, welches Menschen zu Vegetariern werden lässt, zum Hauptverdächtigen macht. Wenn auch in diesem Fall die natürliche Reaktion des Körpers die ist, dass Rindfleisch abgelehnt wird, injiziere ich anti-a-Gal. Im Falle eines Rückgangs der Antikörper, die den Körper bei von Fleischkonsum angreifen, haben wir den Durchbruch erreicht und André wird sich wieder auf die Forschung konzentrieren, dessen bin ich mir sicher."

Das Leben im Zentrum machte mich zum Zeugen eines schrägen Konflikts zwischen den zwei berühmtesten Forschern unserer Zeit. Warum hatte Dr. Baum so etwas aufbewahrt? Wusste sie, dass sich diese Gedanken zwischen den ganzen anderen in diesem Raum, für Dr. Sergejev greifbar, befanden? War ihr überhaupt bewusst, wie durchgedreht und psychopathisch ihre Ansicht von vor sieben Jahren war? Ich bezweifelte es. Ich bezweifelte, dass Dr. Maren Baum echte Gefühle haben konnte. Wieder war meine Überzeugung auf Seiten der Aktivisten. Ich dachte an Dr. Sergejev und daran, wie merkwürdig und kalt er mir bisher vorkam. Er tat mir leid. Ich überlegte, ob er davon wusste und wie er damit zurechtkam. War er womöglich ebenso gefühlskalt geworden? Ich war überwältigt und darum noch viel neugieriger geworden, auch wenn mich immer mehr Fakten von meinem eigentlichen Ziel entfernten. Das ging mich obendrein alles rein gar nichts an. Etwas, das die Arbeit der

Professoren anklagbar machte, hatte ich nicht gefunden. Die Erkenntnis entmutigte mich und ich sank im einzigen Sessel des Raumes zusammen.

Als ich auf meine Uhr schaute, war es bereits wenige Minuten vor sechs. Meine Arbeit mit Maren würde gleich beginnen und ich hatte mein Outfit nicht gewechselt, nicht geduscht, geschweige denn die Arbeit, die sich auf dem Schreibtisch stapelte, wie versprochen erledigt. Adrenalingetrieben sprang ich auf, lief in mein Apartment, zog mich um und stand um Punkt sechs in Dr. Baums Büro. Sie war noch nicht da.

Ich atmete tief ein. Der Gedanke, nichts weiter gegen das Zentrum in der Hand zu haben und auch keinen Hinweis darauf, was der Code in der Nachricht vom Vorabend bedeutete, entmutigte mich. Frustriert und übermüdet holte ich Maren und mir Kaffee und setzte mich an den Aktenberg.

Kapitel 11

"In 30 von 31 Fällen passieren Unfälle, was immer du also tust, tue es nicht vor Feierabend und begrenze deine Recherche auf 30 Minuten."
Wieso überhaupt Feierabend? Hier hatte niemand so richtig Feierabend. Es gab keinen Feierabend im klassischen Sinne. Wer hatte denn hier Feierabend? Gab es Schichtpläne aller Mitarbeiter im Zentrum? Wieso hatte ich keinen freien Zugriff auf alles? Dr. Baum misstraute jedem. Zu Recht. Wer weiß, was sie über mich wusste. Warum hatte sie mich denn eingestellt, wenn sie mir nicht traute? Völlig erschöpft schlief ich ein und bekam nicht mit, wie Dr. Baum den Raum betrat. Sie tippte auf meine Schulter. Ich sprang auf und stieß sie versehentlich zurück. Erschrocken blickten wir uns an.
"Sie arbeiten zu viel", sagte sie: "Gehen Sie sich bitte ausruhen und halten Sie sich an regelmäßige Arbeitszeiten. Ich brauche Sie hier schließlich noch eine Weile. Und zwar bei vollster Konzentration." Sie sah mich etwas erbost an, als hätte ich wissen müssen, dass Ruhepausen wichtig sind, um gute Arbeit abzuliefern. Natürlich wusste ich es. Die Arbeit war mir ohnehin nicht wichtig, ich brauchte keinen Grund damit aufzuhören. Außerdem entging auch ihr die Ironie nicht. Sie arbeitete selber unmenschlich viel.
Erleichtert ging ich in mein Apartment und fiel ins Bett. Mit der Stille und der Zeit, die ich dann hatte, kamen die Zeilen in meinen Sinn, die ich vor wenigen Stunden im Archiv gelesen hatte. Immer wieder musste ich feststellen, dass ich nichts herausgefunden hatte, das mich weitergebracht hätte. Mich belastete die Information aus dem Tagebuch aber dermaßen, dass ich trotz erdrückender Müdigkeit nicht einschlief. Gerne hätte ich mit Dr. Sergejev geredet. Ich vermutete, dass er einer der wenigen liebenswerten Genforscher hier war, alleine, weil er ein Herz hatte. Das Gefühl hatte ich jedenfalls. Aber weder er noch sonst jemand in diesem Zentrum würde meine Gedanken zu hören bekommen. Zu hoch war die Gefahr, doch an falsche Ohren zu geraten und das Projekt zu gefährden. Vor allem noch vor der Nobelpreisverleihung

in wenigen Monaten. Während ich die Decke anstarrte, klingelte das mobile Tastentelefon. Erschrocken vom schrillen Ton, lief ich zum Gerät, um es leise zu stellen, bevor ich noch ungewollte Aufmerksamkeit auf mich zog. Nach einem Klick auf die grüne Taste hörte ich Amraes Stimme in meinem Ohr.

"Ist die Leitung sicher? Können wir offen sprechen?", fragte ich.

"Ja."

Erleichtert atmete ich auf. Nachdem wir uns erzählten, wie sehr wir uns vermissten und wie gut es tat, die Stimme der anderen zu hören, sagte ich ihr, dass ich die Blaupause und den Code bekommen hatte, und wollte wissen, was das Rätsel bedeutete.

"Eine Blaupause des Gebäudes? Das ist ja großartig, aber du hattest doch bereits eine von uns. Wer hat dir denn die Neue gegeben? Und was für einen Code meinst du?" Ihre Stimme verriet Euphorie. Sie wusste nichts von der Blaupause.

"Ich dachte, ihr habt mir die Pläne geschickt, weil ihr herausgefunden habt, dass es ein zweites Untergeschoss gibt."

"Ein zweites Untergeschoss? Und warst du bereits da? Werden da die Föten aufbewahrt?"

"Amrae", ihre Unwissenheit verblüffte mich, "irgendjemand hat mir die Blaupause zukommen lassen. War es Peter? Wieso weißt du davon nichts?"

"Wir rätseln hier jeden Tag, wie wir dir helfen können. Aber zurzeit dreht sich alles um die Preisverleihung. Wenn hier jemand von einem zweiten Untergeschoss erfahren hätte, wüsste auch ich es." Sie klang ernst. Ihre Unwissenheit war also ehrlich. Sie hatte ohnehin keinen Grund, mich anzulügen.

"Ich verstehe."

"Wer war es dann?"

"Ich weiß es nicht." Wir schwiegen. "Da ist noch etwas." Ich erzählte ihr von dem Rätsel. "Kannst du etwas damit anfangen? Ich weiß nicht, was es bedeutet, etwas nicht vor Feierabend zu tun. Wirklich nicht."

"Ich auch nicht", sagte sie. "Aber ich werde es hier ansprechen und mich melden, wenn jemand einen Vorschlag hat."

Ich erzählte ihr auch, was ich in der Nacht gelesen hatte und wie frustrierend es war, wieder nichts gegen die Forscher in der Hand zu haben. "Ich weiß nicht, wie ich in das zweite Untergeschoss komme und das bescheuerte Archiv hilft auch in keinster Weise." Ich seufzte: "Scheinbar ist hier alles korrekt und keineswegs negativ auffällig."

"Du sagtest, dass Maren bei den Versuchsobjekten herausfand, dass a-Gal besiegt werden konnte. Wie kam sie an die Versuchsobjekte? Waren es Freiwillige? Oder durfte Dr. Sergejev bereits über kranke Patienten verfügen, obwohl er damals ein frisch gekürter Professor war?"

Sie hatte recht. Ich kannte mich nicht sehr gut aus, aber Versuchsobjekte gab es nur in etablierten Forschungseinrichtungen, in der harmlose Medikamente an Menschen getestet wurden. Zumindest offiziell. Wenn Dr. Sergejev also keine Genehmigung hatte, bei Menschen Versuche vorzunehmen, hat er es mit Tieren versuchen müssen. Schließlich fing seine Forschung mit Tieren an. Aber dann hätte Maren nicht so freudig ihre Ergebnisse festgehalten.

"Kannst du erneut in das Archiv gehen und die Dokumente fotografieren, damit wir hier auch nochmal recherchieren können, ob es bereits Menschenversuche zu der Zeit gab?" Sie meinte es genauso, wie sie es sagte: Ich sollte wieder in das Archiv spazieren und die Dokumente fotografieren, ohne dass ein Wachmann mich merkwürdig fand. Ich würde herausfinden müssen, wann David seine nächste Nachtschicht hatte.

Wir verabschiedeten uns und ich grübelte müde weiter, bevor ich doch für wenige Stunden tief schlief.

Gegen Mittag wachte ich auf, aß etwas und ging in Dr. Baums Büro. Wortlos nickte sie mir zu. Wir arbeiteten still nebeneinander. Nach zwei Stunden holte sie sogar Kaffee, stellte ihn vor mich hin und lächelte. Ich fragte mich, wie jemand, der so einen netten Eindruck machte, kein Herz haben konnte. Mir kam auch in den Sinn, wie Karla mit ihr redete und wie ängstlich sie sie ansah. Ich wollte keine Details über die Leben dieser Menschen wissen, sowas hielt mich nur auf und ich musste der Versuchung widerstehen, meinen persönlichen Wissensdurst zu stillen. Wenn ich Karla gefragt hätte, was da zwischen ihnen war, würde sie es vielleicht auch Maren erzählen. Wenn es eine zu persönliche Geschichte war, könnte ich mir eine stillschweigende Kündigung sogar sehr gut vorstellen. Wer brauchte schon jemanden, der immerzu müde und auch noch neugierig die Arbeit gefährdete? Und wie könnte ich herausfinden, wann David wieder arbeitete? Ich nahm mir vor, am Abend zu schauen, wer Schicht hatte und die Person dann zu fragen, wann David wieder arbeitete.

In der Empfangshalle saß abends eine Frau, die ich vorher noch nicht gesehen oder wahrgenommen hatte. Ich fragte sie, wann denn der Herr vom Vorabend wieder da sei. Sie antwortete, nachdem sie mich von oben bis unten musterte, dass er bereits seit dem Schichtwechsel um 17 Uhr heute die Kellerüberwachung übernommen hatte. Mit diesen Worten weiteten sich meine Pupillen. Natürlich gab es Feierabende. Die Sicherheitsbeamtinnen und David hatten feste Schichtzeiten. Ob genau das des Rätsels Lösung war, wusste ich nicht, aber es war die heißeste Spur, die ich seither hier von jemandem bekommen hatte. Wer auch immer mir die Blaupause und das Rätsel gegeben hatte, wusste, dass ich zwischen 17:00 und 17:30 Uhr nicht beobachtet werden würde. Voller Glücksgefühle wusste ich sofort, was ich tun müsste. Für den heutigen Tag war es jedoch bereits zu spät.

In meinem Zimmer überlegte ich, ob es nicht besser wäre, wenn sogar David der Wachmann wäre, der die 17-Uhr-Schicht hatte, wenn ich mir den Keller ansah, um Schadensbegrenzung zu betreiben. Aber wie sollte ich herausbekommen, wann er wieder dort wäre, ohne einen Dienstplan zu sehen und wissend, dass die Sicherheitsbeamten öfter die Positionen und Schichten tauschten? Ich fühlte mich erneut ratlos. Ich fühlte mich wie in einem Rätselspiel, das nach jedem Erfolgserlebnis ein größeres Rätsel aufwirft. Ich wartete wieder völlig übermüdet in der Empfangshalle mit einem Buch in der Hand auf David und tat, als würde ich lesen. Alle wohnten im Zentrum und er würde nach seiner Schicht direkt auf sein Zimmer wollen, also war die Warterei absurd und zudem anstrengend. Einsichtig ging ich selbst wieder in mein Apartment. Genau genommen wäre es nicht so tragisch, wenn jemand anderes die Schicht hatte, wenn ich das zweite Untergeschoss besuchte. Ich redete mir ein, dass mich ohnehin niemand erwischen würde und selbst wenn, würde ich behaupten mich verlaufen zu haben. Der Haken an der Ausrede war nur, dass ich es kein zweites Mal drauf ankommen lassen könnte. Also wäre die Anwesenheit Davids doch sinnvoller. Ein Teufelskreis!, dachte ich. Ich brauchte Geduld. Ich zwang mich aufzuhören zu glauben, ich hätte keine Zeit. Ich würde warten müssen, bis ich David wieder in der Empfangshalle erwischte, um mit den richtigen Fragen und etwas Glück zu erfahren, wann er die 17-Uhr-Kellerschicht hatte. In der Zwischenzeit musste ich versuchen zu schlafen, den Arbeitshaufen abzuarbeiten und etwas mehr Zeit mit Karla zu verbringen. Denn sie war immer noch mein Hauptjob. Zumindest hatte mir Dr. Baum keine Erlaubnis erteilt, neben dem Stapel an Arbeit, den sie wachsen ließ, weniger Zeit mit Karla zu verbringen.

Wie gerufen kam sie mir im Flur der Schlafräume entgegen. Ihr Blick fiel auf das Buch in meiner Hand. Ohne zu ahnen, dass ich es als Alibi nutzte, lächelte sie. "Du liest es ja doch!" Da ich es bereits dabei hatte, als ich sie im Kinderzimmer wiedersah, konnte ich sie nicht anlügen.

Ich schämte mich. Sie hatte mir das alte Buch geliehen, weil mich die Bibliothek in ihrer Wohneinheit verblüfft hatte und ich vor diesem Buch stehenblieb, während sie packte. Es lag bereits zu lange ungelesen auf meinem Couchtisch. Dabei interessierte es mich, seitdem ich in ihrer Wohneinheit war. Ich selbst konnte Ausreden, was Bücher anging, nicht ausstehen. Ich konnte mich selbst nicht ausstehen. "Ich versuche es." Ich konnte sie nicht ansehen, auch wenn ich genau genommen nicht gelogen hatte. Ich würde es bald lesen müssen. Ich wollte es lesen.

"Ist es nicht schön, ein richtiges Buch in der Hand zu halten?", fragte sie.

Ich sah wieder hoch und grinste. "Du mit deinen alten Büchern." Der Anblick ihrer Wohneinheit kam in meine Erinnerung. Wie lebendig und einladend mir die Räume vorgekommen waren, hatte ich ihr nicht gesagt.

Immer noch lächelnd ging sie den Gang weiter, wie die wissende Lehrerin, die einen gerne mag und auch mal verzeiht, wenn die Hausaufgaben vom Hund gefressen wurden.

Mitte September war es endlich so weit. Ich sah David munter pfeifend durch die Gänge des Schlafraumstockwerks spazieren und freute mich darüber. Er lächelte, als er mich sah. Er muss geglaubt haben, sein Charakter habe meine Freude an seiner Person zu verschulden. Das sollte er auch.

"Anna! Wieder so spät unterwegs!"

Ich kam gleich zur Sache: "David! Ja und du? Du hast wohl alle vier Tage die späte Schicht, was?"

"Hast du mich vermisst?" Mit den Worten fand ich ihn zum ersten Mal gar nicht mehr so charmant. Ich lächelte und nickte trotzdem. "Also", erklärte der liebe David, "ich arbeite oft um diese Zeit, nur nicht immer im gleichen Stockwerk." Dem fügte er ein Augenzwinkern hinzu und ich wusste immer noch nicht, wann er denn im Keller arbeiten würde.

"Ach ja? Wo arbeitest du denn noch?"

"Neugierig, neugierig", lachte es aus seinem Bart. "Morgen bin ich im Minusbereich. Da schmeckt der Kaffee aber komischerweise nicht so gut wie hier." Bingo. Danke, du Trottel, dachte ich und bereute es im selben Augenblick. Er hatte es nicht leicht und musste jetzt mit einer Frau zurechtkommen, die ihn ausnutzte. Wir gingen noch gemeinsam zum Kaffeeautomaten und verabschiedeten uns. Ich wünschte ihm eine angenehme Schicht und freute mich darauf, ihn am nächsten Abend im schlimmsten Fall wiederzusehen. Den Kaffee kippte ich weg und legte mich schlafen.

Es war die Nacht des 21. Septembers.

Maren Baum war den gesamten Tag über immer wieder vom Schreibtisch aufgestanden. Sie machte einen nervösen Eindruck, redete aber nicht darüber. Da ich keine Seelsorge betreiben wollte, fragte ich auch nicht nach. Problemlos verabschiedete ich mich für meine Verhältnisse früh, um mich rechtzeitig auf den Weg in das zweite Untergeschoss zu machen. "Wollen wir noch einmal die Einzelheiten der morgigen Konferenz durchgehen, bevor Sie gehen?", sagte sie, als ich den Türgriff in der Hand hielt. Verdammt. Ich überlegte, wie ich mich herausreden konnte. "Frau Bavarro Fernández?", immer diese ungeduldigen Forscher, dachte ich, "wir könnten die Konferenz bei einem gemeinsamen Abendessen besprechen."

"Ja, gerne!", stimmte ich möglicherweise zu euphorisch zu. "Ich erwarte Sie dann um acht Uhr im Speisesaal, in Ordnung?" Bevor sie ihr Veto einlegen konnte, verließ ich den Raum. Ich wollte nicht mit ihr essen, aber dieser Ausweg kam wie gerufen.

Ich sah mir in meinem Apartment noch einmal das an, was ich von der Blaupause abgezeichnet hatte, um die richtige Tür im Keller zu finden. Bis dahin hatte ich einen Plan. Der nächste Schritt wäre die Suche nach etwas. Ich wusste nicht, was mich erwartete. Ich wusste nur, dass ich suchen und penibel die Zeit im Blick behalten müsste. Mit dem Finger auf dem Fahrstuhlknopf begann die Adrenalinphase. Zweifel breiteten sich aus. Ich musste es aber durchziehen. Wenn ich dort nichts finden würde, wäre es vorbei. Dann könnte ich mir überlegen, ob es besser wäre, zurückzugehen.

"Frau Bavarro Fernández", erschrak mich eine monotone Stimme. Mika Jonasson stand hinter mir. Sie muss aus dem Nichts aufgetaucht sein. Der Zeitplan ließ meine Hände feucht werden. "Haben Sie einen Augenblick Zeit für mich?", fragte sie.

"Nein", war das ehrlichste Wort, das ich seit Tagen gesprochen hatte.

"Nun, was haben Sie denn letzte Woche im Archiv gemacht?"

Ich wusste, dass sie Lücken suchte. Ich wusste, dass sie jeden im Genforschungszentrum verdächtigen musste und befragen würde. Dennoch trieb sie Röte in mein Gesicht und ich fürchtete mich, zu antworten: "Das geht Sie nichts an."

"Das sieht Dr. Sergejev anders."

Sie musste bluffen. Er würde es Dr. Baum sagen und sie hätten mich bereits zum Gespräch gebeten oder längst rausgeschmissen. "Er weiß, warum ich dort war." Im Grunde genommen stimmte es. Wenn er wusste, dass ich dort war, wusste er auch, dass ich schnüffeln wollte. Wenn nicht, habe ich sie hoffentlich eingeschüchtert. "Warum befragt eine Pathologin die Mitarbeiter eines Forschungszentrums?", wollte ich wissen. Sie wird sich hoffentlich gefragt haben, woher ich das weiß und eingeschüchtert etwas vorsichtiger mit ihrem Verdacht umgehen. Meine Frage könnte sie auch ermutigt haben, einen gefährlichen Krieg einzugehen. Wir bluffften bestenfalls beide. Die Fahrstuhltür wollte zugehen, also ging ich hinein und sah Mika Jonasson in die Augen, bis die Türen sich schlossen.

Als die Zahl -2 auf dem Bildschirm über dem Ziffernblatt des Fahrstuhls auftauchte, erklang das obligatorische "Pling", welches mich erneut zusammenschrecken ließ. Mit rasendem Puls verließ ich den Fahrstuhl, um in das einzige Stockwerk zu gelangen, welches mir seit meiner Ankunft nicht gezeigt oder erklärt wurde. Ich musste ausblenden, dass mir nicht nur die Kündigung, sondern womöglich auch eine Klage drohte, sollte ich erwischt werden. In das zweite Untergeschoss verirrt man sich nicht so leicht. Meine Ausrede wäre lächerlich. Meine Überlegung änderte sich. Ich würde Dr. Baum selbst zur Rede stellen. Ich würde sie fragen, warum sie mir nicht von vornherein das gesamte Haus gezeigt hatte, wo ich doch ihre rechte Hand war. Das würde zwar nicht ungeschehen machen, dass ich dort hingegangen war, ohne sie vorher befragt zu haben, aber es wäre ein kleiner Schock, der größere Folgen vermeiden könnte. Oder würde es alles nur schlimmer machen? Ich musste versuchen meine Gedanken abzuschalten und ruhig zu bleiben.

Hinter den Fahrstuhltüren befand sich ein kurzer Korridor. In diesem Stockwerk sah er anders aus, als in denen, die ich bereits kannte. Er endete in einer weiteren Tür. Ein Blick auf die Uhr verriet mir, dass es bereits 3 Minuten nach 17 Uhr war und dass das Wachpersonal entweder bereits den Ort verlassen hatte oder hinter der nächsten Tür wartete. Zitternd öffnete ich die Tür. Es war niemand außer mir dort. Kein Wachpersonal, keine Codes, die die Türen verschlossen hielten, keine blutrünstigen Hunde versperrten mir den Weg. Ich konnte die Tür einfach aufschieben.

Der Raum war groß. Größer als die Lobby zwei Stockwerke darüber. Schräg gegenüber befand sich ein weiterer Gang. Links von mir ein längliches Fenster und rechts von mir ein ebenso längliches Fenster, mit einer offenstehenden Tür und zwei Menschen darin, die sich auf einen Bildschirm schauend unterhielten. Mein Herz betrieb Hochleistungssport. Ich schlich mich gebückt unter der Scheibe des Sicherheitsraums vorbei und hoffte, die zwei Wachleute würden ihre Pause nutzen und nicht auf den Bildschirm schauen. Für den Bruchteil einer Sekunden sah ich in das längliche Fenster auf der rechten Seite. Hyperventilierend hockte ich mich hin. Ich versuchte mich selbst zu beruhigen, nach dem was ich gesehen hatte. Ich blickte wieder herein, um mit meiner Brille den Raum aufzunehmen.

Mitten im Raum befand sich eine Metallpritsche mit einer dampfenden Person darauf. Ich schätzte, ihre Körpertemperatur war heruntergekühlt. Höchstwahrscheinlich tot. Neben dem, was ich für eine Leiche hielt, war ein Monitor, der den Herzrhythmus dokumentierte. Die Leiche war keine Leiche. Mir wurde übel. Hinter der Pritsche waren Kühlfächer. Ungefähr 15 davon, alle geschlossen, bis auf eines. Scheinbar lagerten gefrorene Menschen dort. Ich vergaß, wie offensichtlich ich für die Sicherheitsbeamten gewesen sein muss und auch, wie viel Zeit ich mit meiner Entdeckung verschwendet hatte. Fokussiert drehte ich mich um. Die beiden unaufmerksamen Aufpasser redeten noch immer über einen tragbaren Bildschirm gebeugt, jeweils mit einem Donut in der Hand. Was für ein Klischee. Welch Glück ich der Kalorienfabrik gerade verdankte. Der Adrenalinschub in mir und der Gedanke an Donuts sagte mir, ich würde sofort mit Yoga auf meinem Zimmer beginnen, sobald ich das Stockwerk verlassen würde.

Etwas ruhiger, froh aber auch erschrocken darüber, etwas derart Ungewöhnliches gefunden zu haben, hoffte ich darauf, mir im nächsten Gang Zugang zu einem der Räume verschaffen zu können. Doch was ich fand, waren keine weiteren Türen zu Räumen, in denen geforscht wurde, sondern so etwas wie Gefängniszellen. Drei nebeneinander am schmalen Korridor entlang. Die ersten beiden Zellen schienen unbelegt, hinter der dritten Milchglaswand bewegte sich jemand. Ich kannte dieses System aus eigener Erfahrung. Ich wusste, dass es möglich war, das Milchglas transparent werden zu lassen, also trat ich an die Zelle heran und suchte die Funktion, furchtlos erwartend, wen das Zentrum eingesperrt hielt. Bevor ich die Transparenz einschaltete, befürchtete ich, die Person würde ausrasten oder mich verraten oder es gäbe eine Kamera. Doch wieso sollte sie den Gang und nicht den Häftling filmen? Ich tat es also. Ich hatte bereits die runtergekühlte Person gefilmt und hatte im Falle einer Kündigung genug Material, um zur Gruppe zurückzukehren.

Doch hinter der Glasscheibe stand kein ausrastender Halbtoter, sondern ein Mann, mitten in seiner kleinen Zelle im weißen Flügelhemd, der mich ebenso überrascht ansah, wie ich ihn. Ich kannte ihn nicht. Aber dass er eingesperrt war, reichte mir. Auch ihn filmte ich. Er hatte eingefallene Wangen, einen dunkelbraunen Bart, so lang wie mein Zeigefinger und von Schlaflosigkeit gezeichnete Augenränder. Ich vermutete, dass er bereits länger dort eingesperrt war. Er sagte etwas, aber ich konnte ihn nicht hören. Ich wusste nicht, wie der Ton eingestellt wurde, und war froh darüber, dass er automatisch ausblieb, wenn das Glas transparent geschaltet wurde. Ich wünschte, einen Zettel und einen Stift dabei gehabt zu haben, um wenigstens Ja- Nein-Fragen beantwortet zu bekommen. Während ich ihn mitleidig ansah, ohne zu wissen, ob er den Platz verdiente, hörte ich Schritte. Ich schaltete das Glas wieder um und versteckte mich hinter einer schmalen Tragsäule im Gang direkt gegenüber der Zelle. Die Schritte endeten vor der dritten Zelle direkt vor mir. Der Sicherheitsbeamte stand mit dem Rücken zu mir und schaltete das Glas wieder transparent. Der Häftling stand so da, wie vor 30 Sekunden, seinen Blick auf mich gerichtet. Er begriff direkt, dass ich mich nicht grundlos versteckte, und sah verwirrt fort. "Was guckst du so blöd?", fragte die Stimme, die zu David gehörte, hochprofessionell.

Ich wusste nicht, ob ich mich zeigen sollte, da ich nicht vertrauenswürdig vor ihm rüber käme. Also blieb ich mit eingezogenem Bauch in meiner Nische.

Aus Spaß oder einen Verdacht schöpfend, blieb David ein paar Sekunden reglos vor der Zelle des Häftlings stehen. Für eine Sekunde glaubte ich, mich im Glas zu reflektieren und hielt die Luft an. Der Mann konnte ihn nicht hören, antwortete also nicht auf die Frage, die er vor einer gefühlten Ewigkeit gestellt bekommen hatte, und schluckte stattdessen. Davids Silhouette spiegelte sich kaum merklich im Glas. Dann fing er an sich langsam umzudrehen, um misstrauisch dem vorherigen Blick des Häftlings zu folgen. Der Mann hinter der Glasscheibe ging zwei Schritte auf mich zu. Was tut er, um Himmelswillen?, dachte ich. Panikerfüllt winkte ich ihn zurück. Binnen Sekunden dachte ich an weitere Ausreden, falls ich gesehen würde. Doch plötzlich knallte der Häftling gegen das Glas, landete auf den Knien und hielt sich an der Brust. David drehte sich wieder und ging erschrocken auf ihn zu: "Was ist?", fragte er. Der Mann gab ihm zu verstehen, dass es nicht weiter schlimm sei. Als habe er nur kurz die Kontrolle über sich selbst verloren. David lachte und ging, ohne das Glas wieder zu verändern.

Er hatte mich davor bewahrt, gesehen zu werden. Das, nachdem er mich offensichtlich fixierte. Wir starrten uns fragend an. Doch es war bereits 17:28 Uhr. Mit einem vielleicht zu Unrecht beschämten Blick ging ich weg und ließ ihn wieder alleine. Ich fürchtete, dass David zurückkommen würde, wenn er sich daran erinnerte, dass er das Glas der Zelle transparent gelassen hatte. Es geschah jedoch nichts. Ich konnte ohne weitere Vorkommnisse den Gang und die Eingangshalle verlassen. David hing alleine im Aufsichtsraum, mit dem Rücken zum Fenster, auf seinem Stuhl und einer Zeitung in der Hand.

Reglos beobachtete ich ihn. Mein Herz schlug langsam, ich atmete tief ein und staunte zum ersten Mal an diesem Abend darüber, wie einfach es war, dort zu stehen. Langsam bewegte ich mich zum Fahrstuhl, ohne die Augen von Davids Hinterkopf zu nehmen. Auch die Ankündigungsklingel des Fahrstuhls holte ihn nicht aus seiner Lektüre. Ohne zu blinzeln, fuhr ich in das zweite Obergeschoss. Immer noch perplex öffnete ich meine Tür.

Überwältigt vom vermeintlich erfolgreichen Kellerbesuch und fest davon überzeugt, nun doch noch bleiben zu müssen, überlegte ich, wie ich die Bilder des Kellers und der Blaupause der Gruppe zukommen lassen könnte. Eine Fahrt in mein Apartment wäre gut, um die Brille dort zu lassen aber Amrae und die anderen müssten mir eine identische bereits vorher dort hinterlegen. Ich würde wieder einen Anruf abwarten müssen.

Es war für mich zu früh, um schlafen zu gehen, also suchte ich etwas frische Luft auf der Terrasse des Schlafraumdecks und fand Karla.

Ich blieb an der Türschwelle stehen. Dieser Anblick von ihr, wie sie am Geländer lehnend in den Wald schaute, vom Schnee erhellt, wippend, als würde sie Musik hören, fühlte sich für mich wie eine wohlig warme Decke an. Meine Beine blieben wie versteinert, aus Angst dieses Bild vor mir zu unterbrechen. Ich fand sie mit einem Mal so schön, wie noch nicht zuvor. Diese Freude, ihr zu begegnen, die ich ganz und gar nicht gebrauchen konnte, wurde präsenter mit jedem Atemzug. Es ist die Antizipierung, die unser Leben lebenswert macht, nicht das Erwartete zu erleben, dachte ich. Ich wusste es in diesen Minuten, in denen ich sie ansah. Ich freute mich über die Musik, die nur sie hören konnte, bis sich ein Gefühl von Mitleids dazwischen schlich. Sie tat mir leid, weil auch sie nicht im Forschungszentrum sein wollte. Ich wollte mich aber nicht auf dieses Gefühl konzentrieren, sie nicht schön finden und mich nicht über ihr Dasein freuen, sondern das Ziel, Dr. Baum zu stoppen, klar vor Augen behalten. Ich verfluchte meine Interessen. Ich wollte mich nicht für Karla Raingot interessieren. Doch sie stand in meiner Nähe und lief wie ein andauernder Nervenkitzel durch mein Mark.

Bevor ich mich umdrehen und gehen konnte, um der Anziehung zu entgehen, drehte sie sich um und lächelte als ihre Augen mich erblickten. Sie lächelte trotz dieser schweren Zeit, die auch sie ertrug.

An diesem Abend schwiegen wir einfach nebeneinander, als würden wir still den Auftakt eines regelmäßigen Treffens feiern. Doch das Geräusch meines Ohrplugs unterbrach die Stille. Es war Maren Baum. Sie erklärte mir, wie unschön es wäre, mich an das Abendessen erinnern zu müssen. Ich blickte Karla verwirrt an. Keine Ausreden. "Es tut mir leid. Ich habe Sie wirklich vergessen. Bitte warten Sie, ich bin in zwei Minuten bei Ihnen."

"Nein. Ich habe vor einer halben Stunde gegessen. Sie sollten sich abgewöhnen, nach 22 Uhr zu dinieren. Wir sehen uns morgen." Erschrocken blickte ich auf meine Uhr. Es war gerade noch 17:30 Uhr gewesen. Hatte ich Karla so lange unertappt beobachtet? Bin ich unterwegs etwa im Stehen eingeschlafen?

Karla sah mich besorgt an. Ich verabschiedete mich. Aber wir fanden uns in den darauffolgenden Wochen Abend für Abend dort wieder, ohne uns verabredet zu haben.

Glücklicherweise begegnete ich David in den folgenden Septemberwochen nicht. Ich wollte abwarten, bis Amrae mich anrief, um über weitere Schritte zu reden. Stünde die Nobelpreisverleihung nicht bevor, hätte ich vielleicht sofort weitere Akten und Räume durchsucht oder wäre einfach wieder zu meinen Leuten zurückgegangen.

Karla durfte ich nicht zu vernachlässigen, auch wenn ich mich am Liebsten vollkommen auf die Aufgaben konzentrieren wollte, die ich als Aktivistin hatte. Am Morgen des ersten Novembers wollte ich sie wie gewöhnlich abholen, um sie zu Dr. Kleina zu bringen und fand sie hochrot und schweißgebadet im Bad, während sie sich in ihre Kleidung für die Tagesaufgaben und Routineuntersuchungen quälte. Erschrocken erklärte ich ihr, dass es nicht sein könne, dass sie glaubte, ein Tag Ruhe wäre ausgeschlossen. Meine wütende Reaktion überraschte sie. Und mich. Sie legte sich ohne Widersprüche wieder zurück ins Bett. Ich wollte bei ihr bleiben, aber sie zog die Einsamkeit vor und Dr. Baum erwartete mich. Also legte ich einen Pager neben sie und verlangte von ihr mir zu versprechen, dass sie mich rufen würde, wenn sie sich schlechter fühlte oder etwas brauchte. Ich sagte auch, dass ich ab und zu nach ihr sehen würde. Dr. Baum zitierte mich wütend zu sich, weil Karlas Fruchtblase drei Wochen vor dem eigentlichen Geburtstermin geplatzt war, was heutzutage eine medizinische Katastrophe bedeutete.

Verwirrt über den Vorwurf, nicht gut genug auf sie aufgepasst zu haben, stolperte ich durch die Gänge zum Kreißsaal. Erklärungen stotternd und vor Adrenalin strotzend, rannte ich in den Raum, wo mich Ärztinnen zurückhalten wollten. Da war er wieder, mein Menschenhass. Ich fauchte die Ärzte an, was denn grausamer war als unter Schmerzen auch noch alleine sein zu müssen und sie ließen mich zu Karla stürzen, nachdem ich versprach, mich zu beruhigen. Ich war aufgebracht. Eine Geburt hatte ich noch nie miterlebt und meine Sorge um Karla war wahrscheinlich unbegründet.

Als ich bei ihr stand und ruhiger wurde, schnürte sich meine Kehle zu. Karla lächelte, selbst ruhiger werdend, ohne die Augen von mir zu lassen und ich lächelte verzweifelt zurück. Tränen rannten meine Wangen runter und ich wischte sie hastig fort. Ich wusste nicht, ob sie vor Schmerzen zitterte, ob sie mittlerweile kraftlos und selber verzweifelt war oder sich fürchtete. Auch sie weinte jetzt und ihre Tränen waren für mich ein Zeichen, um mich selbst zusammenzureißen. Ich griff nach ihrer Hand und redete ihr zu, dass alles gut werden würde. Ich presste mit ihr, als die Hebamme es verlangte und ich legte immer wieder das Tuch auf ihre Stirn, das mir die Hebamme gegeben hatte, als es wieder und wieder runterfiel. Nach und nach wurde sie schwächer und ungefähr vier Stunden nach meiner Ankunft verlor sie das Bewusstsein. Ich wurde ohne Erklärung aus dem Raum geschickt. Es ging alles so schnell, dass ich an der Tür lehnend kaum begreifen konnte, was in den letzten Stunden passiert war. Verstört stand ich kurz vor der verschlossenen Kreißsaaltür. Meine Arme hingen schlaff an mir herunter, meine Mundwinkel zuckten, mein Kopf war leer. Ich hörte, wie jemand den Gang herunterlief. Es war Maren Baum. Sie fragte mich aufgeregt, wo Karla sei. Ich erklärte in wenigen Worten, was sie verpasst hatte. Sie hatte ihre Reise wegen der Geburt abgebrochen. Ich verabscheute sie, während ich erklärte und sie geduldig zuhörte, schwitzte und zitterte. Mir wurde bewusst, dass ich vollkommen fehl am Platz war.

Niedergeschlagen ließ ich sie stehen, ging vor die Tür und von da direkt in den Wald. Ich fing an zu laufen und dann zu rennen, bis meine Lungen brannten, um weit genug weg vom Zentrum schreien zu können. Nichts, was im Zentrum passierte, sollte mir nahe gehen. Wie konnte ich mich zusammenreißen, wenn überall diese Gefühle waren, die ich nicht kannte? Ich würde mich von Karla fernhalten müssen. Mich auf meine Aufgaben konzentrieren. Mehr arbeiten. Aber wie? Schließlich war sie eine meiner Hauptaufgaben.

Ich wählte die einzige Nummer, die auf dem Mobiltelefon gespeichert war, mit meinem Kommunikations-Plug und ignorierte, ob uns irgendjemand abhörte.

"Hallo?" erklang die fröhliche Stimme Amraes am anderen Ende der Leitung.

"Hier ist Anna", erklärte ich: "Ich ..." Ich suchte nach Worten.

"Anna! Es ist so schön, von dir zu hören! Es ist wieder viel Zeit vergangen und wir haben bisher nicht weiter planen können!" Dann schwiegen wir beide. Wir wussten, dass wir nicht mehr sagen durften, zumindest nichts, das verdächtig klingen könnte.

"Ich hatte viel um die Ohren."

"Wie geht's dir?" Sie klang besorgt. Ich versuchte meine Stimme zu festigen.

"Es, es geht mir gut. Ich, also ich bin nur etwas irritiert über etwas und ich fürchte, du wirst mir nicht helfen können und ich habe noch nicht gefragt, wie es ... wie geht es ihr?"

"Oh Anna ... Wir hätten dich nicht ermutigen sollen. Ich hoffe, du weißt, dass du gute Arbeit machst."

Es war ein sinnloses Gespräch. Ich hatte nicht nur Fragen aufgeworfen und Amrae in einen Sorgenmodus versetzt, sondern mir selbst schreckliches Heimweh verursacht. Ich wusste nicht, ob die Einsamkeit, die Machtlosigkeit die Karla betraf oder die Sehnsucht nach Raquel und der Gruppe schlimmer war. Ein Seufzer brach aus mir hervor.

"Du fehlst", sagte sie, wonach ich keine Tränen mehr zurückhalten konnte.

"Verdammt", murmelte ich noch. Wir schwiegen einige Minuten, bevor ich sagte, dass es schön war, ihre Stimme zu hören und wir das Gespräch beendeten. Letzten Endes waren wir nur gefühlsgeleitete Amateure. Wofür die Zeit, in der ich Waffen für mein Land hielt? Wofür die Kälte hinter Gittern? Wofür die Enttäuschungen und die andauernde Selbstbeherrschung, wenn am Ende ein Blick reicht, um ein Herz lauter schlagen zu lassen, als die maßregelnden, lauten Gedanken im Kopf?

Es war ein weniger kalter Tag, also ging ich noch lange durch die akkurat eingepflanzten Tannen, bis ein Anruf Marens mich erschaudern ließ. Der Wald wurde mit Sicherheit ebenfalls überwacht und ich hatte wie eine Verrückte rumgeschrien und auch noch mit Amrae telefoniert. Mein Herz schlug mir bis zur Kehle. Ich bereute, mich beworben zu haben. Zum dritten Mal an diesem Tag. Sie war auf dem Weg ins Büro. Sie wollte, dass ich die ausstehenden Termine ihrer Reise absagte oder verlegte, soweit es möglich war. Sie würde während der Folgetage viel Zeit mit Frau Raingot verbringen und bat mich vor offiziellem Dienstbeginn in ihr Büro zu kommen. Niemand mochte solche Ansagen. Ich fürchtete mich als Kind bereits davor, terminlich bestraft zu werden. Leider fühlte sich auch diese Ansage so an wie damals. Dabei lag mir nichts an diesem Job oder dem Haus. Außerdem lag mir nichts an Dr. Baum. Der Gedanke, dass sie mehr Zeit mit Karla verbringen würde, verärgerte mich noch mehr. So wie diese ganzen Hassgedanken mich verärgerten. Ich musste mir immer wieder vor Augen führen, dass es zum Wohl der Gruppe war. Doch ich musste mir auch eingestehen, dass es mittlerweile etwas gänzlich anderes war, was mich davon abhielt, zu kündigen.

Kapitel 12

Zögerlich klopfte ich um 5:45 Uhr des nächsten Morgens an Dr. Baums Bürotür. Ob sie mit der Aussage "vor Dienstbeginn" mehr als fünfzehn Minuten meinte oder nicht, war mir egal.
"Guten Morgen, Frau Bavarro Fernández", sagte sie, während sie mir einen Stuhl anbot: "Fühlen Sie sich ausgeschlafen?"
"Guten Morgen, Dr. Baum. Ja, danke."
"Ich will Sie bitten, dieses Gespräch als eines zu betrachten, welches nie stattgefunden hat."
Ich schwieg. Da war der Grund für die Uhrzeit. Und für meine nun ansteigende Panik.
"Ich will sofort zur Sache kommen." Sie pausierte, legte sich die Worte zurecht, beobachtete meine neutrale Reaktion. "Ich fühle mich seit geraumer Zeit nicht mehr gänzlich sicher. Da es aber ein Projekt gibt, welches auf keinen Fall abgebrochen werden darf, sollte mir etwas zustoßen, will ich eine Person meines Vertrauens einweihen. Sie fragen sich vielleicht, warum ich nicht von Anfang an ehrlich zu Ihnen war, aber es gibt immer und überall Geheimnisse." Sie zwinkerte mir zu: "Außerdem sind Sie noch nicht so lange hier ..." Fünf Monate waren wirklich nichts. Dennoch betrachtete sie mich offenbar als Person ihres Vertrauens. Sie muss nicht viele Freunde haben und musste sich eigentlich nicht rechtfertigen. Ich wollte fragen, warum sie mich für diese Vertrauensperson hielt, befürchtete aber, es würde ihr Vorhaben unterbrechen. Ich war gespannt. Vielleicht meinte sie nicht einmal mich.
"Ich zeige Ihnen sofort, was ich meine, würde aber gerne vorher wissen, ob Sie Einwände oder Fragen haben."
Ich hatte Fragen. Wie konnte ich, ohne zu wissen, worum es ging, keine Fragen haben? Vielleicht beantwortete sie die meisten bereits in den nächsten Minuten, aber eine kam mir wichtiger vor: "Warum ich? Also warum nicht Dr. Sergejev, zum Beispiel?" Mist. Ich war neugierig und direkt. Aber durfte ich es nicht, angesichts dieser Wendung? Sie hatte mir bereits viel verheimlicht.

Maren Baum sah mich lange an, bevor sie antwortete. "Dr. Sergejev ist eingeweiht. Auch ihm könnte etwas passieren." Natürlich, wenn ihr Leben in Gefahr war, war es wohl auch seines. Ich wusste, dass die Gruppe keinen der beiden verletzen würde. "Und ich habe Sie beobachtet", sie sagte es so selbstverständlich, dass mir plötzlich heiß wurde. Sie kann mich nicht beobachtet haben, sonst wäre ich wohl nicht in die engere Wahl gekommen. "Sie sind gewissenhaft und hätten hier bereits viel zerstören können, wenn Sie gewollt hätten." Ach ja? "Darum sind Sie die Person meines Vertrauens." Was meinte sie? Was hätte ich zerstören können?

Wir verließen das Büro, während Dr. Baum mir erklärte, dass die Forschung von einem halbwegs geheimen Projekt getragen wurde, dessen Ergebnisse bisher nicht publik gemacht wurden. Zurzeit wären viele positive Ergebnisse dem Projekt entsprungen und gerade zu diesem Zeitpunkt musste sein Fortbestehen gewahrt werden. Ich wurde ungeduldig und wollte wissen, worum es ging. Ich hoffte auf tausende Föten und Fehlversuche, die, wie von der Gruppe befürchtet, entsorgt wurden. Erst im Fahrstuhl, als wir im ersten Untergeschoss nicht ausstiegen, sackte meine Selbstsicherheit wahrlich in den Keller. Ich hatte schlagartig Angst. Wenn ich vor fast zwei Monaten auf Kameraaufnahmen gesehen wurde, wäre es leicht für Maren, mich schlichtweg einzusperren. Mich, wie diesen Mann in eine Zelle zu sperren. Es würde niemandem auffallen. Zumindest nicht so bald. Ich überlegte, ob es sinnvoll wäre, kehrt zu machen. Ich wollte mich nicht auffällig und nervös verhalten aber Ruhe brachte nichts, wenn sie mich einsperren wollte. Aus dem Fahrstuhl hätte ich nicht fliehen können. Ich dachte daran, mir Schmerzen auszudenken. Welche Schmerzen würden mich berechtigen nicht mehr professionell weiterzumachen? Ich müsste zusammenbrechen. Während ich mir Notpläne überlegte, kündigte der Fahrstuhl die Ankunft im zweiten Untergeschoss mit einem harmlosen "Pling" an. Hinter den geöffneten Fahrstuhltüren offenbarte sich der mir bekannte Raum. Dr. Baum sah zu mir. Ich blickte nervös zurück und versuchte überraschter auszusehen und weniger panisch. "Ist alles in Ordnung?", fragte sie.

Ich nickte. "Ja, ja. Ich wusste nicht, dass es dieses Stockwerk gibt ..."

Hätte sie mich einsperren wollen, weil ich bereits unbefugt dort war, musste sie sich innerlich kaputtlachen.
"Ich sagte schon, dass nicht jeder alles wissen muss."
Mein Herzschlag behinderte meine Konzentration. Ich konnte nicht klar denken, hörte nur Bruchteile dessen, was Dr. Baum erklärte. Ich suchte die harte Schale, für die mich die Gruppe beneidete, die mich schon oft gerettet hatte, doch fand sie nicht. Ich wollte aber alles wissen, was sie sagte und hoffte, dass sie meinen inneren Konflikt nicht bemerkte. Noch in der Eingangshalle blieb sie stehen. "Frau Bavarro Fernández, ich ging davon aus, dass Sie verstehen würden, warum ich Ihnen erst jetzt hiervon erzähle." Sie wartete auf eine Antwort. Scheinbar war mein Unmut offensichtlich. Ich nickte. Dass sie besorgt klang, hätte mich wachrütteln sollen. Hätte sie mich einsperren wollen, hätte sie einfach weitergehen müssen. Reiß dich zusammen! Ich atmete tief durch, ignorierte die Stimmen in meinem Kopf und versuchte mich auf das zu konzentrieren, was gerade um mich herum passierte.
Ich nickte wieder: "Ich verstehe es. Ich hätte an Ihrer Stelle ebenso gehandelt." In Wirklichkeit hatte ich keine Ahnung, wie ich mich an ihrer Stelle verhalten hätte.
Dr. Baum lächelte nachsichtig. Dann gingen wir langsam weiter. Ich versuchte entspannter zu wirken und es gelang mir zuzuhören. Sie sagte, in dem Stockwerk würde der Patient 0 untersucht. Das bedeutete, dass dieser Patient der erste Mann war, der gesunde Geschlechtschromosomen vererben konnte, nachdem das Problem erkannt wurde, erklärte sie mir.
"Er gehört zu der ersten vollständig kranken Generation, wenn wir das Problem Krankheit nennen wollen."
"Das bedeutet, dass er um die 150 Jahre alt sein muss", ich lachte, "das ist absurd!"
Dr. Baum lachte nicht. "Wir haben es geschafft, ihn heruntergekühlt am Leben zu halten, um mit ihm zu experimentieren", erklärte sie. Ich blieb schockiert stehen. "Er war nach einem Motorradunfall komatös. Als feststand, dass die lebenserhaltenden Maßnamen beendet würden und er sterben würde, überließ seine Familie ihn uns. Er ist also gestorben, seine Organe aber, gehören uns. Natürlich musste das vor der Öffentlichkeit geheim gehalten werden."

Welch ein Zufall, dachte ich. Ob sie seinen Unfall wohl initiiert hatten? In diesem Zentrum folgte ein Skandal dem Anderen, malte ich mir aus.

Ich stellte keine Fragen, sondern hoffte, der Informationsfluss bedeutete, dass ich nicht in einer Glaszelle enden würde. Erst nach und nach realisierte ich, was sie wirklich sagte. Sie hielten mindestens einen Menschen künstlich lebendig und fragten sich, warum Menschen ihnen Standpauken über Moral hielten. Ein Gedanke schlich sich in meinen Hinterkopf, der es mir abrupt erschwerte, zu atmen: Diente auch der Häftling der dritten Zelle als Versuchskaninchen? Ich bereute, aus Angst durchsucht oder gescannt zu werden, die Brille auf dem Zimmer gelassen zu haben.

"Hier rechts sind die Überwachungsräume und hier, in diesem Gang gibt es noch etwas, was ich Ihnen zeigen möchte."

Bis zur Kehle spürte ich mein Herz wieder pochen.

"Da ich es für wichtig halte, Sie einzuweihen, muss ich Ihnen auch diesen Bereich zeigen. Aus Ihrem Führungszeugnis entnahm ich, dass Sie sich mit solchen Räumlichkeiten auskennen", sagte sie, als wäre es das Normalste der Welt, bereits eingesessen zu haben. Fragen über Fragen erschienen vor meinem geistigen Auge. Hauptsächlich aber fragte ich mich, warum um alles in der Welt sie mich eingestellt hatte. Ihre Erklärung, ich sei gewissenhaft, reichte nicht. Es musste einen Haken an dem Job geben. Sie brauchte mich als Verbrecherin, wollte mich einsperren oder mein Lebenslauf hatte sie schlichtweg wirklich über meine Vergangenheit hinwegsehen lassen. Mit einem Lächeln auf den Lippen führte sie mich in den Gang mit den Zellen: "Dass Sie eine Spezialausbildung in Selbstverteidigung auf Wunsch Ihres Vaters genossen haben, führte unweigerlich auch zu meinem Entschluss, Sie einzuweihen." Wunderbar. Was wusste sie nicht? "Eine gute Entscheidung." Sie redete. Ich nickte. Nicht etwa meine Gewissenhaftigkeit interessierte sie. Sie freute sich über meine Fähigkeit, Knochen zu brechen.

Im Gang der Zellen bewegten wir uns bis zur Dritten, in der mein neuster Freund hätte sitzen müssen. Doch er war nicht da. Für mich war es schwer mich zusammenzureißen, um unbetroffen auszusehen.

"Woran denken Sie?" Dr. Baums Stimme klang dumpf und leiser als mein Herzschlag.

Ich konzentrierte mich darauf, aufzuhören, in die leere Zelle zu starren.

"Verstört es Sie, in der Nähe solcher Räume zu sein?" Räume nannte sie die Zellen. Fast hätte ich gelacht. Wie sie die Dinge beschönigte, war kurios aber durchaus wirksam, wenn ich daran dachte, dass sie das Forschungszentrum bereits als "Haus" bezeichnet hatte.

"Nein, entschuldigen Sie. Ich dachte an nichts Besonderes." Sie wusste von meinem Aufenthalt in solchen Räumen. Bisher hatte ich gehofft, ihr wäre mein Führungszeugnis nicht im Gedächtnis geblieben, was naiv war in Anbetracht des Jobs. Vielleicht hatte sie mich eingestellt, weil sie ahnte, dass ich irgendwann wieder mit solchen Räumen arbeiten würde. Mich packte wieder die Angst davor, eingesperrt zu werden. Ich sah sie irritiert an und versuchte professionell zu wirken, um nicht sofort für schwach gehalten zu werden.

"Gut, gehen wir weiter."

Atme Anna - versuchte ich mich selbst zu beruhigen.

Wir bewegten uns in den Gang, in dem ich mich versteckt hatte, als der Wachmann David kam. Mir hatte an dem Abend die Zeit gefehlt, um weiter zu gehen. Nun erschloss sich mir, dass der Gang zwei weitere Türen auf der rechten Seite und eine lange Fensterfront auf der linken enthielt, die den Ausblick auf eine Betonwand freimachte. Maren sah, wie ich die Stirn runzelte. "Wir wollen das Gebäude erweitern, damit hinter den Fenstern ein weiteres Labor entsteht."

Wir betraten den ersten Raum. Ein zweigeteiltes Untersuchungszimmer. Wir standen im kleineren Teil, der uns durch eine Glasscheibe Einblick in einen Größeren gewährte. Mehrere Monitore und eine Pritsche sah ich durch die Scheibe, auf der der Mann saß, den ich in der dritten Zelle vermisste. Es fiel mir schwer gleichmäßig zu atmen, aus Angst, erkannt zu werden. Dem Mann fiel es offensichtlich nicht leichter als mir, ruhig zu bleiben, als er mich erblickte. Er hatte die Augen rasch geschlossen und fortgesehen. Mehrere Elektroden am gesamten Oberkörper bewegten sich in kurzen, schnellen Bewegungen mit seiner Brust auf und ab. EEG-Noppen an seinem Kopf zeichneten seine Gehirnströme auf. Verwundert sah ich Maren an. "Wieso ist der Mann von Kopf bis Fuß verkabelt?"

"Patient Nummer 32 wird gerade unter massiven Stress gesetzt", sagte sie, während wir und eine Sicherheitsbeamtin den Mann beobachteten. Scheinbar war auch ihr dieser Anblick neu. "Was Sie nicht hören können, ist, dass alltägliche Straßengeräusche abgespielt werden - doppelt so laut wie gewöhnlich. Das verletzt ihn nicht. Zumindest nicht direkt. Es wühlt ihn auf, macht ihn aggressiv." Sie schaute zum Patienten. "Außerdem messen wir seine Gehirnströme, seinen Puls und nach jedem Test sein Erbgut, um jegliche Art von Einflüssen auszuschließen, die seine Kinder männlich werden lassen könnten. Vom Absurden bis ins Detail, weil wir verzweifelt hoffen, etwas zu finden." Sie redete mehr zu sich selbst, als zu mir. Als würde sie sich rechtfertigen wollen, dass sie einen Mann gegen seinen Willen festhielten. Lächerlich, dachte ich. Wie können Straßengeräusche das Geschlecht der Menschen beeinflussen?

"Haben sich die männlichen Patienten freiwillig gemeldet? Ich meine, es gibt ja kaum Männer, da ist es heldenhaft sich der Wissenschaft zur Verfügung zu stellen ...", log ich neugierig.

"Selbstverständlich. Heldenhaft wäre es, wenn der gute Mann nichts dafür bekäme." Sie zwinkerte mir zu.

Plötzlich öffnete er die Augen und sah direkt in meine. Ein Déjà-vu. Schweiß füllte im Bruchteil einer Sekunde meine Stirn. Er kniff seine Augen sofort wieder zusammen, als habe er gemerkt, dass ich nicht ganz die war, für die er mich hielt.

"Haben Sie etwas an der Dosis geändert?", fragte Maren die Ärztin, die bei dem Mann war, während sie auf einen Knopf drückte, der wahrscheinlich die Sprechanlage aktivierte. Die Ärztin schüttelte den Kopf. Die Stress-Resultate waren gestiegen. Mir liefen mittlerweile ganze Schweißperlen die Schläfen hinab, aber nur ich hatte bemerkt, was der wirkliche Auslöser des gestiegenen Stresswertes des Patienten 32 war.

"An dieser Stelle wollte ich Ihnen lediglich sagen, dass Sie diesen Bereich und diesen Mann ignorieren sollen." Das war ihr voller Ernst, sie erzählte es mir beiläufig, als wäre sie davon überzeugt, dass es mir als gefühlskalte Maschine leichtfallen würde.

"Warum haben Sie mich hergeführt?", wollte ich wissen.

"Ich zeige Ihnen das, weil er ein wichtiger Informant und Patient ist. Sie werden in den kommenden Tagen mehr über ihn erfahren, aber nur in meiner Begleitung. Vorerst geht es für Sie darum, ihn zu beschützen, sollte etwas passieren." Sie blickte zur Sicherheitsfrau, die sich sofort entfernte, als kenne sie Marens Blick als Befehl bereits in- und auswendig. "Diesen Mann brauche ich für meinen nächsten Schritt."

Warum sollte ich ihn dann ignorieren? "Wie sieht dieser Schritt aus?" Ich war wissbegierig. Ich wollte diesen Mann beschützen, aber nicht für Maren Baum, sondern weil mein Aktivistenherz glaubte, ich könnte ihn retten. Aber wovor und warum? Vor allem, wenn er wirklich freiwillig dort war. Vielleicht hatte er Informationen, die auch für mich nützlich sein könnten. Warum hatte sie überhaupt gesagt, es wäre ihr nächster Schritt? Arbeitete sie alleine, ohne Team, ohne Dr. Sergejev an anderen Projekten? Sie erinnerte mich an Raquel.

"Ich erkläre Ihnen gerne in der nächsten Zeit, was ich hier im Detail mache. Wenn Ihnen das nicht als Antwort reicht und Sie diese Aufgabe überfordert, kann ich es allerdings gut verstehen." Wieder redete sie von sich, nicht von ihrer Arbeit mit einem Team. Nicht von sich und Dr. Sergejev. Sie legte ihre Hand auf meinen Arm. "In dem Fall betrachten wir diesen Ausflug als einen nie wirklich geschehenen Traum."

Ich atmete tief ein. "Und wie darf ich dieses Stockwerk betreten, sollte das Leben friedlich und harmlos weitergehen?" Wieso konnte ich mich nicht professioneller ausdrücken?

Dr. Baum lächelte. Mit ihrer kühlen Hand, die nach wie vor auf meinem Arm lag, lenkte sie mich den Gang herunter, zurück zum Fahrstuhl: "Sie wissen von diesem Stockwerk und betreten es, wenn ich Ihnen den Auftrag erteile, hier etwas für mich zu tun. Ein Ausnahmefall wäre, wenn mir etwas zustößt. Dann bitte ich Sie, hier alle Dokumente zusammenzusuchen, die an den Orten zu finden sind, die ich Ihnen gleich aufschreibe, um sie an eine Adresse zu schicken, die ich Ihnen ebenfalls gleich gebe. Des Weiteren bitte ich Sie, die Patienten zu beobachten, wenn ich im Ausland bin. Ich werde oft reisen in den nächsten Wochen und Sie darum bitten, mir Berichte, die Ihnen Dr. Kleina geben wird, auf verschlüsselten Wegen zukommen zu lassen. Ich will, dass Sie rund um die Uhr erreichbar sind, als wären Sie mein Schatten vor Ort, wenn ich nicht hier bin. Jeder Sicherheitsbeamte wird ab sofort wissen, dass Sie hier herkommen dürfen, dass Sie sich hier frei bewegen dürfen, wenn Sie es wollen. Ich vertraue lediglich darauf, dass Sie es nicht tun, wenn Sie keinen Befehl von mir dafür erteilt bekommen. Ist das für Sie o. k.?"

Ja, ja, tausendmal ja! Ich nickte. Sie war nicht wie Raquel, sondern schlimmer.

Sie lächelte zufrieden. "Wunderbar", sagte sie auf den Weg zum Fahrstuhl. "Ich bin sehr froh darüber, Sie eingestellt zu haben."

Im Erdgeschoss folgte ich ihr in ihr Büro. Dort gab sie mir die Kontaktdaten einer Frau am anderen Ende der Welt. Sie ermahnte mich nachdrücklich, an niemandem die Daten oder die Adresse weiterzuleiten, bevor sie es verlangte oder ihr etwas zustieß. Dann verabschiedete sie sich von mir. Im Türrahmen stehend sagte sie noch, dass sie mir am nächsten Tag wichtige Vorbereitungsaufgaben für die Nobelpreisverleihung zukommen lassen würde. Sie wollte, dass ich enger mit dem Sicherheitsteam zusammenarbeitete und weniger Zeit in Karla investierte, angesichts der neuen Aufgaben.

Als ich Karla das letzte Mal gesehen habe, hatte sie mich gefragt, ob es mir leicht fiel, Entscheidungen für die Ewigkeit zu treffen. Sie wusste nicht, was sie da fragte. So kurz nach diesem neuen Gefühl, das sie in mir weckte, würde ich damit anfangen Abstand zu nehmen. Vor ihr und ihrem Kind. Ich musste mich auf meinen Plan konzentrieren.

Verblüfft stand ich noch einige Minuten alleine in Dr. Baums Büro. Ich staunte über ihr Vertrauen in mich, über ihre Leichtgläubigkeit und zweifelte sogar an der Ehrlichkeit dieses Vertrauens. War es womöglich nur ein Test? Warum um alles in der Welt sollte ihr etwas zustoßen? Und wer war die Frau am anderen Ende der Welt, die scheinbar im schlimmsten Fall ihre Forschung weiterführen sollte? Bevor ich mich in weitere Mutmaßungen stürzte, realisierte ich, wie gut es in dieser Hinsicht für mich im Zentrum lief. Ich freute mich so sehr, dass ich mir albern vorkam, grinsend und alleine im Büro der wichtigsten Forscherin unserer Zeit zu stehen.

Dennoch ging mir nicht aus dem Kopf, dass ich Karla und ihren Säugling vorläufig nicht mehr sehen würde. Mit Schuldgefühlen ging ich in das Kinderzimmer des Zentrums. Ich wollte einen kurzen Blick in das Gesicht des Wunderkindes werfen. Nur einen kurzen Blick. Mit der Hand auf dem Ziffernblatt des Türcodes atmete ich tief ein. Ich war nervös und ich wusste nicht, ob er schlief oder ob Karla bei ihm war. Ich hoffte, sie nicht anzutreffen. Ich wollte ihr nichts erklären, ohne mir vorher darüber Gedanken zu machen. Was könnte ich ihr sagen? Maren erlaubt mir nicht, Zeit mit dir zu verbringen?

Noch bei diesen Gedanken öffnete ich die Tür. Karla war da. Doch sie bemerkte mich erst nicht und so hatte ich etwas Zeit sie mit ihrem Sohn zu beobachten. Ich hatte Zeit, um nachzudenken. Sie bemerkte mich nicht, weil sie ihren Sohn apathisch anstarrte. Es vergingen einige Minuten und mir wurde heiß. Ich überlegte kehrt zu machen, wieder zu kommen, wenn sie nicht da war, doch meine Füße bewegten sich nicht. Meine Augen wichen nicht von ihrem Profil. Ich hätte den Raum nicht betreten dürfen.

Nach der Entbindung war dies unsere erste Begegnung, in der wir obendrein hätten ungestört reden können. Ich hätte Karla erklären sollen, dass ich ihr absichtlich aus dem Weg gegangen war und auch, weshalb ich es weiterhin tun würde. Ich hätte ihr sagen sollen, dass Maren wollte, dass ich sie mit ihrem Sohn alleine ließ. Aber ich freute mich zu sehr darüber, sie zu sehen. Ich wollte die Zeit nicht mit Erklärungen füllen. Ich wollte sie fragen, wie es ihr ging und mich dafür entschuldigen, dass ich sie nach ihrer Bewusstlosigkeit alleine gelassen hatte. Doch jedes mögliche Wort kam mir absurd vor, selbst als sie mich aufforderte, etwas zu sagen, nachdem sie mich im Türrahmen bemerkt hatte.

Wo bist du so lange gewesen?, fragte sie. Wieso glaubte ich nur, ihr läge etwas an mir? Sie hatte schlichtweg bemerkt, dass wir uns zwei Wochen ohne Erklärung nicht mehr gesehen hatten. Und das war vollkommen normal, in Anbetracht dessen, dass wir die Monate davor täglich Kontakt pflegten und sie ohnehin keine anderen menschlichen Verbindungen in diesem "Haus" hatte. Ich fragte mich, ob ich mich selbst so einsam fühlte, dass ich mir ihre Freundschaft einbildete oder sogar wünschte. Peinlich berührt von der Erkenntnis meiner inneren Stimme beschloss ich, zu schweigen. Ich erklärte ihr nichts. Ich würde nur weitere Fragen aufwerfen, die sie Maren womöglich stellen wollen würde. Und wieder fühlte ich, ich müsse mich von ihr entfernen. Von ihr und Piet, der aussah wie sie.

Kapitel 13

Bereits am Morgen nach der Begehung des Kellers besprachen Dr. Baum und ich den Ablauf der Nobelpreisverleihung und welche Vorbereitungen uns bevorstanden. In zwei Wochen würde sie stattfinden. Es war meiner Meinung nach genug Zeit, obwohl ich die Dinge, die bevorstanden, lieber früh erledigte. Dr. Baum hingegen, machte sich und alle anderen mit ihren Anweisungen verrückt. Entweder war sie sich unsicher, ob während ihrer Abwesenheit im Laufe der Woche, die Arbeit problemlos weiterlaufen würde oder sie war schlichtweg aufgeregt. Dass ich ihr mehrmals zu verstehen gab, dass nichts Schlimmes passieren würde, änderte ihren Zustand nicht ein bisschen. Sich öffentlich zu zeigen, gehörte nicht zu ihren Stärken. Ich stellte mir vor, wie der Teenager Maren Baum beim Referat vor der Schulklasse mit Nasenbluten den Raum verließ und schon kam sie mir bedeutend liebenswürdiger vor.

Wir verließen mittags gemeinsam ihr Büro, weil ich sie überreden konnte, eine Pause einzulegen und mit mir zu essen. Im Foyer saß Karla auf einem Sessel mit einem Block und einem Stift in der Hand. Sie war offensichtlich vertieft in ihre Arbeit. Wahrscheinlich in die Comics, die sie mit ihrem Mann zeichnete, wie sie mir vor einer Weile erzählte. Piet musste also in der Obhut der Schwestern oder von Dr. Kleina sein. Über ihren Block gebeugt, fiel ihr Haar wie eine Gardine nach vorne. Es sah länger aus, als es eigentlich war. Nur noch ihre Brille war erkennbar, die ihr auf die Nasenspitze rutschte. Ich beobachtete sie, während Maren auf ihrem Pager tippte und wir auf den Fahrstuhl warteten. Beim unvermeidbaren "Pling" des Fahrstuhls sah Karla zu uns hoch. Ihre Lippen zeichneten ein Lächeln, als sich unsere Blicke trafen.

"Kommen Sie?", fragte Maren Baum bereits vom Inneren des Fahrstuhls. Ich wandte mich um, stellte mich neben sie und drehte mich wieder zu Karla. Sie sah mich noch immer an, bis sich die Türen schlossen.

Dr. Baum verschwand nach dem Essen für den Rest des Tages im Archiv und am nächsten Morgen fuhr sie nach Hamburg auf eine Genforschungstagung. Ich hatte also die Chance, das zweite Untergeschoss zu erkunden. Ein kurzer Augenblick des Zweifels überkam mich, bevor ich mich auf den Weg dorthin machte. Wenn irgendjemand Maren erzählen würde, dass ich dort war, stünde das gesamte Vertrauen, das sie mir entgegenbrachte, auf dem Spiel. Das war es mir aber wert. Ich wollte Informationen, auch wenn mich die Suche danach den Job kosten konnte. Ich hatte also viel Zeit.

Hin- und hergerissen lief ich vor dem Fahrstuhl auf und ab. Wenn mich jemand beobachtet hätte, wäre ich tausendmal verdächtiger gewesen, als wäre ich direkt mit einem Schild um den Hals in das zweite Untergeschoss gefahren. Raquel kam mir in den Sinn. Würde ich gekündigt werden, wäre ich schneller wieder bei ihr. Mit dieser Hoffnung schnellte ich in den Lift, in den ersten Gang im zweiten Untergeschoss und am Wachraum vorbei, von dem aus mir eine Sicherheitsbeamtin zur Begrüßung zunickte. Vor der dritten Zelle füllte ich meine Lungen mit der sterilen Luft bis zum Anschlag und schaltete das Glas mit zittrigen Fingern transparent. Da war er wieder. Patient Nummer 32. Er sah, so nah, mager aus. Sein halbherzig rasierter Bart machte den Eindruck, von jemand Fremdes rasiert worden zu sein, als könnte man ihm keine Klinge anvertrauen. Er bekam rein gar nichts für seinen Aufenthalt, außer einen schlecht rasierten Bart - dachte ich. Gänsehaut fuhr wie eine Welle über meinen Körper, als ich Schritte hörte. Am Ende des Gangs stand die Sicherheitsbeamtin, die mich im Eingang begrüßt hatte.

"Gibt es Probleme?", wollte sie wissen.

"Nein", sagte ich, und stellte das Glas wieder um.

Zurück in meinem Apartment schrieb ich erneut auf einem einfachen Blatt Papier auf, was ich soeben gesehen hatte, auch wenn es nicht viel war. Es musste doch einen Weg geben, ungestört etwas länger mit dem Häftling zu kommunizieren, dachte ich. Ich schrieb es dennoch auf, samt aller kleinen Details, aus Angst ich würde verrückt werden. Ich wollte zur Gruppe und konnte die Nobelpreisverleihung kaum abwarten, die dem Ganzen ein Ende setzen würde. So hoffte ich.

Zwei Tage später war auch Dr. Baum wieder vor Ort, die einen wichtigen Termin mit der Leiterin des Sicherheitsteams hatte. Sie erklärte mir im Schnellschritt auf dem Weg zu ihrem Büro, dass es im Laufe der nächsten Tage Installateure im Haus geben würde, die ein komplett neues Überwachungssystem anbringen sollten. Ich wurde damit beauftragt, das Projekt zu beaufsichtigen, während das Personal Kameras anbrachte. In meinen Worten sollte ich die Handwerker also mit Getränken versorgen.

Dennoch sehr froh darüber, eine kopflose Aufgabe zu haben, bei der ich keine Zeit mit Dr. Baum verbringen müsste, spazierte ich durch die Gänge, von einem Handwerker zum Nächsten, mit Wasserflaschen unter meinen Armen. Im zweiten Obergeschoss knallten die drei Flaschen, die ich noch trug, auf den Boden. Vor meinen Augen lehnte Amrae sich rückwärts von einer Leiter in den Gang und grinste mich an. Ich rieb mehrmals meine Augen mit den Handballen. Wenn sie eine Wahnvorstellung war, müssten mich alle anderen in der Nähe für wahnsinnig halten. Wenn nicht, würde ich meine Professionalität selbst bald in Frage stellen müssen. Amrae zog ihre Augenbrauen hoch und winkte mich zu sich heran. Ich bekam keine Luft mehr. Ich fing auf der Stelle an, erbärmlich zu weinen.

"Komm her", flüsterte der schönste Geist vor mir, "und hör auf dir die Augen zu reiben!"

"Wie ...?" Mehr bekam mein Verstand nicht auf die Reihe. Amrae zog mich in eine Art Besenkammer unter der Stelle, wo sie eine Kamera anbringen wollte. Dann umarmte sie mich dermaßen kraftvoll, dass meine Wirbelsäule fünfmal hintereinander knackte. Ich umarmte sie zurück und hörte auf zu versuchen, mein Geheule unter Kontrolle zu bekommen.

"Anna, du bist zu einem Fluss geworden. Wo ist deine Energie hin?"

"W-welche E-Energie?", wimmerte ich in ihre Schultern.

Erst nach einigen Minuten konnte ich sie fragen, wie sie es in das Zentrum geschafft hatte, was sie vorhatte, wie es den anderen ging und wie die Nobelpreisverleihung geplant war.

Ihr freundlicher, beruhigender Blick sah mich mitleidig an, wobei ich doch nicht den Eindruck hinterlassen wollte, nichts hinzubekommen. Ich stellte mich gerade vor sie und sagte mit fester Stimme: "Entschuldige! Diese Emotionen! Es ist schön, dich zu sehen!" Daraufhin entspannte sich ihr Gesicht und sie begann, mir zu antworten.

"Ich bin Teil des Handwerkerteams, das heute das Forschungszentrum mit dem neusten Sicherheitssystem ausstatten wird." Sie machte eine Pause und fügte mit einem verliebten Ton hinzu, dass es ein von Peter entwickeltes System war, das mit seinem PC verbunden war. "Den anderen geht es sehr gut. Raquel arbeitet viel ..."

Wir hörten Schritte. Amrae legte ihre Hände auf meine Arme: "Die Nobelpreisverleihung wird das Größte, was wir bisher gestartet haben, Anna. Es wird wirklich, wirklich großartig."

Mein Herz raste: "Was kann ich tun?!"

"Nichts." Nichts? Wie, nichts?, dachte ich. Sie redete weiter, meine Enttäuschung erkennend: "Du musst nichts tun, außer deine Aufgaben für Dr. Baum zu erledigen. Konzentriere dich auf sie und alles, was sie sagt. Jede weitere Aufgabe könnte verdächtig wirken. Wenn etwas nicht so läuft, wie geplant, ist es nicht dein Problem. Du wirst da sein und auch mit ihr gehen." Was? Ich wollte aber doch nach Hause.

"O. k." Stark sein, Anna! "O. k.!"

"Was ist? Wirst du nicht mit nach Stockholm fahren?"

"Doch, doch." Sie hatte recht. Alles andere wäre unvernünftig. "Wann ist es vorbei, Amrae?"

Wieder umarmte sie mich. "Bald. Lass uns die Verleihung abwarten. Dann sehen wir weiter", sie holte einen selbstgezeichneten Grundriss hervor: "Peter hat Hohlräume im gesamten Gebäude gefunden, frag mich nicht wie. Jedenfalls haben wir sie aufgezeichnet und ich bin hergekommen, um zu sehen, ob sie groß genug für einen Menschen sind", flüsterte sie. "Sie sind groß genug. Du kannst im Zweifelsfall durch diese Gänge flüchten, Anna."

Wir verließen den Raum und ich sah, wie Dr. Baum an uns vorbeiging, sich umdrehte und uns über ihre Brille hinweg musterte, bevor sie hinter der nächsten Ecke verschwand. Ich verabschiedete mich mit einem stillen Händedruck von Amrae und ging. Wieder an die Arbeit.

Ich hatte vergessen, den Häftling zu erwähnen. Jetzt, da ich wusste, dass ich mehr Zeit haben würde, ihn nochmal zu sehen, eilte es nicht mehr.

Am Abend nach vollendeter Arbeit der Installateure redete ich mit Dr. Baum ein letztes Mal über den Ablauf der Nobelpreisverleihung.

"Hatten Sie Spaß?", unterbrach sie mein Gerede über Fluchtwege im Verleihungssaal. Ich nahm meine Brille ab und rieb mir die Schläfen.
"Was meinen Sie?"
"Oh nichts." Oh nichts? Amüsiert blickte sie mich an, als glaube sie, ich wüsste, was sie meinte und erwartete noch eine Antwort. "Die Frau im Blaumann sah ganz nett aus." Was? Ich lachte nervös. Sie dachte, ich wäre mit Amrae in der Besenkammer verschwunden, um Spaß zu haben. Ich wusste nicht, ob ich lachen oder weinen sollte. War sie plötzlich freundschaftlich interessiert oder wollte sie mich kündigen, wenn ich zugab, mich amüsiert zu haben? Sie war ganz und gar nicht misstrauisch. Ich merkte, dass sie mir ernsthaft schlichtweg vertraute.
"Ich, eh, ich ..."
"Ist schon gut. Sie leben seit einem halben Jahr hier. Kein Wunder ..." Sie räusperte sich und bat mich mit den Fluchtwegen fortzufahren. Mich ließ sie dennoch daran zweifeln, aus reinem Interesse gefragt zu haben.

Ich hatte nicht daran gezweifelt, dass die Gruppe einen Weg finden würde, die Nobelpreisverleihung sinnvoll zu nutzen. Was sie jedoch taten, übertraf meine Erwartungen.

Die Verleihung fand traditionsgemäß am 10. Dezember in Stockholm statt. Dass Dr. Maren Baum den Medizin-Nobelpreis bekommen würde, war längst angekündigt und jetzt ging es darum, Reden zu halten, Kontakte zu knüpfen, das Image zu verbessern oder zu halten und viel Champagner zu trinken.

Marens Team hatte nicht nur die Forschung vorangetrieben, die es leider möglich machen sollte, Jungen zu gebären, sondern auch herausgefunden, dass die Menschheit in hoher Geschwindigkeit zum Vegetarismus gezwungen wurde, weil sich a-Gal als Ursache entwickelt hatte, Fleischallergien auszulösen. Sie hat dafür zudem Ausweichmöglichkeiten wie Nahrungsergänzungsmittel für die Menschen entwickelt, die Fleisch oder Proteine brauchten.

In der prunkvollen Eingangshalle erblickte ich Raquel zum ersten Mal, als fast alle ihre Plätze einnahmen, und verharrte für einige Sekunden in dem Anblick. Sie stand hinter der gläsernen Bar neben den Eingängen zum Hauptsaal, trug eine Baristabluse und die Haare festgebunden. Ich wurde nervös und musste mich abwenden. Sie hatte es geschafft, sich als ausgebildete Tresenkraft für die Nobelpreisverleihung zu qualifizieren. Ich konnte nur mutmaßen, welche Welten sie dafür in Bewegung gesetzt hatte. Zitternd drehte ich mich wieder zu ihr. Sie sah auch mich und wich meinem Blick sofort aus. Die Angst, an diesem Abend ertappt zu werden, muss in den Knochen aller Aktivisten gelauert haben.

Nachdem ich sie erblickt hatte, suchte ich im Raum nach bekannten Gesichtern unter den Platzzuweisern, Lichttechnikern und Bühnenbildnern. Doch ich fand niemanden. Dass Raquel alleine hier war, konnte ich aber auch nicht glauben. Mein Puls raste, weil ich hoffte, dass ihr Plan gut laufen würde, ohne meine Nähe zum Forschungszentrum zu gefährden. Schnell genug würde ich und auch die ganze Welt erfahren, wer unter den Verantwortlichen sein müsste, die die Preisverleihung in die Geschichte eingehen lassen würden. Aktivisten, die sich als Ton- und Lichttechniker, Informatiker, Presseleute und Sicherheitsbeauftragte ausgegeben hatten. Es war meiner Meinung nach, ein Plan, der über die Fähigkeiten der Gruppe hinausging, dessen Ausführung ich leider nicht vollständig mitbekommen hatte, da der spannendste Augenblick des Abends, die eigentliche Verleihung, meine Chance war, Raquel zu sprechen. Ungeduldig tippte ich durchgehend mit dem Fuß auf den Boden, neben Dr. Baum.

"Haben Sie einen Grund nervös zu sein, oder ich?", lachte sie, während sie ihre Hand auf meinen Oberschenkel legte, woraufhin ich aufstand und mich auf den Weg zur Bar machte.

Raquel hatte von ihrer Position aus keinen direkten Blick auf die Bühne, aber das Bild von Dr. Baum wurde im gesamten Gebäude übertragen. Sogar auf den Toiletten.

Gegen 21 Uhr war es so weit. Marens Werk wurde beschrieben und gelobt. Mehrere Kurzfilme von ihr im Labor, von ihr mit Kindern und von ihr mit ihren Mitarbeitern wurden im Hintergrund abgespielt. Das, was sich noch immer als Königsfamilie Schwedens bezeichnete, saß im hinteren Teil der Bühne, neben dem altertümlichen Orchester. In der Mitte der Bühne, auf dem symbolischen "N" Alfred Nobels, stand sie. Dr. Maren Baum bedankte sich ausführlich und mit Tränen in den Augen. Das alles habe ich nur beiläufig mitbekommen. Denn ich stand in der Lobby vor der Theke und suchte Raquels Blick, der meinem nicht mehr nur aus Versehen oder Furcht auswich. Sie behandelte mich wie einen normalen Gast, der schon bekommen hatte, was er wollte. Ich vermutete, dass sie keine Verbindung zwischen uns zeigen wollte, aber ein Blick oder Nicken, ein kurzes Hallo oder eine Berührung durch das Servieren eines Getränks hätte mir gereicht. Mehr als das, es hätte mich beruhigt, mich bewegt, mich motiviert. Aber es kam nichts. Vielleicht forderte ich zu viel, an einem für Raquel so wichtigen Abend, aber war ein erklärender Blick zu viel verlangt? Gedankenleer sah ich sie an. Mir wurde egal, wie auffällig ich sie anstarrte.

"Sie sollten Ihren Platz aufsuchen, junge Frau."

"Du hast mich acht Monate nicht gesehen und mehr hast du mir nicht zu sagen?"

"Heute werde ich dir nicht sagen, dass ich dich liebe." Ihr ernster Blick passte zur Eröffnungsrede eines Leichenschauhauses. Sie anzusehen war für sie ein Zeichen dafür, dass das Gespräch beendet war und so ließ sie mich mit gemischten Gefühlen stehen.

"Habe ich dir auferlegt, es täglich zu sagen? Das tust du ohnehin nicht", sagte ich mehr zu mir selbst. Wollte sie mir ein Zeichen dafür geben, dass es bald ein Ende gab?

Meine Hände zitterten. Sie drehte sich dennoch nicht zu mir und fing an Weingläser zu polieren.

Dann gingen die Lichter aus. Amrae oder einer der anderen musste während Dr. Baums minutenlanger Danksagung den entscheidenden Knopf betätigt haben. Ich sah zum Bildschirm über der Bar.

Ein Abbild ihrer selbst stand neben Maren Baum, schimmernd und flackernd, wie ein Hologramm. Eine Welle von Getuschel und erschreckten Aufschreien fuhr durch den Saal. Mein Herz klopfte wie wild. Dr. Baums Reaktion überraschte mich. Einen Werbegag hätte sie nicht zerstören wollen und einen Panikausbruch wollte sie vermeiden. Sie war clever, aber lief direkt in die Falle. Da die Unterhaltung zwischen Dr. Baum und ihrem Abbild souverän war, wusste ich, dass sich jemand durch das Hologramm aus einem Versteck heraus mit Dr. Baum unterhielt. Ich war mir nach wenigen Sätzen sicher, dass es Amrae war.

"Was für eine schlechte Abbildung! Sie schielt ein wenig!" Das Publikum lachte und alle glaubten, es sei ein Scherz der Organisatoren des

Events. Diejenigen, die aufgestanden waren, setzten sich und die Show ging weiter.

Doch dann wandte sich das Hologramm dem Publikum zu:

"Sehr geehrte Zuschauer, diese Frau hier neben mir ist nicht nur eine erstklassige Forscherin ..." Dr. Baum lächelte nervös. "... sondern auch eine Massenmörderin höchster Geheimstufe. Skrupellos und ohne Reue geht sie über Leichen. Genauer genommen, über Leichen ungeborener Kinder, nur weil sie das falsche Geschlecht aufweisen, wie vor hundert Jahren noch Küken in Zuchtbetrieben der Eierindustrie!" Im Saal vervielfältigte sich Unruhe und auch Maren sah nervös in die Massen, in der Hoffnung, jemand würde etwas tun. Doch die Angst vor einem Panikausbruch lähmte sie. Das Hologramm sprach weiter: "Wenn sich schon mal einer von Ihnen gefragt hat, was genau die Versuche, maskuline Föten zu erschaffen, beinhaltet, waren sie anscheinend nicht mutig genug, weiter zu denken. Was glauben Sie, wie oft im Forschungszentrum neue Versuche zustande kommen? Täglich mehrere Hundert, meine Damen und Herren oder nicht, Dr. Baum?" Das Abbild der erschrockenen Nobelpreisträgerin drehte sich zu ihr. Sie stotterte etwas, antwortete schließlich: "Ja, mehrere hunderte Versuche, nur so funktioniert Forschung, Frau ..."

"Baum. Danke für die Einleitung, ich bin hoch erfreut, Sie mal persönlich vor mir zu haben. Eine Massenmörderin trifft man nicht alle Tage! Und dann noch eine, die für das Morden einen Nobelpreis verliehen bekommt!" Das Hologramm lächelte Dr. Baum an, als wäre sie emotional, wie ein echter Mensch. "Was geschieht mit Ihnen?! Werden Sie womöglich ebenfalls zerhäckselt und zu Tierfuttermehl verarbeitet? Eine grausame Vorstellung, nicht wahr?" Bevor Dr. Baum etwas entgegnen konnte, schossen die nächsten Worte des Hologramms durch die Lautsprecher. Mir wurde schlecht beim Zusehen der Szene. "Aber warten Sie, bitte unterbrechen Sie mich nicht, das gehört sich nicht. Ich möchte dem Publikum noch eine Frage stellen: Was glauben Sie, was mit den ganzen Versuchen geschieht? Haben Sie schon von erfolgreich herangezüchteten maskulinen Embryos gehört? Nein! Und warum nicht? Weil täglich mehrere hundert feminine Embryos entstehen! Und was passiert mit denen Dr. Baum? Erklären Sie uns das doch bitte mal!" An dem Punkt standen viele Zuhörer auf und auch ein Teil des Sicherheitsdienstes wurde unruhig. Erst in dem Moment schien jeder an der Show zu zweifeln. Es wurde sich im Saal umgesehen, von wo die Projektion kam. Die Unruhe der Securities übertrug sich innerhalb weniger Sekunden auf das Publikum. Abgemacht war es, an der Stelle die Übertragung zu beenden. Wir, also die Gruppe, hatte die Frage in den Raum geworfen, ohne jemanden zu verletzen oder ernsthaft gefährlich zu sein.

Dunkelheit und Stille sind eine beeindruckende Mischung, wenn 1600 Menschen an ihrer Menschenkenntnis zweifeln. Es rührte sich niemand in den Sekunden nach dem Ende der Projektion. Selbst ich atmete langsam, spürte die Gänsehaut. Ich hätte das alles genossen, wenn sich in den letzten Monaten nicht die Sympathie für Dr. Baum in meinen Kopf geschlichen hätte. Ich verlor sie selbst in der Dunkelheit nicht aus den Augen. Sie atmete und wirkte ruhig auf mich, doch sie starrte dabei ins Nichts. Getuschel breitete sich erneut im Saal aus, auch Schritte hörte ich zunehmend. Ich ging zu ihr, legte meine Hand auf ihren Arm, sie zuckte zusammen. "Ich kann Sie wegbringen", bot ich ihr an, doch sie schüttelte den Kopf, wortlos. Als ich mich von ihr entfernen wollte, hielt sie mich aber am Arm. Also blieben wir weiterhin auf der Bühne stehen. Mir kam der Gedanke, was die Gruppe von mir halten würde, eingehakt neben unserer Feindin auf der historischen Bühne stehend. Doch was war an dem Abend schon die Gruppe? Raquel hatte mich nicht beachtet und Maren Baum war ein zitterndes Kind an meiner Seite. Außerdem musste ich weiterhin ihr Vertrauen pflegen. Eine der Veranstalterinnen, Frau Lenz, lief steif auf uns zu, als hätte sie nie Sport gemacht, aber jede Kalorie abgezählt. Sie griff nach dem Mikrofon in Marens Hand und erklärte, dass die Veranstaltung aus Sicherheitsgründen abgebrochen würde. Sie fügte hinzu, dass kein Grund zur Panik bestand und bat die Menge ruhig und gesittet das Gebäude zu verlassen. Die Panik war trotz Dunkelheit längst in jedem Gesicht zu sehen. Der Saal leerte sich also schnell. Ich sah, wie sich Raquel und Amrae in der Menge verloren. Alle wurden aufgefordert, die Türen zu bewachen, für den Fall, dass uns doch etwas auffällig vorkommt oder jemand aus Panik die Türen blockiert. Ich lief also direkt auf die Tür zu, die auch Raquel und Amrae ansteuerten. Es war nicht die klügste Idee. Als ich bei ihnen ankam und mich zur Bühne drehte, glaubte ich Marens Blick für eine Sekunde zu begegnen. Sie könnte einfach nach all ihren Angestellten gesehen haben oder aber bemerkt haben, dass mir Amrae zugenickt hatte. Raquels Blick entnahm ich, dass ich die falsche Tür angesteuert hatte.

Zum Schluss blieben nur noch die Veranstalter und Unmengen an Sicherheitsbeauftragten zurück. Eine von ihnen, ebenfalls im Smoking, kam auf uns zu. Es war Karo, die mich misstrauisch ansah. Karos Vertrauen dürfte ich mir nicht verspielen.

"Dr. Baum, es tut mir leid, dass ich Ihnen auf diese Weise mitteilen muss, worauf mein Team sich geeinigt hat, aber Sie müssen uns begleiten. Wir halten es für sicherer, wenn Sie eine Weile nicht mehr in das Forschungszentrum zurückkehren und wenn auch sonst niemand Ihren Aufenthaltsort kennt. Wir werden Ihnen das Nötigste zukommen lassen, aber unter diesen Umständen geht Ihre Sicherheit vor", sagte sie leise, aus Angst es würde jemand mitbekommen, was meiner Meinung nach längst geschehen war. Dr. Baum nickte verstört und wir begleiteten sie zu einem Helikopter hinter dem Gebäude, welcher uns nicht gerade unauffällig forttrug.

Wir flogen etwa eine Stunde durch die Nacht. Ich hatte keine Ahnung wohin. Die einzige Unterhaltung, die Dr. Baum aus sich herauspressen konnte, war einseitig: "Es kam mir in Stockholm so vor, als würden Sie die Dame kennen, Frau Bavarro Fernández."

"Welche Frau?", fragte ich und fürchtete Schlimmes.

"Die Barkeeperin."

"Meinen Sie die mit den blonden Haaren? Oder die mit den dunklen Haaren? Ich hätte bei der Arbeit nicht flirten dürfen, Entschuldigung." Sie lachte daraufhin. Mein Herzschlag beruhigte sich.

Am Landeplatz versuchte ich Anhaltspunkte zu finden, die mir verraten würden, wo wir waren, fand aber keine. Mir blieb die Hoffnung auf Marens Vertrauen und mehr Informationen ihrerseits. Wir befanden uns in einem Hotel einer Kette, die alle Hotels gleich ausstatteten. Wir waren aber definitiv noch in Schweden, wie ich am Dialekt des Hotelpersonals erraten konnte. Mein Pager wurde mir entwendet. Von Marens Seite hätte ich ohnehin nicht weichen dürfen. Außerdem war das Risiko, ertappt zu werden, zu groß. Es blieb mir nichts anderes übrig, als zu warten. Ich bekam nicht einmal mit, ob die Gruppe erwischt wurde oder den Erfolg feiern konnte und wie sehr man ihnen auf der Spur war. Ob sie vielleicht sogar in Gefahr waren.

Später erfuhr ich von Karla, dass die Live-Übertragung abgebrochen wurde, nachdem das Hologramm erstmals Massenmörderin sagte. BTN hatte ganze Arbeit geleistet. Aber wichtiger war, dass viele Journalisten und Forscher, sowie Dr. Baum selbst alles gesehen hatten, ohne etwas dagegen unternehmen zu können.

Wahrscheinlich gingen Mahnungen oder sonstige Bitten der Regierung schon an die Sender und Zeitschriften, die davon berichten wollten, um die Zuschauer und Leser nicht zu beunruhigen. Aber die Medien waren unberechenbar. Jeder, vor allem die unabhängigen, kleinen Blätter, wollten diesen Aufhänger an erster Stelle zeigen, um Leser- und Einschaltquoten zu erhöhen. "Woher kam diese Projektion und was ist an dem dran, was sie uns sagte, liebe Zuschauer. Haben Sie wirklich noch nie darüber nachgedacht, was mit den Fehlversuchen geschieht?", hörte man in den Mitternachtsnachrichten des zweitrangigen Fernsehsenders "Timeline." Im "Pengar", ein schwedisches Wirtschaftsmagazin, las ich schließlich am Tag darauf, dass Dr. Baum zu Recht jegliche Art von Erklärung und Widerlegung dessen, was am Vorabend bei der Verleihung des Nobelpreises geschah, mied. Was kann jemand in einer solch heiklen Situation, in Anbetracht der Verantwortung, die sie trägt und vor so vielen Zuschauern, schon sagen? Die Diskussion sollte mehrere Monate dauern. Ich fragte mich, wie Dr. Baum sich fühlte. Ich wollte sie zu gerne fragen, fühlte mich aber nicht in der Position, nach so einer Katastrophe in ihrer Karriere, Persönliches zu erfragen.

Oft fiel auch der Name unserer Organisation. Spekulationen über Spekulationen. Wir hatten verbreitet, was lange ungesagt blieb und jetzt blieb nur noch die Hoffnung, dass die Zeit es nicht in Vergessenheit geraten ließ. BTN hielt sich aus allem raus. Wahrscheinlich auf Wunsch der Regierung, denn leisten konnte sich ein unabhängiger Sender den Verlust der Einschaltquoten niemals. Meine Theorie war immer noch, dass der Sender ohnehin vom Parlament bezahlt wurde.

Der größte Erfolg des Abends aber war nicht, das Hologramm lange genug gehalten zu haben, sondern vielmehr, dass niemand uns ernsthaft verdächtigte. Genau genommen wurde die Gruppe durchaus verdächtigt, aber es gab keine konkreten Gesichter und auch ich konnte meine Spionage einfach fortführen. Die Gruppe würde fortan weitere Möglichkeiten suchen, auf sich aufmerksam zu machen, wobei die wichtigste Frage, die bereits gestellt wurde, ein medialer Selbstläufer war. Sie müssten eigentlich nur noch weitere Anhänger suchen, wachsen und dann das Zentrum direkt angreifen. Wie genau, ohne terroristisch zu handeln, wusste ich nicht. Ich war mir sicher, dass auch sie es nicht wussten. Ich musste so bald wie möglich mit ihnen reden. Zunächst würde ich vermutlich bei Dr. Baum bleiben müssen. Nicht aber so lange, wie ich zunächst dachte. Überraschenderweise sollte ich wieder in das Zentrum und Maren Baum zurücklassen, damit wirklich niemand ihren Aufenthaltsort kannte. Der Grund, den sie mir nannten, war, dass meine Hauptaufgabe immer noch die sei, rund um die Uhr für Karla und Piet Raingot da zu sein und den Häftling im Notfall zu beschützen. So konnte ich auch weiterhin versuchen im Zentrum mehr herauszufinden, aber mehr als einen Plan vom Inneren des Forschungszentrums weiterzuleiten, konnte ich ohnehin nicht tun. Die Explosion vor einem halben Jahr war zwar auch meinetwegen ein Erfolg und so gut geplant, dass niemand verletzt wurde, aber sie hatte nichts gebracht. Es wurde keiner verdächtigt und keine Botschaft verstanden. Maren verstand darin keine Aufforderung, aufzuhören Föten zu töten, sondern sie verschärfte die Sicherheitsmaßnahmen, weil sie Angst vor irgendwelchen dummen, kleinen Aktivisten hatte, die ihre Arbeit gefährdeten. Sie war lediglich der Meinung, dass diese die Bedeutung des Projekts für die gesamte Menschheit unterschätzten.

Mit den Ereignissen und der tickenden Uhr wuchs meine Ungeduld. Ich glaubte, mehr könnte ich nicht rausfinden. Ich wollte nach Hause. Aber an Raquel zu denken, war alles andere als an zu Hause zu denken. Sie wollte mich nicht. Und was wollte ich?

Kapitel 14

Der Wunsch nach Gras, Bäumen und Schlamm unter meinen Füßen zog mich nach draußen. Ich hatte Angst, wahnsinnig zu werden, wenn ich meine Lungen nicht bald brennen lassen würde oder regelmäßiger mit Karla sprechen könnte. Ich musste mich nicht einmal zwingen, das Zentrum für Sport zu verlassen, wenn Minusgrade herrschten, obwohl diese stechende Kälte normalerweise für mich der einzige Grund für Indoor-Sport wäre. Nach solchen Tagen, wie die in Stockholm, musste ich einen Bezug zur Realität herstellen. Da mir dies nicht durch meine Augen möglich war, suchte ich den Schmerz, den Sport verursachen konnte. Was ich bisher gesehen hatte, machte die Arbeit hier zum Leben in einer Traumwelt oder zu einem Film. Wenn die Phase einsetzte, in der ich mir wie ein Schlafwandler vorkam, schreckte ich kaum noch vor dem Gedanken zurück, erwischt zu werden, wenn ich in Räumen umherirrte, die nicht für meine Augen bestimmt waren. Wovor ich dafür zunehmend Angst hatte, war das, was nach meiner Zeit hier kommen würde. Ein gemeinsames Leben mit Raquel war von heute auf morgen keine Option mehr für mich. Lange genug war ich blind, als habe ich mir jahrelang selbst etwas vorgemacht. Sport und der Kontakt zu Karla waren meine Ablenkung, mein Ausgleich und mein Ansporn, um weiter zu machen.

Am Morgen nach der Preisverleihung fuhr ich also mit dem Schnellzug nach Berlin und freute mich während der Reise bereits darauf, durch den verschneiten Wald zu rennen. Auch Karla vor der Tür getroffen zu haben, hielt mich nicht davon ab. Mein Drang alleine zu sein, war zu stark. Sport nahm noch den Rang vor den Gesprächen mit ihr ein und ich wollte nicht über die Verleihung reden. Die Arbeit im Zentrum war nicht der Grund dafür, dass ich mich fühlte, als würde ich träumen, sondern die Gruppe.

Ich war müde und kraftlos von der Arbeit mit den GBA. Nun nannte ich sie schon selbst so, wie jeder, der sie nicht verstand. Ich schaffte es nicht, mir zu erklären, warum Raquel rein gar nichts zu mir gesagt hatte. All das hätte mich zum denkbar schlechtesten Gesprächspartner für Karla gemacht. Ich hatte sie nicht einmal gefragt, wie die Tage für sie gewesen waren. Sie kam so nicht in Versuchung, mich über meine auszufragen. Später bereute ich, nicht mit ihr geredet zu haben, als ich vom Sicherheitsbeauftragten die Aufnahmen des ersten Untergeschosses gezeigt bekam. Karla gehörte seit dem 10. Dezember zu den Hauptverdächtigen des Terrors gegen Dr. Maren Baum. Wie sarkastisch das Leben sein konnte, als es mir Karla als Sorgenkind zusätzlich auf die Schultern setzte.

Ich wusste, dass sie neugierig war und ich verstand ihre Frustration, weil sie seit fast einem Jahr keine Erklärungen bekommen hatte. Aber ich hielt sie bis zu dem Tag nicht für so unvorsichtig. Es musste etwas passieren, sich etwas ändern, bevor jemand beschließen würde, sie vollkommen zu überwachen.

Ein klärendes Telefonat mit Raquel erschien mir nötig, da ich nicht tatenlos herumsitzen wollte. Zwar hatte ich Angst davor, mit ihr über die Preisverleihung zu sprechen und sie war für mich abgeschrieben, dennoch musste mein Leben im Zentrum sinnvoll weitergehen oder endlich ein Ende nehmen. Sie würde nur Interesse daran haben, Marens Versteck herauszufinden, aber ich wollte einen Plan. Das Zentrum war besser bewacht, als vor einem Jahr, aber es war wesentlich ruhiger seit der Prämierung. Dr. Baum hatte Unmengen an Sicherheitskräften bei sich im Ausland und Dr. Sergejev war ohnehin damit beschäftigt Verhandlungen mit dem Bundesnachrichtendienst zu führen, wie ich hörte. Das Zentrum fiel in eine Art Schlaf.

Ich wollte die Chance nutzen, um mehr über den Mann im zweiten Untergeschoss herauszufinden, bevor ich mit Raquel telefonierte. Noch am selben Abend ging ich wieder in den Keller, wo ich ihn missmutig mit gesenktem Kopf fand. Als er mich wahrnahm und hochsah, lachte mich eine dunkelrot verkrustete Platzwunde direkt über seinem rechten Auge an. Noch magerer, als vor wenigen Tagen, sah er aus. Drei Blutergüsse am rechten Oberarm und ein kürzlich vernarbter Riss am rechten Ohrläppchen, wo vorher modebewusst ein Ohrring hing, deuteten auf Rangeleien hin. Meine Verwunderung beantwortete er mit einem Lächeln und seine Schultern zogen sich hoch. Ich fragte ihn mit Zeichen, ob er geschlagen wurde und er verneinte. Er zeigte auf sich selbst, als Schuldigen. Strom schoss durch meine Adern, mein Puls raste. Ich musste versuchen einen klaren Gedanken zu fassen, aber die Angst vor dem, was um mich herum passierte, war zu groß. Ich musste etwas tun. Ich musste hier weg. Ich fühlte mich selbst nicht mehr sicher. Ich musste auch ihn mitnehmen. Ich schrieb auf meinen Zettel, dass ich ihn herausholen würde. Er rollte die Augen. Wir glaubten wohl beide nicht daran, dass es funktionieren könnte.

Mein Plan war es, ihm Ja- und Nein-Fragen aufzuschreiben, aber mir fiel keine ein, die mir weitergeholfen hätte, ohne zu wissen, weshalb genau er dort war. Also schrieb ich die Frage "Warum sind Sie hier?" auf und hoffte darauf, ihn mit Zeichen antworten zu sehen. Er lächelte. Er hob seinen Zeigefinger, um mir zu zeigen, dass es eine schwere Frage sei. Am liebsten hätte ich ihn freigelassen, aber Misstrauen und Angst vor den Konsequenzen hielten mich auf. Dann nahm er beide Arme zusammen, als würde er ein Kind wiegen. Ich überlegte, ob er einer der freiwilligen Spender war, die heutzutage das Zentrum gegen Geld "unterstützten". Einen kurzen Moment der Abneigung hielt mich rührungslos. Dann machte er dieselbe Bewegung und zeigte nach oben und der Groschen fiel bei mir. Ich bekam große Augen, denn ich hatte Johann Wintermann, Karlas Mann vor mir. Meine Beine wurden weich und ich sprachlos. Er beobachtete meine Reaktion mit gehobenen Augenbrauen. Er muss vernommen haben, dass ich ab da wusste, wer er war und dass ich weitaus mehr über seinen Sohn und seine Frau wusste, als er anfangs dachte. Er kam näher an das Glas. Ich konnte jede Falte, die roten Äderchen in der einst weißen Fläche seiner Augen und die Träne sehen, die sich in seinem Augenwinkel bildete. Ich starrte ihn mit offenem Mund an. Wie konnte es sein? Karla suchte ihren Mann schon so lange und fürchtete, er würde nicht wiederkommen und dabei war er all die Zeit im selben Gebäude wie sie.

Tränen sammelten sich über den dunklen Augenrändern Johann Wintermanns. Er zeigte auf mich und wollte wissen, wer ich war. Wieder holte ich den Block hervor. "Anna Bavarro Fernández, Dr. Baums Assistentin", schrieb ich. Erschrocken ging er einen Schritt zurück. Mehr erlaubte seine Zelle nicht. "Mitglied der GBA", fügte ich hinzu. Johann kam wieder näher und berührte zitternd die Scheibe zwischen uns. Für einen kurzen Augenblick glaubte ich, einen unvorsichtigen Fehler begangen zu haben, doch er zitterte nur. Ich wollte ihm sagen, dass ich alles versuchen würde, um ihn zu befreien. "Ich hole Sie hier raus", schrieb ich, dann legte er seine Arme wieder wie eine Wiege zusammen. Er wollte, dass ich Piet beschützte, nicht ihn.

Ich ließ das Glas wieder milchig werden, während ein letzter Blick in sein Gesicht mir mehr Tränen zu sehen gab. Daraufhin verließ ich das Stockwerk und dachte darüber nach, was ich tun könnte.

Unsicher schob ich meine Ideen vor mir her. Ich gab der Gruppe noch die Chance, sich über die Preisverleihung zu freuen und drückte mich mehr und mehr vor einem Gespräch. Ich erledigte das, was ich unterbewusst noch für meine Arbeit hielt, verbrachte schweigsame Stunden mit Karla und dachte an alles und nichts. Wie konnte ich es ihr nur verheimlichen? Wie hätte ich es ihr nur sagen können?

Eine Woche nach der Verleihung erreichte mich frühmorgens ein Anruf von Maren Baum und ich fühlte mich wie ein Kind, das etwas angestellt hatte und dafür bestraft würde. Ich dachte, es ging um das zweite Untergeschoss, welches ich nicht grundlos betreten durfte.

Die Videokonferenz fand zwischen Dr. Baum, zwei Sicherheitsbeamtinnen und mir statt. Ich wurde gefragt, ob ich ein Dokument, welches vor mir auf dem Bildschirm erschien, schon einmal gesehen habe, ob ich einen Verdächtigen das Zentrum hatte betreten sehen oder ob mir der Inhalt etwas sagte. Ich verneinte die ersten beiden Fragen, las den Brief und verneinte kreidebleich die dritte Frage. Innerlich brach ich zusammen. Wie weit Raquel noch gehen wollte, fragte ich mich:

"Hallo Dr. Frankenstein,
wenn du nicht aufhörst, Kinderherzen aufzuschneiden,
wirst du in Kürze richtig leiden.
Da die Warnungen nicht gefruchtet haben,
musst du sie nicht länger ertragen.
Deine Arbeit ist getan, Applaus Applaus für deinen missglückten Plan.
Entspanne ab jetzt deinen Verstand,
im wohlverdienten Ruhestand.
Und siehe ein, dass wir dir nichts umsonst senden,
sonst wirst du bald dein Leben beenden.
GBA"

Ich versuchte mich zusammenzureißen, wobei ich nach außen hin mit Sicherheit mehr als verdächtig gewirkt haben musste. Dr. Baum sah schrecklich aus. Ich glaubte sogar, feuchte Augen glänzen zu sehen, als ich den Brief schloss. Die Ereignisse und meine Gedanken überschlugen sich. Er war ausschließlich an sie gerichtet.

"Was werden Sie jetzt tun?", fragte ich benommen.

Sie schüttelte den Kopf: "Ich weiß es nicht, Anna." Sie hatte mich noch nie beim Vornamen genannt. Ich musste mit Raquel telefonieren, ganz dringend, und meine Angst vor Konfrontationen herunterschlucken. Ich musste nach Karla und Piet sehen, wollte das Büro aber nicht ohne Aufforderung verlassen, um nicht den Anschein zu erwecken, ich würde jemanden warnen oder mich sogar über den Erfolg freuen.

"Geh bitte nach Piet sehen, ja?", sagte Maren nach wenigen schweigsamen Minuten. Ich nickte und verließ den Raum.

Karla war nicht draußen, als ich ankam. Sie rannte mir aber mit Piet kurz darauf geradezu in die Arme. Wir lachten unpassend und sie erzählte mir, dass sie soeben interviewt wurde und sie wollte wissen, was los sei. Sie wollte rauchen, ich gab ihr Feuer und bat sie, mit mir zu spazieren. Natürlich kam mir aber Dr. Baum zuvor. Karla entschuldigte sich, gab mir ein Zeichen dafür, dass ihr Kommunikationsplug klingelte, und ging ran. Sie entfernte sich langsam spazierend in den Wald. Das, was ich von ihrer Stimme noch vernahm, klang verängstigt.

Ich verspürte das Bedürfnis, mit Amrae zu sprechen. Ich schrieb ihr, um ihr zu verstehen zu geben, ich sei erreichbar. Ich hatte seit einigen Wochen große Angst davor, dass auch die verschlüsselte Leitung, mit der wir telefonierten, entdeckt würde, aber was hatte ich noch zu verlieren? Ich glaubte, es müsse jetzt alles schnell gehen, bevor es unmöglich würde in diese Festung einzudringen.

"Hi, Freundin", sagte diese sanfte, beruhigende Stimme am anderen Ende. Ich atmete tief ein, um erneut Tränen zu unterdrücken. Wie konnte eine so gute Seele Teil einer solchen Aktion werden? Ich schämte mich für Raquel.

"Hi Freundin", flüsterte ich schließlich zurück. "Wieso hat Raquel das gemacht?"

"Was gemacht? Dich da rein zu schicken? Ich frage mich das jeden Tag."

"Ich meine den Brief, Amrae." Ich flüsterte fast so leise, dass auch sie mich kaum verstand.

"Was für ein Brief?" Sie flüsterte emphatisch mit. Ich konnte nicht lächeln. Mir wurde schwindelig.

"Hat sie das im Alleingang gemacht?"

"Ich kann dir nicht folgen, was ist denn passiert?" Ich schwieg. "Anna?" Ich legte auf. Natürlich hatte Raquel niemanden eingeweiht, weil niemand mehr auf ihrer Seite war, nach solchen Vorschlägen. Sie ist größenwahnsinnig geworden! Ich musste sie aufhalten, bevor sie die Worte wahr werden ließ. Hatte Raquel direkt im Zentrum irgendwie Einfluss erlangt? Ich wurde panisch. Ich ging zwischen den Bäumen entlang und versuchte nachzudenken. Ich lief und rauchte und verfluchte diese Gewohnheit. Was konnte ich tun? Ich war mir sicher, dass Amrae und die anderen mir helfen würden, Raquel aufzuhalten, ohne Behörden einzuschalten. Ich wollte sie nicht anschwärzen und schon gar nicht einsperren lassen. Ich konnte aber von hier aus nicht direkt mit ihr reden, um ihr den Kopf zu waschen. Ich erinnerte mich daran, wie sie in den letzten Jahren öfter zu mir sagte, wie wichtig meine Nähe und mein Mitwirken für sie waren, weil ich immer so sachlich und bedacht und sie so impulsiv war. Sie war aber doch nicht dumm! Sie sagte immer, sie kämpfe für ihre Ziele und Ideale - koste es, was es wolle.

Am Abend ging ich zu Karla, ich musste ihr erklären, was gerade passierte, um sie zu schützen. Ich hatte nicht viel Zeit. Bei ihr angekommen wurde ich unruhig und erzählte ihr, dass der Brief Morddrohungen enthielt. Bevor ich ihr sagen wollte, dass auch sie und Piet in großer Gefahr waren, ging sie ins Badezimmer und eine unaufhaltsame Angst flutete meinen Kopf. Panikerfüllt glaubte ich, ich müsse zu Piet, ich wollte Piet zu Karla bringen, Raquel anrufen und handeln. Meine Ideen überschlugen sich. Adrenalin war alles, was ich noch spürte. Die Horrorvorstellung, dass meine Arbeit nur ein Ablenkungsmanöver sein könnte, um dem Jungen etwas anzutun, überkam mich.

Wenige Sekunden brauchte ich nur, um durch das Treppenhaus vier Stockwerke tiefer Piet seelenruhig in seiner Wiege schlummernd vorzufinden. Ja, es gab Überwachungskameras und ich konnte mir nicht vorstellen, dass Piet auch nur eine Sekunde unbeobachtet war. Maren hätte keine Nachlässigkeit zugelassen. Doch jedes Team ist nur so aufmerksam, wie sein nachlässigstes Mitglied und ich selbst vertraute niemandem mehr. Erleichtert und verzweifelt fing ich an zu weinen. Mit dem Jungen auf meinem Arm ging ich in die Empfangshalle. Ich hatte eine Nachricht bekommen, die ich an der Rezeption abholen sollte. David sagte mir dann, dass Maren Baum im Zentrum war und mit mir reden wollte. Ich drückte das Wunderkind ganz fest an mich - er war so wunderbar warm - und steuerte wieder Karlas Apartment an. Ich wollte sie bitten, mit Piet dort zu bleiben, auf mich zu warten, aber Dr. Baum war bereits bei ihr. Ich befand mich in einer Festung, in der ich niemandem mehr trauen konnte. Zu sehen, dass Karla sich mit Dr. Baum unterhielt, füllte mich mit Misstrauen beiden gegenüber. Zwar war ich erleichtert, dass meine Paranoia nicht direkt bestätigt wurde, aber gemischte Gefühle waren dennoch präsent. All die verrückten Gedanken in mir nahmen Überhand. Und genauso muss ich ausgesehen haben, weil sie beide die Stirn runzelten, als sie mich erblickten. Eine Sicherheitsbeamtin kam auch dazu, um mit Maren zu sprechen, welche im Inbegriff war, zu gehen. Sie blieb aber stehen. Wir standen im Kreis und schwiegen. Ich wünschte mir eine Quelle eiskalten Wassers für einen klaren Geistesblitz. Was die Beamtin dachte oder was sie interpretierte, wollte ich nicht wissen. Maren zitterte und sie hatte allen Grund dafür, Angst zu haben. Die Drohung würde sie wahrscheinlich sehr lange nicht mehr ruhig schlafen lassen. Ich fragte mich, ob sie überhaupt geschlafen hatte. Während wir mitten in Karlas Eingang standen, wurde es draußen langsam dunkel. Es sollte eine Pressekonferenz direkt am Morgen stattfinden, so hatte Dr. Baum es mir geschrieben. Das war wohl auch der Grund für ihre Anreise mit den unzähligen bewaffneten Uniformträgerinnen. Somit gab es viel für mich zu tun und wieder verschob ich das Telefonat mit Raquel. Ich rief alle einflussreichen Medienhäuser an und beauftragte ein Catering-Unternehmen. Ich verfluchte Raquel. Gerade mit solchen Aktionen machte sie mir nur mehr Arbeit und ich fand keine Zeit, weder um Karla weiter zu erklären, wie unsicher sie gerade lebte, noch um Raquel selbst anzurufen und anzubrüllen. Außerdem würde Karla mit Dr. Sergejev am Morgen der Pressekonferenz in das diplomatische Zentrum der Stadt fahren, was ich von Maren erfuhr. Dass mittlerweile viele Informationen an mir vorbei gingen, ärgerte mich in diesem Stadium. Ich musste in Ruhe einen Plan erstellen, darüber nachdenken, ob es eine Lösung gab, mit der niemand verdächtigt oder angeklagt würde.

Karla war inzwischen nur noch Haut und Knochen. Sie war seit fast einem Jahr in diesem Zentrum und sie hatte Johann seit mehreren Monaten nicht gesehen. Ich musste ihr erzählen, was ich wusste und gemeinsam mit ihr einen Plan schmieden oder sie irgendwie dazu bringen, wieder Freude am Leben zu haben. Ohne weiter darüber nachzudenken, überredete ich sie, mit mir in die Stadt zu fahren, um für ein paar Stunden das Chaos zu vergessen. Ich wusste nicht, wie mir geschah, als wir durch Berlins Straßen fuhren, um einen geeigneten Ort zu finden, an dem wir etwas trinken und ungestört reden konnten. Ich steckte bis zum Hals in Arbeit, und wenn jemand herausgefunden hätte, dass ich mit dem zu beobachtenden Menschen das Zentrum verlassen hatte, wäre ich nicht nur meinen Job, sondern auch meinen Kopf los gewesen. Karla bekam mit, wie besorgt ich war.

"Hey, du hast mich überredet den Kopf hier frei zu bekommen, machst dir aber selbst die größten Sorgen?" Sie lachte. Sie hatte Recht! Ich lachte auch und entspannte mich etwas. Nachdem ich mir bewusst machte, dass wir beide diesen Abend brauchten, ließ mein Kopf auch andere Gedanken zu. Was wäre, wenn wir einfach die Stadt verließen? Wieso nahm ich nicht eine der Ausfahrten und ließ alles hinter uns? Sie hätte Piet nicht alleine gelassen, dachte ich. Wir wären ohnehin nicht weit gekommen. Also genoss ich den Abend in Berlins Partyviertel und bezahlte meinen Leichtsinn am nächsten Morgen mit Kopfschmerzen und Filmrissen, aber auch mit Lachkrämpfen und schönen Erinnerungen mit Karla. Sie musste zwar immer wieder überredet werden, mit mir zu tanzen, aber das war keine Kunst.

Wir beide kamen früh genug aber unkonzentriert im Forschungszentrum an. Ich schob Schmerzmittel unter Karlas Tür, während sie sich auf ihren bevorstehenden Ausflug mit Dr. Sergejev am selben Tag vorbereitete und hoffte, der Tag würde schnell vergehen. Doch er verlief schleppend und fing sogleich mit Höchstleistungen für meinen Kopf an. Kurz nachdem die Sonne aufging, füllte sich der Konferenzsaal im ersten Untergeschoss mit Presseleuten und erneut mit Kriminalbeamten. Die Pressekonferenz war vorbereitet. Dr. Baum und ich standen vor dem Eingang, weil ich versuchte sie zu beruhigen. Der Vorabend trommelte meine Gehirnzellen hin und her, aber ich wusste, dass ich mich zusammenreißen musste. Wie immer, wenn ich bewusst Fehler machte.

"Mir ist schlecht, Anna." Maren atmete durch ihre Zähne tief ein und aus. Mir war auch schlecht. Ohne Tablette wäre ich wahrscheinlich nicht einmal im Stande gewesen, gerade neben ihr zu stehen.

"Ich bin bei Ihnen. Sobald es Ihnen zu viel wird, bringe ich Sie weg." Sie tat mir wieder leid. Ich war mir sicher, dass sie sich ihren Traumberuf so nicht vorgestellt hatte und auch, dass sie den Vorwürfen nicht standhalten würde. Sie war zwar offensichtlich eine von der Regierung tolerierte oder gar subventionierte Verbrecherin, aber dass sie sich das ausgesucht hatte, bezweifelte ich mehr und mehr. Wir lächelten uns an, bevor ich ihr die Tür in das Blitzlichtgewitter öffnete. Ich hatte bereits mehrere Pressekonferenzen miterlebt, von der Seite der Fragenden und der Befragten. In meiner bisherigen Laufbahn aber war keine Konferenz wie diese gewesen.

So schnell ich gucken konnte, fingen auch die Fragen unkontrolliert und unaufgefordert an durch den Raum zu hallen: "Dr. Baum, was sagen Sie zu den Vorwürfen der Nobelpreisverleihung? Was ist an den Vorwürfen dran? Was passiert denn tatsächlich mit den Föten: Ein offizielles Statement müsste es ja wohl geben, da alle Menschen geglaubt haben, dass natürlich nichts Unrechtes in dieser Forschungsstätte geschieht. Jetzt gibt es plötzlich Gründe, direkt nach der Preisverleihung Gegenbewegungen beizutreten und nicht mehr an das Gute in Ihrer Forschung zu glauben. Wer entscheidet denn, was mit den Föten geschieht? Wie stellt das Zentrum sicher, dass die Menschenrechte gewahrt werden? Können Sie, Dr. Baum, mit gutem Gewissen sagen, dass niemand durch Ihre Forschung zu Schaden kommt?" Bevor Maren auch nur ein Wort sagen konnte, mischte ich mich ein. Sie sah so aus, als würde sie jede Sekunde umkippen. Ich stellte mich neben sie, hielt sie am Arm fest und setzte sie an den Platz, neben dem Mikrofon, um mich selbst an das Mikrofon zu setzen.

"Ich hoffe, es ist für Sie alle kein Problem, mich als Dr. Baums Sprecherin anzuhören und mich die Fragen beantworten zu lassen. Zunächst will ich auf die bereits gestellten Fragen eingehen, deren Beantwortung wahrscheinlich über die Hälfte unserer Zeit in Anspruch nehmen wird. Ich hoffe, Sie berücksichtigen fortan die Neugierde Ihrer Kollegen, damit noch weitere offene Fragen der Reihe nach beantwortet werden können." Ein kurzer Blick in Marens erstauntes Gesicht fühlte sich wie die Erlaubnis an, weiterzusprechen. Auch ihre Kollegen am selben Tisch unterbrachen mich nicht, sondern lächelten vom anderen Ende in unsere Richtung. "Die Vorwürfe der Nobelpreisverleihung sind nun mal Vorwürfe, die sich so anfühlen, wie Vorwürfe, die jeder von uns in diesem Raum bereits mindestens einmal über sich ergehen lassen musste. Dazu können weder Sie noch Dr. Baum viel sagen. Was konkrete Fragen angeht, wie die nach den Föten, Versuchen und Menschenrechten, lässt sich viel sagen. Das, was Dr. Baum und Dr. Sergejev in diesem Zentrum täglich machen, ist schlichtweg einen Weg zu finden, das Ende der Menschheit zu verhindern. Ich übertreibe nicht, wenn ich sage, dass es keine Evolution mehr geben wird, wenn die natürliche Fortpflanzung enden wird. Wenn dieses Forschungszentrum nicht weiter seiner Arbeit nachgeht, werden Ihre Kinder und Enkelkinder unsere Welt, wie wir sie kennen, nicht erleben. Die Föten werden nicht umgebracht, denn es gibt das, was Geschlechtererkennung in Hühnereiern Anfang des Jahrtausends bereits geschafft hat, auch für Menschen. Das ist für Sie alle befremdlich, aber harmlos und auch Sie, in dieser Generation, werden sich daran gewöhnen müssen. Soviel zu den Argumenten der Hologrammersteller während der Nobelpreisverleihung." Ich stützte mich bei den Worten am Tisch ab. Ich zerriss den Erfolg der Gruppe mit den Worten. "Das Letzte, was Dr. Baum missachtet, sind Menschenrechte. Wie ist es bei Ihnen? Verletzten Sie keine Privatsphäre mit Ihren Jobs? Dr. Baum hat sich glücklicherweise die Karriere ausgesucht, die unser Leben ermöglicht und hoffentlich sichert. Ich will damit nicht sagen, dass Privatsphäre und Menschenrechte gleichzusetzen sind, auch wenn Sie es in jedem Blatt morgen so darstellen werden, sondern, dass Dr. Baum und Dr. Sergejev nun mal diese Last tragen. Sie will natürliche Geburten, die menschliche Fortpflanzung und die Geburt ohne Erbkrankheiten, die auf den Y-Chromosomen vererbt werden, gewährleisten. Selbstverständlich gibt es auch Versuche. Natürlich brauchte diese Art von Forschung, um sich zu entwickeln, Eizellen, dessen Spende schmerzhaft und heutzutage nicht mehr zulässig ist, aber genauso benötigen blutkranke Menschen mutige Knochenmarkspender und jetzt frage ich Sie: Wäre es in Ihrem Interesse, diese Forschung zu stoppen, wenn Sie wüssten, dass Ihre Kinder sich nicht fortpflanzen können? Geht es Ihnen gut mit dem Gedanken, dass es bald keine Menschen mehr geben wird? Wie weit darf Forschung gehen und wie egal ist es Ihnen, was nach Ihrem eigenen, kurzen Leben geschieht? Ja, wir sind nicht Gott und viele Menschen und insbesondere Aktivisten vertreten die Ansicht, dass nur das geschehen darf, was die Natur zulässt, aber was ist, wenn Ihr Kind an Krebs erkrankt? Lassen Sie der Natur ihren Lauf? Oder lassen Sie uns ein Heilmittel finden?" Dann schwieg ich, so wie jeder in dem Saal. Ich schwieg, weil ich gerade das Gegenteil von dem gesagt hatte, wofür die Gruppe gegründet wurde. Ich verteidigte Maren und das Zentrum. Ich hielt mich an den Gründen fest, weshalb Forschung über Leichen gehen dürfte und überzeugte die Journalisten und die Welt hinter den Kameras davon, dass es gut und richtig war, was in dem Zentrum geschah. Meine Hände zitterten und ich blickte die Wand am Ende des Raumes an. Ich konnte Dr. Baum nicht ansehen, aus Angst zu viel gesagt zu haben und ich konnte in keine Kamera blicken, weil es sich anfühlte, als würde ich Raquel, Amrae und die anderen ansehen und ihnen damit ins Gesicht spucken.

Ich setzte mich. Weitere Fragen, wie "Worin besteht die Forschung, die hier betrieben wird? Wie sieht die Zukunft aus? Gibt es eine Zukunft? Wie gedenken Dr. Baum und Dr. Sergejev die Fortpflanzung zu gewährleisten?", beantworteten Marens Kollegen souverän. Direkt nachdem die Zeit um war und alle Presseleute das Gebäude verlassen hatten, umarmte mich Dr. Baum, um auch den letzten Funken Zugehörigkeit zur Gruppe vollkommen in mir auszulöschen.

Aufgrund des Restalkohols in meinem Blut drehte sich mein Umfeld unaufhörlich, weshalb ich Ruhe in meinem Apartment suchte. Ich musste immer wieder an Dr. Sergejev und Karla denken und warum er nicht bei der Pressekonferenz anwesend war. Aber Fragen würde ich an diesem Tag keine mehr stellen.

Leider scheiterte meine Suche nach Ruhe am frühen Abend, nachdem Karla und Dr. Sergejev zurückkehrten und Dr. Sergejev mich bat, jemanden im Zentrum herumzuführen. Frau Jonasson vom Bundesnachrichtendienst sollte sich das Zentrum ansehen und die Sicherheit im Gebäude, wenn möglich, verbessern, erklärte er mir. Kopfschmerztabletten schwammen wirkungslos in meinem Magen herum. Da ich auch mit Karla reden wollte, musste ich mich etwas zusammenreißen. Nach dem Essen holten wir sogar noch eine Flasche Champagner, um mein einjähriges Jubiläum zu feiern, welcher das Pochen in meinem Kopf endlich deutlich senkte. Erst ein Telefonat entriss mir Karlas Gesellschaft und holte meine Kopfschmerzen mit voller Wucht zurück.

Kapitel 15

"Endlich meldest du dich!" Ihre Erleichterung überraschte mich, da die Verleihung gerade einmal acht Tage her war und sie sich davor über mehrere Wochen nicht gemeldet hatte. "Wir brennen alle darauf, dir zu erzählen, wie schnell sich das mit der Preisverleihung verbreitet hat. Das hat der Gruppe wahnsinnig gutgetan! Und das haben sie auch dir zu verdanken." Ich wusste nicht, was ich sagen sollte. Ich konnte kein Lob in ihren Worten erkennen, aber wer Raquel kannte, wusste, dass es das Maximum an Lob war, das man von ihr bekommen konnte. Nette Worte in einem Nebensatz. "Es kamen sogar E-Mails mit Vorschlägen von Menschen, die wir mit der Aktion überzeugen konnten. Stell dir vor, wir haben neue Mitglieder! Wir waren scheinbar die ganze Zeit alles andere als alleine." Raquel zündete sich eine Zigarette an. "Es war ein voller Erfolg, Anna. Wenn wir so weitermachen, wird die Welt uns nicht vergessen! Trotz deiner grandiosen Rede während der Pressekonferenz heute Morgen, über die ich jetzt hinwegsehen will. Auch wenn es klug war, deine Loyalität gegenüber Dr. Baum zu faken." Ah, ein Haken. Sie beendete ihre Hymne mit diesem bitteren Nachsatz.

"Wieso hast du mich nicht einmal angesehen?" Ich wollte es nicht fragen. Zu keinem Zeitpunkt war ich mir sicher, ob sie überhaupt noch irgendetwas merkte.

"Wann? Bei der Nobelpreisverleihung?"

Ich schwieg.

"Anna!" Raquel hatte keine Ansprüche von mir erwartet, sondern Begeisterung über den Erfolg. Und vielleicht eine Entschuldigung für die Pressekonferenz. "Willst du alles aufs Spiel setzen?"

"Welches Spiel? Und was genau ist denn alles?"

"Ich meine die Gruppe, den Erfolg. Wäre es dir lieber, wir wären erwischt worden?" Ihre Stimme zitterte sogar, so sehr hatte ich sie mit meiner Frage enttäuscht. "Oder war dein Monolog vorhin etwa kein Blackout? War das, was du gesagt hast, deine volle Überzeugung?" Wir schwiegen. Ich selbst dachte darüber nach, auf welcher Seite ich wirklich stand.

"Raquel, ich weiß nicht mehr, warum ich hier bin. Denkst du ab und zu an mich?" Gott! Ich kam mir erbärmlich vor. Dennoch war ich kurz davor in Tränen auszubrechen. "Es tut mir leid, vergiss es."

"Ich denke jeden Tag an dich."

Wir sagten daraufhin wieder nichts. Aus mir unerklärlichen Gründen glaubte ich ihr nicht. Sie sagte es in diesem Tonfall, den Lehrer nutzen, wenn sie eine Rechenaufgabe zwanzig Mal in einer Stunde erklären. Sie wollte mich beruhigen. Ich seufzte: "Ich freue mich für die Gruppe. Was mache ich jetzt? Ich fürchte, wir sind kurz davor aufzufliegen, weil es hier vor Sicherheitspersonal nur so wimmelt."

"Du bist ein Profi. Sieh nur, wie du bisher dein Leben vor Ort gemeistert hast, du Künstlerin." Sie lächelte in die Leitung. Ich musste sogleich mitlächeln, obwohl ich es nicht wollte. Ich wollte nach Hause, wo auch immer das für mich war. Ich wollte an einen Ort, an dem ich mich wohl und sicher fühlen könnte, ohne mich zu verstellen oder etwas gegen meinen Willen zu tun, um gemocht zu werden. "Sieh dich weiter um. Ich melde mich in den nächsten Tagen nochmal."

Dann legte sie auf und ließ mich mit dem Echo unserer kurzen Unterhaltung in dieser Leere zurück. Und mit Fragen. Der Tag hatte schon bedrückend begonnen. Es war einer dieser Tage, an denen ich mir wünschte, das Sicherheitssystem würde zusammenbrechen. Das gesamte System, in dem wir gefangen waren, einfach so. Warum war alles so gut abgesichert und mit mehreren Notfallgeneratoren ausgestattet? Dabei wäre ein Stromausfall heute genau das Richtige. Natürlich nicht in Krankenhäusern. Aber die Straßen sollten ausfallen, damit keiner mehr vorankäme, auch nicht mit öffentlichen Verkehrsmitteln. Die Wecker mit ihrem Morgentoilette-Frühstücksprogramm sollten einfach ausgehen, um für allgemeine Irritation zu sorgen. Es sollte für eine Weile keine unnötigen programmierbaren Gemälde mehr geben, damit alle hinausschauten und die hässlichen Gebäude sähen. Es müssten Mobilfunkgeräte und Computer völlig unbrauchbar sein, damit sich die Menschen endlich wieder miteinander unterhielten. Der Fortschritt hat uns alle in Maschinen verwandelt, deren System bei einem Stromausfall zusammenbräche. Wir können es aber auch Pause nennen.

Mit solchen Gedanken aufzuwachen, lässt den Rest des Tages nicht nach Rosen duften. Und so kam es auch. Die Konferenz und das Telefonat machten den Tag für mich nicht angenehmer. Aber was tun? Ich hasste das verdammte System. Ich wollte frei entscheiden was ich tat und mit wem ich es tat. Ich wollte Karla retten. Ich fühlte diesen Beschützerinstinkt intensiv, versuchte ihn aber aus meinen Gedanken zu verbannen. Ich wollte Johann, Piet und Karla retten. Und Karla wollte ich nicht nur retten. Ein Eingeständnis mir selbst gegenüber war der erste Schritt, dachte ich. Zum ersten Mal seit Monaten nutzte ich den Treamer als Musikanlage, anstatt mir die Nachrichten anzusehen, wie von Raquel immerzu empfohlen. Ich drehte die Musik auf und legte mich mit einem Glas Wein auf den Fußboden, um meine Kopfschmerzen zu feiern. Die Decke über mir wollte ich einstürzen sehen, um diese Enge zu verbannen. Die Musik und der Alkohol dröhnten zwischen meinen Ohren, bis es an meiner Tür klopfte. Überrascht stellte ich fest, dass es Karla war, die dort stand. Die Lautstärke war natürlich der Grund, weshalb sie kam. Wo sie ebenso gut hätte anrufen können. Sie hätte auch in der Tür stehen bleiben können, um mir zu sagen, dass die Musik zu laut ist. Sie hätte, wenn sie sich eingeladen fühlte, reinkommen können, die Musik leiser machen und reden können. Sie hätte die Musik leiser machen können, um danach wieder zu gehen. Aber sie blieb und schwieg und die Musik pulsierte die Sekunden vorbei. Die Lautstärke hatte sie nicht gestört, sondern angezogen. Sie war die Motte meines Lichts an jenem Abend. Ihre Anwesenheit ließ die Zeit vergehen, ohne sie zu spüren. Plötzlich hatte sie bereits zwei Stunden neben mir verbracht, ohne viel zu sagen, als ich schließlich mutig - oder betrunken - genug war, sie zu berühren. Warum ich es wollte, wusste ich nicht. Nur, dass ich es wollte. Ihre Haut zog mich an, wie ein Magnet. Und nachdem sie da bereits so lange still neben mir saß, konnte ich dieser Anziehung nicht mehr standhalten. Außerdem war ich einsam und fühlte mich leer nach Raquels inhaltslosem Gerede, das meinen Kopf zermürbte.

Als Karla an dem Abend bei mir war, verflogen meine Zeit und mein Raumgefühl. Wir hätten überall sein können. Plötzlich war Karla alles, was ich sah. Der Mangel an Mut während meiner Streifzüge im Keller zeigte sich an diesem Abend, als hätte ich ihn für Karla aufgespart. Selbst eine gesunde Portion Vorsicht fehlte mir. Ich hätte Karla vergraulen können. Doch sie selbst bestand nur noch aus einem Beben unter der Haut, je näher ich ihr kam. Als stünden wir unter Beobachtung, unterbrach uns meine Arbeit. Maren Baum riss mich ausgerechnet in dem Augenblick, der mir wohl der Ungünstigste zu sein schien, aus meiner Lust. Ohne an den Ursprung meiner Bewerbung zu denken, ging ich unverzüglich zu ihr, aus ehrlichem Ansporn meine Arbeit zufriedenstellend zu erledigen. Um für Maren die Assistentin zu sein, die sie gerade brauchte, als sie anrief und mich davon abhielt, mich unvernünftigerweise diesem Glücksgefühl hinzugeben.

Sie rief mich, weil sie weitere Angriffe und Explosionen fürchtete. Wie ironisch mir das alles vorkam. Und wie lächerlich, wo ich doch wegen Raquel hier war. Meine Ambitionen, der Welt die Augen zu öffnen, bestanden noch, aber pazifistisch. Warum ich ursprünglich für Raquel Explosionen plante, wusste ich schon lange nicht mehr. Ich schob es auf die Hoffnung, dadurch meine Liebe doch noch erwidert zu bekommen. Und wie ein Stromschlag traf mich das Gefühl, Karla berührt zu haben. Ich wollte nicht für die Gruppe arbeiten, weil ich auf Liebe hoffte. Ich wollte für die Gruppe einstehen, für Maren Baum arbeiten und eine Säule für Karla und Piet sein. Und ich wollte diese Berührung sein. Die anfängliche Ungewissheit, ob mein Mut vom Alkohol herrührte, war verflogen. Ich wollte diese Berührung sein.

Und was zum Teufel hatten Gefühle in so einer Welt zu suchen? Wieso musste mir das gleich zweimal passieren? Ich hätte im Mittelalter leben sollen. Oder vor 200 Jahren. Da erschien das alles komplett anders. Es gab zwar immer schon Gefühle, aber ich hätte keine Rechte gehabt, sie auszuleben. Hatte ich diese Rechte denn hier? Und jetzt? Ich wollte alles und nichts fühlen. An diesem Abend wollte ich keinesfalls alleine sein. Von Dr. Baum erhielt ich nur Informationen über veränderte Sicherheitsmaßnahmen, über ihre geplante Abreise am nächsten Morgen und ich wurde von ihr sogar gefragt, wie es Karla erging. Das war alles. Für mich keine gänzlich neuen Erkenntnisse. Wahrscheinlich wollte Maren nicht alleine sein. Sie fragte mich, ob ich mit ihr noch etwas trinken wolle aber ich verneinte, weil ich Karla gebeten hatte, auf mich zu warten. Maren erzählte ich, meine Kopfschmerzen ließen mir kein Feierabendbier zu. Was strenggenommen stimmte, wenn ich nicht schon reichlich Feierabendwein getrunken hätte, was sie sicherlich gerochen oder spätestens an meinen kirschroten Lippen erkannt haben musste. Es war mir egal. Ich ging wieder zurück zu meinem Apartment, welches ich jedoch leer vorfand, passend zur wiederkehrenden Leere in mir, durch Raquels Worte. Ich würde am nächsten Tag mit Karla reden müssen. Wenn sie gegangen ist, wird sie nicht gewollt haben, dass ich ihr folgte. Und ich hatte keine Lust, meine Sehnsucht wie ein wollüstiges Tier an ihrer Tür kratzen zu lassen.

Ich überlegte schlaflos, was ich ihr schuldete. Sollte sie wissen, was ich über Johann wusste? Ich musste Johann retten. Alles andere als müde, machte ich mich noch am selben Abend zum dritten Mal auf den Weg. Ich hatte im Archiv mit Sicherheit irgendetwas übersehen oder neue Ergebnisse finden können. Dr. Sergejev kam zerzaust aus dem Fahrstuhl, mit einem Berg von Papieren unter dem Arm, direkt auf mich zu.

"Professor, guten Abend", sagte ich, auffällig überrascht. Er selbst hatte auch wohl nicht damit gerechnet, mir zu begegnen, obwohl der Abend noch jung war.

"Frau Bavarro Fernández, was machen Sie um diese Uhrzeit auf den Gängen?", fragte er, bevor er ebenso schnell weitersprach: "Es ist Ihre Sache, guten Abend." Mit den Worten ging er an mir vorbei und verschwand hinter der nächsten Kurve. Im Fahrstuhl lag ein Zettel auf dem Boden, den Dr. Sergejev verloren haben musste.

Es war ein Lieferschein. Dr. Sergejev hatte sich Medikamente oder irgendwelche chemischen Substanzen liefern lassen. Wenn ich nicht im Augenwinkel gesehen hätte, dass der Lieferschein bereits sechs Jahre alt war, wäre ich ihm hinterhergelaufen oder hätte ihm den Zettel in sein Postfach gelegt. Dass er ein derart veraltetes Dokument dabei hatte, war für mich aber Grund genug, ihn bei nächster Gelegenheit darauf anzusprechen.

Ich ging sofort weiter. Ich wollte in das erste Untergeschoss. Ich dachte daran, wie sich Menschen in Erzählungen verhielten, wenn sie kurz davor waren, etwas Wichtiges oder Verbotenes zu tun. Ich fühlte die Aufregung, gesehen zu werden, stärker als zuvor. Jetzt, da ich so kurz davor war, das Zentrum zu verlassen. Zumindest fühlte es sich für mich wie ein Schlusssprint an. Ich wollte definitiv nicht viel länger bleiben, dessen war ich mir sicher. Ich durfte mich überall frei bewegen, aber noch immer nur mit Maren Baums Erlaubnis und jetzt war sie hier und jeder könnte sie direkt fragen, ob ich die Erlaubnis hatte oder schlimmer noch: Sie könnte mich selbst erwischen. Der Konflikt setzte sich in meinen Gedanken fest. Einerseits sagte ich mir, dass es ohnehin nicht so schlimm sei, da ich bereits genug Informationen im Zentrum sammeln konnte, aber meine Sehnsucht kämpfte dagegen an, weil sie gerade mit diesem ganzen neuen Wissen frei sein wollte. Mir wurde warm und mit schwitzigen Fingern drückte ich auf die Taste -1 des Fahrstuhls, die mich direkt in den Keller fahren würde. Dort angekommen ging ich auf die Archivtür zu und suchte nach neuen Ordnern; Ordnern mit neuen Daten oder deplatzierten Mappen. Nur 30 Minuten später fielen mir die Augen zu. "Nein!", schrie ich mich selbst innerlich an. Ich bekämpfte meinen Drang, in die Kamera zu sehen und eilte wütend in das zweite Untergeschoss. Ich strebte wieder den Fahrstuhl an, ohne darauf zu achten, wie laut oder unruhig ich durch die Gänge stürmte. Wie in einem virtuellen Spiel bewegten sich die Wände an mir vorbei und eine alberne Melodie hallte in meinen übermüdeten Gedanken. Ich ging am Sicherheitsraum vorbei und stand direkt vor Johanns Zelle. Mir wurde bewusst, dass es egal war, was mir passieren könnte, weil ich genug Zeugen und Menschen um mich hatte, die mich vermissen würden. Alleine Johann war meine wertvollste Karte. Ich schaltete die Kamera ein und holte meinen Block hervor, bevor ich das Glas transparent werden ließ. Doch Johann war nicht da. Die Glaszelle war leer.

Das Problem an der leeren Zelle war nicht die Leere, denn Johann hätte immer noch überall sein können, sondern viel mehr die dunkle faustgroße Blutlache auf dem Boden. Ich filmte eine leere Zelle, mit einer Blutlache, die rein gar nichts über die Forschung beider Professoren aussagte. Ich suchte die gesamte Etage ab, Johann war in keinem der Räume. Ich ging zur Beamtin, die die Nachtschicht hatte und fragte, ob sie wüsste, wo Patient Nr. 32 war. Sie zog die Schultern hoch und dachte wahrscheinlich innerlich darüber nach, Maren über mein auffälliges Verhalten zu informieren. Warum wurde ich nicht über Johanns Verschwinden informiert? Ich wünschte der Beamtin eine ruhige Nacht und ging ohne weitere Worte zu den Schlafräumen, mit dem Ziel, Raquel anzurufen und meiner Reise in diese Welt endgültig ein Ende zu bereiten. Ich war bereits viel zu lange im Genforschungszentrum. Ich würde keine weitere Nacht dort verbringen.

Kapitel 16

Auf dem Weg nach oben, zu Karla, legte ich in meinem Kopf die Worte zurecht, die ich ihr schuldete. Ich war fest entschlossen, mit ihr über alles zu reden. Ohne Schlaf wäre mir vielleicht schwer zu folgen gewesen, aber ich hatte keine Zeit zu verlieren. Ich musste einfach weiter ausholen. Ich wollte ihr von Raquel erzählen, dann von unserem Plan, von der Nobelpreisverleihung und davon, dass ich sie beschützen wollte. Das Videospiel in meinem Kopf führte mich durch die Fahrstuhltüren wieder an Wänden vorbei, bis zu ihrem Zimmer. Nur klopfen musste ich selbst. Plötzlich war das Spiel weg und die Tür vor mir real. Ich war wach und ängstlich.

Sie öffnete die Tür und sogleich fing ich an, ihr alles zu erklären. Ich sagte alles, was mir in den Sinn kam und ignorierte, dass es für Karla zu viel Information war. Ich erzählte ihr, wer Raquel war und dass mir durch Karla bewusst geworden ist, dass ich einem Geist hinterherlief. Ich begriff erst nach meinem Monolog, dass Karla es nicht hören wollte. Erschöpft und still blieb ich sitzen. Schockiert darüber, dass der Mensch, nach dem ich mich sehnte, mich nicht hören wollte. Karla schlief sogar ein, noch bevor ich ihr das Wichtigste sagen konnte; was ich über Johann und den Drohbrief wusste. Ich überlegte sie zu wecken und fragte mich, ob ich es wirklich erzählen sollte oder sie damit nur unnötig in Sorge versetzen würde. Unweigerlich schlief auch ich neben ihr auf dem Sofa ein. Bis Maren wieder störte. Sie klopfte an der Tür und ich wachte orientierungslos und erschrocken auf und sah Karlas Augen, wie sie mich ansahen. Es müssen Stunden vergangen sein. Draußen war es noch dunkel. Ein Stich rammte sich in meine Brust, als sie aufstand, um die Tür zu öffnen. Die grässliche Mischung aus Enttäuschung und Liebe trug mich an Maren und Karla vorbei in den Gang. Ich rannte in mein Apartment. Lodernde Wutflammen in mir ließen meine Faust gegen den Spiegel in meinem Badezimmer schnellen. "Verdammt!", brüllte ich mein verzerrtes Spiegelbild an. Mir war egal, gehört zu werden. Ich erkannte mich selbst nicht mehr. Mittlerweile kam ich mir streng beobachtet vor. Maren war immer dort, wo ich war. Vor allem, wenn ich bei Karla war. Sie oder eine Explosion oder ein Brief oder eine Blutlache. Ich ging auf und ab, obwohl mir das Gefühl, beobachtet zu werden, im Nacken saß. Meine Faust blutete tröpfchenweise den beigefarbenen Teppich voll.

Ich kam mir vor, wie eine Schlafwandlerin mit zu vielen wirren Gedanken. Ich dachte bis vor wenigen Minuten noch, ich hätte einen Plan gehabt. Doch ich hatte keinen.

Wenige Minuten nachdem ich Maren Baum mit Karla alleine gelassen hatte, kam sie zu mir. Sie sah mich skeptisch an, fast drohend oder eifersüchtig. Ich konnte ihren Blick nicht einordnen. Meine Kehle schnürte sich vor Furcht zu. Die Erinnerung an Johanns leere Zelle machte mich noch nervöser. Meine blutende Hand und den stellenweise beschmierten Teppich sah sie nicht oder sie ignorierte beides.

"Ich gehe jetzt. Ich rufe Sie heute Abend gegen zweiundzwanzig Uhr an, nehmen Sie sich nichts vor." Eine sachliche aber bestimmende Aufforderung. Sie deutete an, dass es etwas zu besprechen gab, was ihr nach unserem gestrigen Gespräch eingefallen ist. Wahrscheinlich dachte sie, ich wäre am Abend bei Karla gewesen, weil sie mich am Morgen bei ihr fand. Was ich genau genommen auch wollte. Nehmen Sie sich nichts vor. Ich würde mir erst recht etwas vornehmen.

Ich musste Raquel erneut anrufen. So schnell wie möglich: Dieses Mal ohne den Anspruch, diesen Albtraum vom Leben im Zentrum zu beenden. Meine Kopfschmerzen hämmerten auf meine Augen, als würde jemand eine Hochleistungstaschenlampe immer wieder direkt vor meinen Pupillen an- und ausschalten und jemand anderes neben meinem Ohr Schlagzeug spielen. Ich hatte mir vorgenommen, keine weitere Nacht im Forschungszentrum zu verbringen und musste es schaffen, vor dem Gespräch mit Dr. Baum zu verschwinden. Ich versuchte regelmäßig zu atmen.

Als ich meine Tür nach Dr. Baums Rede schloss, lehnte ich mich an sie und rutschte auf den Boden. "Beruhige dich, du wirst noch völlig verrückt!", sagte ich zu mir selbst. Ich wickelte mir einen Verband um die Hand, den ich im Medizinschränkchen im Badezimmer fand. Mehrere Stunden vergingen, während ich überlegte, was ich tun sollte. Ich konnte Marens Anruf nicht tatenlos abwarten. Wahrscheinlich wartete eine der Zellen auf mich. Ein Blick auf die Uhr verriet mir, dass ich den gesamten Tag auf dem Boden gesessen hatte. Angstschweiß und der Geruch nach Wein und Rauch in meiner Kleidung, die Kopfschmerzen und das Gedankenkarussell schubsten mich unter einen kalten Wasserstrahl im Badezimmer, bevor ich zusammenfuhr, als das Telefon klingelte. Nie wieder würde ich mir ein Telefon anschaffen, dachte ich, während es klingelte.

"Hi Anna", sagte die selbstsicherste und kontrollierteste von Raquels Stimmen am anderen Ende der Leitung. Mir wurde die Entscheidung, sie anzurufen, abgenommen.

Schweißperlen bildeten sich auf meiner Stirn, die zum hundertsten Mal an jenem Tag zu glänzen anfing. "Hi Raquel."

"Wir haben viel darüber nachgedacht, was wir noch machen können, um deine Liebste, Maren Baum, zu stürzen und wir haben einen Plan." Sie hatten einen Plan. Ich fragte mich, ob nicht nur sie allein einen Plan hatte und der Rest der Gruppe nichts davon wusste. Ich hörte aber gespannt zu. "Wir werden den Jungen entführen."

Ich lachte. Eine Mischung aus Nervosität und Skepsis ließ mich erschaudern. "Das können wir nicht machen, Raquel. Den Jungen entführen. Das ist purer Wahnsinn!"

"Wieso? Beruhige dich! Was ist nur mit dir los? Du hast zu viel Zeit mit denen verbracht, scheint mir."

"Mit wem, Piet?"

"Piet? Anna! Wach auf! Der Junge ist wieder nur der Anfang! Als würden sie nicht zehntausende Piets im Keller züchten!"

"Das ist nicht dein Ernst! Wir sind friedlich, bitte erinnere dich an das, was wir uns selbst geschworen haben! Die Nobelpreisverleihung, das sind wir, aber die Explosionen? Ein Drohbrief, Raquel?!" Ich wurde lauter. "Entführung? Wir kommen alle in den Knast, verdammt nochmal!" Ich zitterte am ganzen Körper. Ich fühlte mich so in Rage wie noch nie. Ich musste auflegen. Ich ging in meinem Zimmer auf und ab und versuchte einen klaren Gedanken zu fassen. Fern aller Vernunft entschloss ich, Piet zu holen und mit ihm abzuhauen, bis Raquel und auch Dr. Baum, Karla und die Welt sich beruhigt hatten. Weiter konnte ich nicht denken. Fest entschlossen stürzte ich aus meinem Apartment und fand Karlas panikerfülltes Gesicht direkt vor meiner Tür. Ich wusste nicht, wie viel sie gehört hatte und wie ich ihr das alles erklären sollte. Ich schob sie beiseite. Doch sie hielt mich zurück.

"Lass mich!", fauchte ich.

"Anna! Was ist mit Piet? Was meintest du, als du sagtest, ihr wäret die Nobelpreisverleihung?" Sie war aufgewühlt und zu laut für meinen Geschmack. Ich hätte es ihr ja erklärt, aber ich fühlte mich schwer und als würde ich sie enttäuschen, wobei ich sie und Piet doch schützen wollte.

"Lass mich los!", flüsterte ich mit drohendem Blick aus Angst, jemanden zu wecken. Sie wich zurück. Sie muss mich für wahnsinnig gehalten haben und ich erkannte mich selbst nicht wieder. Ich ging zum Fahrstuhl, doch sie folgte mir. Ein mütterlicher Beschützerinstinkt schimmerte um sie herum.

"Du wirst mir erklären müssen, was du mit meinem Sohn vorhast oder ich schwöre dir, ich halte dich auf." Sie weinte, während sie vollentschlossen diese harten Worte zu mir sprach und die Kraft wich von mir.

"Wie denn?" Worte kann man nicht zurücknehmen, dachte ich.

Die letzten Monate und die Freundschaft waren vergessen: "Ich bringe dich um, wenn du ihm etwas antust." Endlich flüsterte auch sie. Sie sah mich ruhig und bestimmt an und ich wusste, dass sie es ernst meinte. Mir war bewusst, dass sie mir gleichzeitig drohte, Hilfe zu rufen, wenn ich sie weiter reizte. Mir wurde schlecht. Die Wand hinter mir löste sich auf.

Ich öffnete die Augen wieder, als ich auf dem Fahrstuhlboden aufwachte. Es müssen nur wenige Sekunden vergangen sein. Karla zog mich hoch und umschloss meinen Kopf mit ihren Händen und blickte mich wütend und flehend zugleich an.

"Ich weiß nicht mehr, was ich tue, Karla. Ich habe Angst um euch. Ich weiß nicht, wozu Raquel noch fähig ist. Anfangs war ich noch so sehr davon überzeugt, dass es gut ist, dass sie für das Gute kämpft und ich bin davon überzeugt, dass auch du vieles gutheißen würdest, aber jetzt die Entführung ..."

"Was?"

"Du musst mitkommen. Anders geht es nicht. Es ist zu eurem Besten!" Ich staunte über diese neue Lösung: "Ja! Das ist es wirklich!" Ich war mir sicher, dass es das Beste war.

"Zu unserem Besten? Hast du jeden Bezug zur Realität verloren? Ich werde Maren informieren." Entschlossen drehte sie sich zur Tür. Natürlich würde sie es nicht so sehen, sie wusste auch nicht, was ich wusste.
"Maren weiß, dass ihr mit Dr. Sergejev im ersten Untergeschoss wart. Ihr seid die Hauptverdächtigen."
"Und eine Flucht macht uns natürlich weniger verdächtig!"
"Vertrau mir." Sie würde hier direkt festgenommen werden. Aber zusammen mit den Aktivsten könnten wir versuchen, eine Nachricht an das Zentrum und in die Welt zu senden. Außerdem waren wir jetzt unter Beobachtung, wer weiß, was der Sicherheitsbeauftragte der Nachtschicht sich dabei dachte, uns auf dem Fahrstuhlboden zu beobachten. "Und da ist noch etwas. Dein Mann ..."
Sollte ich es ihr wirklich sagen? Wenn ich es ihr jetzt sagte, würde sie niemals mit mir mitkommen.
"Mein Mann?", fragte sie. "Johann? Was ist mit ihm?" Ihr Griff wurde fester.
"Das erkläre ich dir später ..." Aber sie wirkte wie eingefroren. Ich wurde ungeduldig. "Karla bitte, bitte vertraue mir. Wir holen jetzt Piet und gehen dann von hier weg. Danach kümmern wir uns um Johann."
Ihr Griff wurde lockerer.
Das Licht flackerte, oder es waren meine Augen. Ich hatte Angst, wir würden zu viel Zeit verschwenden. "Wir haben keine Zeit zu verlieren!" Dann stand sie auf, zog mich hoch und sagte: "O. k." Ich weiß nicht, warum sie mir glaubte, ich hatte keine Beweise. Aber sie schien irgendwie Selbstvertrauen in mich zu haben. Wir holten Piet und sie packte schnell eine Wickeltasche mit dem Nötigsten für ihn. Dann gingen wir wie selbstverständlich zu einem der Firmenwagen. Offensichtlich wurden wir doch nicht beobachtet. Wir fuhren zum Bahnhof und kauften Tickets ins Stadtzentrum. Auf dem Weg telefonierte ich mit Amrae.
"Was hat Raquel dir gesagt? Sie ist total aufgebracht!", waren ihre ersten Worte.
"Sie will dem Jungen etwas antun", sagte ich und Karla zuckte zusammen, "deswegen muss ich ihn wegbringen."
"Wo seid ihr jetzt?"
"Auf dem Weg zum Bahnhof."
"Und wo wollt ihr hin?"

"Ich habe keine Ahnung", gab ich zu.

"Ich hole euch ab."

"Spinnst du? Nein! Raquel darf nicht wissen, wo wir sind, das ist dir klar, oder?"

"Nein, bestimmt nicht. Ich spreche mit ihr. Wir finden eine Lösung. Vertrau mir." Ich konnte ihr vertrauen, aber Karla würde es nicht schaffen - dachte ich.

"Das gilt für mich, ja. Aber die Mutter des Wunderjungen ..."

"Sie ist bei dir?"

"Was hätte ich denn tun sollen?"

"Ich hole euch ab." Also stiegen wir am Bahnhof in Amraes Wagen ein. Ich wusste nicht, wieso wir so leicht das Zentrum verlassen konnten. Mir kam auch für den Bruchteil einer Sekunde der Schleichweg in den Sinn, den Amrae mir aufgezeichnet hatte, als sie Kameras im Zentrum installierte. Das war mir aber zu unsicher und auffälliger, als einfach durch die Hauptüre zu verschwinden. Im Nachhinein glaubte ich, niemand hätte gedacht, wir würden für immer gehen.

"Johann ist nicht mein Mann", sagte Karla auf der Rückbank des Wagens. Ich schwieg. Ich realisierte nicht, was sie mir soeben sagte. "Und wie konntest du bei der Explosion nur Lore verdächtigen? Ihr wart es, oder?" Ich bestand aus Unsicherheit aufgrund der bevorstehenden Begegnung mit Raquel.

Ich sah sie durch den Rückspiegel flüchtig an. Dann blickte ich wieder auf die Straße. "Du willst jemanden, der so psychopathisch ist, doch nicht etwa in Schutz nehmen, Karla." Es war keine Frage. Sie ging nicht weiter drauf ein.

"Was war das, was du angestellt hast, bevor du diese Narbe bekommen hast?", fragte sie. Ich schluckte. Ich hatte andere Sorgen, als Erklärungen zu suchen, die sie bereits hätte hören können, wäre sie nicht auf dem Sofa in ihrem Apartment eingeschlafen. "Ich wollte jemanden beschützen und griff einen Polizisten mit einem Messer an. Dafür musste ich dann für eine Weile auf meine Freiheit verzichten."

Die Fahrt verging in wenigen Atemzügen. Trotz Nebel und Dunkelheit konnte ich Raquel schon vom Wagen aus am Fenster des 14. Stockwerks stehen sehen. Es konnte nur sie sein. Der Weg zum Gebäude und die Zeit im Fahrstuhl vergingen für mich auch viel zu schnell. Ich hätte mich erkundigen sollen, wie es Karla ging. Ich hätte mich mehr auf sie konzentrieren sollen, rausfinden müssen, ob sie vorhatte wegzulaufen oder zu weinen. Aber ich konnte nicht. Zu sehr war ich mit meinen eigenen Gefühlen und Ängsten beschäftigt. Raquel stand in der Eingangstür, mit einem besorgten Blick, als habe sie mich erwartet und sich gleichzeitig gesorgt. Sie ging beiseite, als ich die Wohneinheit betrat und Peter mit offenen Armen auf mich zukam. In seinen Armen durch den Raum tanzend, konnte ich bei jeder Drehung sehen, dass sie mich weiterhin anblickte. Und Karla sie.

Dann standen wir im Raum, als warteten wir auf eine Ansage. "Wieso habt ihr diese Narben, an derselben Stelle?" Als habe sie sich die Frage selbst beantwortet, gingen ihre Augenbrauen hoch: "Ihr habt eure ID-Chips entfernen lassen!" Raquel wandte sich spöttisch von Karla ab.

"Das kann sie nicht ernst meinen", sagte sie mehr zu sich selbst, als zu uns anderen. "Du hättest sie nicht mitbringen dürfen!" Sie blickte mich von da an vorwurfsvoll über die Schulter an. Weg war die Sorge und sogar der Funke Freude. "Ihr Chip muss auch weg, sonst haben wir gleich die Bullen hier."

"Was?" Karla sah mich besorgt an.

"Sie hat recht", sagte ich und ging zu ihr, um sie zu beruhigen. Um sie festzuhalten. "Du bist stark."

"W-was?!"

Schneller als wir alle gucken konnten, war auch Amrae bei ihr, hielt sie mit mir fest und reichte mir ein Messer und Desinfektionsmittel. Ich strich Karla über ihre Wangen und schluckte meine eigenen Emotionen runter. "Das tut jetzt weh. Eins, zwei ..." Noch bevor ich weiterzählte, schnitt ich in ihren Oberarm. Karla schrie auf, versuchte sich jedoch zusammenzureißen. Sie kniff die Augen zu und nur einen Augenblick später, hatte ich ihren winzigen ID-Chip in der Hand. Ich lehnte mich zurück, während Amrae die Wunde versorgte und Karla mich geschockt anstarrte.

Ich setzte mich zu Karla. "Was denkst du, was das ist, Karla?" Ich zeigte auf den Chip in meiner Hand. Sie blickte von mir weg. Raquel lachte. Ich schenkte ihr keine Beachtung, woraufhin sie verächtlich schnaubte. "Karla, sieh mich an." Sie wehrte meine Hand ab.

"Was soll das? Wie soll ich mich jemals vor Gericht verteidigen?" Sie zitterte vor Entsetzen.

Bevor Raquel zur Hassrede ansetzen konnte, redete ich: "Dich vor Gericht rauszureden, ist dein kleinstes Problem, im Gegensatz zu dem, was im Forschungszentrum passiert."

"Aber ... all unsere Daten, unsere Anamnese ..."

"Karla, mehr als dass sich Informationen zu deinem gesundheitlichen Werdegang auf dem Chip befinden, ist es ein Weg "dich" zu finden." Ich betonte das dich. Ich wollte nicht, dass irgendwer sie findet. Und ich war müde und ich war es leid, ihr nicht sagen zu können, wie sehr ich sie bei mir wollte. Raquel schnippte mit den Fingern, um mich aus meinem Tagtraum zu reißen. "Es sind Ortungschips, von denen jeder glaubt, sie seien lebenswichtig. Sie dienen lediglich der Kontrolle ..." Ungeduldig sah ich sie an, so naiv konnte sie nicht sein.

Karla zog am Knopf des Ärmels ihrer Bluse, bis ich meine Hand auf ihre legte. Sie hatte keinen Grund, unruhig zu sein. Piet schlief in seinem Kindersitz, den Amrae langsam auf- und abwippte und auch Johann würden wir finden, auch wenn sich ein Schmerz in mir ausbreitete, den ich nicht kannte, beim Gedanken an ihn mit ihr.

"Hat Piet einen Chip?"

"Nein. Kinder unter 6 Jahren tragen ihren ID-Chip im Armband." In dem Moment riss mir Peter den Chip aus der Hand, nahm vorsichtig Piets Armband von ihm und zerstörte beides mit einem Hammer auf der Fensterbank. Piet wachte auf und fing an zu schreien. Ich ging zu ihm.

Karla sah mich an, als würde sie zum ersten Mal verstehen, was in den letzten zwölf Monaten passiert ist, als würde sie einen Sinn in der GBA sehen, als habe sie ihr Leben lang geschlafen und wir hätten sie gerade geweckt. "Ich ... ich ...", stotterte sie. "Wo war Johann die ganze Zeit? Du hattest ihn vorhin erwähnt."

"Im Zentrum. Wie du jetzt weißt. Ich bin dir die Erklärung noch schuldig." Warum ich ihr das noch zumutete, verstand niemand im Raum. Auch Amrae sah mich verständnislos an.

Nervositätstränen unterdrückend, sah mich Karla an, als hätte sie auch mich vorher nicht gekannt. "Seit wann weißt du das? Ich weiß,

dass du sagtest, du wusstest nicht, dass es eine Verbindung zwischen uns gibt, aber seit wann weißt du von ihm?"
"Seit ein paar Wochen erst ..."
"Seit ein paar Wochen? Seit ein paar Wochen?" Sie stand auf, bewegte sich rückwärts von mir weg.
"Karla setz dich."
"Seit ein paar Wochen?", wiederholte sie. "Du weißt es seit ein paar Wochen?! Und du willst, dass ich mich setze? Deine bestimmende Art, spar sie dir. Du bist mir fremd." Ein Stich in mir schnürte mir die Kehle, samt meiner Stimmbänder, zu. Wieder hörte ich Raquel schnauben.
"Was hätte ich dir sagen sollen?", flüsterte ich. Ich wollte auf sie zugehen, blieb aber wie gelähmt sitzen und starrte in ihre grünen Augen. "Ich wusste nicht, wer er ist. Und selbst wenn, was hättest du tun können?"
Schwere Stille erdrückte uns alle. Das einzige amüsierte Gesicht war Raquels.
"Hätte sie dir gesagt, dass Johann im Zentrum eingesperrt ist, von dem sie nicht einmal wusste, dass es dein Mann oder was auch immer ist, hättest du dich sofort verrückt gemacht. Anna hat richtig gehandelt. Du hättest ihn weder befreien", Amraes ruhige Stimme schien mir zu laut, "noch etwas ändern können."
"Wo ist Johann im Zentrum?"
"Wir wissen es nicht. Ich sagte ja, er war nicht mehr da, als ich ihn holen wollte ..." Meine Stimme brach. Amrae legte ihre Hand auf meine Schulter. Ich unterdrückte meinen Kummer, der hier ohnehin schon immer fehl am Platz war.
"Was ist mit euren ID-Chips passiert?" Karla redete kühl, als wären wir ihre Feinde, als wäre sie alleine. Als habe sie kaum Zeit, uns auszuquetschen. Als müsse sie jetzt alles aus uns rausholen, was sie beschäftigte.
"Wir haben sie an verschiedenen Stellen der Stadt im Klo heruntergespült", erklang Raquels feste Stimme: "Niemand weiß, dass du hier bist und das soll auch so bleiben." Mit den Worten ging sie zur Tür, um sie von innen abzuschließen.

Amrae schlichtete erneut: "Wir wollen dich nicht einsperren. Keine Sorge. Bitte verstehe, dass wir keine Entführer oder Monster sind. Wir wollen weder dir noch Piet etwas antun ..."

"Piet?", ich unterbrach sie und ging auf sie zu, doch Amrae ließ sich von meinem Wutausbruch nicht beirren, sondern redete weiter: "... sondern euch lediglich vor Maren Baum schützen und ein Zeichen setzen, damit diese Versuche und dieses Kontrollsystem aufhören. Wenn wir gekonnt hätten, hätten wir auch Johann rausgeholt. Piet ist nicht in Gefahr, er ist ein wissenschaftliches Phänomen."

"Maren würde auch Johann nichts antun ..." Zweifel lagen in Karlas Stimme. Sie suchte mit verlorenem Blick nach Hilfe in uns anderen. Keiner sagte etwas, nicht einmal Raquel. "Ich habe mich so wahnsinnig getäuscht. Wie konnte ich mich so täuschen?" Auch daraufhin sagte niemand etwas. "Anna, es tut mir leid, was ich gesagt habe ..."

"Schon gut", unterbrach ich sie. Ich ließ ihr Schicksal bereits zu nahe an mich heran. "Wir wollen gleich ein paar Bekannte in einem Kellerlokal treffen, mit denen wir unerkannt über einen Plan reden können. Du wirst uns begleiten. Es wäre vielleicht sogar ganz gut für dich, an die Luft zu gehen."

"Ist es nicht zu gefährlich?"

"Es sind so viele Menschen da, wir werden dort nicht auffallen. Außerdem wird dir niemand etwas tun, sollte dich jemand erkennen, weil wir gleich noch eine Botschaft an Dr. Baum schicken", sagte Amrae. Karlas Kopf schnellte erschrocken in Amraes Richtung.

Wir wollten Maren Baum auffordern, das Zentrum fallenzulassen. Sie sollte beweisen, dass keine Föten getötet werden und auch sonst keine Versuchspersonen zu Schaden kommen. Drohen wollten wir mit dem Videomaterial, das ich selbst gesammelt hatte. Und auch mit Piet.

Ich nickte Peter zustimmend zu und er setzte sich, mit einem fragenden Blick an die anderen, an den PC, bevor der Anruf startete. Wenig später hatten wir eine sichere Verbindung hergestellt. Zuerst war auf dem Bild nur Raquel zu sehen, wohingegen das andere Ende der Leitung Maren und André, umrundet von Sicherheitsbeamten, zeigte. Sie hatten auf einen Anruf gewartet. Ich befürchtete, dass eine Großfahndung bereits die Stadt durchstreifte und unser Aufenthaltsort bereits bekannt war.

"Hallo Dr. Baum. Wie geht es Ihnen? Darf ich mich vorstellen?", fragte Raquel.

"Ah, die berühmte Leitung der GBA. Sehr klug, sich zu zeigen." Dr. Baum grinste. Raquel nicht. "Sie müssen sich nicht vorstellen, Raquel." Wir zuckten zeitgleich zusammen. Sie wussten jetzt, wer sie war. Ja, die Bilderkennung hätte ihren Namen herausgefunden, aber nicht diesen. Sie nannte sich nur bei uns Raquel. Woher wusste Maren das? Hatte sie mich belauscht? Ich sah zu Karla, hatte Karla etwas gesagt? Ich bezweifelte es. Maren Baum hörte auf zu grinsen. "Wollen Sie mehr Bomben hochgehen lassen? Oder warum kündigen Sie dieses Gespräch als wichtig für mich an?"

"Na gut, kommen wir gleich zur Sache. Schließen Sie Ihr Forschungszentrum." Raquel redete gefasst und selbstsicher. Selbstsicherer als ich wusste, dass sie es war. Maren blickte ungläubig dessen, was sie soeben gehört hatte, zu André. "Oder beweisen Sie, dass keine Föten getötet werden und auch keine Versuchspersonen zu Schaden kommen."

"Was maßen Sie sich an? Wie kommen Sie darauf, dass ich aufgrund dieses Gesprächs aufhören werde zu forschen?"

"Weil Sie Ihren Ruf ruinieren werden, wenn Sie weiterhin in dieser Sparte forschen. Wenn Sie das Zentrum schließen, werden Sie dennoch weiterhin an Ernährungsverbesserung forschen dürfen."

"Ah, wie freundlich von Ihnen." Maren drehte sich amüsiert zu Dr. Sergejev, der sie anlächelte.

"Es freut mich, dass Sie diese Aufforderung mit Humor nehmen. Sie scheinen eine ernstzunehmende Geschäftsfrau zu sein." Raquel ging aufs Ganze. Ich bewunderte sie und hasste diese Art zugleich. Oft hätte sie sich zurücknehmen und bedachter reden sollen.

"Sie können meinen Ruf nicht ruinieren."

"Oh doch. Ich erinnere Sie an die Nobelpreisverleihung." Im Bild zuckte Maren, im Hintergrund räusperten sich einige der Beamte. "Wir haben nicht viel Zeit. Denken Sie darüber nach, wie wichtig Ihnen Ihr Ruf ist." Teile der Aufnahmen, die ich während der vergangenen Monate im Zentrum gemacht hatte, erschienen auf dem Bildschirm, den Maren vor sich hatte. Wir aber sahen ihr Gesicht und wie es blasser wurde.

"Wir werden Sie finden, Raquel." Wieder bekam ich Gänsehaut, als sie den Namen aussprach. "Veröffentlichen Sie ruhig die Bilder, es macht mir nichts aus, der Welt zu zeigen, wie genau ich sie am Leben halte." Maren redete ruhiger, überraschend selbstbewusst. Sie bluffte, dachte ich. "Es interessiert mich aber doch, woher Sie die Aufnahmen haben." Natürlich interessierte es sie. Sie dachte, es war Karla, sie wollte wissen, ob Karla bei uns war. Ich trat ins Bild. Ich setze mich neben Raquel.

"Hallo, Dr. Baum." Innerlich bebte ich ehrfürchtig. Ich fühlte mich, als wäre ich auf der falschen Seite, obwohl ich noch immer wusste, wofür wir einstanden. Sie lächelte. Es war kein erleichtertes oder überraschtes Lächeln, eher ein nervöses, enttäuschtes. Das Gefühl, das sie mir gab, war schlimmer als die Angst, die ich verspürte. Maren blickte auf ihre Hände, die auf dem Tisch vor ihr lagen. Mein Herz rutschte mir in die Hose.

"Veröffentlichen Sie die Bilder. Sind wir fertig?" Dr. Sergejev wollte sich das nicht mehr mit ansehen.

Amrae gab Raquel Piet. "Schließen Sie das Zentrum", sagte sie. Sekunden ohne ein Wortwechsel vergingen. Mir wurde in dem Augenblick bewusst, dass niemand bei meiner Flucht gemeinsam mit Karla und Piet geglaubt hatte, wir wären Teil der Aktivisten und würden zu ihnen gehen. Darum war es so leicht, zu gehen. Ein einseitiges Gefecht war es, was sich vor mir abspielte. Ich war vollkommen fehl am Platz. Ich sah auf den Bildschirm und hatte das Gefühl, dass Maren mich anstarrte, als habe sie soeben durch mich die größte Enttäuschung ihres Lebens erfahren. Ich sah weg. Ich ertrug es nicht einmal mehr, sie durch Bildschirme anzusehen, so sehr schämte ich mich. Ich musste mir einreden, dass es richtig war, was wir taten. Dass sie die Verbrecherin war. Dass es das Beste für Karla und Piet war. Ich zweifelte jedoch schon wieder an dem, was wir taten.

"Wir wollen den Jungen", sagte Dr. Sergejev.

"Schließen Sie das Zentrum", entgegnete Raquel hartnäckig, trockener als zuvor.

"Ich wiederhole, wir werden Sie finden."

"Wie denn?" Raquel hob den Ärmel Ihres Shirts, bis die Narbe am Oberarm zu sehen war. Sie hob auch meinen Ärmel, ich sah nicht wieder auf den Bildschirm und rang um meine Fassung. Ich wollte nicht wissen, wie Maren darauf reagierte. Ich fand mich selbst bedauernswert. Wir hatten gegen das Gesetz verstoßen, ja, aber wir haben keinen

Menschen getötet, wir waren nicht die Verbrecher. Wir waren nicht die Verbrecher. Ich sagte es mir immer und immer wieder.

Raquel schaltete den Computer ab. Die Übertragung war beendet, aber auch an ihr nicht spurlos vorbeigegangen. Sie starrte auf den Monitor, ohne ein Wort zu sagen. Wir blieben alle sprachlos sitzen. Karla fehlte jegliche Farbe im Gesicht. Sogar der kleine Piet schwieg. Karla fasste sich an ihren Oberarm.

"Seit wann genau habt ihr eure Ortungschips eigentlich nicht mehr?", fragte sie leise, vorsichtig, als würde sie etwas Verbotenes aussprechen, in Erinnerung an das Gespräch von vor wenigen Minuten.

"Sehr lange schon nicht mehr. Unsere Narben sieht man kaum noch", antwortete ich mit sicherer Stimme. Sie hatte nur noch die Wahrheit verdient und es war mir egal, wie böse Raquels Blicke mich dabei durchbohrten.

"Wie hast du ..." Ihre eigene Überlegung machte ihr Angst. "Wie hast du", fing sie wieder an, "wie hast du dich ohne Chip ..."

"Im Genforschungszentrum bewegt? Peter hat mir einen neuen Chip erstellt." Er war wirklich eine große Bereicherung für die Gruppe. "Ich habe mir meinen Chip zwischen die Beine geklebt, wo niemand ihn zufällig entdecken würde. Ich hatte ihn also bei mir, die ganze Zeit, bis ich dich hierher brachte. Mein Chip klebt im Aufzug des Zentrums, wo ich ihn ließ, bevor wir das Zentrum verließen."

Raquel stand auf und ging zur Haustür. "Hier fällt mir die Decke auf den Kopf, je länger ich über unsere Aktion eben nachdenke. Ich will raus und den Erfolg als Erfolg feiern, bis wir oder die Forscher merken, dass es ein Fehler war. Seid ihr dabei?" Wir wären ihr alle gefolgt, wenn mein Handy nicht geklingelt hätte.

"Verflucht Anna!" Raquel rannte zu meinem Handy auf dem Wohnzimmertisch und warf es im hohen Bogen aus dem Fenster. Erschrocken sah ich sie an. "Das Handy, welches du im Zentrum hattest, liegt hier rum und keiner merkt's?!" Sie redete laut vor Wut. "Jetzt sind wir noch leichter zu finden, verdammt. Als würde es nicht reichen, dass du sie hier mit ihrem ID-Chip herbringst!" Sie lief fluchend auf und ab. "Wann bist du zur Anfängerin geworden?!" Ihr Blick fiel auf Karla.

"Wir ziehen um. Schalte die Demo, Raquel", sagte Peter, während er Festplatten, einen Laptop und Elektrochips in eine Tasche packte. Sie waren alle vorbereitet und hatten unter Druck immer die besten Lösungen. Der Stress würde sie irgendwann umbringen, dachte ich. Solch ein sensibles Terrain zog Fehler förmlich an.

"Schalte die Demo?", fragte ich mit erhobenen Augenbrauen.

"Glaubst du, wir haben Däumchen gedreht, während du das Jahr weg warst?" Raquels Worte lagen wie ein Urteil in der Luft. Vorwurfsvoll redete sie weiter, während auch sie noch ein paar Dinge packte: "Wir sind deutlich mehr Leute geworden. Eine Demo als Schutz gegen Räumungen, für eine leichtere Flucht oder zum Austausch ist nur eine der Möglichkeiten, die wir haben, um mit einer verschlüsselten E-Mail die Massen zu bewegen." Sie lächelte wieder. "Und jetzt kommt! Sie werden jeden Augenblick hier sein!", sagte sie zu uns allen. Ich lief ihr und den anderen wie eine Fremde hinterher. Ich hatte auf einen Schulterklopfer wegen meiner Arbeit im Zentrum gehofft und fühlte mich jetzt stattdessen überflüssig.

Wir gingen alle schnellen Schrittes auf die Straße, die sich mit immer mehr Menschen füllte, die sogar Plakate und Megafone dabei hatten, als wäre der Aufmarsch lange angekündigt gewesen.

Mitten zwischen hunderten Gesichtern und Armen, die Elektro-Fackeln trugen, erzählte uns Peter, dass es ihm komisch vorkam, wenn Menschen echtes Feuer bei sich hatten. "Es erinnert an die Geschichten aus dem Mittelalter, in denen Rebellen mit Fackeln auf andere losgingen, wenn sie Veränderungen wollten", sagte er. "Es ist leicht, vor solch einer Kulisse ein Haus in Brand zu stecken. Es würde niemand merken, dass es kein Unfall war." Doch um uns herum hatten die Menschen keine echten Fackeln. Niemand war in Gefahr. Es war eine friedliche Demo mit Farblichtern.

Als wir zwischen den Massen die Straße hochliefen, erinnerte ich mich, wie ich Raquel und die anderen vor Jahren kennenlernte. In einer unterirdischen Kneipe mit einer kleinen Bühne, auf der die Schriftstellerin und Aktivistin Molly Letter aus ihrem Buch lesen sollte, in dem es um korrupte Politiker ging - in Anlehnung an den 260. Geburtstag des französischen Ressistance-Kämpfers Stéphane Hessel geschrieben. Es war kurz nach Anfang meines Studiums, um 2176. Mich hatte eine Kommilitonin überredet mit in die Lesung zu gehen, die sie als Mitorganisatorin so sehnsüchtig erwartete. Bevor die Schriftstellerin die Bühne betrat, bezeugte ich eine Unterhaltung zwischen Raquel und Amrae über eine geplante Demo am längst verbotenen und vergessenen Sankt Martins Tag. Sie philosophierten darüber, wie es wohl wäre, mit Laternen durch die Straßen zu laufen, mit tausenden anderen und unauffällig gezielt Gebäude in Brand zu stecken. So würden sie mehrere Fliegen mit einer Klappe schlagen: Eine veraltete Tradition aufleben lassen und mehrere Ziele auf einmal auslöschen. Ich hörte gespannt und voller Bewunderung zu, ohne wenigstens diskret woanders als auf Raquels Lippen zu starren. Dann begann dieser kleine Augenblick. Raquel sah mich an und wartete. Ich hätte weggesehen, wenn meine Muskeln und Augenlider nicht wie gelähmt gewesen wären. Sie lächelte nach einem kleinen Augenblick der Stille. Ich war weiterhin nicht in der Lage, etwas zu sagen, also sprach sie mich nach eingängiger Musterung an. Sie fragte mich, wer ich sei und ob ich für die Polizei oder ähnliche korrupte Organisationen arbeitete. Als ich verneinte, bestellte sie mir Bier, reichte mir eine Zigarette und bat mich um meine Meinung zu ihrem Feuerplan. Alles, was mir einfiel, war, dass Unschuldige in den Häusern verletzt werden könnten. Sie bestellte weitere Biere, ohne zu fragen, ob ich das Getränk mochte oder wie viel Zeit ich hatte. Wir unterhielten uns die ganze Nacht. Zuerst in der Bar und später in ihrem Bett. Und es dauerte nicht lange, bis ich mich Abend für Abend an ihrer Seite fand, um die Welt zu verbessern, als Teil einer kleinen Gruppe von Menschen, die sie anzuführen schien.

Mit meinen Gedanken wieder neben Karla, als Teil der improvisierten Straßendemo, die die Geburt des Wunderjungen feierte, sah ich in die Menge. Piets Geburt stand als Vorwand im Vordergrund und damit auch der Anfang des Fortschritts. Wenn jetzt endlich auch feststünde, dass keine Föten mehr entfernt würden, wäre diese Demo die erste eines denkwürdigen Feiertages. Leider wussten wir alle, dass es nicht so war und dass es immer Morde geben würde, solange die Forschung es rechtfertigte.

Die Stunden mit Karla und den Aktivisten waren für mich emotional schwer einzuordnen. Karla sah eingeschüchtert aus und ich wusste, dass sie oft nichts sagte, aus Angst ausgelacht zu werden, weil sie gutgläubig war. Sie ahnte nicht, dass die Regierung die schrecklichsten Verbrechen vorsätzlich veranlasste. Ich fragte mich, ob sie sich schuldig fühlte, weil Dr. Baum wusste, dass sie mit Piet bei uns war. Gegen ihren Willen hielt sie niemand hier fest. Wahrscheinlich wusste Maren Baum, dass sie freiwillig blieb. So wie ich. Freiwillig, aber zugleich irgendwie hin- und hergerissen. Dass Raquel kein Wort mit Karla wechselte, machte es ihr ganz sicher nicht leichter. Aber Raquel hing mit ihren Gedanken wieder in ihrer Revolution fest.

Auf dem Weg zur Demo musste ich mich vor ihr rechtfertigen. Raquel verstand nicht, warum ich Karla auch mitgebracht hatte. Wenn es nach ihr gegangen wäre, hätten wir Karla eingesperrt oder versucht sie loszuwerden. Raquel, die Frau, für die ich mich in den letzten Jahren strafbar gemacht hatte, für die ich aus Liebe gemordet hätte, die mich fallengelassen hatte, führte sich wie ein eifersüchtiger Teenager auf und schaffte es nicht, vernünftig darüber zu reden. Wie oft ich auch versuchte sie beiseite zu ziehen, sie wich mir aus. Die Gedanken an die Nobelpreisverleihung, die Telefonate und die Wochen vor dem Beginn meiner Zeit im Forschungszentrum fluteten meine Erinnerung und ich fragte mich, ob es genug Zeichen waren. Ob sie kein Gespräch mehr brauchte. Doch ich wollte mich auch wegen Karla mit ihr aussprechen oder zumindest von ihr hören, dass wir nicht mehr waren, woran ich so lange hing.

Ich suchte Karla in der Menge. Ich wusste, dass sie die Anspannung bemerkt hatte und Angst vor Raquel hatte. Raquel wollte niemanden ernsthaft "loswerden." Ich sagte mir diese Worte und zweifelte sie selbst schon im nächsten Augenblick an. War Raquel noch die, für die ich sie hielt? Ich dachte an den Drohbrief. Und ich erinnerte mich daran, wie ich Lore unterschätzt hatte.

In der Menschenmenge dachte ich auch an Johann. Alles, was ich wusste, war das, was ich Karla unter Stress noch vor wenigen Minuten sagte. Ich wusste nicht einmal, ob er noch lebte, aber ich hatte ihr erzählt, dass er bei meinem letzten Versuch mit ihm zu reden, nicht mehr vor Ort war. Mir schossen Pläne durch den Kopf, in denen ich versuchen könnte, ihn zu befreien. Aber alleine und ohne erwischt zu werden, wäre es utopisch. Sie würden ihm nichts antun können, wenn sie noch einen Funken Respekt vom Rest der Welt erwarteten. Die Regierung veranlasste das ganze Chaos, aber ich wusste, dass Maren Baum Johanns Tod nicht unterstützen würde. Und wenn doch, wäre sicher, dass uns das Ganze mehrere Nummern zu groß war. Wir würden abwarten müssen. Wie sollte ich überhaupt noch in das Zentrum gelangen, wenn ich eine Rettung in Betracht gezogen hätte? Und wie könnten wir nach der Sache mit dem Handy abwarten? Ich wünschte, ich wüsste, was Raquel mit der Demo wirklich bezweckte. Die Sache mit dem Telefon war bereits die Höhe meiner Leichtsinnigkeit. Es würde nicht lang dauern, bis wir gefunden würden.

Neben mir ging Karla mit Piet, der vor ihr in einem Wickeltuch gebunden war und wachsam die Menschen um sich herum beobachtete. Er wirkte, als wäre er Karlas Beschützer und nicht sie seiner. Die Musik und die ganzen Seifenblasen in der Luft hätten neu und spannend für ihn sein müssen, doch er sah sich die Menschen an, einen nach dem anderen. Amrae hatte einmal gesagt, dass sie gerne in die Köpfe von Kindern eintauchen würde. Sie sagte, sie glaubte nicht, ihre Gedanken wären willkürlich auf etwas gerichtet, das bunt, groß oder laut ist, sondern auf das, wovor sie Angst haben. Vor allem wenn Kinder große Augen machten und ruckartig von einer Stelle zur nächsten schauten, fürchteten sie sich.

"Wie gut er es hat, frei von Sorgen", sagte Peter, der mich dabei erwischte, wie ich Piet anstarrte. An seine Zukunft dachte an diesem Tag niemand. Ich stellte mich hinter Karla, als die Masse eine Gehpause einlegte, um Piet abzulenken. Er lächelte, als er mich erkannte. "Hey Minikarl, ignoriere die", flüsterte ich ihm zu, "du bist stärker, als sie alle zusammen."

Karla lächelte, aber ich wusste, dass sie Angst hatte. Was würden wir in den nächsten Tagen tun, wenn sie uns nicht schon vorher erwischten? Was würde aus ihr, wenn sie angeklagt würde? Dann lächelte sie wieder und ich dachte, es würde gut laufen, alles. Auch wenn die Regierung Aufsässige verschwinden ließ, wusste ich, dass Karla keiner war.

Ich wägte ab, ob es in Frage kam, dass wir uns einfach der Polizei stellten. Ich wollte alle Eventualitäten gründlich durchdenken. Wenn wir uns stellten, würden Maren und André uns nicht einsperren können. Wie denn auch, wenn wir uns öffentlich stellten? Wenn wir ehrlich erklärten, dass wir das Beste für den Jungen wollten. Sollten alle Stricke reißen, würden sie uns nicht von der Bildfläche löschen.

Der Marsch ging weiter und vertraute Gesichter kamen ab und zu näher. Sie stellten Fragen über den neuesten Stand, wollten einmal einen Blick auf den Wunderjungen erhaschen oder lediglich hören, wie es mir ergangen war. Unser Plan, das Zentrum auszuspionieren, hatte sich rumgesprochen. Ich hoffte innerlich, dass Raquel vorsichtig genug war, es nicht öffentlich zu machen.

"Du bist berühmt", lächelte Karla wieder. Ich lächelte zurück. Ich kannte keinen von ihnen persönlich. Diese Art von Bekanntheit war nicht schwer zu erreichen in unseren Kreisen. Wenn ich Karla jetzt noch erklärt hätte, dass wir im Zentrum schon das gesamte Sicherheitssystem lahmgelegt hatten ... Sie würde es früh genug erfahren.

"Wieso guckst du nur so niedergeschlagen? Was kann dich noch bedrücken, unter so vielen Gleichgesinnten?" Sie erwartete keine Antwort, sondern legte ihren Arm um meinen Nacken und ging weiter. Meine Sinne sammelten sich an der Stelle, auf der ihre Hand ruhte. Ich schüttelte den Kopf. Karla schaute wieder zu mir und zog ihren Arm weg. Ich hielt ihn fest. Die Last der Gedanken, die ich mir machte, löste sich auf. Die Sonne schien, obwohl es einer der kältesten Tage des Jahres war. Das goldene Licht ließ Karla weniger blass wirken. An dem Tag sah sie nicht so krank aus, wie in den letzten Monaten im dunklen Zentrum. Ihre Augen fast transparent, von der Abendsonne ausgetrunken, dachte ich.

"Atme", sagte sie, während sie in die Sonne schaute: "Dann konzentrierst du dich auf etwas, das auch ohne deine Kontrolle funktioniert." Sie zwinkerte mir zu. "Atme, damit du dich zur Abwechslung selbst leben spürst, Anna."

Sirenen übertönten den Klang der Trommeln und Megaphone. Auch ein Hubschrauber kam näher. Sie steuerten alle das Gebäude an, in dem wir noch vor nicht einmal zwanzig Minuten mit dem Zentrum telefoniert hatten. Amrae ergriff meine Hand und drückte sie, alle starrten auf das Gebäude.

Aus den Nebenstraßen fuhren Wasserwerfer auf die Demonstranten zu. Schockiert versuchte ich zu erfassen, wie schnell sich das Blatt gewendet hatte. Eine Frau, die vor uns gelaufen war, drehte sich zu uns um. "Folgt mir!", hörte ich sie sagen und die Gruppe folgte ihr blind.

"Von hier aus könnt ihr weitersehen. Ich gehe mit zu Erika, wir bleiben im Netz. Ihr müsst nur Bescheid sagen und wir sind da." Sie drückte mir den Schlüssel ihrer Wohneinheit mit den Worten "Sechstes Stockwerk links, viel Glück" in die Hand und ging. Die gesamte Demo löste sich auf und uns blieb nichts anderes übrig, als ihr zu vertrauen, ohne zu wissen, wer sie überhaupt war. Wir eilten in die Wohneinheit, die fast möbelleer war, und bauten das bisschen Equipment auf, das Peter vorausschauend mitgenommen hatte.

Kurz darauf drehte sich der Türknauf. Ich stellte mich vor Karla und Piet und fing einen Blick von Raquel auf, den ich erst viel später würde deuten können.

Lore stand vor uns. Ich rannte auf sie zu und - fest entschlossen, sie mit meinen Fäusten zu Boden zu zwingen - fing ich an, auf sie einzuprügeln. Meine Freunde mussten mich festhalten, um sie zu retten.

"Anna hör auf! Bist du wahnsinnig? Das ist Lore verdammt! Sie gehört zu uns!"

"W-was?", sagten Karla und ich fast gleichzeitig.

"Ja", hörte ich Lore sagen, während sie sich aufsetzte und Blut aus ihrer Nase floss. Raquel reichte ihr ein Taschentuch und stützte sie.

"Was soll der Scheiß?", fragte mich Raquel vorwurfsvoll.

"Sie ist eine Stalkerin, die Karla und mich fast umgebracht hätte."

"Beruhige dich, nicht Karla und dich", erwiderte Lore, "nur dich."

"Was? Was läuft hier?" Raquel fiel es offensichtlich schwer, nicht auszurasten.

"Karla, du denkst nicht wirklich, ich wollte dich umbringen, oder?", sagte Lore Karla zugewandt. "Ich habe dich beschützen wollen und deswegen nie gesagt, dass ich die GBA unterstütze. Seit Kurzem sogar als Teil des Kerns, also aktiv mit Raquel, Amrae und Peter. Erst als ich sah, wer deine steife Freundin hier wirklich ist, hörte ich auf, mir Sorgen zu machen. Auch wenn ich dich für dumm halte, sie zu ficken."

"Gott! Hör auf damit", schrie Karla.

"Nein! Ich will, dass diese Gruppe siegt. Und deine bescheuerte Anna hat mir schon Laura genommen."

"Scheiße", hörte ich mich selbst sagen. "Scheiße! Woher sollte ich das denn wissen, verdammt?!"

Raquel ging zum Fenster. "Wir sollten aufhören zu diskutieren. Dass Laura uns nicht mehr helfen kann, ist nicht mehr rückgängig zu machen."

"Jetzt nimmst du sie in Schutz?", fragte Lore Raquel.

"Ich hätte Anna einweihen müssen, wusste aber nicht, wie verwanzt oder manipuliert sie wirklich wurde."

"Raquel!" Ich konnte ihre Worte nicht fassen. "Ich war immer auf eurer Seite, was ich alles ..."

Sie unterbrach mich: "Ich weiß. Ich sehe es jetzt. Ich bin misstrauisch, ja. Aber jetzt weiß ich es." Raquel zündete sich eine Zigarette an und verließ den Raum.

Mit Tränen in den Augen verlangte Peter nach einer Pause. Er wollte das Leben feiern, solange es noch ging. Als er sich erklärte, legte Amrae ihre Hand auf seinen Mund. "Wir werden hundert Jahre alt, Liebster", sagte sie und er schwieg.

Raquel hatte tausend Pläne im Sinn, wollte aber das Polizeichaos abebben lassen. Wir gingen also in die Keller-Bar, in der ich sie kennengelernt hatte, in der Hoffnung Hilfe zu finden. Wir waren genau dort, wo alles anfing. Wir fanden leider weniger Gesichter als erhofft. Ich fragte Karla immer wieder, ob es ihr gut ging und ob sie lieber in der Wohneinheit wäre, statt den schlafenden Piet auf dem Arm zu halten und dem Pläneschmieden zu lauschen. Sie schien das alles jedoch sehr zu interessieren, obwohl ich selbst gedanklich in einer ganz anderen Welt schwebte. So viele gute Herzen und ehrliche Meinungen waren um uns. Ich konnte mich nicht entspannen. Ich fühlte mich für sie alle verantwortlich und fragte mich, was aus ihnen würde, aus ihnen allen. In den letzten Jahren waren mir viele Leute begegnet, die der Regierung in kaum einem Punkt zustimmten. Sie änderten auf kurz oder lang doch ihre Meinung oder verschwanden aus den Vierteln, in denen die meisten von uns lebten. Am liebsten wollte ich ihnen raten, sich zu beugen. Nicht aus Überzeugung, es wäre besser nicht zu kämpfen, sondern, weil ich selbst kurz davor war, aufzugeben. Weil ich längst nicht mehr glaubte, wir könnten die Welt verändern. Ich sah sie alle und ich sah Raquel. Ich hatte das Gefühl, sie würde mich nicht aus den Augen lassen. Auch als ich die Toilette des Lokals aufsuchte, folgte sie mir, ohne mit mir zu sprechen. Als suchte sie meine Nähe, weil sie befürchtete, es würde bald nicht mehr möglich sein und ich fragte mich, warum ein Ende in Sicht sein musste, damit sie mich suchte.

Der Abend ging bedrohlich langsam vorbei. Freunde verabschiedeten sich in die Dunkelheit. Ich umarmte sie, als habe ich sie lange vermisst. Wir ignorierten das Gefühl, unsere Henkersmahlzeit hinter uns gebracht zu haben. Ihre Stimmen hallten in meinen Ohren nach, bis sie mich zurückließen. Mit Karla.

Es war niemand um uns herum zu sehen. Amrae hatte angeboten, Piet mitzunehmen. Aber wir konnten Karla nicht beruhigen und glaubhaft machen, dass sie ihn nicht entführen würde.

"Vertrau mir", sagte ich, "Amrae und Peter wissen, wie sie mit Raquel umgehen müssen", lachte ich. Amrae und Peter wollten das Lokal verlassen, während Karlas neugewonnenes Interesse an Politik den Gipfel ihrer durch Bier gebremsten Konzentration erreichte. Es war schwer ihr zu versichern, dass Piet nichts geschehen würde, bis Amrae sie verständnisvoll anlächelte.

"Wie könnte ich dem Wunderjungen etwas antun, der die Revolution belebt, in der meine Tochter ihren ersten Atemzug machen wird?" Ich stotterte sie mit all den Gedanken gleichzeitig an, die mir durch den Kopf schossen. Glück und Beklommenheit fluteten meine Tränendrüsen. Wieso ein Kind in die Gefahr schicken? Wieso aber - widersprach ich mir selbst - könnten so liebenswerte, gute Menschen wie Peter und Amrae keine weitere Generation beginnen, die vielleicht doch die Welt verändert? Wie Piet. Karla legte das Wickeltuch um mich und kurz darauf schlief der Junge auf meinem Rücken ein. Mir wurde schnell bewusst, dass ich ihn ebenfalls lieber bei mir hatte, als woanders. Ich beglückwünschte die werdenden Eltern, bevor sie sich zur Nacht verabschiedeten.

Raquel und Lore hatten sich ebenfalls bereits verabschiedet. Alle waren sie bereits gegangen. Ich hatte nicht bemerkt, wann sie das Lokal verlassen hatten und konnte mir nicht vorstellen, dass Raquel leichtfertig aufgehört hatte, Karla und mich zu beobachten.

Der Nebel umarmte Karla, Piet und mich wie eine sichere, graue Wolke auf der leeren Straße. Auf dieser Straße, hinter dem Lokal, in dem ich damals Raquel das erste Mal begegnete, ging ich nun auf Karla zu. Sie wich zurück, als würde sie vor mir fliehen, bis ihr Rücken an eine

Wand stieß und sie regungslos angelehnt stehenblieb. Wir standen uns gegenüber, nur ein magerer Luftzug passte noch zwischen uns. Ihre Augen ruhten auf meinem Gesicht, nicht auf meinen Augen, aber auf meinen Wangen, meiner Nase, meinen Lippen. Sie tastete nach meinen Händen, um mich zu sich zu ziehen. Erst dann sah sie in meine Augen, ihr Blick mutig und tiefer als zuvor. Er bohrte sich wie ein Stich in meine Brust. Ähnlich wie vor zu vielen Jahren fühlte sich diese Nähe an, sortierte mein betäubter Verstand das Chaos in mir, anstatt sich einfach fallen zu lassen.

Sie stand vor mir und wartete. Ihre Hände drückten das Leben aus meinen. "Atme", flüsterte sie. Ihre linke Hand fuhr mir über die Stirn, ihre Finger strichen eine Strähne hinter mein Ohr. Sie legte ihre Hände um meinen Hals. Dann spürte ich ihre kühlen Lippen auf meinen. Endlich.

Als ich mich von ihr löste und sie ansah, blickten ihre Augen plötzlich finster in meine. Ich hielt sie fester und schloss meine Augen. Ich wollte sie umarmen, doch sie hielt dagegen und rührte sich nicht mehr.

"Oh, entschuldige." Ich glaubte, sie bedrängt zu haben. Doch sie antwortete nicht. Ich folgte ihrem Blick und sah, dass Raquel auf der anderen Straßenseite stand und uns beobachtete. Ich erblasste augenblicklich. Karlas Arme fielen von mir ab, aber sie suchte meine Hand mit ihrer.

So standen wir festgefahren im Dunst der Nacht. Gegensätzliche Empfindungen schoben die hart erkämpften Glücksgefühle mit einem Augenzwinkern beiseite. Ich bebe noch mit Karlas Hand in meiner und Schuldbewusstsein überkam mich, als hätten wir einen Fehler begangen. Ich fürchtete, Raquel hintergangen zu haben. Überhaupt Gefühle zuzulassen, war falsch, wobei wir doch im Höhepunkt dieses Kampfes waren und kein Wort mehr über unser Zusammensein verloren hatten.

Dann ging alles sehr schnell.

Ich wollte auf sie zugehen, aber sie lief weg. Ich wusste, dass sie das als Angriff sah, als hätte ich Karla geküsst, um Krieg zu führen. Nie wäre mir in den Sinn gekommen, dass ich sie tatsächlich verletzt haben könnte.

Ich suchte einen klaren Gedanken, fand aber keinen. Ich lief mit Karla und Piet in die Wohneinheit. Raquel war nicht da. Ich sagte Amrae, sie solle Karla helfen unsere Sachen zu packen und setzte mich an den PC, um eine Zugverbindung zu suchen. Dann klappte Raquel, die aus dem Nichts erschienen war, den Laptop zu.

"Ich habe dich nicht reinkommen hören." Ich hatte Angst. Sie sah mich an, als habe sie vorgehabt, mich zu erwürgen.

"Wenn du Spuren hinterlässt, musst du sie beseitigen." Raquel blickte treffsicher mitten in meine Augen und ich dachte, mein Herz springt aus meiner Brust, so sehr raste es.

"Was zum Teufel stimmt nicht mit dir?", flüsterte ich, mit dem Knoten in meiner Kehle kämpfend. Ich stand langsam auf und bewegte mich rückwärts zur Tür, doch sie versperrte mir den Weg. Das hatte sie auch getan, bevor ich ins Zentrum ging, mit dem Unterschied, dass ich mich in dieser Situation nicht darüber freute.

Ich erwartete ihre Wut, Eifersucht, eine Welle von Vorwürfen, sogar Gewalt, aber keine Reue. Nie hatte ich mit einer Erklärung gerechnet, wie sie mir jetzt von Raquel entgegenflog, die plötzlich zerbrechlich wirkte, während sie kleinmütig versuchte, mir den Weg zu versperren. "Schiebe es, von mir aus, auf mein Ego, ich bin selbstsüchtig", sagte sie, "vielleicht sollte ich mich fallen lassen, mehr mit dir reden, aber so bin ich nicht. Ich kann nicht nach Hilfe schreien, nicht offenlegen, was ich fühle." Sie tippte immer wieder mit ihren Fingern an die Wand, weil sie nur noch aus Ruhelosigkeit bestand. Ich zog meine Augenbrauen hoch. So hatte ich sie noch nie erlebt. Sie war es, die Angst hatte. "Ich kämpfe nicht, weil ich so genommen werden will, wie ich bin. Du hast mich doch auch so kennengelernt!" Tränen sammelten sich in ihren Augen. Meine Kehle zog sich zusammen. Ich hatte sie verletzt und dann noch selber Angst vor ihr gehabt.

"Hör auf! Hör auf das zu sagen. Es ist dir egal geworden! Du hättest dich von mir fernhalten sollen, bevor es zu spät war." Bevor ich mich in dich verliebt habe, wollte ich noch sagen. Ich lachte nervös und erleichtert von dieser Wendung. Sie tat mir leid. Wieso tat sie mir leid? Mir wäre es sehr viel lieber gewesen, wenn sie mich stattdessen angeschrien hätte. "Was sollte das mit dem Drohbrief, Raquel?"

"Ich habe dir mein Leben erklärt! Du hättest nicht versprechen sollen, dass du bei mir bleibst, egal was kommt. Ich wäre jeden Weg mit dir gegangen, aber nicht indem ich mich aufgebe. Daran hat sich nie etwas geändert." Sie schwieg nachdenklich. Dann fragte sie: "Welcher Drohbrief? Hör doch auf abzulenken!"

Ungläubig sah ich sie an und sagte: "Der Drohbrief an Dr. Baum, unterzeichnet von der GBA! Und nein, du würdest mit jedem gehen, der deine Interessen teilt und dich zwischendurch vögelt!" Ich versuchte, mich zusammenzureißen, vergeblich. Niemals hätte ich gedacht, dass ich sie ablehnen würde. Alles schmerzte, mein Kopf, meine Kehle, meine Brust. Auch aus meinen Augen verabschiedeten sich Tränen. Selbst in der Gegenüberstellung, "Verschwinde aus meinem Leben!"

Raquel zitterte. "Es ist ganz einfach, ich vergesse, was war und du verschwindest."

"Das stimmt nicht!", schrie ich. "Nicht einfach, das ist nicht einfach! Das tut verdammt weh. Die letzten Monate vor meinem Leben im Zentrum und die ersten darin waren die Hölle, Raquel." Der Raum wuchs und sie wurde vor mir immer kleiner.

Ich dachte daran, wie verrückt die Welt doch war, wenn zwei Menschen sich unter Schmerzen verletzen und verlassen, wobei sie sich kürzlich noch so nahe waren und im Grunde auch immer sein werden und doch beschließen, nicht mehr gemeinsam zu gehen. Ich wollte von mir selbst wissen, ob sie wirklich immer die Gleiche war. War ich nur so lange bei ihr geblieben, glaubend es würde besser, weil ich nicht wusste, wozu mein Herz noch in der Lage war? Ich wollte mir nicht eingestehen, dass Karla der Grund für meinen Mut war.

"Sei ehrlich ... Es ist zu spät. Ich habe lange gewartet und oft mit dir geredet, ohne Reaktion, als wärst du eine Wand." Wir weinten beide nur einen Meter voneinander entfernt. Wir hätten uns umarmen können.

"Wie kannst du das sagen? Wir hatten kaum Zeit und du flüchtest in die Arme einer Ahnungslosen." Endlich, da war es aus ihrem Mund, ich hatte schon darauf gewartet.

"Das klingt mittlerweile lächerlich. Du siehst nur dich selbst. Wenn ich bei dir bliebe, wäre ich auf Dauer eine Skulptur in deiner Nähe. Nichts weiter. Und ja, du hast recht, ich glaube an Liebe und ich werde nicht aufhören dich trotzdem zu lieben, aber ich stehe nicht mehr neben dir." Ein dumpfer Schlag ihrer Faust an die Wand beendete meine Tränen.

"Die Liebe zu dir bringt mich um alles, was ich habe, wenn ich dem kein Ende setze."

"Nur weil Karla aufgetaucht ist? Als wüsstest du nicht, wie schnell sowas vorbei geht. Ich verzeihe dir!"

"Das ist naheliegend, nicht wahr? Aber lange bevor ich sie kennengelernt habe, warst du meilenweit von mir entfernt, Raquel. Selbst als ich anfing sie anders anzusehen, habe ich noch versucht an dich heranzukommen, versucht uns zu retten. Aber du hast mich nicht gehört. Wahrscheinlich hätte ich das alles tatsächlich noch etwas länger mitgemacht, wäre sie nicht gewesen, aber sicher nicht mehr lange, selbst in diesem Augenblick schlägt mein Herz schneller, weil du bei mir bist, aber deins nicht für mich. Du willst nur diese Person, die gut in dein Profil passt, die genügsam und still ist. Aber ich will geliebt werden."

Ein roter Fleck breitete sich an der Stelle der Tapete aus, an der zuvor ihre Faust ruhte.

Sie stieß sich von der Wand ab und kam zu mir. Ich spürte ihren Atem an meinem Ohr. Dann flüsterte sie: "Böse Menschen sind meistens von Anfang an böse. Sie verletzen, indem sie bleiben. Sehr böse Menschen schaffen es, geliebt zu werden. Sie verletzen, indem sie gehen."

Ein stechender Schmerz füllte meine Brust.

"Wir haben so wenig Zeit und so viel vor." Sie stieß einen Seufzer der Resignation aus. "Und du warst das Beste." Damit verließ sie den Raum.

Ich blieb sprachlos zurück. Ich konnte nicht fassen, dass sie so lange gewartet hatte, um mir eine solche Erklärung zu geben.

Ich wusste, dass ich Karla wegbringen musste. Und ich wusste auch, dass das Gespräch noch lange nicht bedeutete, dass Raquel sich aus ihrem Leben raushalten würde. Karla kam in den Raum und unterbrach meine Gedanken. "Es tut mir leid ..."

"Das muss es nicht! Dich trifft keine Schuld." Wen traf die Schuld?, überlegte ich: "Es tut mir leid, dass du das mitmachst ..."

"Ich bin froh, dass ich hier sein kann." Wie selbstsicher sie mich ansah. Nach so wenigen Monaten tauschten wir klammheimlich die Plätze und sie kam mir mit jedem Wort stärker vor. "Ich habe mich noch nicht bedankt ..."

"Wofür?" Ein nervöses Zucken meiner Mundwinkel flog ihr zu.

"Dafür, dass du mich mitgenommen hast, auch wenn ich weiß, dass du ihn ohne mich mitgenommen hättest, wenn ich dich nicht gehört hätte."

Sie hatte recht. Ich wollte mir nicht ausmalen, was passiert wäre, wenn sie und Piet getrennt worden wären. "Bedanke dich nicht für die Katastrophe, die ich in dein Leben gebracht habe." Ich seufzte.

"Seit dieser Katastrophe habe ich keine Angst mehr."

Ich konnte mich nicht zusammenreißen und begann erneut zu weinen.

"Was geht in dir vor?", wollte sie wissen. Ich konnte nicht sprechen.

"Ich kann gehen oder bleiben oder ganz still in deiner Nähe sein, bis sich alles beruhigt."

"Ich will dich nicht still, ich will dich laut", flüsterte ich.

Ich streckte meine Arme zu ihr aus, bevor wir erschraken, weil wir Raquel im Wohnzimmer aufschreien hörten.

XY - TEIL 3

Kapitel 17

"Scheiße, scheiße, scheiße!", schrie Raquel durch die Wohneinheit. "Sie werden uns finden, verdammt!" Was in sie gefahren ist, verstand ich nicht. Wahrscheinlich hatte sie plötzlich doch Angst.

Ich rannte mit Anna ins Wohnzimmer. Piet saß auf dem Boden, er hatte das Leben in seiner Fantasiewelt unterbrochen und weinte, während Raquel fluchend neben ihm auf und ab ging. Ich wollte zu ihm, doch sie richtete ihre Waffe auf ihn. "Wir lösen das Problem jetzt", sagte sie mit bebender Stimme. Ich wurde kreidebleich und wollte mich auf sie stürzen, doch sie entsicherte ihre Waffe.

"Tu was, Anna!", flehte ich. Anna blieb aber völlig ruhig, hielt mich zurück und schüttelte den Kopf. Ungläubig und unfähig sie zu verstehen und ihr zu gehorchen, wehrte ich mich, bis Amrae den Raum betrat. "Was soll das?", fragte sie.

"Ich sagte, wir lösen das Problem jetzt", wiederholte Raquel. Dann drehte sich Anna langsam um und stellte sich direkt vor Raquel, vor den Lauf der Pistole. Ich schrie sie verzweifelt an. All meine Gefühle spielten verrückt, ich verstand nicht, wie die anderen untätig stehenbleiben konnten. Egal wie gut sie sich untereinander kannten und wie oft man empfohlen bekam, in gefährlichen Situationen die Nerven zu bewahren, wer konnte das schon tatsächlich? Nur diese ausgebildeten Freaks, mit denen ich in einem engen Raum stand.

"Sei ruhig", sagte Anna obendrein noch zu mir, ohne mich anzusehen. Ich verstummte und auch Piet wimmerte nur noch mit mir, während unsere Tränen leise die Wangen hinunterliefen.

"Was wird das?", fragte Raquel Anna. Ihre Hand zitterte, ihre Halsader schlug dermaßen stark, dass wir sie alle im Halbdunkel der Schreibtischleuchte sehen konnten. Die Pistole auf Annas Brust gerichtet. "Es ist die einzige Lösung", versuchte sie sich zu rechtfertigen.

"Du hast recht", stimmte ihr Anna zu. Ich kreischte daraufhin wieder und wollte mich aus Amraes Armen befreien, die mich zurückhielt. "Sie kennt sie", flüsterte Amrae mir ins Ohr, "sie weiß, was sie tut."

Raquel wurde aber nicht ruhiger. Sie hielt die Pistole in ihrer rechten Hand, bis Anna sie mit links am Lauf ergriff, um sie wegzudrehen und im Bruchteil einer Sekunde auf Raquel zu richten.

"Das Kind kann nichts dafür." Annas Worte klangen wie eine Symphonie in meinen Ohren. Jeder meiner Muskeln entspannte sich, obwohl die Situation noch alles andere als gefahrlos war. Doch auch Amrae atmete auf. Sie waren nicht so zuversichtlich, wie sie wirken wollten.

"Ja und? Sie wollen den Jungen und sie werden unsere Forderungen nicht erfüllen, Anna. Schluck deine beschissenen Gefühle runter und komm zu dir!"

"Der Junge ist ein Klon. Er ist also nicht das Problem und auch nicht die Lösung!" Anna sah mich entschuldigend an. Ich schloss die Augen, es war mir egal, wer es wusste. Ich war nur froh, dass sie noch nicht geschossen hatte. "Nach außen wird allen erzählt, dass es möglich war, einen Jungen auf natürlichem Weg zu schaffen, verstehst du? Es geht aber nicht." Auch Annas Hand begann zu zittern.

"Scheiße." Raquel blickte verwirrt zu Amrae und Peter, dann zu Piet. "Scheiße! Warum hast du das nicht gesagt?"

"Sie wollen ihn trotzdem, aber wir brauchen ihn lebend. Ich will niemanden töten, verdammt!" Anna ließ das Patronenmagazin aus der Waffe in ihre Hand fallen und gab sie Raquel zurück. So standen sie ein paar Sekunden ruhig voreinander.

"Und jetzt?", fragte Raquel völlig entrüstet.

"Wir können das Kind nutzen, um die Forschung niederzumachen, weil sie eine Lüge ist." Ein Plan. Sie hatte einen Plan. Ich fragte mich, ob sie sich den erst da hatte einfallen lassen, unter Druck, als gute, letzte Lösung. "Wir lassen die Welt jetzt wissen, was wir wissen."

Innerhalb weniger Minuten stellten Raquel, Amrae und Peter einen Film der fragwürdigsten Ausschnitte zusammen, die Anna mit ihrer Brille im Zentrum einfangen konnte.

Ich wollte mir Piet schnappen und ziellos diese Verrückten verlassen aber dann sah ich Anna. Sie hatte mich bereits in ihren Bann gezogen. Ich nahm eine Schere als alberne Waffe zur Verteidigung für den Notfall und setzte mich mit Piet auf dem Arm auf die Couch und sah den anderen bei der Arbeit zu. Mein erster Blick auf den Bildschirm offenbarte mir Johann und Blutflecken in einer Zelle, in der er in sich eingesunken saß. Mir fiel die Schere aus der Hand. Mein Herzschlag setzte aus und mir wurde schwindelig. "Was haben sie ihm angetan?" Ich konnte die Worte kaum aussprechen. Niemand antwortete. Ich schluckte meinen Schmerz herunter und drückte Piet noch fester an mich. Mir war das Gefühlschaos und Menschen wie Lore meilenweit lieber, als um das Leben der Menschen zu fürchten, die ich liebte. Die Wucht der Angst, Johann, Anna oder Piet zu verlieren, zerschlug meine Fluchtpläne. "Ich will helfen", verkündete ich.

"Nein", entgegnete Anna ohne mich anzusehen.

Ohne richtig zu lieben, ohne zu erkennen, wie wichtig Johann ist, ohne jemals darüber nachgedacht zu haben, ob ein Kind in mein Leben passt, ohne Anna in meinem Leben, war es leichter. Leerer, aber leichter. Jetzt plante Anna vor meinen Augen ihren gefährlichsten Spielzug und ich war Teil des Publikums. Im Endeffekt wollten diese Menschen nichts anderes als ich. Dass die Tötung von Föten aufhört und dass Piet lebt. Zumindest wollten sie es fast alle, korrigierte ich meine Gedanken. Rauqel verlor ich nicht aus den Augen.

Sie sah zu mir: "Ich will ein Interview mit Karla", erklang ihre Stimme trocken in meinen Ohren. "Ich will, dass das Video abgespielt wird, aber zuerst soll eine Großaufnahme ihres Gesichts auf jedem Bildschirm des Landes auftauchen. Ich will ihr Gesicht und ich will, dass sie meine Fragen beantwortet, bevor das Video kommt, in dem wir zeigen, dass das, was sie sagt, stimmt."

"Ja. Ja, das ist gut", sagte Peter: "Aber wir müssen uns beeilen."

Einen Wimpernschlag später fand ich mich vor Raquel und einer Kamera sitzend, in die Linse starrend und Fragen in einem unvorbereiteten Interview beantwortend. Ein Interview, zu welchem ich nicht zugestimmt hatte, bei welchem ich aus Angst und Verzweiflung teilnahm, weil ich helfen wollte, ohne zu verstehen, was genau es bewirken würde und für welches ich unreflektiert Fragen beantwortete.

Raquel fragte mich über meinen Aufenthalt im Genforschungszentrum aus. Sie wollte wissen, wie lange ich dort war, wie ich erfuhr, was mit mir und Piet geschehen würde, wie und wann Johann verschwunden war und woher ich Maren Baum kannte. Die letzte Frage überraschte mich. Wie kam sie darauf, ich würde Maren länger kennen? Für mich waren all diese Worte tagebuchähnliche Schilderungen, die für mich privat und emotional waren, der Gruppe jedoch eine Welt bedeuteten. Die mir eine Welt bedeuteten. Alle Fragen beantwortete ich mit Leichtigkeit, ohne lange darüber nachzudenken, bis auf die Letzte. Nie zuvor hatte ich über Maren geredet. Es war das Gesicht, das sie brauchten. Sie wollten authentisch sein. Sie wollten Maren treffen, wo es weh tut.

"Also, woher kennst du Maren?"

Nur ein paar Sekunden zu zögern, hätte sie bestärkt und Maren würde erkennen, dass ich nicht mit der Frage einverstanden war. "Ich habe sie während des Studiums kennengelernt. Sie stand kurz vor der Entscheidung, bei welchem Professor sie promovieren sollte, und ich selbst arbeitete an meiner Abschlussarbeit."

"Wie war sie, als ihr euch kennengelernt habt?"

"Wie meinst du das?" Nur ein paar Sekunden, dachte ich.

"War sie herzlich und aufgeschlossen?"

"Naja. Ja und nein. Sie war, wie soll ich sagen? Anders."

"Willst du das ausformulieren?"

Ich zögerte. Es war zu spät. Maren würde wissen, dass mir das Interview unangenehm war.

"Karla?", Raquel insistierte.

"Ja. Sie war herzlich. Ganz am Anfang war sie ein hilfsbereiter, selbstloser Mensch. Bis sie nur noch arbeitete und wir uns kaum noch sahen. Es muss ein Jahr nach unserem Kennenlernen begonnen haben. Ich konnte sie nicht mehr erreichen. Sie wurde", ich überlegte, "größenwahnsinnig. Sie hielt ihre Forschung für weltbewegend, was sie im Endeffekt auch war. Leider achtete sie nicht mehr auf ihr Umfeld. Dazu gehören auch Dr. Sergejev und seine Familie."

"Danke."

Raquel sprang auf, baute die Kamera ab und ließ mich ins Nichts starrend sitzen. Mich überkam die Angst vor den Konsequenzen meiner Worte und das schlechte Gewissen Maren gegenüber. Ich spürte Annas Hand auf meiner Schulter.

"Wie schnell kannst du das Video hochladen?", fragte Amrae Peter.

"Es wird etwas dauern. Ich muss mich in jeden Übertragungskanal einhacken, unter anderem in den, des Parlaments. Es wird einige Minuten dauern, denke ich. Das Hochladen an sich dauert nur eine Sekunde. Damit sind wir aber auch automatisch auffindbar." Er schwieg. "Also, sie werden sofort wissen, von wo aus die Übertragung gesendet wird." Wir hörten alle auf das zu machen, was uns beschäftigte und sahen Peter an.

Amrae ging zu ihm. "Also ist es zu gefährlich."

"Nein. Es muss nur einer hier bleiben, dann ist es kein Problem. Sie werden zwar sofort wissen, wo wir sind, aber es bleiben uns im besten Fall wirklich ein paar Minuten, bis sie das Gebäude stürmen." Amraes Hände zitterten. Mir kam es so vor, als würde jeder im Raum die Luft anhalten. Ich hörte in diesen Sekunden nicht einmal mehr das Herz Berlins schlagen. Jegliche Farbe entwich Amraes Gesicht.

"Nein. Nein, es wird keiner hier bleiben", sagte sie.

Peter legte beide Hände auf ihre Wangen: "Doch. Ich werde hier bleiben."

Sie unterbrach ihn: "Nein, nein, nein! Du wirst nicht hier bleiben!" Sie redete lauter, fast schreiend und zugleich flehend.

"Shhh. Amrae, das ist das, was ich will. Ich wollte, seit ich der Gruppe beitrat, so etwas tun. Das ist mein Beitrag. Das ist mein Beitrag", wiederholte er. "Ich kann nicht gehen, ich kann hier nicht weg, ohne dieses Video hochzuladen. Das wird das Größte, was wir je gemacht haben. Ich will es tun und ihr werdet gehen. Es wird mir nichts passieren. Ich werde nur festgenommen, was mich fast schon ehren würde." Er lachte, während er die letzten Worte sprach. Dann wischte er ihre Tränen weg und küsste sie.

Unfähig weiterzusprechen, ließ sie den Kuss zu. Wir wussten alle, dass er bleiben würde. Anna ging auf Amrae zu und zog sie zurück in Richtung Ausgang. Bis wir durch die Tür gingen, nahm Amrae ihre Augen nicht von ihrem Geliebten.

Anna schaltete ihre Kommunikations-Brille ein, um mit Peter in Kontakt zu bleiben, während sie Amrae mit der freien Hand weiter hinter sich herzog. Raquel ging vor, ich ging mit Piet auf dem Arm hinter allen her. Als wir das Gebäude verließen, erteilte Anna Peter durch den Hörer das Signal zum Start.

Wir versuchten, unauffällig und nicht zu schnell die U-Bahn aufzusuchen. Anna teilte uns mit, wie weit die Übertragung war. Kurz vor den

Treppen der U-Bahn drehte sich Raquel um und ging in die entgegengesetzte Richtung.

"Was tust du?", fragte Anna sie.

"Ich kann ihn nicht alleine lassen."

Anna eilte auf sie zu, hielt dabei Amrae noch immer am Handgelenk, die schluchzend versuchte ihre Meinung zu äußern. Sie wollte zurück zu Peter, sie wollte, dass Raquel stattdessen bei uns blieb, um selbst zurückzugehen. Aber Raquel strich über Amraes Haar und sagte, mit einem Blick voller Zuneigung: "Du bist die Gruppe, du musst weitergehen. Ich bringe ihn wieder zu dir." Mein Herz krampfte sich zusammen, als sie sich umarmten. Ich hatte Raquel bisher für ein gefühlskaltes Monster gehalten.

"Ich gehe jetzt", sagte sie zuletzt, sah noch zu mir und lächelte. In meinen Augen sammelten sich Tränen.

"Hey", rief ihr Anna hinterher, "du hast etwas vergessen." Raquel kam die drei Schritte zurück und nahm das Magazin entgegen, welches in ihrer Waffe fehlte.

Sie rechneten also damit, Gebrauch von Waffen zu machen. Ich stellte keine Fragen. Wir gingen die Treppen zur U-Bahn doch nicht herunter, sondern weiter stadteinwärts.

Zwischen den Hochhäusern wurde es plötzlich dunkel. Nicht einmal die Straßenlaternen leuchteten mehr, bevor überall um uns herum Projektionen meines Gesichts die Straßen wieder erhellten. Ich war überall, auf jedem Screen in Sichtweite und aus jedem Lautsprecher hörte ich Raquels Stimme, die mir die erste Frage stellte. Mit einer Mischung aus Furcht und Adrenalin drehte ich mich zu den anderen, die mit großen Augen auf die Projektionen und die Menschen um uns herum blickten. Ich zog meine Kapuze über meinen Kopf, um nicht erkannt zu werden.

Wir bewegten uns langsam zwischen den Massen. Nur Anna blieb stehen. Ich drehte mich um und sah, wie sie hinter mir in die Leere starrte. Es war nicht die Leere, die sie aufhielt, sondern das, was ihre Brille ihr zeigte. Es blitzte aus ihren Gläsern. Ich ahnte, was sie sah.

"Was ist?", hörte ich Amrae, als auch sie bemerkte, dass wir stehengeblieben waren. Sie zitterte mehr und mehr, während sie Anna anstarrte. Das bisschen Freude des Erfolgs schwand aus ihren Augen. Sie machte den Eindruck, jeden Augenblick auf ihre Knie zu sinken, blieb aber stehen, als steckte sie ihre gesamte Kraft in den Versuch, nicht zu Boden zu sinken. Den Ausdruck in Amraes Gesicht würde ich nie vergessen.

Ich blickte um uns und sah einen Mann, der uns fest im Blick behielt. Dann sah ich erschrocken zu Anna, die zu sich gekommen war und den Mann auch gesehen hatte: "Lauft!"

Anna zog Amrae ruckartig zu sich und wir liefen durch die Menschenmenge auf der Straße, so schnell wir konnten. Anna mit Amrae an der Hand und ich mit meinem Sohn auf dem Arm. Plötzlich sah ich überall uniformierte Menschen, die uns verfolgten, bis sie auch vor uns waren und wir gezwungen, stehenzubleiben. Anna zog mich und Amrae zu sich.

"Was hast du durch die Brille gesehen, Anna?", frage ich sie, ohne den Blick von den Polizisten zu nehmen. Ich wollte wissen, was geschehen war, um sie zu schützen. Ein unmöglicher Plan.

"Sie haben auf Raquel und Peter geschossen." Mit den Worten ließ sie meine Hand los, um sich an einer Laterne zu stützen. Ich sah zu Amrae, die unverändert ohne Reaktion zum Gebäude sah, welches wir vor wenigen Minuten hinter uns gelassen hatten.

Dr. Baum und Dr. Sergejev drängelten sich durch die Menge. Es war zu erwarten. Nur vielleicht nicht so schnell. Warum zur Hölle wir geflohen sind, verstand ab da keiner. Ich erkannte auch Johann, der auf uns zu rannte.

"Johann! Du lebst!" Ich blieb überwältigt stehen, während er auf mich zu rannte. Er umarmte mich und Piet und weinte. Inmitten der schwarz gekleideten, bewaffneten Menschen, die auf uns zielten, fing auch ich an zu weinen.

"Stopp! Niemand schießt!", hörte ich Marens Stimme.

Ich sah zu Amrae, die mittlerweile nicht mehr zu atmen schien. Johann ging mit Piet in den Armen beiseite, als Anna die Laterne losließ und zu mir kam. Sie legte ihre Arme um meinen Hals und küsste mich. "Wir haben nichts Unrechtes getan", flüsterte ich, als unsere Lippen sich trennten.

"Wenn du auf mich warten willst, und dieses Mal wirklich", ihre Augen funkelten für den Bruchteil einer Sekunde und ich erinnerte mich an unseren Musikabend im Zentrum, "glaube ich daran, dass wir uns wiedersehen. Vielleicht im All-You-Can-Read."

Ich konnte nicht sprechen. Vor uns stand Maren, die uns ausdruckslos ansah. Hinter uns lief noch immer das Video. Die letzten Sekunden, des sechs Minuten langen Zusammenschnitts, beinhalteten die Kühlkammern und das Stockwerk mit meinen 5670 Kindern.

Peter hatte es geschafft, nur zu welchem Preis. Ich sah Amrae hinter Anna bebend zu einem Fluss werden.

"Schön, dass Sie leben, Herr Wintermann", sprach Anna leise zu Johann, auch den Tränen nahe, ohne die Augen von mir zu nehmen. Er nickte und lächelte: "Wir wurden beobachtet ...", ich spürte, dass er mehr sagen wollte, aber nicht konnte.

"Erinnerst du dich an unser Gespräch in der Cafeteria?", fragte mich Maren dann. Mir rannten Schweißperlen über die Stirn. Ich fühlte mich wie in einem Zeitraffer.

"Ja."

"Du wolltest wissen, ob die Einpflanzung von gesunden X-Chromosomen einer Frau keinen Inzest bedeutet." Ich drückte Annas Hand. Was sollte das jetzt?

"Aber was hat das mit Johann zu tun?", fragte ich.

"Es wäre zunächst eine strenge Geburtenkontrolle erforderlich." Maren ignorierte die Frage vollkommen.

"Was heißt das? Ihr wollt die Liebe kontrollieren?" Anna lachte, Maren nicht.

"Das heißt, dass sich jeder verlieben kann, in wen er will, aber niemand darf sich ohne Erlaubnis fortpflanzen." Ich schwieg. Das konnte sie nicht ernst meinen. Als würde irgendjemand um Erlaubnis fragen. Und sogenannte "Unfälle" gäbe es auch dann noch. Sie sah uns förmlich an, wie wenig Sinn das für uns machte. "Wir verhandeln die Strafbarkeit derer, die sich diesem neuen, noch nicht offiziellen Gesetz widersetzen." Sie meinte es ernst!

"Das ist deine Lösung?", fragte ich. Maren wollte uns zeigen, dass nicht sie es entschied.

"Hast du eine andere?" Sie war nicht ironisch. Sie war selbst nicht vom Ergebnis überzeugt.

"Ich werde also wirklich Tausende von Söhnen haben?", fragte ich.

"Ein Teil von dir wird weitergegeben, ja. Wir werden deine DNA behalten." Sie zögerte, bevor sie weiter sprach. "Karla, es gibt noch jemanden wie dich, im Forschungszentrum PEDE, du hast vielleicht schon davon gehört ..." Sie erzählte es nur, weil sie die Chance ergriff! Sie dachte, wir würden alle festgenommen und sie wollte sich diese Information von der Seele reden, befürchtete ich. "PEDE?" Ich schüttelte den Kopf.

"Ich wollte mit Anna am Anfang ihrer Anstellung in die USA fliegen, dann kamst du." Sie legte ihre Hand auf meinen Arm, ich blickte zu ihr. "Dort passiert das Gleiche wie hier."

"Maren, wie zum Teufel wollt ihr kontrollieren, wie sich diese zwei Nachkommen-Generationen vermehren?" Warum führten wir diese Unterhaltung in der eiskalten Nacht des Endes der GBA?

"Jeder wird ab sofort registriert. Keine Menschen werden es wollen, sich ohne Befugnis zu paaren, wenn sie wüssten, dass ihre Kinder entfernt werden." Sie sah mich jetzt ruhig an, während eine Polizistin mit Handschellen auf Anna zuging.

"Haben dich alle guten Geister verlassen? Sage mir, wieso fehlt dieser entscheidende Teil deines Körpers? Wo ist dein Herz, Maren?", schrie ich, mich vor Amrae und Anna stellend, als könnte ich die Polizistin so von ihnen fernhalten. Auch Dr. Sergejev machte Anstalten auf uns zuzukommen, aber Maren gab ihm zu verstehen, dass sie alles unter Kontrolle hatte. Ich war selbst verblüfft über meine Reaktion inmitten von Polizisten. "Im Ernst, von meiner Meinung abgesehen, es wird weiterhin Aktivisten geben!" Ich warf Anna einen entschuldigenden Blick zu und erblickte dann eine weitere Frau hinter ihr, ebenfalls mit Handschellen. "Was geht hier vor sich? Anna hat nichts damit zu tun Maren, du musst mir glauben, sie hatte keine Wahl."

Maren lachte und redete weiter. Sie zog mich von den anderen weg. "Anders geht es nicht, Karla. Du und auch der Rest der Welt, ihr habt ein Recht auf eure Meinung. Dass es uns alle bald so nicht mehr geben wird, ist in euren Köpfen Nebensache. Wenn du eine moralisch vertretbarere Lösung findest, lass es mich wissen." Ich war schockiert. Ich konnte und wollte diese Art von Lösung nicht akzeptieren. Und ihr Einfluss auf die Welt machte mir Angst.

"Lass Anna los, sie hat nichts mit der ganzen Sache zu tun, egal was ihr gehört habt!", insistierte ich kniefällig und leiser dieses Mal.

"Frau Bavarro hat sich durch viele Dinge strafbar gemacht. Unter anderem hat sie sich unbefugten Zugang zu einem Forschungslabor unseres Hauses verschafft. Außerdem wird sie sich im Gefängnis wohl fühlen, nicht wahr?" Die letzte Frage richtete Maren an Anna. O. k., wahrscheinlich war Anna bereits im Gefängnis gewesen, aber diese Anspielung war unpassend.

"Sie wollten mich zu Ihrem Schatten machen, dass ich für Sie spreche und Sie beschütze, und enthielten mir ein gesamtes Stockwerk vor, Dr. Baum, warum?", sprach Anna dann.

"Manches geht auch meinen Schatten nichts an." Sie wandte sich ab, als habe Anna sie gekränkt, wobei die Handschellen sie machtlos werden ließen - und nicht Maren.

In dem Augenblick wurden auch Dr. Sergejev Handschellen angelegt. Die Situation veränderte sich dermaßen rasant, dass ich gar nichts mehr verstand. Auch die anderen sahen verwundert aus. Maren stürmte auf die Beamten zu, wurde aber festgehalten.

"... Alles, was Sie sagen, kann und wird vor Gericht gegen Sie verwendet werden." Machtlos beobachtete ich die Szene.

"Nein!", schrie Dr. André Sergejev schrill. "Sie! Sie! Nehmen Sie Maren Baum mit! Sie ist die einzige Verbrecherin hier! Sie alleine!" Mir fiel alles aus dem Gesicht. Gerade noch breitete sich ein Knoten in meinem Hals aus, als ich von Anna entfernt wurde, dann hörte ich, dass Liebe bald strafbar sein würde und dann das!

"Warten Sie!", rief Maren den Beamten zu, die Dr. Sergejev zurückhalten wollten. "Ich will wissen, was hier vor sich geht."

"Du bist der schrecklichste Mensch, den ich kenne. Gib es zu, was du getan hast!" Sergejev fuhr aus seiner Haut. "Du hast sie umgebracht, für deinen Ruf, du ruhmgeiles Miststück! Und gedroht hast du mir, mit der Rechnung, die ich im Zentrum verloren habe!"

"Wovon redest du?" Marens Stimme brach, als würde er sie zutiefst verletzen.

"Los doch, Maren, du wolltest doch, dass sie sterben. Sie standen uns im Weg. Du hast mich davon abgehalten, Eve zu heilen."

Maren sah schockiert aus. Ich fragte mich zum ersten Mal, ob sie die Schockierte nur spielte. "Du weißt, dass das nicht stimmt, André. Ich habe Eve geliebt, als wäre sie meine eigene Tochter! Ich habe auch dich und Clara mehr geliebt als mein Leben. Wie kannst du so etwas sagen?" Tränen bahnten sich ihren Weg. Sie mussten echt sein, dachte ich.

"Die Rechnung habe ich in Ihren Briefkasten geworfen", sagte Anna zu Dr. Sergejev, "hätte ich gewusst, was dahinter steckt, hätte ich Maren Baum viel eher in der Hand gehabt." Alle sahen sie überrascht an. Hätte sie einen Spiegel gehabt, hätte sie sich selbst ebenso verwundert angesehen.

"Was Sie mir im Dezember im Zentrum gesagt haben, war gelogen. Sie wurden nicht zum Stillschweigen gezwungen, sondern wollten mehr Leute gegen Maren aufhetzen. Und damit wir auf Ihrer Seite sind, wenn gegen Sie gewütet würde", sagte ich entsetzt. Sergejev grinste, doch Maren riss sich zusammen und wurde wieder zu Stein: "Warum hast du das Zentrum mit mir aufgebaut, André?"

André Sergejev lachte laut. "Ich wollte dich in Stücke reißen. Niemand wird sich an dich erinnern, du kaltherziges Monster. Ich habe den Glauben an meine Arbeit verloren, als ich anfing, mit dir zu arbeiten. Dann hörte ich Frau Bavarro Fernández mit ihren kleinen, dreckigen Freunden telefonieren und überlegte mir, es ihnen gleich zu tun", sagte er in Annas Richtung: "Erinnern Sie sich daran, dass die Türe des Archivs aufging, obwohl Sie keinen Schlüssel hatten? Das war ich, nicht dieser Idiot von Wachmann, wie Sie wohl dachten, als Sie in die Kamera grinsten."

Eine Polizistin murmelte etwas von "Jeder hat Leichen im Keller", als sie auf Dr. Sergejev zuging. Dieser wich zurück und zückte trotz Handschellen eine Waffe, mit der er auf Maren schoss. Ich schrie auf und rannte zu ihr. Mehrere Beamtinnen richteten ihre Waffe auf Dr. Sergejev, eine von ihnen entwaffnete ihn von hinten, bevor ein weiterer Schuss fiel.

Ich hielt Marens Kopf hoch, die auf ihren Rücken gestürzt war. Dr. Sergejev hatte zum Glück nur ihren Arm gestreift. Sie blutete, war aber bei vollem Bewusstsein und lediglich schockiert. Eine der Polizistinnen alarmierte augenblicklich ein Rettungsfahrzeug. "Professor, Sie ergeben keinen Sinn", hörte ich Maren sagen. Dann sah sie niedergeschlagen zu mir: "Erinnerst du dich daran, was ich dich zuletzt im Wald gefragt hatte, nachdem der Drohbrief auftauchte? Du hast mir versprochen, dass du zu mir kommst, sobald dir etwas verdächtig vorkommt", sie schüttelte den Kopf: "Was Anna dir vor ein paar Tagen nicht erzählen durfte, war, dass wir dich und Dr. Sergejev natürlich gefilmt haben und ich darauf gewartet habe, dass du mit mir darüber sprichst." Sie versuchte aufzustehen und ich stützte sie dabei etwas, doch sagen konnte ich nichts. Zu elend fühlte ich mich bereits und ich wollte keine weitere Diskussion eingehen.

Hinter uns wurde Anna abgeführt. Ich sah sie durch die Scheibe eines Fahrzeugs, in das sie gesteckt wurde. Johann tauchte auch wieder mit Piet hinter mir auf und ich sackte in seinen Armen zusammen.

"Bitte, bitte halte Anna doch daraus", flehte ich Maren an. Das Rettungsfahrzeug erreichte uns und zwei Sanitäterinnen kamen auf Maren zugerannt.

"Anna wird es überleben. Außerdem wirst du mich in die USA begleiten." Das war die Kirsche auf der vergammelten Sahnehaube.

"Was?" Ich wusste nicht mehr, wo oben und unten war. Auch Johann hatte sich die ganze Zeit zusammengerissen.

"Was heißt das?", schoss es aus ihm heraus. "Wie ist es möglich, dass du hier stehst, nach alldem, was du mir und allen hier im letzten Jahr angetan hast?"

Maren atmete tief ein. Während eine Sanitäterin ihren Arm verband, ließ sie das Fehlen einer Antwort wie ein Schwert in seine Brust stechen.

"Karla wird mich nach Kalifornien begleiten. Sie und Piet sind die Zukunft unserer Forschung und der Forschung des PEDE-Zentrums. Entweder sie kommt mit oder sie wird Piet nie wiedersehen."

Ich wollte nicht fragen, wie sie sich anmaßen konnte, diese Entscheidung zu treffen, weil ich wusste, dass es zwecklos war. Ich spielte nicht mehr mein Spiel, es war ihres und ich war ihre Schachfigur. Wir alle waren ihre Schachfiguren.

Mein Sohn war mein Leben und lag damit in ihren Händen. Ich würde mitfahren. Welche Wahl hatte ich schon?

Epilog

"22. Dezember 2184: Ich sitze mit Maren in einem Flugzeug mit dem anderen Ende der Welt als Ziel", tippte ich in die leere Seite meines Tagebuchplans. Ich würde Piet, Johann, Anna und Amraes Tochter irgendwann erklären können, was in meinem Leben nach dem Genforschungszentrum in Berlin geschah. "Dort wird Piet einen anderen Wunderjungen kennenlernen. Jemanden, der so ist wie er."

"Bis wir den Jungen kennenlernen, sitze ich noch mehrere Stunden mit einer schweigenden Maren fest. Sie beantwortet meine Fragen wortkarg."

"Was ich bisher aufschnappen konnte, lässt mir keine Ruhe. Anna und Amrae wurden zu jeweils fünf Jahren Haft verurteilt und bekamen einen Beobachtungschip implantiert, den sie noch lange nach abgesessener Haftstrafe tragen werden müssen. Ich wüsste zu gerne, was mit Amraes Tochter geschehen wird, aber Maren hat zu diesen Themen kein Ohr für mich. Ihnen Briefe zu schreiben ist mir verboten und sich dem Verbot zu widersetzen, wäre sinnlos."

"Soweit ich weiß, wollte Maren versuchen, Anna eine geringere Strafe zuzuschreiben, weil sie Anna als wissenschaftliches Objekt brauchte. Ich persönlich glaube, sie hängt schlichtweg an ihr. Vielleicht hatte sie an das Gute in ihr geglaubt, wie ich. Sie hatte es aber nicht geschafft. Den Plan der Regierung zu gefährden, war unser aller Fehler. Jetzt hat sie Anna und mich aneinander verloren. Den liebenswerten Menschen in Maren haben wir vielleicht für immer zerbrochen."

"Ich hörte, dass sich Dr. Sergejev in psychiatrische Behandlung begeben musste. Er selbst war es, der mit Hilfe von Handlangern die Bomben installiert und den Drohbrief an Maren verfasst hatte. Ich frage mich, wie lodernd seine Flamme jetzt war. Er war die Erklärung für die Verbrechen, die nicht in der Macht der Aktivisten lagen. Maren erzählte mir, Dr. Sergejev habe mich im Untergeschoss in die Irre geführt. Er habe mich im Glauben gelassen, benachteiligt zu sein und auf Seiten der Aktivisten für Menschenrechte zu kämpfen. Außerdem habe er mit einer anderen, eher unbekannten, Gruppe von Aktivisten mehrere Anschläge auf das Parlament verübt und die Aufmerksamkeit auf die Gruppe von Raquel gelenkt. Ich bin mir noch nicht sicher, ob ich das schlecht finde. Seine Beweggründe können aus Rachsucht entstanden sein, aber kämpfte er nicht im Grunde für das Gleiche, wie Raquel, Anna und die anderen?"

"Was Dr. Sergejevs Familie anging, ließ Maren alle Details außen vor. Zwar glaube ich ihr, dass seine Familie ihr wichtig war, aber ich wusste auch, dass ihre Forschung immer Vorrang hatte. So wie damals bei mir. Die Arbeit geht bei dieser Frau über alles, ohne Rücksicht auf Verluste. Dass Dr. Sergejev es lange geahnt hatte, ging an ihr vorbei. Maren war eine einsame Kriegerin, aber nicht so gefühlskalt, wie jeder dachte. Ich will sie keineswegs in Schutz nehmen. Aber ich kannte die junge, herzliche Maren, die Träume hatte und Menschen helfen wollte, anstatt sie zu zerreißen."

"Mika Jonasson arbeitete dem fürchterlichen Plan von Dr. Sergejev zu. Er wollte sich mit Mikas Hilfe an Maren dafür rächen, seine Familie verloren zu haben. Langsam verstand ich, warum er mich mitgenommen hatte, als er Mika engagierte. Er brauchte ein Alibi, welches im Zweifelsfall bestätigte, dass es wirklich eine Art Einstellungsgespräch zwischen ihm und Mika gegeben hat." Ich ließ meinen Gedanken eine Pause. Mika hätte ich gerne näher kennengelernt. Im Flugzeug dachte ich, ich würde nie wieder die Gelegenheit haben, den verwirrenden Erzählungen aus ihrem Leben zu lauschen.

Was ich von ihr wusste, schrieb ich dennoch nieder: "Was aus Mika wurde, weiß ich nicht. Sie hatte sich abgesetzt und gilt nun als vermisst. Ich stelle mir vor, wie leicht es doch für eine Mitarbeiterin des Bundesnachrichtendienstes sein musste, ihre Identität zu verändern. Der Gedanke ist aber absurd. Wahrscheinlich sitzt sie in einem Tunnel unter Dr. Sergejevs Zimmer der Psychiatrie und überlegt sich in diesem Moment, wie sie ihn befreien kann."

"Über den SEK-Einsatz in der Wohneinheit, in die uns Lores während der Demo geführt hatte, fand ich absolut kein Wort und damit darüber, was mit Raquel und Peter geschehen war. Maren wusste angeblich nichts vom Einsatz und davon, dass von dort aus der Film veröffentlicht wurde, der ihre Identität für die Öffentlichkeit zur Blacklist-

Identität werden lassen könnte. Keine Medien berichteten davon, nicht einmal die unauffindbaren, aktivistenbetreuten Nachrichtenseiten, die ich kannte. Ein Trost war es lediglich, dass alle Menschen, die bei der Übertragung auf einen Bildschirm geschaut hatten, nun die Wahrheit kannten. Mit etwas Glück haben die Aktivisten einen deutlichen Zuwachs bekommen."

"Ich hatte keine Chance mich bei Lore zu bedanken. Ich weiß nicht, was aus ihr, Raquel und Peter wurde. Ich weiß nicht einmal, ob sie noch leben."

"Sollte also jemand mein Tagebuch lesen, der sich an diese drei Helden erinnert und sie kennt, oder jemanden kennen, der sie kennt, richtet ihnen aus, dass ich dankbar bin."

Meine Aufzeichnungen beiseitelegend, wandte ich mich Maren zu, die bis dahin in ihre eigene Arbeit vertieft schien. Ich erinnerte mich an ein Gespräch über unzählige Wege, die Menschen wählen können und ob Entscheidungen bereut werden dürfen. Im Grunde waren wir alle ein Teil des Weges des anderen.

"Bereust du eine Entscheidung, Maren?"

Sie ließ die Frage unbeantwortet.

Mit meinem schlafenden Sohn auf dem Schoß schaute ich wieder aus dem Flugzeugfenster. Jetzt hatte die Welt gesehen, dass das Wunderkind ein Klon war und es fühlte sich trotzdem so an, als habe sich nichts verändert. Die Gruppe würde lange nichts mehr gegen Maren unternehmen können. Johann und Anna waren mit jeder Sekunde weiter weg und ich verstand nicht, warum der Horror kein Ende nahm.

"Wann darf ich nach Hause?", fragte ich Maren ohne meinen Blick vom Fenster abzuwenden.

"Sobald die Welt versteht."

Ende

Fast alle im AAVAA Verlag erschienenen Bücher sind
in den Formaten Taschenbuch und
Taschenbuch mit extra großer Schrift
sowie als eBook erhältlich.

Bestellen Sie bequem und deutschlandweit
versandkostenfrei über unsere Website:

www.aavaa.de

Wir freuen uns auf Ihren Besuch und informieren Sie gern
über unser ständig wachsendes Sortiment.